KB059412

램프를
켜고
거울을
보다

램프를 켜고 거울을 보다

초판 1쇄 인쇄 _ 2021년 9월 15일
초판 1쇄 발행 _ 2021년 9월 25일

지은이 _ 김종회 외

펴낸곳 _ 바이북스
펴낸이 _ 윤옥초
편집팀 _ 김태윤
디자인팀 _ 이민영

ISBN _ 979-11-5877-251-2 03810

등록 _ 2005. 7. 12 | 제 313-2005-000148호

서울시 영등포구 선유로49길 23 아이에스비즈타워2차 1005호
편집 02)333-0812 | 마케팅 02)333-9918 | 팩스 02)333-9960
이메일 postmaster@bybooks.co.kr
홈페이지 www.bybooks.co.kr

책값은 뒤표지에 있습니다.

책으로 아름다운 세상을 만듭니다. — 바이북스

문학과 동행한 항해일지

램프를
켜고
거울을
보다

김종회 교수의

면학勉學 33년

바이북스
ByBooks

문학과 함께 넘는
삶의 언덕길

한 세대는 가고 한 세대는 오되 땅은 영원히 있도다

해는 뜨고 해는 지되 그 떴던 곳으로 빨리 돌아가고

바람은 남으로 불다가 북으로 돌아가며

이리 돌며 저리 돌아 (바람은) 그 불던 곳으로 돌아가고

모든 강물은 다 바다로 흐르되 바다를 채우지 못하며

(강물은) 어느 곳으로 흐르든지 그리로 연하여 흐르느니라

— 「전도서」 1장 4-7절

세대의 변환은 예나 지금이나 다름이 없어서, 세월이 흐르면 모든 세대가 바뀌게 됩니다. 그러나 그 과정에서 사람과 세상살이의 근본은 그대로 남아 그가 누구인가를 말합니다. 조금만 깊이 있게 생각해 보면 살아온 자리의 교체가 크게 아플 것도 아쉬울 것도 없습니다. 다만 이를 하나의 분기점으로 인식하고 그 의미를 살펴보는 일은, 지난날에 대한 성찰과 앞날에 대한 전망을 가다듬는 통과의례입니다.

『논어』의 온고이지신(溫故而知新)을 여기에 불러와도 좋겠습니다. 그런 뜻에서 종착점은 곧 출발점입니다. 문학작품으로서 세대교체를 전제한 조병화의 시 「의자」나 어니스트 헤밍웨이의 소설 『태양은 다시 떠오른다』를 상기해 보는 것도 그 때문입니다.

책의 제목을 '램프를 켜고 거울을 보다'라고 했습니다. 이 제목은 M. H. 에이브럼스의 『거울과 램프』를 참고하여 제 문집의 성격을 규정한 것입니다. 램프는 발광체이고 거울은 반사체입니다. 동시에 글의 소통에 있어서 창작심리학과 수용미학을 상징하기도 합니다. 문학인으로서 나는 누구이며 다른 이들의 눈에 어떻게 비치는가를 궁구(窮究)해 보자는 의미입니다. 아울러 '문학과 동행한 항해일지'란 수사(修辭)를 부기했습니다. 한 세기가 경과하도록 바쁜 걸음을 옮긴 그 세월의 기록이, 때로는 평온하고 또 때로는 험준한 파고(波高)를 고투하며 헤쳐 온 항해의 기록과 같다는 생각에서였습니다.

30년을 두고 대학에서 문학을 공부하고 또 이를 강단에서 학생들과 나누었습니다. 문학평론가로 문단에 나간 것이 1988년 《문학사상》을 통해서였으니, 그 시간을 소환해 보면 무려 33년의 기간입니다. 그러기에 이 책의 부제를 '김종회 교수의 면학(勉學) 33년'이라 붙였습니다.

이 책은 그 문학과 강단의 경과를 회고하면서, 대학교직 퇴임기념으로 묶습니다. 그동안 여러 보직과 협회 및 학회의 회장을 역임하면서 분주하게 살았으나, 끝까지 남는 것은 결국 면학과 사색과 집필의 결과뿐이었습니다. 이는 어느 무엇보다도 소중한 제 삶의 족적이자 제가 누구인가를 변론하는 존재증명에 해당합니다. 더불어 과거의 실적이 아니라 미래의 계획을 향한 저의 새로운 청사진이기도 합니다.

이 책의 1부 '문학과 인간'은 다른 문인들이 저의 글쓰기와 사람됨에 대해 쓴 글들이며, 2부 '인터뷰 비평'은 역시 다른 논자들이 주로 대담을 통해 저를 조명한 글들입니다. 3부 '저서 머리말'은 책 표지에 제 이름이 기록되어 있는 180여 권의 책 가운데 30권을 선별하여 그 머리말만 모은 것이고, 4부 '문학상 소감'은 그동안 제가 받은 8개의 문학상에 대한 수상소감을 가져온 것입니다. 5부 '문단 사람들'은 문학의 길에서 제가 만난 귀한 이들과의 교유를 수록하고,

제 삶과 문학에 대한 사실적 기록들을 덧붙였습니다.

이처럼 저에 대한 평가의 글이나 기술을 한 권의 책으로 묶어내는 일을 많이 고민하며 망설였습니다. 그런데 이것이 어쭙잖은 자랑을 하자는 것이 아니라, 치열하게 살아온 삶의 도정을 다시금 반추하면서 새 길을 열어가는 데 하나의 나침반이나 풍향계가 된다고 한다면 그렇게 주저하지 않아도 되지 않을까 싶었습니다. 동시에 면학 33년의 이 모형이 이제 그 현장으로 진입하는 후진에게는 부족한 대로 참고사항이 되지 않을까 생각했습니다.

이 책에 실린 글을 써주신 필자들, 늘 저를 격려하고 응원해 준 가족과 친지들, 또 이를 한 권의 소담스러운 책으로 묶어준 도서출판 바이북스에 마음을 다해 감사드립니다.

2021. 9.
양평 소나기마을에서 김종회

2부

인터뷰 비평

3부

저서 머리말

4부

문학상 소감

5부

문단 사람들

1부

문학과
인간

문학의 운명에 대한
고전주의적 관찰과 옹호

김종회의 비평

유성호(문학평론가, 한양대 교수)

1. '근대성'의 경험에 대한 비평적 대응

모든 역사는 한 사람 한 사람의 구체적 일상성이 축적되면서 귀납적으로 형성되는 개념적 실체이다. 그래서 그 역사는 기존의 일상성을 매개로 하지 않으면 존재할 수 없는 것이지만, 반대로 그 같은 일상성의 범주에 매몰되지 않고 부단히 자신을 갱신하고 확산시키려는 자기 전개의 의지를 갖는다. 그 자기 전개 과정이 의외의 저항에 부딪쳤을 때 우리는 필연적으로 일정한 자기 소외를 경험하는데, 이때 '소외'란 개인의 신념과 사회의 분위기가 접점을 상실했다는 감각이고, 자신의 일에서 적극적인 자기 동일성을 느끼지 못하는 감각이며, 나아가 자신의 규범이나 욕망을 살릴 희망이 완전히 상실되었다는 감각이다. 이러한 '소외'가 극대화된 것이 바로 자본주의적 근대화라는 격랑 속에서 전통적 삶의 형식들이 파괴된 결과 나타나는 역설적이고 모순에 찬 경험의 총체 곧 '근대성'의 경험일 것이다.

우리 문학은 이러한 '근대성'의 여러 경험들을 자신의 육체 안에 반영해왔고, 반면 '근대성'이 몰고 온 여러 부정적 징후들에 대해서는 날카로운 응전을

16 램프를 켜고 거울을 보다

해온 경험을 지니고 있다. 이러한 응전 방식은 시나 소설에서처럼 구체적인 형상으로 담기기도 하였고, 개념과 논리에 의존하는 비평 속에서 더욱 예각적인 비판적 언어를 내보이기도 하였다. 원래 '비평(批評)'이란 여러 문학 현상에 대한 비평가의 해석 및 평가 행위이자 비평가 자신의 자의식의 표현이다. 그것은 또한 문학 현상의 의미론적 이해를 초점으로 하는 지성적 훈련의 언어적 구축물이기도 하다. 여기서 말하는 문학 현상의 의미론적 이해라는 것이 문학의 핵심 내용을 완결된 의미 구조로 파악하는 관점과 통하는 것임은 말할 것도 없다. 이와 같은 의미론적 이해가 토대가 될 때 비로소 우리가 살고 있는 동시대의 시대 정신을 종합하여 좀 더 넓은 시각 속에서 미래를 창출하기 위한 지성적 작업도 가능해지는 것이다.

우리 비평사는 이처럼 동시대의 시대 정신을 종합하여 문학 현상을 가장 체계적이고 논리적이며 구체적으로 개진해온 비평가들을 풍요롭게 간직하고 있다. 이들의 언어 속에서 우리는 한 시대의 중요한 예후들을 파악함은 물론, 앞으로 나아갈 문학 지형에 대한 미더운 암시를 받기도 하였다. 우리 비평계의 중진인 김종회(金鍾會) 교수 역시 이러한 비평적 작업을 10여 년 동안 지속적으로 구축해온 비평가이다. 특히 그는 '근대성'의 경험이 치뤄낸 여러 현상들에 대한 폭 넓은 해독과 평가에 자신의 비평적 입지를 집중적으로 할애하고 있는 비평가 가운데 하나이다. 이 길지 않은 글은 이러한 김종회 비평의 중요 지형을 거칠게나마 살핌으로써, 우리 비평의 미래에 대해서 생각해본 관견기(管見記)이다.

2. 거시적 시선과 미시적 감각의 통합

김종회 비평을 특징짓는 성격 가운데 가장 확연한 것은 그가 동시대의 여러 문학 지형을 누구보다도 부지런히 그리고 예각적으로 접근하여 개괄하고 있다는 점이다. 그의 비평적 대상이 되는 문학 지형이나 범주는 그 외연이 매우 넓다. 얼핏 개관해보아도 그의 주 전공인 현대소설 외에도 현대시, 인터넷문학, 북한문학, 조선족문학, 해외문학, 대중문학, 기독교문학(종교성), 장애인문학, 현대수필, 메타 비평, 논쟁사 등 첨예한 쟁점을 일정하게 내포하고 있는 거의 모든 문학적 범주에 걸쳐 있다. 그런가 하면 출판 문화나 문학 제도 같은 문학적 컨텍스트에 대해서도 꾸준한 비평적 적공을 들이고 있다는 점에서 그의 비평적 편폭은 매우 남다른 바 있다. 이는 그의 비평안(眼)의 외연뿐만 아니라 그가 문학을 통해 다다르려고 하는 비평적 욕망을 남김없이 보여주는 사례라고 할 것이다.

김종회 교수는 그동안 『현실과 문학의 상상력』(1990), 『위기의 시대와 문학』(1996), 『문학과 전환기의 시대정신』(1997), 『문학의 숲과 나무』(2002) 등 네 권의 비평집(앞으로 비평집 1, 2, 3, 4로 칭함)을 펴낸 바 있다. 비평집의 제목에서 우리가 알 수 있는 것은 그가 '문학'이라는 기표를 언제나 자의식 속에 담고 있다는 사실이다. 비유적 언어를 책의 제목으로 한 번도 삼지 않은 그는, 이처럼 '문학'이라는 범주로 수렴되는 거의 모든 문학 현상을 대상으로 하여 비평 활동을 전개한다. 바로 그 '문학'을 그는 '현실'과 견주어, 그리고 '위기의 시대'나 '전환기'에 걸맞는 시대 정신을 찾아서, 그리고 문학에 대한 거시적(숲)인 접근과 미시적(나무)인 접근의 균형을 맞추면서 들여다보고 있는 것이다. 이러한 거시적 시선과 미시적 감각의 통합은 김종회 비평을 특징짓는 가장 중요한 외관의 하나이다.

그렇다고 그가 표나게 문학과 현실의 대응 관계 혹은 문학의 현실 반영성을 중시하는 리얼리스트의 면모를 띠고 있느냐 하면 꼭 그렇지는 않다. 그는 다만 '문학'이 '현실'과 절연한 채 존재하는 자율성의 실체가 아니라는 것을 강조하고 있을 뿐이다. 그 점에서 그는 가장 고전주의적인 역사주의 비평가의 풍모를 견지하고 있다. 다시 말하면 "우리 문학이 끌어안고 있는 시대 정신"(「다원주의 시대의 소설과 정체성의 탐색」, 비평집 3, 14쪽)을 문학의 복판에서 고려하면서 작가나 작품에 대한 비평을 하고 있는 것이다.

또 하나 김종회 비평의 중요한 속성 가운데 하나는 고전주의적인 문학 정신의 옹호에 있다. 그는 '문학'이 다른 모습으로 변질되는 것에 대한 경계심을 줄곧 보이면서 일종의 '문학주의'적 시선을 견지하고 있다. 여기서 말하는 '문학주의'는 일체의 상황적 속성을 거세한 순수문학론의 의미가 아니라, 그동안의 인문주의적 전통이 축적해온 가치를 긍정하는 태도를 말한다. 그 점에서 그는 최근 대두한 '문학의 죽음'이라는 화두에 역설적으로 접근한다. 다시 말해서 대중 소비 사회에서 문학의 운명은 그 '문학의 죽음'을 온전히 죽음으로써 미래를 개척해갈 것이라는 비유적 견해를 제시한다.

> 우리에게는 한 가지 유보해 둔 비밀이 있다. 그것은 마침내 문학의 정신주의가 소비 시대의 그로테스크한 형상을 감당하지 못하리라는 점이다. 그런데 바로 그 패배와 멸절의 예감이 우리가 노리는 표적인 것이다. 성한 데 없이 상처 입고 황량한 불모의 광야로 나선 문학은 오히려 그 상황으로 인하여 활기찬 반탄력과 새로운 기력을 섭생할 수 있기 때문이다. 문학이 그 내부에 기민하고 본능적인 감각으로 끌어안고 있는 이 반동적인 힘이 죽지 않았다면, 문학은 죽은 것이 아니다. 단정하여 말하건대 그럴 때의 문학은 희망이 있다. - 「대중 소비 사회와 문학의 운명」 비평집 4, 142쪽

"문학의 정신주의"나 "반동적인 힘"을 통해 우리 문학이 "소비 시대의 그로

테스크한 형상"을 넘어 그 본연의 위의(威儀)를 지켜갈 것이라는 신념과 기대가 잘 나타나 있는 부분이다. 그것을 그는 "비밀"이라고 명명한다. 사실 비밀이란 역설적인 것이 아닌가. 이러한 그의 고전주의적 견해는 가령 그로 하여금 상업주의 문학을 비판하면서 그 대안을 다음과 같이 제시하게끔 한다.

> 문학의 보편적 정서와 전통적 감각의 연장선상에서 내다보자면 그 앞날의 전망은 결코 밝지 않다. 황금만능주의의 잔영이 우리 삶의 미세한 뿌리에까지 침투하고 있는 이 물질문명의 시대에, 정신이나 영혼의 영역이 아닌 한에서는 그야말로 문약하기 그지없는 문학의 힘으로 상업성의 거센 바람을 막아내기가 어려워 보이기 때문이다. (…) 비록 상업주의문학이 순수문학의 진지를 초토화시키고 황량한 폐허로 만들어버리는 일이 있다 할지라도, 문학의 본질을 향한 그 꺼지지 않는 믿음의 열망이 남아 있다면, 우리는 언제든지 우주적 절망과 맞선 파스칼의 기개로 문학을 부축하며 나아갈 수 있을 것이다. - 「황금만능 시대의 문학과 그 진로」 비평집 2, 86-87쪽

"문학의 보편적 정서와 전통적 감각"을 토대로 한 "순수문학의 진지"를 사수하려는 그의 결의는 매우 진지하고 견결하다. 자본주의가 거의 절정의 완성을 구가하고 있는 "황금만능의 시대"에 그는 우리 문학이 "문학의 본질을 향한 그 꺼지지 않는 믿음의 열망"을 지켜감으로써 역설적으로 불멸할 것임을 제안하고 있는 것이다. 이러한 예단이 비록 구체적인 방법론으로 제시되고 있지는 않지만, 우리로서는 김종회 비평이 매우 고전적이고 본질주의적인 문학 정신을 통해 걸러지고 완성되고 있음을 알 수 있다.

이러한 시각을 토대로 하여 김종회 비평은 세대별, 경향별로 매우 다채로운 작가들에 대하여 해석과 평가를 수행하고 있다. 작가들의 면면만 보아도 김동리와 황순원을 위시하여 손창섭, 이범선, 이호철, 최인훈, 이병주, 하근찬, 조

정래, 이청준, 윤후명, 한승원, 조세희, 윤흥길, 김주영, 김원일, 전상국, 이문열, 최인호, 서영은, 양귀자, 복거일, 유재용, 하일지, 구효서, 이승우, 천운영에 이르기까지 그야말로 우리 시대의 작가 지도를 그려볼 만한 풍요로운 목록이다. 이러한 문학 지도는 그가 어떤 특정한 경향을 심도 있게 천착하는 비평가라기보다는, 우리 문학의 다양한 현상을 누구보다도 부지런히 조감(鳥瞰)하고 해석하여 체계화하는 비평가임을 알게 해준다.

그래서 김종회 비평은 날카로운 이념적 옹호나 어떤 특정한 문학 좌표에 대한 제안보다는 '문학'을 중심에 놓은 채 변화되어가는 문학 현상들에 대한 남다른 균형 감각을 통해 구축되고 유지되고 있다. 가령 그는 젊은 작가들의 소위 '신세대 문학'에 대해서 이야기할 때도, 개방적 수용의 태도와 '문학' 본령에서의 일탈에 대한 우려를 동시에 잊지 않는다.

> 도시적 감수성이 작품의 전면에 부상하고 전 시대의 사고방식에 대한 반동적 의식의 표방과 함께 1990년대적 시대 자체의 성격에 몰두하는 창작 경향이 이들에게서 공통적으로 또 약여하게 나타나고 있다. 또한 기존의 가치 체계, 특히 성(性)도덕에 대하여 무차별 공격과 반란을 감행하고 자유분방한 타자와의 관계를 구가하는 이들의 가치관은, 기존의 보수적인 도덕의 잣대로 계량할 수 있는 한계치를 넘어서고 있다. 이들은 자아의 문제를 적나라하게 노출하는 데 별반 거리낌이 없으며, 한편으로는 자기 세대에 충실하면서 또 그에 저항하는 양가성을 보이기도 한다. (……) 그만그만한 여성 작가들의 많이 읽히는 작품들 가운데에는, 작가와 작품의 이름을 가리고 나면 누구의 작품인지 분간하기 어려운 것이 적지 않다. 또 대중성이 강한 문학과 상업주의 문학의 경우에도 비슷한 목적에 따라 내용까지 닮은꼴인 작품이 여럿 있다. ─「1990년대의 사회사적 환경과 문학」 비평집 4, 74-75쪽

이처럼 그는 상업주의나 대중성 편향으로부터 '문학'을 지켜내려 한다. 이 역시 그의 '문학'에 대한 일관된 기대 지평을 드러내는 대목이 아닐 수 없다. 그는 한결같이 모든 문학 현상에 대해 그 사회적 연원과 컨텍스트를 추출하고 대입하고 해석한다. 그럼으로써 거시적 시선(사회성, 이론)과 미시적 감각(작품성, 실제)의 통합을 꾀하고 있는 것이다. 가장 최근의 비평집에서 밝힌 그의 비평적 지향은 그 같은 태도를 잘 보여준다. 그는 "스스로의 문학을 이 숲과 나무를 관찰하는 시각에 잇대어 보는 일이 하나의 버릇으로 되었다. (……) 필자에게는 문학이 울울창창한 하나의 숲이요 작가와 작품과 비평은 그 숲을 이루고 있는 다양다기한 나무들이었다. (……) 그 가운데는 문학의 숲을 통틀어 살펴보려는 시도도 있고 또 작품이라는 나무를 면밀히 들여다보려는 시도도 있다."(「숲과 나무로서의 문학」, 비평집 4, 5-7쪽)고 말함으로써, 비평적 원근법(遠近法)을 탄력 있게 적용하는 것이 자신의 비평적 준거임을 분명히 하고 있는 것이다.

이와 더불어 그는 "우리 문학 제도의 근대성에 의거한 시대사적 전개 과정"(「한국문학의 근대성과 근대적 문학 제도의 형성」, 비평집 4, 21쪽)이라든가 문학상 제도가 "그동안 축적된 편협성과 폐쇄성을 극복하고, 참다운 문학의 명예로움을 드러내는 촉매제"(「문학상 제도의 허와 실」, 비평집 3, 85쪽)가 되기를 바라는 등, 우리 문학 현상의 내·외곽을 여러 측면에서 성찰하고 진단하는 열정과 품을 보여주고 있다. 그의 비평적 성실성을 나타내주는 확연한 지표가 아닐 수 없다.

3. 문학과 종교의 관련성에 대한 탐색과 지향

김종회 비평을 공들여 읽어본 이들이라면, 그의 비평적 문체(文彩, figure)가 그리 화려하거나 다채롭지 않다는 것을 어렵지 않게 알 수 있다. 일견 건조해 보이기까지 한 그의 문장은 그 대신 강한 활력으로 넘쳐난다. 그 활력으로 그는 작품이나 작가 혹은 문학 현상의 원인과 결과를 역사적 · 개념적으로 살피고 추리고 배열하는 데 집중하고 있다. 그가 어떤 문학적 현상에 대해 고찰하려고 할 때도 불가피하게 그 분야의 통시적 양상을 개괄하는 고된 작업을 꼭 수행하는 것도 이 같은 그의 비평 태도가 반영된 것이다. 그래서 김종회 비평이 전제하고 있는 것은, 어떤 문학 현상이라도 우연히 평지돌출하는 것이 아니라, 문학사의 통시적 맥락을 풍부하게 거느리고 있다는 사실이다. 그래서 그의 비평은 특정 이념이나 경향의 강조보다는 여러 현상의 개괄과 조감의 성격이 강하고, 대상에 대한 비판보다는 해석과 옹호의 기능이 앞선다.

그 가운데 가장 김종회 교수가 조감하고 옹호하려는 이채로운 풍경은, 그가 사회성이나 시대 정신을 강조하는 비평가로서는 아주 드물게 이른바 '종교적 상상력'으로 작품 활동을 한 작가들에 대해 폭 넓고 세심한 관심을 갖고 있다는 사실이다. 그 스스로도 "필자 나름으로는 밭에 감추인 보화를 발견한 사람이 기뻐하여 자기 소유를 다 팔아 그 밭을 샀다는 성경 말씀의 천국 비밀 비유에 기대어"(「책머리에」, 비평집 3, 6쪽) 비평 작업을 해왔다고 고백할 정도로 김종회 인식론의 중요한 비밀은 기독교(개신교)적 전통과 감각 그리고 그 경전인 신구약성서, 묵시록적 전통이나 낙원의식 같은 것에 의해 통어되고 있다. 이는 비평가로서의 그뿐만 아니라 자연인으로서의 김종회 교수를 파악하는 데 가장 중요한 내밀한 풍경이다.

사실 생각해보면 이 같은 종교성의 강조 역시 영적 항체(抗體)를 중히 여김으로써 '자본주의', '황금만능 시대' 등이 구가하는 상품 미학에 대해 맞서려는 그의 '문학주의'적인 태도와 깊이 연관됨을 알 수 있다. 이러한 시각에서 그는 한국소설의 낙원의식을 모형별로 추출하고 진단한다.

현대사회가 탈신성화하고 물질문명이 정신문명을 압도하여 고도의 산업화가 진행됨으로써, 이에 따라 예견되는 불행한 미래에 대한 경고와 깨우침을 의도하는 반어적 낙원의식의 소설, 서구적 자본주의 사회의 극단적인 자기증식에 따라 정치적 최소국가와 경제·기술적 테크노피아의 세계가 실현되리라는 예측과 함께 등장한 '아나키즘적 유토피아'의 소설, 그리고 후진사회의 의식적·물량적 선진화 추진에 병행하여 이데올로기적 성향을 띠고 나타나는 소설 등이 앞으로 전망되는 낙원의식의 소설적 형상화 모형들이다.

- 「한국소설과 낙원의식의 모형」 비평집 2, 35쪽

이 같은 소설의 낙원의식 모형들은 김종회 비평이 추구하는 비의적(秘意的) 측면을 선명하게 보여준다. 결국 김종회 비평의 외연적 주류가 '시대 정신'이나 '사회사적 맥락'에 있다면, 내포적 심층에는 '종교성'의 감각이 있다고 우리는 말할 수 있을 것이다.

사실 절대적 신성(神聖)을 찾고자 했던 인간의 부단한 욕망의 흔적들은 그렇게 보잘것없는 것이 아니다. 인간은 이 욕망의 과정에서 인간의 삶에 도움이 되는 우주와 인간과 삶에 대한 인식의 체계를 구축하였으며, 능력의 한계 내에서나마 더 많은 사람의 더 많은 행복을 보장해주기 위한 여러 장치를 고안해 냈으며, 유한한 인간의 조건들로는 아무래도 성취할 수 없는 무한한 정신적 욕망을 충족시키기 위해서 초자연적인 초월의 세계를 강조하는 '종교'를 구축하였다. 그만큼 종교적 욕망은 매우 편재적(遍在的)인 인간적 삶의 원리인 것이다.

이러한 종교적 욕망 이를테면 영원성에 대한 추구, 신성(神聖)의 지상적 복원, 초월 의지, 영성에 대한 감각, 사랑의 윤리 구현, 그리고 모든 불가시적인 세계에 대한 견자(見者)로서의 역할을 자임하는 '종교적 상상력'의 문학적 수용은 매우 중요한 우리의 탐구 과제가 된다. 더구나 그러한 종교적 욕망과 의지가 현실적으로 나타나고 형상화되는 데는 문학적 언어의 형식을 띠게 됨으로써, 문학과 종교는 언어적 형식에서 매우 밀접한 구조적 상동 관계를 형성하게 된다. 이러한 문학과 종교의 언어적 상동성(相同性) 그리고 그것들이 추구하고 실현하려는 세계의 유사성, 마지막으로 문학 자체의 주제적 · 미학적 갱신 가능성을 종교가 제공하는 측면 등은 독자적인 탐색 가치를 띤다. 이러한 양자의 상관성 아래서, 우리 문학을 바라보는 안목이 이념적 · 미학적 형상에 치우쳤던 점을 반성하고, 우리 문학에 맥맥히 흐르는 형이상학의 전통 특히 종교성에 대한 긍정적 조감이 필요한 것이다. 이 점에서 김종회 비평은 '근대성'에 대한 독자적인 응전을 또 한켠에서 준열하게 수행하고 있는 것이다.

그가 이청준의 「이어도」나 「비화밀교」를 해석할 때나 김동리, 유재용, 이승우의 기독교 소설 혹은 김현승의 시편을 해석할 때도 이러한 감각은 단연 빛을 발한다. 이때 비평적 준거가 되는 것은, 기독교를 교리나 원리 차원에서 보지 않고, 사상의 측면으로 보고 있다는 점이다. 그래서 문학에 담긴 종교가 다르다 할지라도 그의 종교성은 크게 훼손되지 않는다. 예컨대 한승원의 소설 『아제아제 바라아제』에 대해서도 "종교적인 인자가 소설의 문학성을 부축해주고, 소설이 종교적 교리의 의미를 평이한 해석의 차원으로 끌어낼 수 있을 때, 우리는 탁발한 종교소재의 소설문학을 만나게 될 것이다. 이 작품에는 바로 그러한 종교문학의 문학적 측면과 종교적 측면을 거멀못처럼 함께 붙들고 있는 요소들이 곳곳에 널려 있으며, 그리하여 우리로 하여금 소설을 읽으면서 심오한 불법의 세계를 상고할 수 있는 유익한 경험을 얻을 수 있게 한다".(「깨달음에 이르는 길」, 비평집 2, 300쪽)라고 말하고 있는 것이다. 가장 공들여 해석하고 있는 기독교 소설의 대표 작가 이승우에 대해서 그는 다음과 같이 말하고 있다.

우리는 기독교 신앙과 서구 정신 문명의 총화를 하나의 잣대로 재어보면서, 가치 지향적인 전범으로서 『실락원』과 가치 부정적인 전범으로서 『데카메론』을 동시에 떠올릴 수 있다. 바라건대 이승우의 소설들이 근대의 계몽주의적 기독교 문학 문인들이 그러했던 것처럼 개인적인 체험의 절박성에 그치지 아니하고, 종교적 진리의 심오한 해석을 바탕으로 사상을 담은 문학을 심화해가는 모범을 보여주었으면 한다. (……) 이승우의 최근 작품들은, 그가 익숙하게 사용하던 성과 속의 두 발화 기점을, 그 두 축을 내면화하고 내포적으로 운용하고 있다. 그것은 사회사적 세태의 변화에 따라 작가의 관심이 변화한 결과이기도 하고, 또 작가로서는 새로운 방향성의 모색이기도 할 것이다. - 「성과 속, 그 수직과 수평의 축」 비평집 3, 174-186쪽

"근대의 계몽주의"로서보다는 "종교적 진리의 심오한 해석을 바탕으로 사상을 담은 문학을 심화"해가기를 바라는 태도 역시 종교를 통해 인간성의 깊은 이해에 도달하려는 비평적 욕망을 반영하고 있다. 요컨대 그는 "기독교 사상의 역사와 그 경과 과정에 수반되어 있는 사상성이 우리 문학의 허약한 사상적 토대를 보강하고 작품의 폭과 깊이를 더하는 데 기여"(「한국문학에 수용된 기독교 사상 연구」, 비평집 4, 218쪽)하기를 바라고 있는 것이다.

그 사상성의 정체가 종교적 진리의 심오한 뿌리에서부터 역동적으로 움터 오르는 힘에 의해 생성된 것이기보다는, 개인적인 체험의 절박함과 병렬되어 표층적 대응으로 일관된 아쉬움을 남긴다. 종교적 내용을 다루면서 경전을 소재로 하거나 종교적 정신으로 창작된 문학을 통칭하여 종교문학이라고 한다면, 김현승의 시가 끌어안고 있는 바 서로 맞서서 대립항을 이루는 두 정신적 줄기의 실체는, 종교문학이 일구어낸 사상성의 깊이에서 가치 지향적인 전범으로서 『실락원』이나 가치 부정적인 전범으로서 『데카메론』이 이룩한 성과에 미치지 못한다. - 「기독교 사상의 문학적 변용」 비평집 3, 345쪽

다형 김현승의 시에 대해 아쉬움을 표명하는 이 부분에서도 그의 비평적 준거는 일관성을 잃지 않는다. 그것 역시 개인적 절박함보다는 "종교문학이 일구어낸 사상성의 깊이"를 주문하는 태도와 연관되는 것이다. 그래서 김동리 소설

「사반의 십자가」를 평가할 때, "인간주의 또는 인본주의의 관점에서 바라보는 김동리의 기독교는 기독교 본래의 신앙적 교리에 잇대어져 설명되지 않으며, 차라리 동양적 정신사의 원형에 그 맥이 닿아 있다고 하는 편이 옳을지도 모른다. 종교문제를 소재로 한 그의 다른 작품들에서도 인간중심주의의 사고가 유사한 형태로 나타나고 있다는 사실은 그 하나의 예증이라 할 수 있겠다."(「신성과 인본주의의 접점」, 비평집 2, 292쪽)고 말할 수 있는 것이다. 나아가 생태 환경 소설에서 "묵시록적 소임"(「생명 사랑, 인간 사랑의 문학을 위하여」, 비평집 4, 162쪽)을 읽고 있는 것 역시 김종회 교수의 개인적 신앙과 종교성이 가지는 근대 비판적 의미를 보여주기에 족한 것이다.

이처럼 김종회 비평은 종교가 추구하는 여러 비의적 측면과 영성 그리고 문학 사상적 측면을 통해 우리 현대문학을 설명하고 해석하고 대안적 모형을 만들고 있다. 이 점이 김종회 비평의 가장 이채로운 매혹이다.

4. 비평의 위기, 비평의 미래

원래 '비평'이라는 행위는 비평가의 나르시시즘이 그 일차적이고 근본적인 동기로 작용한다. 그러나 그 언어가 타자들을 포괄하고 타자의 삶에 충격을 주지 못하는 한, 그것은 거울로 이루어진 방 속에 갇힌 것처럼 무한반사 운동을 하는 것에 불과하게 될 것이다. 따라서 타자에 대한 배려와 관심, 그리고 그것을 전체성의 차원에서 사유하는 것이 반드시 비평의 심층적 동기로 따라와야 한다. 그 점에서 심층적 동기가 결여된 좋은 비평은 애초에 불가능하다고 우리는 말할 수 있다. 심층적 자의식이 없는 비평은 그 자체로 부도덕하지 않은가.

그러한 비평적 자의식은 전체성 차원에서의 사유는 자연스럽게 비평의 메타적 성격에 대한 요구를 불러온다. 강단 비평이나 현장 비평에서 우리는 최근 해설적 기능의 강화를 쉽게 발견할 수 있는데, 비평의 해설 기능이 전적으로 무시될 수는 없겠지만 비평이 본질적으로 메타적인 것이라는 점에서 우리 문학 지형의 거시적이고 원론적이며 반성적인 성찰이 비평에 의해 꾸준히 수행되어야 할 것이라는 점은 의심의 여지가 없다. 사실 메타 비평이 '비평의 비평'이라는 외피를 띠고는 있지만, 원래 비평 자체에 메타적 속성은 본질적인 것이기 때문에 따로 '메타 비평'의 중요성이 강조될 필요가 없을지도 모른다. 이 점에서 김종회 비평의 메타적 속성은 두고두고 비평의 미덕으로 남을 것이다. 그리고 우리 비평이 앞으로 견지해갈 중요한 속성에 대한 하나의 표지(標識)가 될 것이다.

사실 우리 문학 내부에서 제기된 '비평의 위기' 담론은 일부 매체 권력들이 퍼뜨린 수상쩍은 소문 이상도 이하도 아니었다. 물론 테크놀로지의 비약적인 발달로 비롯된 언어 예술의 근본적 위기는 그 동안 인류가 축적해온 형이상학과 정전(正典)의 급속한 와해를 초래하고 있다는 점에서, 그리고 급격한 인식론적 단절을 부추기면서 모든 진지한 사유에 대한 냉소를 만연시킨다는 점에서, 이미 위험 수위에 다다르고 있는 것은 사실이다. 김종회 비평 역시 이러한 위기 의식을 비평집 곳곳에서 확인하고 있다. 비평의 입법 기능이 현저하게 약화된 시대일수록 잊혀진 타자들을 비평의 중심에 세우면서도 그것의 타성적 복제를 엄격하게 자계(自戒)하는 이중의 작업이 필요한데, 그는 이러한 작업을 비평가로서의 남다른 자의식으로 수행하고 있는 비평가이다. 그는 문학의 존재 형식이 사회성과 시대 정신의 역학 속에서 이루어진다는 신념 아래, 문학의 존재론에 대해 꾸준한 성찰을 지속하고 있는 것이다.

창작에 비하여 이차 담론의 속성을 갖는 비평은, 어차피 존재의 위기 국면을 가장 민감하게 겪을 수밖에 없는 언어 양식이다. 그러나 비평은 문학에 대한 반성적 자의식을 가질 수 있는 유일한 언어 양식이며, 타자에 대한 배려와 관심을 전체성의 차원에서 사유할 수 있다. 이러한 비평의 심층적 존재론이 창의성과 공정성 그리고 타당성의 공정을 거쳐, 우리가 읽을 만한 '좋은 비평'으로 완성될 때, 우리 문학은 더욱 성숙된 자기 표현과 자기 성찰의 내적 구조를 가지게 될 것이다. 문학의 운명에 대한 고전주의적 관찰과 옹호로 일관된 김종회 비평을 우리가 주목해보는 까닭도, 이러한 비평의 위기를 극복하면서 미래를 암시하는 건강함과 활력이 그 안에 담겨 있기 때문이다.

외연의 확장과 포괄의 논리

김종회의 작품세계

이재복(문학평론가, 한양대 교수)

1. 비평의 외연과 체험의 리얼리티

김종회 비평의 외연은 넓다.『현실과 문학의 상상력』(1990)을 시작으로『위기의 시대와 문학』(1996),『문학과 전환기의 시대정신』(1997),『문학의 숲과 나무』(2002)를 거쳐 최근의『문화 통합의 시대와 문학』(2004)에 이르기까지 그가 대상으로 삼아온 비평 영역은 그 외연을 가늠하기 힘들 정도로 넓다. 먼저 장르적인 측면만 놓고 보아도 그의 주전공인 현대소설을 비롯하여 현대시, 현대수필, 현대비평 등에 이르기까지 두루 그 비평적 안목을 보여주고 있을 뿐만 아니라 각론으로 들어가면 북한문학, 조선족문학, 구미문학, 장애인문학, 기독교문학, 사이버 문학 전반을 자신의 비평적 글쓰기의 영역으로 삼고 있다. 한 장르나 한 주제를 평생 비평적 실천의 대상으로 삼고 있는 것이 우리 평단의 일반적 관행이라는 점을 고려한다면 그의 이러한 비평적 글쓰기는 이채롭다고 하지 않을 수 없다.

그가 보여주고 있는 이러한 비평적 외연의 넓이로 인해 그의 비평은 텍스트 자체의 미학성을 섬세한 감각으로 포착하여 그것을 미려한 언어로 들추어낸다거나 어떤 비평적인 이념이나 이데올로기를 구조적으로 깊이 있게 탐색하여 그것을 하나의 견고한 해석 틀로 세계를 재단하는 그런 비평과는 거리가 멀다. 그의 비평의 특장은 문학사나 시대사적인 맥락 속에서 문학의 외연을 확장하고 그것을 포괄적으로 논리화하여 우리 비평 지도를 새롭게 그려내고 있다는 점에 있다. 그의 비평의 이와 같은 특장은 단순히 비평가의 관념화된 의식의 산물이 아니라 철저하게 개인의 삶의 체험 속에서 잉태된 것이라고 할 수 있다. 그의 인격적인 지표 자체가 외연의 넓이와 포괄의 논리를 수렴하고 있음을 인식하는 것은 어렵지 않거니와 그것이 그의 삶의 체험 속에서 자연스럽게 배태된 것이라는 사실을 인식하는 것 또한 어렵지 않다.

이런 점에서 그의 삶의 궤적을 살펴보는 것은 중요하다. 그가 자술한 연보를 참고하면 왜 그의 비평이 외연의 넓이와 포괄의 논리로 나아갈 수밖에 없는지를 이해할 수 있을 것이다. 그의 비평적인 특장과 관련하여 주목할 만한 것으로는 첫째 학창시절 《대학주보》와 총동창회 회보의 편집책임을 맡았다는 점, 둘째 대학 부설 밝은사회문제연구소 연구원이었다는 점, 셋째 통일부 산하의 '일천만이산가족재회추진위원회' 사무처 과장을 거쳐 사무총장을 맡아 일했다는 점, 넷째 '민주평화통일자문회의'의 자문위원, '남북이산가족교류협의회' 실행위원 및 사무국장, '민족화해협력범국민협의회' 정책위원, '남북적십자교류실행위원회' 실행위원, '제2의건국범국민추진위원회' 중앙위원, 통일부정책자문위원 등의 직책을 맡아 일을 했다는 점, 다섯째 오프라인 상의 국문과뿐만 아니라 온라인 상의 사이버 대학 문창과 교수를 겸하고 있다는 점, 여섯째 교수협의회 대표로 선출되었다는 점 등이 바로 그것이다.

이렇게 그의 경력을 장황하게 늘어놓은 것은 이 실질적인 체험들이 어떻게 비평의 영역 안으로 수용되어 반영되고 또 굴절되어 드러나고 있는지를 이야기하기 위해서이다. 그의 이 현실에서의 실질적인 체험들이 고스란히 비평의 영역 안으로 수용되었다고는 볼 수 없다. 삶의 체험과 비평 텍스트의 기계론적인 단순 반영이란 존재할 수 없는 것이다. 하지만 비평은 어떤 식으로든(비판적이든, 상동적이든, 유비적이든, 굴절의 양태든) 삶의 체험을 반영하고 있는 것이 사실이다. 특히 그의 비평이 드러내는 사회 역사적인 문맥의 강조와 북한문학과 조선족문학, 구미문학에 대한 관심 그리고 사이버 문학, 장애인문학, 기독교문학에 대한 관심은 그의 삶의 체험과의 긴밀한 상관성 속에서 잉태된 것이라고 할 수 있다. 가령 「통일 문화의 새로운 선언」과 같은 평문은 그의 현실의 구체적 삶 속에서의 체험이 전제되지 않고서는 얻어질 수 없는 글이라고 할 수 있다. 이 글은 다섯 개의 소주제로 이루어져 있다. (1)왜 '통일 문화'인가? (2)남북한 문화 교류의 현황과 한계 (3)남북한 문화 이질화 현상의 비교와 문제점 (4)남북한 문화 통합의 구체적 실천 방안 (5)통일 문화의 새로운 선언과 방향성 등이 바로 그것이다. (1)에서는 남북 간의 문화 개념에 대한 원론적인 의미의 차이와 그것이 가진 일정한 한계를 살펴본 뒤 문화 통합만이 민족 통합의 필요충분조건이 될 수 있음을 강조하고 있다. (2)에서는 남북한 문화 교류의 기본적 전제와 남북한 문화 교류 현황, 그리고 남북한 문화 교류의 한계와 문제점을 구체적인 사례와 객관적인 자료를 통해 제시하고 있으며, (3)에서는 문화와 문화 제도적 측면과 언어적 측면에서 남북 문화의 이질화 현상을 살펴보고 있다. (4)에서는 독일 통일의 사례와 교훈을 예로 들어 문화 통합 과정이 필요한 이유를 설득력 있게 이야기하고 있으며, (5)에서는 이러한 일련의 사실들을 토대로 통일 문화의 새로운 목표와 활동 계획, 통일 문화 운동의 새로운 방향성에 대한 전망을 제시하고 있다.

'통일 문화의 새로운 선언'이라는 제목이 말해 주듯 이 글은 남북한의 통일 문제에 대해 오랜 고민과 실천의 과정을 통해 얻어진 자신감의 발로에서 씌어진 것이라고 할 수 있다. 그의 선언이 만일 이러한 현실적인 체험을 담보하지 못한 상태에서 나온 것이라면 그것은 한낱 이상적이고 관념적인 그야말로 선언의 의미밖에는 지니지 못했을 것이다. 그러나 이 글은 그의 현실적인 체험을 담보하고 있기 때문에 그 안에 구체적인 실천성을 내장하고 있다고 할 수 있다. 이 글에 나타난 그의 논리는 여기에서 그치는 것이 아니라 남북한 문학을 보는 시각으로 확대되어 우리 문학의 외연을 확장하는 새로운 지형도를 그려내기에 이른다. 현실적인 체험을 토대로 한 그의 이러한 비평 방식은 비단 북한문학 쪽에만 국한되어 있는 것이 아니라 모든 분야에 걸쳐 드러나는 현상이다. 현실에서의 전방위적인 그의 체험이 비평의 영역에서도 그대로 드러나기 때문에 그의 글은 다소 과장되고 성글어 보임에도 불구하고, 우리는 그가 전개하는 넓은 외연과 포괄의 논리를 내장하고 있는 새로운 지형도에 주목하지 않을 수 없는 것이다.

2. 문화 통합의 개념과 문학 비평의 논리

이번에 상재한『문화 통합의 시대와 문학』은 지금까지 그가 보여준 비평의 특장을 드러내면서 동시에 새로운 비평 논리를 함의하고 있다. 외연의 확장과 포괄의 논리라는 그의 비평의 특장이 이번 평론집에서도 드러나지만 이 연장선상에서 그는 '문화 통합'이라는 개념을 제시하고 있다. '문화 통합'은 90년대 이후 제기한 담론 중의 하나로 우리에게는 익숙한 개념이지만 그가 제기하고 있는 이 용어의 의미 영역은 좀 더 넓고 포괄적이다.

문학 내부의 장르 유형이나 경계의 구분이 와해 또는 무화되는 시대는, 설명을 달리하면 장르의 경계가 새로운 통합의 길을 열어나간다는 변증을 생성하는 것으로 된다. 우리는 근자에 문학 논의 현장에서 '통합 문화'나 '퓨전 문화' 등속의 어휘들이 등장하고 있음을 쉽사리 목도할 수 있다.

이 책에서는 그와 같은 변증법적 인식을 '문화 통합'의 개념에 하나의 축으로 사용하는 동시에, 이 문화적 형식의 분류나 성격의 분석과는 다른, 당대적 삶의 공동체가 유발하는 집단적 의식의 문제를 또 다른 하나의 축으이 글에서 그가 제시하고 있는 '문화 통합'의 개념은 근자에 등장한 '통합 문화'나 '퓨전 문화'의 개념을 넘어, 당대적 삶의 공동체가 유발하는 집단적 의식의 문제까지 함의하고 있는 포괄적인 개념이다. 이 사실은 그가 제시하고 있는 '문화 통합'의 개념이 90년대 이후 부상한 장르와 양식의 경계 해체 같은 유행사조의 영향으로 처음 생성된 것이 아니라, 이미 그 이전부터 공동체적인 삶과 집단적인 의식의 문제에 관심을 두면서 생성된 그런 개념이라는 것을 의미한다. 따라서 그가 이야기하고 있는 '문화 통합'은 이질적인 것을 동질화하는 것만을 대상으로 하는 것이 아니라 동질적인 근본에서 출발했으되, 매우 이질적인 파생의 경로를 밟아간 것까지를 대상으로 하는 광범위한 개념이다. 이질적인 장르나 양식을 경계 해체하여 새로운 동질성을 구축하는 90년대 이후의 우리 문학, 혹은 문화의 경우는 전자에 해당되며, 동질적인 장르나 양식의 경계 해체가 아니라 그것의 강화 속에서 동질성을 발견하고 구축하려는 북한문학이나 해외 동포문학과 같은 한민족 문화권의 문학의 경우는 후자에 해당된다고 할 수 있다.

이런 점에서 볼 때 그가 제시한 '문화 통합'의 개념은 자기 소멸적이면서 동시에 자기 보존적이라고 할 수 있다. '문화 통합'에 대한 이와 같은 시각은 그대로 문학에 적용되는 것으로, 그는 이 입장에서 우리 문학을 진단하고 있다. 이것은 우리 문학에 대한 일련의 중층적인 인식이며, 그의 비평의 진지성을 드러내는 대목이기도 하다. 그는 우리의 삶의 양식을 점점 교환가치화해 버리는 후기자본주의 문화논리에 대해 경계를 늦추지 않는다. 그런 문화논리하에서는 모든 가치들이 탈가치화되고, 정신은 불모의 그로테스크한 형상의 차원으로 전락하게 된다는 것이다. 이것은 우리 문화의 혹은 문학의 대세이며 운명이라고 할 수 있다. 그가 원하든 원하지 않든 우리 시대의 '문화 통합'의 방향도 그쪽으로 나아가리라는 것을 부정할 사람은 없을 것이다. 그러나 그가 겨 냥하고 있는 '문화 통합'의 궁극은 여기에 있지 않다.

> 과거의 영예를 간직한 문학, 그 문학의 정신주의가 이 시대의 그로테스크 한 형상을 감당하지 못하고 패배와 멸절의 예감에 떨고 있을 때, 고작해야 문 학이나 인문학의 위기라는 레토릭을 작성하고 있을 때, 그때의 문학은 무엇 을 어떻게 해야 할 것인가 하는 문제다. 그처럼 성한 데 없이 상처 입고 황량 한 불모의 광야로 나섰다고 생각될 때의 정신주의 문학은, 오히려 그 상황으 로 인하여 새로운 기력과 반탄력을 발양할 수도 있을 터이다.
> 그 오랜 역사 과정을 품고 있는 이 종류의 문학이 그 내부에 끌어안고 있 는 반동적인 힘이 죽지 않았다면 그 문학 또한 죽은 것이 아니다. 그것은 그 것대로의 희망이 있다. 그러나 그것은 아무래도 과거 지향적이며, 견고한 형 식 속에 내용을 담으려 할 것이며, 무엇보다 소수일 것이다.
> 그러할 때 그와는 다른 얼굴을 가진 사이버 시대, 디지털 시대의 문학은, 우리 사회의 모든 부면에서 전방위적으로 기존의 경계가 무너지고 범주가 해체되는 시대적 상황을 수용하면서, 더 진전된 실험적 단계로 진입해 갈 것 이다. - 「리얼리즘 문학의 행방과 우리 문학의 성격 변화」 중에서

그는 우리가 살고 있는 '지금'·'여기'를 "사이버 시대" 혹은 "디지털 시대", 다시 말하면 "전방위적으로 기존의 경계가 무너지고 범주가 해체되는" '문화 통합'의 시대로 규정하고 있다. 이 '문화 통합'의 시대의 문학에 대해, 그는 "시 대적 상황을 수용하면서 더 진전된 실험적 단계로 진입해 갈 것"이라는 전망 과 함께 "성한 데 없이 상처 입고 황량한 불모의" 시대에 정신주의를 표방하는 문학은 "오히려 그 상황으로 인하여 새로운 기력과 반탄력을 발양할 수도 있 을 것"이라고 전망하고 있다. 이러한 '문화 통합' 시대의 문학에 대한 그의 태

도는 그가 '고전주의적인 문학정신의 옹호자이자 문학주의적 시선의 소유자' 라는 것을 말해 준다. 이렇게 규정해 버리면 마치 그가 문학만을 위해 존재하는 순수주의자로 비칠 수도 있을 것이다. 하지만 그의 '문화 통합'의 논리는 늘 사회·역사적인 상황 속에서 전개되고 있기 때문에 순수주의 운운하는 것은 정당한 규정이라고 할 수 없다.

그의 '문화 통합 시대의 문학'은 이처럼 정신적이면서 동시에 해체적인 개념을 내포하고 있다. 해체의 시대에 정신적인 것, 혹은 인문주의적인 것을 옹호하고 있는 그의 '문화 통합'의 개념은 그가 지금까지 견지해 온 외연의 넓이와 포괄의 논리에 입각해서 보면 그다지 낯선 것이라고 할 수 없다. 다만 그가 우리 문학을 규정하는 새로운 심급 단위로 문화를 들고 나왔다는 것은 주목에 값한다고 할 수 있다. 문화에 대한 이해 없이 우리 문학에 대한 이해가 불가능한 '지금'·'여기'의 상황을 고려할 때 그의 문화에 대한 수용은 시의적절한 것이며, 그 속에서 또 다른 고전주의적이고 인문주의적인 문학의 가능성을 탐색하는 일은 후기자본주의 문화논리에 의해 이데올로기적인 허위의식에 저항하는 내성을 갖지 못하고 있는 우리 문학에 귀한 반성과 성찰의 태도를 제시할 것이다.

3. 한민족 문화권의 논리와 한국문학의 전망

'문화 통합'의 논리에 입각해 우리 문학에 대한 해석을 단행하고 있는 그의 비평적인 글쓰기의 외연이 겨냥한 가장 중요한 것 중의 하나는 글로벌 시대에 대응하는 한국문학의 역량 강화이다. 이를 위해 그는 '재외 한국문학'이라는 문화집단 개념을 상정한다. 그가 내세우고 있는 재외 한국문학의 개념을 보면 첫째 일본·중국·미국·캐나다·브라질·독일 등 세계 각지에 분포하는 700

만 명에 이르는 재외 한국인들이 자리잡고 있는 삶의 터전에서 솟아오른 문학적 산출물이며, 둘째 그 창작 주체가 모국의 국적을 버리고 그 나라의 국적을 취득했을지라도, 문화적 · 의식적 차원에 있어서 한국인이기를 포기하지 않았다면 그가 쓴 문학은 재외 한국문학이며, 셋째 그 창작에 소용된 언어에 있어 그것이 모국어가 아닐지라도 한국문학의 일반적인 주제와 정서 및 분위기 등을 끌어안고 있는 작품이라면 재외 한국문학이 될 수 있다는 것이다.

재외 한국문학에 대한 그의 이러한 규정은 그 영역 개념을 지나치게 경직시키지 않고, 비록 창작의 강역이나 창작 주체, 사용된 언어 등에 결손 부분이 있다 하더라도 그것을 우리 문학의 특수한 영역으로 받아들이는 탄력적인 태도에서 기인한다고 할 수 있다. 재외 한국문학에 대한 그의 이러한 규정은 기본적으로 그가 재외 한국문학을 '한민족 문화권'으로 이해한 데서 얻어진 산물이라고 할 수 있다. 이 자체만으로도 외연이 넓고 포괄적이지만 그는 여기에서 한발 더 나아가 북한문학을 '한민족 문화권'의 영역 안으로 초치하려는 기획을 단행한다. 이렇게 북한문학을 수용할 때 비로소 '한민족 문화권'의 개념이 제시될 수 있다는 것이 그의 논리이다.

> 이는 남북한 문학을 포함하여 재일 조선인 문학, 중국 조선족 문학, 중앙아시아 고려인 문학 등 재외 한국문학의 전체적인 구도 속에서 남북한 문학의 지위를 자리매김해 나가는 한편 극동과 제3세계로 확산되는 동아시아론의 범박한 논리를 차입하여 남북 상호 간의 대결 구도를 희석시키자는 논리다. 그리하여 남북한 양자의 문학이 무리 없이 만나 악수하게 하고 그것의 대외적 확산을 도모하여 통일 이후의 시대에 개화(開花)할 새로운 민족문학의 장래를 예비하는, 다목적적 기능에 유의하고 이를 실천해 볼 수 있었으면 하는 것이다. - 「글로벌 시대, 한민족 문화권에 대한 새로운 시각」 중에서

그가 제시하고 있는 '한민족 문화권'의 문학이란 지금까지 구체적으로 제시된 적 없는 개념임에 틀림없다. 한국문학사라고 하지만 그것은 어디까지나 반쪽 문학사였으며, 1988년 해금 이후 제기된 월북 및 북한문학의 복원으로 인해 그 아웃라인이 그려지기는 했지만, 그것 역시 현실적으로 온전한 것이 되지 못했다. 게다가 재외 한국문학까지는 감히 엄두도 못낸 것이 사실이다. 그래서 늘 한국문학과 관련되어 제기되는 문제 중의 하나가 왜소성과 폐쇄성 아니었던가? 이것을 해소하는 유일한 방법이 꼭 그의 '한민족 문화권'의 논리하에 남북은 물론 재외 한국문학을 통합시키는 것이라고 할 수는 없지만 적어도 "오늘날과 같이 인간의 의식이 다원화되고 파편화되며 민족문화의 진로와 그 성취의 목표가 불투명해진 시대에 있어"서는, 그것이 "우리가 문학이라는 이름으로 내거는 하나의 작은 등불"이 될 수 있을 것이다.

그는 기본적으로 '한민족 문화권'의 논리를 전개하는 일을 우리 문학의 왜소성과 폐쇄성을 넘어서는 일이며, 그것이 "인간의 삶을 아름답고 풍요하고 보람 있게 하는" 것으로 보고 있다. 이것은 그가 문학을 당대적 삶의 공동체가 유발하는 집단적 의식의 문제로 이해하고 있다는 것을 말해 준다. 개인을 넘어선 공동체가 유발하는 집단적 의식이란 통합의 진정한 의미 영역 아닌가? '지금'·'여기'에서 행해지는 '통합 문화' 혹은 '퓨전 문화'가 결하고 있는 것이 바로 이 인간을 중심에 두고 행해지는 공통체적인 집단의식의 충만함과 풍요로움 아닌가? 외연이 넓고 포괄의 논리를 토대로 한 그의 비평의 궁극이 여기에 있다면, 이제 그 일은 선언을 넘어 구체적인 실행의 차원으로 나아가야 하리라고 본다. 따라서 그의 비평적인 글쓰기가 제기해온 문제는 어느 것 하나 완성된 것이 없으며 그것은 지금 진행 과정에 있다고 할 수 있다. 그가 가진 비평에 대한 엄청난 열정과 그것을 통한 넓고 포괄적인 한국문학의 지도 그리기가 보다 구체적인 모습으로 드러나기를 기대해 본다.

국적 있는 문학과
대국적(大局的) 비평

김종회의 비평

김문주(문학평론가, 영남대 교수)

1.

비평이라는 말의 영어 표현 criticism의 어원 'critic'은 '식별할 수 있는'이라는 뜻의 그리스어 'κριτης(kritikós)'에서 왔고, 이 말은 "사리에 맞는 판단이나 분석을 제공하는 사람, 혹은 판단·해석·관측의 가치를 매기는 사람"을 뜻하는 'κριτης(kritiés)'로 사용되었으며, 이후 "평가 대상에 대하여 반대하거나 동의하지 않는 사람"을 뜻하기도 하였다. 용어의 쓰임새를 살펴보면, 비평의 핵심 개념은 해석과 가치 판단이며, 그 작업은 비판적 성격을 띤 것이라고 할 수 있다. 비평을 문학으로 한정한다면, 대상을 작품으로 하는 (비판적) 해석과 가치 평가의 작업이라고 할 수 있을 것인데, 그 판단의 근거를 무엇으로 하느냐에 따라 비평의 성격은 갈리게 된다.

　문학비평의 성격을 가르는 평자의 관점은 크게 작품을 그 자체로서 제한하여 살피는 경우와 작품을 둘러싼 환경, 좀 더 나아가 작품을 보는 현재적 시각을 적극적으로 개입시키는 경우로 나눌 수 있을 것이다. 이러한 갈래짓기를 문학 연구에도 동일하게 적용한다면 문학 작품과 문학사 연구로 대별할 수 있을 것이고, 대개의 평자들이 연구자로서 살아가고 있는 현실을 감안한다면 문학 현장(現場)에 집중하는 비평과 문학연구의 일환으로서의 비평, 이러한 구분이 가능할 것이다. 물론 각각의 비평은 존재 이유가 분명할 뿐만 아니라 상생적(相生的) 성격을 띠고 있어서 그것의 가치와 역할의 우열을 논할 수는 없다.

1988년《문학사상》으로 등단하여 현재까지 7권의 비평집을 상재한 김종회는 80여 권의 저작을 발간할 만큼 왕성하게 활동하고 있는 수일한 연구자이기도 하다. 비평과 연구 저작물이 웅변적으로 드러내고 있는 바, 그의 문학 영토는 현장과 강단, 작품과 문학사를 두루 거느린 지형적 특징을 보여준다. 그는《문학사상》,《문학수첩》,《21세기문학》등 우리 문단의 주요 문예지들의 편집위원을 지내면서 현장의 흐름을 진단하고 그 물길을 트고 여는 역할을 상당 기간 했을 뿐만 아니라 특정 주제를 개척하여 학계의 중요한 영역으로 일구어 낸 선도적 연구자로서의 면모도 보여주었다. 이 과정은 별개로 진행된 것이라기보다 동시에, 그리고 습합(習合)과 적층(積層)의 형국으로 나아갔으며, 마땅히 공동 작업을 통해 일종의 학문적 집단과 패러다임을 구성해가는 방식으로 전개되었다. 그러한 점에서 김종회 비평을 현장이나 강단, 문단 활동이나 문학연구 중 한쪽에 편입시켜 나누어 이해하는 것은 온당하지 않다. 실제로 그의 문학적 성취는 이 둘을 겯고 트는 방식으로, 방식 속에서 이루어져 왔다. 이광수의 『사랑』을 비롯하여, 한용운, 이상, 김동리, 황순원, 한무숙, 이범선, 이병주, 손창섭, 이호철, 이청준, 김주영, 한승원, 전상국, 김용성, 김원일, 윤흥길, 조세희, 조정래, 황석영, 서영은, 최인호, 이문열, 복거일, 양귀자, 하일지, 고원정, 구효서, 이승우, 전경린, 김경욱, 천운영의 「바늘」까지 가히 100년의 한국소설사를 작가별 작품 분석을 통해 정리한 저작(『문학과 예술혼』)뿐만 아니라 다수의 연구자가 참여하여 완성한 4권의 『북한문학의 이해』, 그리고 지역별 해외동포 문학의 현황과 주요 작가들을 정리한 『한민족 문화권의 문화』 등, 그의 비평적 촉수는 '지금-이곳'의 문학 현장을 포함하여 한국문학의 포괄적 전체를 대상으로 한 구상과 실천의 작업으로 두루 펼쳐져 있다.

문단의 현장뿐만 아니라 남한의 근현대문학, 그리고 북한문학사와 해외동포문학에까지 이르는 그의 문학 여정은 광범위한 영토를 기반으로 하고 있지만 그것의 향방은 점차 명확해지고 있다. 학계의 조류나 매체 환경의 변화를 주시하면서 새로운 주제를 제언하던 때와 달리 김종회의 비평은 "국적 있는 문학"이라는 입지를 점차 확고하게 다져가고 있다. 이는 그의 비평적 관점이 한민족의 현실이라는 분명한 기지 위에서 개진되고 실천되고 있음을 의미하는 것이다. 이러한 문학적 행보는 오랜 기간 통일 관련 업무를 담당하고 해외동포문학의 현장을 방문하면서 학문적으로 구상된 것이어서 한반도의 실제적 환경이나 그러한 환경의 의미 있는 변화를 추동하기 위한 큰 명제 속에 수렴되어 있다. 김종회 비평이 일련의 문학주의나 특정한 문학적 입장에 경도되지 않고 대국적이고 포괄적 성격을 띠고 있는 것은, 그의 비평이 한민족의 현실적 문제를 염두에 둔 문학적 실천이라는 점에서 기인한다. 그의 안목과 감각의 균형은 문학을 문학만의 제한된 범주 속에 가두지 않고 현실과의 연관 속에서, 그리고 미래적 전망 위에서 사유함으로써 구성된 것이다.

2.

"국적 있는 문학"이라는 명제는 김종회 비평의 가장 중요한 거점이다. 그것은 대상이나 범주의 문제를 넘어 비평의 목적과 가치 판단의 핵심 척도라는 점에서 그러한데, 이는 그의 비평이 유연하고 포괄적일 수 있는 이유이기도 하다. "국적 있는 문학"이란, 김종회의 비평이 민족 공동체의 현실을 문학적으로 고민하는 장(場)임을 뜻하는 것으로서 그가 비판이나 배제의 방식이 아닌 긍정과 포섭의 태도로서 비평의 대상을 다루고자 하는 것은 여기에서 연유한다. 그의 비평이 한민족의 현재와 미래를 건설적·생산적으로 조망하고 접근하고자 하는 것은, 그러한 점에서 지극히 자연스럽다.

> 중요한 것은 이와 같은 외형적 구분에 얽매이지 않고 보다 포괄적이며 활달하게 펼쳐지는 문학적 시야가 필요하다는 점이다. 각기의 영역에 한국문학으로서의 자격이 있느냐 없느냐를 따지는 '가부'의 판단이 아니라, 각기의 영역에 한국문학적 요소가 얼마나 포함되어 있는가를 따지는 '정도'의 측정에 방점이 주어져야 한다는 뜻이다. - 「디아스포라 문학의 가능성과 과제」

김종회의 비평에서 중요한 축을 이루는, 이른바 '디아스포라 문학'의 범위에 관한 견해를 밝힌 위의 글은 그의 관점을 잘 보여준다. 해외동포들의 문학 중 어떤 것을 한국문학의 영역에 포함시킬 것인가 하는 대목에서 그는 "가부"가 아닌 "정도"의 척도를 제시한다. '可否' 대신 '程度'를 살펴야 한다는 것은, 특정한 기준, 이를테면 어떤 언어로 씌어졌느냐를 한국문학 영역의 안과 밖을 나누는 절대적 기준으로 삼아서는 안된다는 것, 자격 시비로 어떤 작가나 작품을 평가의 대상에서 원천적으로 배제하지 말고 긍정적인 요소들을 살펴서 이를 한국문학의 영역 속에 포함시켜 다루어야 한다는 것이다. 무 자르듯, 외적 요소나 단일 기준을 배제의 근거로 삼지 말고 "한국문학적 요소"라고 할 만한 것들이 있다면 이를 긍정적으로 살펴서 한국문학의 영역 속에 편입시켜야 한다는 것이다. 그러한 점에서 "'정도'의 측정에 방점이 주어져야 한다"고 할 때 '정도'는 양적 개념이라기보다 '가치' 개념이다. 다시 말해 기릴 만한 "한국문학적" 성격이 있으면 이를 적극적으로 수용해야 한다는 것이다. 이는 판단과 평가가 배타적인 방식이 아니라 우호적인 방식으로 작동되어야 함을 뜻한다. 그가 강조한 "포괄적이며 활달하게 펼쳐지는 문학적 시야"는 한국문학의 그라운드를 옹색하게 제한하지 말고 개방하자는 제안이다. 이러한 견해는 김종회 비평의 성격을 관통하는 핵심 내용이다.

  그리고 종국에 있어서는 이러한 한민족 디아스포라의 문학적 성과들이 한민족 문화권 문학의 연구와 한민족 문학사의 기술에까지 나아가는, 보다 진취적으로 학문적 미래의 전망을 상정하는 새로운 계기가 되어야 한다고 본다. -「미주 한인 디아스포라 문학의 민족 정체성」

  궁극적으로 이러한 한민족 문학사의 기술이 단순히 문학사의 계보를 수립하거나 작가·작품을 통시적으로 계열화하는 데 그치지 않고, 한민족의 삶과 문화 그리고 문학을 통어하고 그 미래적 전망을 불러오는 데 효용성 있는 자양분이 되었으면 한다. -「한민족 문학사의 통시적 연구와 기술의 방향성」

"포괄적이며 활달하게 펼쳐지는 문학적 시야"는 김종회의 비평이 가는 향방과 이르고자 하는 곳을 예고해준다. '한민족문학'을 넘어 "한민족 문화권 문학", 그리고 이를 내용으로 하는 "한민족문학사의 기술"은 그의 비평과 학문이 바라보고 있는 지점이다. 종전의 우리 문학의 논의의 장이 '민족문학'이었다면, 김종회는 이를 '한민족문학'으로 전환하고, '한민족'의 역사적 내력과 현재적 장을 수렴하기 위해 "한민족 문화권 문학"이라는 개념을 창안한다. 우리 문학을 단순히 현실의 영토 관념에 가두지 않고 한민족이 활동하고 있는 생활권 전반으로 확대한 이와 같은 시각에는 우리 민족의 영역과 기반을 진취적으로 설계하자는 의도가 내재되어 있다. 비록 디아스포라 문학은 비극적인 민족사에서 비롯되었지만 이를 우리 민족문학의 새로운 영토로서 사유해야 한다는 견해는, 비극적인 과거를 그 자체로서 인정하되 그것을 발전적으로 넘어서야 한다는 제언인 것이다. 과거에 퇴영적으로 매여 있지 말고 과거사를 "학문적 미래의 전망을 상정하는 새로운 계기"로 삼자는 이와 같은 주장은 김종회의 비평과 연구를 가로지르는 핵심이다. 이러한 시각은 실제적인 현실주의에 기초하고 있다. "한민족 문화권 문학"이라는 시각 위에서 진행될 "한민족 문학사의 기술이" "문학사의 계보를 수립하거나 작가·작품을 통시적으로 계열화하는 데 그치지 않"아야 한다는 그의 견해는, 기존의 사료들을 정리하는 평면적 문학사, 단지 학문적 장에서만 유효한 자족적 문학 연구를 넘어 "한민족의 삶과 문화", 한민족의 "미래적 전망을 불러오는 데" 기여하는 "효용성 있는 자양분"으로서의 학문을 강조한 것이다. 이는 여러 정치적 힘들의 착종(錯綜)으로 인해 답보 상태에 머물러 있는 분단 체제, 그것의 발전적 해소를 위해 문학이 그리고 문학 연구가 전망의 자양분을 제공할 수 있어야 한다는 뜻으로 읽힌다. 그러한 점에서 그의 시각은 현실을 추동하는 '운동으로서의 문학 연구'를 요청한 것이다. 물론 그때의 '운동'은 이념적 프레임이나 특정한 관점을 실어나르는 실천이 아닌, 학문적 자족성을 넘어 현실과 동행하고 소통하는 '실천적 역동성'에 가깝다. 이는 "말로만 하는 구두선(口頭禪)"을 지양하고 "길이 없는 곳에 길을 내면서 가는 일"(「북한문학에 반영된 한국 현대사 고찰」)을 가겠다는 학문적 의지와 맞닿아 있다. 그가 '포괄적·진취적·미래적' 성격을 강조한 것은, 그의 문학이 본질적으로 한민족의 현실을 겨냥하고 있기 때문이다. "한민족 문화권 문학"과 이에 기초한 '한민족 문학사'가 "단순히 문학연구의 영역에만 머물지 않고 민족적 미래의 화해와 협력, 교류와 통합의 길을 예비해야 한다는" 당위론은 실천적 현실주의에 기지를 마련하고 있는 그의 비평적 지향을 명확하게 드러낸다. 이와 같은 입장은 북한문학에 관한 태도에서도 확인된다.

특히 작가와 작품에 대한 가치판단에 있어서는 관점 자체가 충돌하고 파열할 수 있으므로, 객관적 사실의 공유나 박태원을 비롯, 양측에서 함께 논의할 수 있는 작가의 상정을 시도하는 것도 기대할 만하다. 또한 1980년 사회주의 현실주제의 강조 이후 북한문학이 새롭게 평가하기 시작한 실학파, 카프, 친·항일 문학 등을 공동의 연구과제로 내세울 수도 있다. - 「한민족 문학사 김종회는 '북한문학에 접근할 때 주체문예이론 자체를 비판하기보다 그 내부의 균열과 불균형의 징후를 포착하는 것이 필요하다'(「북한문학에 반영된 한국현대사 고찰」)고 한바 있는데, 이와 같은 견해는 유효성의 측면에서도 그러하지만 실제적인 현실성을 중시한 것이기도 하다. 그에게 북한 문학은 문학성 자체를 평가할 대상이라기보다 한민족의 문화 교류와 통합을 촉발할 거멀못이라는 데 보다 중요한 의미가 있다. 따라서 충돌과 갈등을 일으킬 내용보다는 남북한이 함께 논의할 만한 공동 지대, '박태원'이나 '실학파', '카프' '친·항일문학' 등을 중심으로 소통의 장을 이어가야 한다는 것이다. 한민족의 문화 구축의 당위성이 문학 연구나 교류에서 대원칙으로 작동되고 있는 셈이다. 특정한 문학적 입장을 고수하기보다 상대와 공유할 수 있는 지대에서 논의의 실마리를 찾고자 하는 이와 같은 태도는 "한민족 문학"을 민족 대통합의 실천적 장 속에서 사유하고자 하는 그의 의지를 생각하게 한다. 글 곳곳에서 확인할 수 있는 유연성과 포용력은 이러한 의지의 소산이며, 그 의지의 배후에 자리하고 있는 그의 궁극적인 구상을 떠올리게 한다.

크게 구분하여 남북한과 재외 4개 지역 등 모두 6개 지역이 세항을 이룰 한민족 문학사는, 하나의 일관된 문학사로서 통합적 기술의 성격을 갖는 것이 당연하다. (중략) 그러나 재외 동포문학, 곧 해외에 있는 한민족 디아스포라 문학에 있어서는 각 지역별 이주와 생존의 역사 그리고 그것을 정신 영역의 활동으로 치환한 문학의 형용이 서로 다르므로, 이를 공통의 유대로 묶을 수 있는 주제론적 지침이 필요하다. 그것은 역사적 사실에 있어서는 한반도의 주요한 역사적 사건 및 계기에 따른 유이민사가 될 것이고, 문학의 실제에 있어서는 시간·공간적 환경이 달라져도 한결같은 지향점을 보이는 민족정체

　"남북한과 재외 4개 지역"을 세항(細項)으로 하는 "한민족 문학사"의 기술은 김종회의 비평과 연구가 바라보는 지점이다. 남북한 문제를 해결하기 위한 '6자회담'의 구성과 동일한 형태를 띠고 있는 〈'2+4(남북한+중국/구소련지역/일본/미국)' 한민족 문학사〉는 우리의 과거사를 그 자체로서 인정하되 이를 민족의 활달한 미래로서 수렴하려는 의지를 담고 있다. 개별 지역문학사의 역사성과 미학적 가치는 존중하여 기술하되 한반도를 중심으로 한 민족정체성의 큰 흐름 속에 유기적으로 통합하는 이 문학사는 가히 '연방제적 문학사' 서술방식이라고 할 수 있다. 이 기획은 국경과 지역에 묶여 있던 문학사를 개방함으로써 한민족의 문화 영토를 진취적으로 구성하려는 정념의 소산이며, 통일 시대에 담긴 우리의 염원을 문화적으로 실현하고자 하는 구상인 셈이다. 남북한 문제를 구속하고 있는 주변 열강들의 힘의 장(場)은 통일 이후 한민족이 웅비하는 창(窓)이 될 터이다. 김종회의 "한민족 문화권 문학"의 개념과 "한민족 문학사"를 향한 학문적 실천은 우리 민족의 현실적 문제를 푸는 데 실마리를 제공하는 마중물이 되고자 하는 듯하다. 그의 비평과 연구를 관통하는 포괄성과 현실주의는 김종회가 그리고 있는 한민족의 문학 지도에 대한 간절한 염원의 반영일 것이며, 그러한 점에서 그의 "한민족 문화권 문학" "한민족 문학사"는 그 자체가 새로운 기착점이 되기를 원하는 문학적 고지인 셈이다.

3.

　'디아스포라 문학', '북한문학사' 그리고 '한민족 문화권 문학'으로 이어지는 김종회의 비평과 연구는 한민족의 미래적 전망을 문학사적으로 초치하고 현실적으로 구체화하기 위한 노력의 일환이다. 폐색(閉塞)의 민족 현실에서 길을 찾고 길을 가고자 하는 모색들이 한민족의 넓은 지도를 구상하고 있는 김종회 문학의 현재이자 향방일 터이고, 오랜 기간 동안 통일 관련 업무에 관여하면서 얻었던 현실적 체험은 이러한 그의 문학적 행보에 중요한 지침이 되었을 것이다. 서두에서 언급한 대로 비평의 어원이 '식별할 수 있는'이라는 뜻의 'critic'임을 생각할 때, 김종회 비평의 중요한 판단 근거는 '현실'이자 한민족의 미래라고 할 수 있다. 그에게 문학은 역사적 현실의 산물이며, 그러한 문학들을 대상으로 한 문학 연구는 긍정적 현실을 탐색하는 데 기여할 때 보다 가치 있다는 게 그의 생각인 듯하다. 이러한 관점은 다른 글들에서도 확인된다.

오랜 기간 황순원과 이병주 관련 현양사업을 주관하면서 김종회는 문학의 대중화와 저변 확대에 많은 노력을 기울여 왔다. 문학이 현재/현실과 만나는 다양한 길을 그는 두 소설가의 작품을 조명하는 전통적인 비평 작업을 수행하면서 함께 진행해 왔는데, 이들의 작품에 대한 분석 과정에서도 이러한 감각을 확인할 수 있다.

『카인의 후예』는 이와 같은 토지 개혁을 배경으로, 그 와중에 숱한 인간관계의 파탄과 고통을 겪고 있는 북한 사회를 사실적으로 그렸다. (중략) 황순원의 시와 초기 단편들, 그리고 장편들조차도 기실 우리가 두 발을 두고 있는 구체적 삶의 현장에 과감히 뛰어든 문학이 아니다. 이는 어쩌면 암흑기의 현실적인 제약과 타협하지도 맞서지도 않았기 때문인지 모른다. -「전란의 시대와 황순원 소설의 인본주의」

우리 역사에는 너무도 많은 유태림이 있으며 그들의 아픔과 비극이 오늘 우리 삶의 뿌리에 연접해 있다. 이 사실을 구체적 실상으로 확인하게 해준 것은, 작가 이병주가 가진 균형성 있는 역사의식의 결과이다. 그것은 또한 이미 30여 년 전에 소설의 얼굴로 등장한 이 역사적 격랑의 기록을, 시대적 성격을 가진 소설문학의 수범 사례로 받아들이는 이유이다. - 「이병주 문학에 나타난 역사의식의 성격」

　　황순원과 이병주 문학세미나에서 발표한 위의 글들은 공통적으로 이들의 작품을 두루 살피면서 그 문학사적 의의를 해명하고 있다. 이러한 사적 성찰의 시선은 개별 작가와 작품을 전체적으로 통찰하려는 김종회 비평의 특징이기도 한데, 이는 그의 글이 보여주는 균형감각의 원천이라고 할 수 있다. 문학사 자체에 대한 학문적 관심뿐만 아니라 작가론이나 작품론의 중요한 배후로서 작동하는 이러한 사적(史的) 감각은 분석 과정에서는 작품의 내용과 현실/역사의 연관성을 살피는 방식으로 작용한다. 황순원과 이병주의 소설을 분석한 위의 인용 글에서도 이를 확인할 수 있다. 『카인의 후예』에서 김종회가 주목한 것은 당대 북한 사회의 현실을 이 작품이 매우 사실적으로 반영하고 있다는 점인데, 이와 같은 시각은 황순원의 소설에 대한 비판적 지점에 대해서도 동일하게 적용된다. 물론 "현실적인 제약과 타협하지" 않았다는 내용을 나란히 적고 "뒷날의 문학적 성숙을 예비한 서장"이라는 긍정적 해석을 더하고 있긴 하지만, "우리가 두 발을 두고 있는 구체적 삶의 현장"이 그의 중요한 비평적 척도임을 이 글은 역설적으로 밝히고 있는 셈이다. 이병주의 경우에도 크게 다르지 않은바, 비판할 만한 대목들을 적시하면서도 그가 이병주의 소설을 높이 평가하는 것은 인물들의 삶을 떠받치고 있는 역사적 현실, 이를 구체적으로 부조해내는 작가적 시선과 의식이다.
　　'현실'은 김종회의 비평과 연구를 가로지르는 핵심적인 척도이다. 작품을 분석하고 그 의의를 구명하거나, 그것들이 구성하는 문학사와 문학 연구의 가치를 사유할 때, 그는 '현실'을 중요한 문학적 판단의 근거로 삼는다. 작품의 내적 가치를 생각할 때 참조한 '현실'은 문학(연구)의 역할을 구성하는 과정에서

'현실적'인 것으로 귀환한다. 문학과 문학의 장(場), 그 안과 밖을 살필 때, 아니 그 자체의 의미와 의의를 검토하는 그의 비평적 사유 과정에서 '현실'은 문학적 가치 판단의 기지이다. 문학은 "구체적 삶의 현장"을 담아내는 그릇이자 오늘의 삶과 도래할 미래를 생산적으로 견인하는 '현실'이어야 한다는 생각이 김종회 문학의 배후를 이루는 듯한데, 그때의 현실은 단순한 현재적 삶이 아니라 역사의식과 전망을 내포한 장기지속의 현실이라고 할 수 있다.

그런데 이러한 현실주의는, 조심스러운 진단이긴 하지만 형이상적 정념과 긴밀히 맞닿아 있는 듯 보인다. 김동리나 유재용, 그리고 이승우 등의 작품 분석 과정에서 그가 동원하는 신성-인본주의, 성-속, 수직-수평 등의 관계항은 김종회의 문학의 배후에도 자리하고 있는 듯하다.

> 예수의 신성과 신앙적 초절주의를 거부하고 굳은 땅에 굳게 두 발을 딛고 선 인간의 의지를 그 극점까지 추구해보려고 한 문학적 시도의 소산이 곧 이 작품(김동리의 『사반의 십자가』 : 인용자)인 셈이다. (중략) 수난절에 십자가의 고난을 재현하는 몽크 김(이승우의 「고산지대」 : 인용자)의 행위가 실행은 물론 의미규정에서도 간단하지 않은 것처럼, 수직과 수평의 축을 통합하려는 시도가 용이할 리가 없다. - 「한국 현대문학과 기독교사상」

한국문학의 사상적 빈곤을 지적하며 그가 살핀 종교-문학의 사례들에서 공통적으로 나타나는 것은 "두 발을 딛고 선" 이 땅을 향한 강렬한 "인간의 의지"이다. 고통과 희생을 동반한 이 의지야말로 인간의 자기-정체성을 확인하고 천명하는 증거일 것인데, 위의 소설들은 이를 '인본주의(人本主義)'의 관점에서 다룬다. 이 인본주의는 이들 작품을 휘감고 있는 강렬한 신념과 헌신이 인간이란 무엇인지에 관한 물음이며, 그것은 궁극적으로 포기할 수 없는 현실에 대한 도저한 책임의식의 환기임을 생각하게 한다. 아이러니하게도 강한 형이상적 열망이 떠받치고 있는 이 지극한 현실주의는, 기독교와 기독교-문학이 세속적 세계에 어떻게 기여하는지, 그 실천적 기제 방식을 재삼 떠올리게 한다. "웅숭깊은 사상성"의 확보 가능성을 기독교 문학의 사례를 통해 살피고 있는 이러한 김종회의 비평적 탐색은 아직 본격적인 성과들을 얻는 데까지 진행되지 않았지만, 차후에 그의 중요한 문학적 영토가 될 것으로 보인다. 이 영토는 미개간지라는 점 자체보다 그의 비평과 연구의 전체적 성격을 보다 선명하게 할 지점이 되리라는 점에서 더욱 기대된다.

'한민족 문화권 문학', '민족의 현실에 기여하는 문학'이라는 큰 그림을 실천적으로 그리고 있는 그의 비평적 행보는 학문적 목표나 정념을 넘어 어떤 소명의식에 의해 추동되는 듯 보이는 바, 앞으로 펼쳐질 김종회 비평의 진로를 더욱 눈여겨 보아야 할 이유가 여기에 있다.

디아스포라 문학의
가능성과 과제

김종회의 문학세계

이승하(시인, 중앙대 교수)

　한국에서 디아스포라 문학을 폭넓게, 또한 제대로 연구하여 궤도에 올려놓은 이로 이명재·장사선·김종회 교수 등을 꼽을 수 있다. 획기적인 책이 2007년에 민음사에서 나온 김종회 교수의 『디아스포라를 넘어서』이다. 분명히 읽은 책인데 서가에 없는 것을 보니 도서관에서 빌려 읽었나 보다. 책이 나온 시점에 대학원 수업을 디아스포라 문학으로 했었기 때문에 기억한다.

　김종회 교수는 2016년에 비평집 『문학의 거울과 저울』을 펴냈다. 불가사의한 책이다. 위로는 이광수와 황순원에서부터 중간에는 김주영의 『객주』, 이청준의 『당신들의 천국』, 손영목의 『거제도』, 김용성의 『촉각』, 유재용의 『사로잡힌 영혼』을 거쳐 아래로는 서하진·신경숙·전성태·정지아·김애란에 이르기까지, 시인으로는 정지상·조병화·고은·문덕수·함동선·김민에 이르기까지 종횡무진 섭렵하고 연구하고 비평하고 있다. 이어령의 『생명이 자본이다』와 서정범의 수필까지 살펴보고 있다.

　여러 개 문학단체를 이끄는 와중에 10여 년에 걸쳐 경기도 양평을 오가면서 소나기마을 탄생의 산파 역할을 했다. 경남 하동의 이병주문학관에서 이뤄지는 이병주국제문학제를 매년 주관하고 있다. 박경리를 연구하는 토지학회를 이끌고 있고, 최근에 오래 이끌었던 한국문학평론가협회 회장 직을 내려놓았다. 한국문학평론가협회 회장으로서 출판사 〈지식을만드는지식〉을 통해 시선집, 소설선집, 평론선집, 수필선집 시리즈를 100권씩을 묶어낸 것은 우리 문학을 기리고 빛낸 혁혁한 공로가 아닐 수 없다. 그 와중에 매일 학생들을 가르치고 학교에서는 보직을 계속하였다. 1인 5역의 삶을 살고 계신데, 언제 잠을 주무시는지 나는 알 수가 없다.

다원주의 시대와 문학의
정체성에 대한 질문

김종회 평론집 『문학과 전환기의 시대정신』

한원균(문학평론가, 한국교통대 교수)

　김종회가 펴낸 근작 평론집 『문학과 전환기의 시대정신』(1997)은, 삶이 변하고 문학이 놓인 자리에 대한 위상이 달라졌음에도 불구하고 문학의 정체성에 대한 탐색은 지속되어야 한다는 믿음을 강하게 담고 있다. 문학의 정체성 탐색은 다른 문화 양식에 대해서 문학의 배타적 우위성을 고집하는 태도와 다르다. 영상 문화와 전자 매체의 발달로 인해 '문학의 위기'가 초래되었다는 주장은 널리 공감되는 것이기도 하지만, 이는 한국적 상황의 특수성을 잘 드러낸 현상이기 때문이다. 과거 수십 년 동안 누적되어 온 군사 문화의 흔적과 사회 곳곳에 미만한 비민주적 의식 구조가 낳은 단조로운 문화 양식으로 인해 새로운 것에 대한 관심은 병적으로 깊어진 것이다. 물질적 축적의 비교 우위적인 상승이 가져오는 무반성적 소비 행태가 사유하는 문화에 대하여 거부하는 분위기를 만들어내는 데 크게 기여했으며, 문화의 소비 양식을 일회적이며, 순간적이고, 가볍고 경쾌한 것을 선호하는 경향으로 바꾸어 놓았다. 영상 문화의 상대적 발흥은 이러한 현상과 밀접한 관련을 갖는다. 따라서 문학의 정체성에 대한 물음은 그 자체만으로도 오늘날 한국 문화의 병적 현상을 비판하는 긍정적인 무게를 갖는다. 물론 대중문화를 무반성적으로 깎아내리는 듯한 태도를 취하는 것은 문제가 되지만, 소위 포스트모더니즘이라는 성숙되지 못한 이론을 배경으로 문화적 상대주의, 일탈 조장이 또한 정당화될 수는 없는 것이다. 90년대 대중문화에 대한 비판은 문학 담당자들의 사회적 입지를 보호하고 권력을 유지하기 위해서가 아니라, 반성되지 못한 이론을 등에 업고 횡행하는 불온한 욕망의 증식 현상을 억제하기 위해서 필요하다.

김종회의 문제 제기는 이러한 논의에서 출발하고 있다. 그가 다음과 같이 말하는 대목에서 이 점은 잘 드러나고 있다.

> (……) 모더니즘 문학이 앞으로 선택할 길은 그다지 많지 않아 보인다. 1990년대의 새로운 시대정신으로 떠오른 포스트모더니즘의 무차별 공세에 투항하여 불확정성, 비정론성, 탈일상성의 창작 경향을 수용하거나 아니면 방법적 실험의 범주 안으로 스스로를 유폐하여 모더니즘의 발생론적 원류에 입각한 명맥을 유지하거나 해야 할 것이다.

90년대 새롭게 등장하고 있는 작가들의 탈전통성, 혹은 '뿌리 없는' 글쓰기의 의도적 확산 역시 엄밀한 의미에서 모더니즘의 범주로 포함되는 것이지만, 김종회가 지적하고 있는 모더니즘 문학이란, 세대 개념을 강하게 의식하고 있는 듯하다. 다시 말해 기존의 문학적 업적을 모더니즘이라는 범주로 포괄시킨 후에 새로운 경향의 출현 현상에 주목하는 것이다. 이 같은 경향의 주된 담당층에 대체로 60년대 후반에서 70년대 초반에 태어난 작가들이 포함되기 때문이다. 모더니즘 문학의 방향성에 대해 일종의 선택의 기로에 놓여 있다는 그의 판단은 새로운 문학의 경향이 곧 올바른 방향성을 지닌 것은 아니라는 가치 판단이 내재된 것이다. 오히려 이전 시대의 삶과 달라진 환경을 비판적으로 이어가는 노력이 더 소중하게 보일 가능성이 있다. 가령, 김영현의 「그는 아무 말도 하지 않았다」에는 이런 말이 나온다.

혁명이 없어졌다는 것은 참을 수 있다. 하지만 온 존재를 걸 수 있는 절대적인 가치가 사라졌다는 것은 참을 수 없다.

주인공의 후배 정민의 이 같은 고백은 매우 중요한 문학적 울림을 갖고 있다. 이 말은 현실 변혁 운동의 좌절감만을 드러내는 것이 아니라, 80년대 당시 변혁 운동의 내용성, 즉 존재론적 내면성의 결핍을 시인하고 있기 때문이다. 20대를 열정적으로 살아왔다는 사실, 낭만적 열정으로 타올랐던 변혁 의지의 비논리성, 추상성 등이 함께 반성되고 있기 때문이다. 이념적 지표의 상실로 인한 방향성 부재가 진보주의 문학론의 현실이었다면, 이러한 문학 역시 90년 대 다원주의 시대를 예고하는 현상으로 볼 수 있다는 것이 김종회의 논의의 한 축이다. 따라서 90년대 비평 역시 정치적 · 이데올로기적 비평 형태에서, 다양성과 다원화 시대에 대응하는 유연성을 가져야 한다고 그는 주장한다. 그의 이런 주장의 이면에는 '출판사 중심의 비평가 그룹화'와 '집단 이기주의'에 대한 비판이 내재되어 있다. 가령, 문학상(賞)의 문제를 검토하고 있는 「문학상제도의 허와 실」(『문학과 전환기의 시대정신』), 문학과 출판, 유통 매카니즘의 상업주의적 욕망 사이의 상관성을 밝힌 「황금만능 시대의 문학과 그 진로」(《작가세계》, 1994, 가을) 등은 김종회 비평의 정향점을 명시적으로 보여준다.

김종회 비평의 기저에 존재하는 문학적 정체성 탐색은 김병익이 한국 문학의 현 상황을 적절하게 비판한 '장인 정신의 부재'라는 말과 동궤에 놓인다고 할 수 있다. 김병익은 해방 이후 한국 문학을 살찌우게 했던 것은 '고통의 기억'과 '불행에의 의식'이라고 진단한다. 한국의 특수한 정치 · 사회적인 상황은 작가들로 하여금 진정성의 추구와 보편성의 획득이라는 뛰어난 미덕을 갖게 했다는 것이다. 그런데 최근 한국 작가들을 '괴롭히며' 동시에 '감싸는' '고통의 기억'과 '불행에의 의식'은 그 효력을 잃어 가고 있다는 것이 그의 진단이다. 적절한 비유가 돋보이는 그의 다음과 같은 주장은 경청을 요한다.

(……) 지난 시절에는 변혁을 향한 정열 때문에 기둥과 서까래를 세우기도 전에 붉은 기와를 얹기에 급급했고 지금 시절은 더 많은 이윤을 위해 외양만 번듯하게 차리면서 성수대교처럼 부실 공사로 일관하면서 꼼꼼한 집짓기를 거절한다.

문장 하나 하나를 고쳐 나가는 의식의 고투가 사라져 버린 시대의 글쓰기를 목도하면서, 그가 '북돋우고 밀어 주며 존경하고 살려내야 할 것은 바로 그 장인 정신이고 우리가 저항해야 할 것은 그것을 홀대하게끔 만드는 거대한 상업주의의 문화이다'라고 결론짓는 것은 당연하다. 작가들의 장인 정신은 그러나 분업화의 자족적 세계 내에서 안주를 허용한다는 의미는 아닐 것이다. 90년대 한국 문학에서 현저하게 드러나고 있는 주관화·내면화의 경향은 지속적으로 점검될 필요가 있기 때문이다. 비평의 공공영역화에 대한 탐구의 필요성은 이 때문에 제기되어야 한다. 비평의 공공영역화란, 작품의 의미에 대한 깊이 있는 '이해'를 바탕으로 하면서 지속적으로 현실 문제와 구조적인 연관을 지어 '설명'하는 행위로부터 발생한다. 출판 시장에서 얻은 상업주의적인 권위가 재해석의 여지를 근본적으로 차단하고 있는 오늘의 문학 비평 현실을 볼 때, 김병익이 과거 한국 지식인 사회의 근본 문제였던 토론 부재의 원인을 '강요된 군부 통치 전략이 낳은 배제의 논리'에서 찾을 수 있다고 한 말이 그대로 적용되고 있음을 발견하게 된다.

김종회와 김병익의 논의는 다같이 문학적 진정성의 회복을 주창하고 있다는 공통점을 발견할 수 있다. 비평의 올바른 위상은 상업주의적 권위에 복종하지 않는 용감함, 정직성으로부터 출발한다는 것이 이들의 주장이다.

서로 분리할 수 없는 양면

김종회 평론집 『문학의 숲과 나무』

권택영(문학평론가, 전 경희대 교수)

동양과 서양의 사상 가운데 서로 공통되는 하나의 상징이 있다. 음양오행설에서 숲은 광석과 대칭되는 부드러움의 상징이다. 그래서 예부터 숲을 사랑하는 사람을 너그러움, 혹은 인자라 불렀다. 서양에서도 숲은 밝음, 유연함, 자연스러움을 상징한다. 미국의 작가 나다니엘 호손의 장편소설 『주홍글씨』에는 경직된 사회의 계율에 갇혀 사랑을 나눌 수 없는 남녀가 숲 속에서 만나 모든 제약을 벗어던지고 탈출을 꿈꾸는 장면이 나온다. 물론 그 소망은 이루어지지 않지만, 숲은 딱딱한 껍데기에 갇힌 위선 속에서 인간의 내밀한 소망이 솟구치는 곳, 부드러운 사랑이 솟아나는 곳이다. 인간은 사람에 의해 보여지면 불안하지만 숲에 의해 보여지면 아늑한 지복을 맛보게 되기 때문이다. 그래서 현대 정신분석가 자크 라캉은 숲에 '분석담론'이라는 이름을 붙이고 사랑과 지식이 단단한 광석이 아니라 부드러운 숲처럼 이루어져야 한다고 말한다.

숲에 대한 또 하나 옛말은 숲과 나무를 거시적 안목과 미시적 안목에 비유한다는 것이다. 코앞의 것은 자세히 볼 줄 아는데 전체를 못 보는 사람을, 나무는 볼 줄 아는데 숲은 볼 줄 모른다고 비유한다. 나무와 숲을 부분과 전체로 해석하는 경우다. 평론가요 대학 교수인 김종회는 자신의 네 번째 평론집에 『문학의 숲과 나무』라는 제목을 붙였다. 무엇이 숲이고 무엇이 나무일까.

1. 우리 문학의 숲

그는 우선 숲을 본다. 우리 문학의 시작과 중간과 끝을 조망하는 통시적 시각이다. 근대의 시점은 어디인가. 근대 이후 문학제도는 어떻게 형성되어 왔는가. 이런 통시적인 조망을 시, 소설, 비평의 영역에서 활동한 주요 문학인들의 작품과 함께 살펴본다. 그리고 문단이 어떻게 형성되었고, 등단제도는 어떻게 이루어졌는가를 알아본다. 잡지, 신문, 특히 신문의 현상소설 모집은 등단과 문단 형성에 큰 영향을 미친 제도들이다. 당시 현상모집의 상금이 얼마였나를 물가와 견주어 비교한 부분은, 마치 역사소설을 읽는 듯한 현장감과 함께 옛날에 대한 묘한 그리움을 느끼게 해 준다.

> 1920년대 종합 문예지인 『개벽』의 현상 문예 포상금은 논문 1등이 8환, 2등이 5환, 3등이 잡지 6개월 분이었으며, 소설 1등이 10환, 2등이 6환, 3등이 잡지 6개월분의 수준이었다. 이는 여전히 포상금으로서는 미미한 수준이었으나 《매일신보》의 경우에는 차츰 차원이 달라지기 시작했다. 1938년 포상금으로 무려 1천 환의 대금을 걸고 모집한 현상소설에 박계주의 『순애보』가 당선되면서 현격한 상업적 측면의 적극성을 보이게 된다. 이는 작가를 당대 최고 인기 작가의 대열에 올려놓으면서 오늘날 우리가 볼 수 있는 신문 연재소설의 여러 가지 장단점을 함께 배태시키는 역할을 맡게 된다.(36)

가난했던 시절, 제 나라를 잃고 일제의 눈치를 보며 창작해야 했던 시절, 그런데 왜 그 식민지 시절이 아련한 향수처럼 그리워지는 것일까. 비록 가난하고 제국의 통치 아래 살았어도 그때는 문학에 대한 열정과 보답이 있던 시대가 아니었을까. 문학이 대우받던 시절, 작품을 쓴다는 것에 긍지를 느끼던 시절, 문학에의 열정이 얼어붙은 마음을 녹이고 가난과 설움을 녹일 수 있던 시절이었다. 그때는 가난과 핍박을 이겨내며 창작의 불꽃을 태우는 지적인 긍지가 문학인들에게 있었다. 작가 이상은 「오감도」가 독자에게서 비난을 받아도 마지막 순간, 폐가 엉망이 될 때까지 차가운 다다미방에서 창작에의 열망을 버리지 않았다. 지금은 어떤가. 언제부터인가 신문은 더 이상 소설을 싣지 않는다.

미국의 예일 대학에는 피터 브룩스(Peter Brooks)라는 유명한 학자가 있다. 그는 프로이드의 죽음 충동과 반복 강박을 적용한 『플롯을 따라 읽기』라는 책으로 일약 세계적인 서사학자가 되었는데, 그 책 속에는 이런 플롯이 소개된다. 서구에서 신문이 처음 생기고 신문 연재소설이 인기를 끌던 19세기의 일이다. 신문사들은 인기 작가들을 찾고 일단 그의 연재소설이 인기를 얻으면 끝없이 쓰게 했다. 독자의 구독률이 신문소설의 재미에 의해 좌우되었고, 당시 구독률은 정치, 문화, 사회에 영향력을 지닌 권력이었기 때문이다. 그래서 소설의 플롯이 그런 대중의 기대에 맞추어 만들어졌는데 당시에 굉장히 인기를 끌던 어떤 소설은 클라이맥스가 언제나 구독률을 갱신하기 직전에 이루어져서 포물선이 끝없이 반복되는, 그야말로 반복강박의 곡선을 이루었다고 한다.

문학이 그렇게 대접을 받던 시절이 있었다. 아침마다 대문 앞에 툭 떨어지는 신문을 받자마자 한복판을 가로지르는 연재소설과 삽화부터 눈독을 들이던 시절이 있었다. 이 평론집은 그런 향수를 불러일으키게 한다. 문단의 형성과 제도들을 더듬는 가운데 우리는 박계주의 『순애보』 생각이 나고, 소설이 우리를 살게 했던 시절에 대한 향수에 잠긴다. 압박과 가난이 오히려 작품을 낳는 것은 아닐까.

김종회는 식민지 시설, 만주 지역의 문학으로 독자를 끌고 간다. 잘 알려진 안수길의 『북간도』나, 강경애의 작품들이 어떤 배경에서 나왔던가. 지금 읽어도 여전히 깊고 리얼한 그 소설들은 가난과 억압의 극치 속에서 잡초처럼 피어오르던 인간의 질긴 생명력을 형상화한 것들이다. 절필을 선언하지 않으면 안 되는 힘든 상황 속에서도 묵묵히 소설을 쓰던 작가, 김종회는 우리에게 김창걸이라는 조금은 낯선 작가를 보태어 우리 문학사를 풍요하게 만든다. 만주의 토종 작가였고《만선일보》의 비위를 맞추지 못하여 절필을 선언했던 김창걸은 일제 말기에 20여 편의 단편을 비롯한 40여 편의 작품들을 썼다. 그것들은 살아 있는 만주 이민사이며, 참담함 삶의 질곡과 항일, 저항의식을 보여 준다. 지금은 절필도 저항도 없는 행복한 시대이지만 문학은 기댈 곳을 잃었다. 우리에게 문학은 고통을 먹고 자라는 괴물인가.

우리 문학의 숲을 보는 작업은 중국 조선족 문학에 대한 일별로 이어지고, 드디어 1990년대 사회적 환경과 문학이라는 명제에 이른다. 항일의 저항 정신 속에서 순수문학과 참여문학이 교차 반복하며 성장해온 우리 문학은 해방 후에도 여전히 저항의 리얼리즘과 순수의 모더니즘이 갈등하고 논쟁하는 가운데 성장한다. 그런데 1990년대에 들어오면 이런 논쟁이 사라진다. 순수인가, 참여인가, 리얼리즘인가, 모더니즘인가 라는 논쟁과 갈등을 먹고 자라온 우리 문단은 1990년대에 그런 터전을 잃고 만 것이다.

1990년대 초, 정치적 민주화와 동구권의 몰락과 함께, 포스트모더니즘이 대두되면서 실험작들이 나온다. 그러나 미처 성숙할 시간적 여유도 없이 비판에 휘말리고, 그 이론이 정확히 소개되기도 전에 시들어버린다. 몇몇 요란한 실험소설들이 채 성숙되기도 전에 모더니즘으로의 회귀가 문단을 지배한다. 군부독재에 대한 저항이 순식간에 후기 산업사회에 대한 저항으로 바뀌면서 포스트모더니즘의 예술적 전략이나 패러다임은 소비사회 비판과 구별되지 못하고 혼란 속에 묻힌다. 사실 이것은 당시 서구의 상황을 그대로 반영한 것이기도 했다. 1960년대부터 일어난 서구의 포스트모던 문화예술 운동이 1980년대 중반에 이르러 소비사회 측면에서 한계를 드러내며 비판을 받았던 것이다. 이것이 1980년대 중반 미국의 상황이었다. 포스트모더니즘을 외래문화라고 비판한 그 이론조차 어떤 측면에서는 외래문화에 의지하고 있었다. 여기서 김종회의 다음과 같은 지적은 음미할 만한 가치가 있다.

포스트모더니즘 또한 마찬가지이다. 1990년대 우리 문학의 포스트모더니즘이 모더니즘의 한계 지평을 모두 밟아본 뒤에 그 반탄력으로 생성된 것이 아니라 일종의 복제 수입품과도 유사하기 때문에 모더니즘과의 분기점 구획조차 분명하지 않다. 그렇기에 우리의 근대문학, 곧 1920년대나 1930년대의 문예사조, 또는 이상의 작품들에서 볼 수 있는 사조의 혼재와 혼란이 동시대 문학 현실에서도 목격되고 있다 할 것이다.(73)

일제 강점기에도 순수와 참여, 혹은 리얼리즘과 모더니즘은 자생적으로 긴 시간을 두고 일어난 패러다임의 변형이 아니었으며, 1990년대에도 포스트모더니즘이나 그에 대한 비판은 자생적이 아니었다. 그러나 세상의 어디에도 순수하게 자생적인 문학은 없다. 순수하게 외래도 없다. 다른 나라의 문화는 자국에 들어와 자국의 문화를 변형시킨다. 그것은 변형이지 외래가 아니다. 중요한 것은 외래인가 아닌가가 아니라 발전적인 변형인지 부정적인 변형인지가 아닐까.

지금 우리 문학은 그 후에 밀려든 컴퓨터와 영상문화에 의해 설자리조차 잃고 방황하고 있다. 어떤 저항도 어떤 논쟁도 없기에 문학의 동공은 더욱 커지고 있다. 리얼리즘과 모더니즘이 서구의 경우처럼 산업사회의 변모에 따른 저항과 극복의 형태로 이어지는 것이 아니라 10년을 단위로 사실주의, 자연주의, 모더니즘이 이어지면서 공존하던 일제 강점의 시절, 그리고 그 이후 모더니즘과 리얼리즘은 갈등과 논쟁으로 공존했을망정 그래도 논쟁이 있었고 작품이 있었다. 포스트모더니즘이라는 괴물을 과감히 퇴치하고(소비사회는 여전히 우리를 지배하는데 그런 시대를 진단하고 극복의 출구를 모색하는 논리는 차단해버린 셈이다) 우리 문단은 근대성을 다시 돌아보는 방향으로 나아갔지만, 모더니즘은 마주치는 손바닥 없이, 실제 작품과도 긴밀히 연결되지 않은 채 공허한 논의로 겉도는 느낌이다.

1990년대의 대중 소비사회와 문학의 관계를 돌아보며 김종회는 상업성과 그에 따른 작품의 질적 저하를 안타까워한다. 그리고 사이버문학, 장애인 문학, 생태문학을 둘러보지만 이들은 대부분 소재에 따른 갈래일 뿐 새로운 기법의 형상화가 아니기에 신이 나지 않는다. 작가의 탓인가, 독자의 탓인가, 출판사의 탓인가, 시대 탓인가, 문학의 시대는 정말 가버렸는가? 무엇이 문제일까? 그러나 그는 포기하지 않는다. 문학은 "온전한 가치 정립에 난관이 많은 시대상을 헤치고 자기 목소리를 내야 한다. 그것이 문학의 본령이기 때문이다. 그것은 앞선 시대의 문학에 대한 비판적 계승이나 새로운 시대정신을 문학의 내포적 구조 속에 응축하는 등 다양한 방향성의 모색을 나타낼 수밖에 없다 (1969)." 이것이 우리 문학의 숲을 조망해 보는 김종회의 결론이다.

2. 우리 문학의 나무

대학 시절 유난히 기억에 남는 강의로 필자는 주요섭과 황순원 선생의 강의를 손꼽는다. 훤칠한 키에 꼿꼿한 자세, 거무스름한 피부의 주요섭 교수는 영문학사를 강의했는데 시간 내내 학생들의 얼굴을 잘 쳐다보지 않았다. 주로 눈길을 허공에 둔채 영어로 쓰인 얇은 교재를 펴 놓고 브론테, 디킨즈, 하디 등을 줄줄이 외우듯이 엮으셨다. 그러다가 어느 대목에서 빙그레 웃으시는데 바로 「사랑방 손님과 어머니」의 옥희 같은 어린 미소였다. 근엄함 속에서 숨길 수 없이 솟구치던 순수하고 해맑은 미소가 잊혀지지 않는다.

황순원 선생의 강의는 독특했다. 교재가 따로 없었고, 준비해온 강의록을 읽으면서 예를 들어주는 식이어서 학생들은 노트에 열심히 받아 적곤 했다. 그분 역시 학생들 얼굴을 잘 안 보시고 대신 창밖으로 눈길을 두곤 했다. 작가란 원래 원고지를 통해서만 남과 만나기 때문에 수줍음을 느끼시는 것 같았다. 필자에게는 그렇게 기억되는 황순원 님이 김종회에게는 노년의 스승으로 살아 있다. 깨끗하고 담백한 글처럼 똑같이 담백한 분으로 그분과의 추억이 딱딱한 평론집을 부드럽게 해 준다. 인간의 존엄성을 강조한 '낭만적 휴머니스트' 황순원 님에 대한 김종회의 추억과 작품 분석은 남다르다.

김용성은 문단의 대선배이지만 김종회는 대학원 박사과정에서 자리를 함께할 기회를 갖는다. 작품으로서만이 아니라 인간으로서 그의 면모는 평론집의 학술적인 냄새를 지우고 구수하고 인간적인 분위기를 전한다. 일본에서 어린 나이에 귀국한 김용성은 가난과 차별에 시달리지만 《한국일보》 현상모집에 당선된 장편소설 덕분에 집을 한 채 마련하고 작가가 될 수 있었다. 해방, 한국동란 등 부침하는 역사의 수레바퀴 속에서 자신을 지켜온 한 작가의 생애를 보며, 독자는 행운과 노력 없이 문학은 없다는 것을 느끼게 된다.

이 외에도 최근의 임철우, 천운영까지, 김종회의 동시대 경험들은 부드럽다. 나무 하나하나에 대한 애정이 있다. 숲과 나무는 전체와 부분만이 아니라 서로 뗄 수 없는 양면이다. 벌써 십 년이 넘었나 보다. 1990년 민음사에서 필자가 쓴 『후기구조주의 문학론』이 나왔을 때 평론가 김종회는 대학원생이었다. 그는 당시에 스터디 그룹을 하던 동료 학생들과 함께 나를 찾아왔고, 우리는 찻집에서 그 책을 놓고 스터디를 했다. 살아가면서 잊고 지내는 많은 일들 가운데 이 일은 내 기억에서 유난히 지워지지 않는다. 그것은 영문학자가 국문학 전공 학생들과 대화를 나눈 유일한 경험이었기 때문이다. 그때는 그렇게 학제간의 경계가 유연했다. 물론 그 후 그러한 경험은 거의 없었다. 최동호 교수 덕분이었을까. 외국문학과 국문학이 자연스럽고 부드럽게 조우할 수 있었던 것이…….

김종회의 숲과 나무를 읽으며 내게는 한 가지 소망이 생긴다. 나무처럼 유연하게 우리 문학자와 외국문학자가 서로 도울 때 더 좋은 숲을 이루지 않을까 하는 소망이다. 억지로 외면하는 것도 좋지 않고 지나치게 간섭하는 것도 좋지 않다. 서로 손을 마주 잡고 함께 노력할 때 현재 겪고 있는 우리 문단의 문제점들이 조금 완화되지 않을까. 사그라지는 잿더미에 불길을 일으키려면 함께 손을 마주 잡고 입김을 불어야 하리라.

비평의 진정성과 그 정점

김종회 평론집 『문학의 숲과 나무』

김용희(소설가, 평택대 교수)

　김종회 교수의 평론은 단정하면서도 품격 있는 문장으로 가득 차 있다. 그것은 그의 문체와 시각이 의연한 지사적 풍모를 지닌다는 사실과 관계한다. 그의 비평은 논리적 냉철함을 따라가면서도 삶과 인간에 대한 부드러움을 잃지 않는 양날을 아우른다. 이를테면 그는 삶을 둘러싸고 있는 상황에 대한 첨예한 인식과 탐색을 멈추지 않고 있다. 그것의 궁극적 목적지는 우리 삶의 결곡한 부분을 들여다보는 데 있다. 그런 맥락에서 김종회 교수의 평론집은 우리가 사는 이 시대의 동시적 경험과 '인간 삶에 대한 문학사회학적 질문'이라 할만하다. 평론집 『문학의 숲과 나무』는 문학 속에서 세상의 길을 찾고 길을 내고 삶을 조망해 나가는, 전체적이면서 세부적이고, 구체적이면서 보편적인 문학적 입장을 견지한다.

　평론집은 3부로 구성되어 있는데 1부 '근대 이후 한국문학사의 반성적 성찰'에서 근대문학에 대한 문학사적 고찰뿐만 아니라 조선족 문학, 북한문학 등을 일고하고 있다. 2부 '우리 문학의 새로운 영역과 방향성'에서는 새롭게 달라진 문화지형도 속에서 문학이 받는 도전과 미래 문학에 대한 전망, 다양한 주제로 드러나는 소설의 한 양상으로 하이퍼텍스트, 정치소설, 장애인문학 등을 살피고 있다. 3부 '동시대 소설의 정론성과 비평의 논리'에서 황순원, 이범선, 김용성, 이문열, 임철우, 김이소 등 동시대 작가들의 소설을 분석, 해석해 내고 있다.

김종회 교수 평론의 덕목은 분석적 해석주의가 가지는 문학작품의 재단을 피해감으로써 오히려 문학이 삶과 만날 수 있는 점들을 극명하게 보여 준다는 사실이다. 물론 모든 문학적 글이란 것이 그 자체로 지적 탐구라는 점에서 역사를 바라보는 특정한 시각이며 '순수한 이론'이라는 것이 '아카데믹한 신화'에 불과하다고 보았을 때 그의 비평도 결국 예술사회학이라는 하나의 범주를 상정할 수밖에 없을 것이다. 그럼에도 그의 비평은 문학 속에서 철학적 사회 이론을 들추어낸다거나 성급하게 어떤 이론이나 이데올로기에 복속되지 않는다는 점에서 문학과 삶의 실증적 국면, 문학과 사회의 끝없이 부단한 생산적 대화라는 덕목을 가진다. 이러한 사실이 그의 비평적 관심을 더 넓고 더 깊게 하는 요인으로 작용한다.

이를테면 한국 근대문학의 근대성에 대한 관심에서 조선족문학, 북한문학이라는 우리 문학의 물리적 공간 확대를 꾀한다거나, 새로운 양식으로서 하이퍼소설, 장애인소설, 정치소설 등 다양한 동시대 문학의 여러 변주들을 아우르는 작업은 문학을 통해 삶의 총체적 국면을 드러내려는 비평가의 태도에서 기인한다.

그런 맥락에서 그의 비평은 '진취적 문예사회학' 내지 '휴머니즘적 인간학으로서의 문학'이라 명명을 해 볼 수 있다. 북한문학에 대한 그의 오랜 관심(이미 그는 『북한문학의 이해』라는 책을 상재한 바 있으며 북한문학에 대한 계속적인 연구를 해 왔다)은 조선족문학과 마찬가지로 문학이란 것이 문학의 형식 즉, '모국어'라는 민족어에서 출발해야 한다는 인식에서 비롯된다. 우리 언어로 쓰였다면 그것이 우리 문학이라는, '국어'에 대한 역사적 사회적 입론을 지속적으로 제기해 왔다는 점은 의미 있는 일이 아닐 수 없다. 뿐만 아니라 장애인문학이나 정치소설 등에 대한 관심에서 그가 탈중심적 문제의식과 주변부적 문제의식에 근거한 관심을 가져 왔다는 사실을 주목할 수 있다. 그러면서도 그는 '소비 상업주의' 시대 문학의 운명과 방향성을 제고하고 1990년대 포스트모더니즘의 세례 속에 놓인 사회사적 환경 속에서 문학을 살핀다. 그는 물리적 공간의 확장 개념으로 우리 문학의 폭을 넓혀 놓았으며 문학사적 전제 속에서 동시대 작품의 다양성과 문제의식을 조망함으로써 비평의 깊이를 획득한다.

그러나 김종회 교수의 글에서 가장 치열한 비평가적 안목과 열정을 느끼게 하는 부분은 당대의 변화하는 문화적 지형도 속에서 문학이 이 사회의 역사철학적 계기를 형상화하며 삶의 진정성을 담아낼 수 있는 것인가 하는 것에 대한 지속적 고뇌에 있다. 그의 이러한 탐구 속에서 필자가 주목하여 읽은 글은 '대중 소비사회와 문학의 운명', '새로운 문학의 양식, 하이퍼텍스트 소설의 도전', '생명 사랑, 인간사랑의 문학을 위하여'이다. 김종회 교수는 대중 소비사회와 관계하는 글에서 문학경제적 단초를 조선후기의 소설 「허생전」, 「흥부전」에서부터 찾는다. 근대화가 산업화의 이름으로 이루어지면서 한국 자본주의의 형성과정에서 한국소설은 언제나 사회경제 현실의 도덕적 물질적 가치관의 격투장이 될 수밖에 없다.

그는 이 과정에서 상업소설, 민중소설, 분단소설, 세태소설, 신세대소설, 그리고 포스트모더니즘의 혼성모방소설에 이르기까지 한국 소설의 지난한 현실 길항의 관계들을 노정한다. 그렇게 하여 그는 경제적 관점이 예각화되는 작금의 문학 현실 속에서 "중간 계급으로서의 작품 생산자인 작가들이 산업화 시대에 필적하는 소설을 어떻게 제작해야 할 것인가" 하는 문제로 논의를 초점화한다. 그것은 소비사회에서의 문학의 운명, 문학의 행로와 관계된 생존적 물음과 관계한다. 이 물음에 대하여 그는 "정신주의가 소비시대의 그로테스크한 형상을 결코 감당할 수 없음"을 명시하고, 대신 오히려 정신적 가치의 황폐화가 가지는 불모의 현실이 문학의 반동적 힘을 구축하는 근본적 힘이 될 수 있음을 예시한다.

결국 문학이야말로 스스로를 부정하는 자기 부정의 논리가 스스로를 구축하는 자기 생성의 논리임을, 이 역설의 힘으로 환멸의 틈새에서 피어날 수 있는 적멸의 꽃임을 표명한다. 하여 다원주의 시대에서 문화 소비의 시대에 문학은 저 기원전 시대의 선지자가 내 보인 하나의 기이하고 신이한 '표적'이 될 수 있음을 김종회 교수는 다시 한 번 예언자적 감식안으로 보여 준다. 그런 점에서 그의 평론은 문학을 새롭게 불러오는 '호명'의 글쓰기이며 새로운 지형도를 찾아가는 '희망과 미래'의 글쓰기라 할 수 있다.

그의 이와 같은 안목은 지금 이곳의 현실로서의 문학을 바라보는 첨예한 통시적 공시적 시각과 관계한다. 그것은 무엇보다 그의 비평이 문학과 사회라는 이 양극의 지점에서 생성과 파괴, 분열과 조합을 하는 실존 운동이기에 가능하다. 그가 말했듯 그의 글은 "문학을 통하여 삶의 진실을 찾아보고 또한 삶의 진실이 문학에 어떻게 갈무리되어 있는가를 찾아보려는" '문학과 삶의 지형학'으로서의 비평이기 때문이다. 이것이 김종회 교수의 비평적 자의식이다.

그리하여 그의 비평을 읽고 남게 되는 것은 텍스트로서의 문학이 아니라 삶으로서의 문학, 인간학으로서의 문학이라는 그 본연의 절실성이다. 문학의 숲을 통해 거시적 안목에서 문학의 확장된 조망도를 살피지만 그 숲으로 들어가면 은은한 삶의 냄새와 구체적이며 세세한 생의 굴절과 욕망이 드러난다. 우리는 김종회 교수의 비평을 통해 심화되면서도 풍부하게 확장된 우리의 삶을 이야기하게 되는 것이다.

대중문화 시대의 문학비평

김종회 평론집 『문화통합의 시대와 문학』

백지연 (문학평론가)

최근 문학비평가들의 관심사는 텍스트의 생산과 소비를 둘러싼 다양한 사회, 문화적 환경으로 확장되고 있다. 영상매체 시대의 문학작품이 다양한 장르와의 연관성을 보여주는 것과 마찬가지로 이를 해석하는 문학비평가들 역시 문화담론 전반에 대한 관심으로 그 영역을 넓혀 가고 있는 것이다. 텍스트의 내재적인 분석을 바탕으로 그것이 위치하는 문화적인 맥락을 읽어내고 고찰하는 작업은 당대의 작품연구에만 한정되지 않는다. 다양한 풍속학적 고찰을 동반한 텍스트 탐색은 근대문학사 연구 논문들에서도 나타나는 경향이다. 이는 작품을 둘러싼 사회문화적 담론의 연구가 근래 문학비평의 중요한 흐름임을 보여준다고 할 수 있다.

김종회 교수의『문화통합의 시대와 문학』이 보여주는 비평적 관심사 역시 이와 같은 문화담론 연구들의 성과에 힘입고 있다. 저자는 텍스트에 대한 충실한 해석이 비평의 본령임을 설명하면서도 그것이 궁극적으로는 우리시대의 문화적 의미망의 탐색으로 연결되어야 함을 강조한다. 저자가 그동안 발표해온 평론집인 『위기의 시대와 문학』,『문학과 전환기의 시대정신』,『문학의 숲과 나무』에서도 이러한 비평적 신념은 지속적으로 표출되어왔다. '문화 통합의 시대'로 우리를 둘러싼 문학적 현실을 진단하고 있는 이번 평론집도 이러한 신념의 연장선상에 있다고 할 수 있다.

『문화통합의 시대와 문학』에 실린 여러 편들의 비평문을 관통하는 것은 '문학은 인간을 이야기한다'라는 전언이다. 인간의 삶에 대한 진실한 형상화라는 문학적 자의식은 저자의 개별 평론들에서 반복되어 나타난다. 그런 점에서 이 책에서는 황순원 소설에 대한 분석이 저자의 문학관을 가장 선명하게 드러냈다고 할 수 있다. 「전란의 시대와 황순원 소설의 인본주의」는 황순원 소설을 서정성과 순수문학으로만 한정 짓는 논자들에 대응하여 황순원 문학과 시대 현실의 관계가 일정한 조응 관계 속에 있음을 밝히고 작품 활동의 후반기에 올수록 황순원 소설의 세계가 인간의 운명과 존재에 대한 깊은 성찰에 도달하고 있다고 밝힌다. 이러한 논의는 황순원 문학이 구축한 세계를 인본주의의 관점에서 바라본 시각에서 도출된 견해라고 할 수 있다.

책의 머리말에서 밝힌 바와 같이 작품을 들여다보는 저자의 관심사는 작품의 내재적 성과와 그 의미를 충실히 탐색하는데 있다. 실제작품 비평을 토대로 한 다양한 주제의 탐색은 이 책의 특징이라 할 수 있을 것이다. 1부인 '문학의 프리즘과 사회사적 현실의 분광'에서는 한무숙, 황순원, 조정래, 김준성의 작품을 다루었으며 2부인 '문화통합의 시대, 한민족 문화권의 문학'에서는 미주 한국문학에 대해서 중점적으로 다루고 있다. 3부인 '문화의 세기에 대응하는 문학의 새 길'에서는 최수철, 김경욱, 김용희의 작품에 대해 다루었으며 4부인 '문학을 보는 포괄적 시각, 또는 방법론'에서는 최인훈의 작품을 구체적인 해석대상으로 삼고 있다.

비평문에서 다룬 여러 주제 가운데서도 눈에 띄는 것은 '미주 문학'에 대한 관심이다. 저자는 '한민족 문화권'의 개념 속에 남북한 문학을 포함하여 재일 조선인 문학, 중국 조선족 문학, 중앙아시아 고려인 문학 등을 포괄하자고 제안한다. 이러한 논의는 「글로벌 시대, 한민족 문화권에 대한 새로운 시각」이라는 평문에서 압축되어 나타난다. 한민족 문화권으로 수용할 수 있는 모든 영역의 재외 한국문학은 지구촌 시대, 국제화시대에 대응하는 한국문학의 역량을 강화할 수 있다는 것이 저자의 주장이다.

이처럼 세부적 작품론에서도 짐작되듯이 저자는 문학비평이 다루어야 할 최근의 문화담론을 의식하면서 문학비평의 소임에 대한 자신의 의견을 개진하고 있다. 한 예로 「리얼리즘 문학의 행방과 우리 문학의 성격 변화」라는 글에서 저자가 주시하는 것은 디지털 매체의 환경변화에 따라 문학을 배태하고 포괄하는 삶 자체가 문학적 장르의 경계 와해를 불러온다는 사실이다. 문학의 경계가 확대되면서 생겨나는 이러한 다양한 변화에 직면하여, 저자는 문자로서의 문학이 오히려 새로운 정신주의를 배태할 수 있는 긍정적 가능성도 암시하고 있다. 이는 앞서 거론한 저자의 문학관과 잇닿는 예이기도 하다.

영상매체의 위력 앞에 문학이 어떠한 방식으로 자율성을 지켜나갈 것인가에 대한 물음에 대한 저자의 답변은 확고하다. 문학에 대한 인본주의적인 가치와 믿음이 문학 스스로를 지켜나가는 힘이 될 것임을 저자는 확신하고 있는 것이다. 우리를 둘러싼 대중문화적 변화 속에서 문학이 인간의 삶에 대한 성찰을 담지하는 예술장르로서 가치를 보존할 수 있어야 한다는 당위명제야말로 이 책을 지탱하고 있는 중요한 믿음이라고 할 수 있겠다.

문학과 시대를 읽는 성실한 비평가

김종회 평론집 『문학과 예술혼』

이상숙(문학평론가, 가천대 교수)

1. 문학을 향한 열정

　김종회는 1988년 문학사상으로 등단하여 문단에 나온 이래 현재까지 문학평론가로, 국문학자로, 대학의 교육자로서 늘 열정적으로 '문학'을 살아왔다. 수십 여권에 이르는 연구서 외에도 문학평론가로서 여러 권의 평론집을 발간하였다. 『위기의 시대와 문학』(세계사, 1996), 『문학과 전환기의 시대정신』(민음사, 1997), 『문학의 숲과 나무』(민음사, 2002), 『문화 통합의 시대와 문학』(문학수첩, 2004)을 발간하였고 2007년에 발간한 『문학과 예술혼』(문학의 숲)으로 유심작품상(평론부문)의 수상자로 결정되었다. 이미 국내 유수의 여러 문학상을 수상한 바 있는 김종회의 평론 세계를 살피는 글들은 이미 여러 편이 있으며 그 글들은 모두 김종회의 문학적 열정을 상찬하고 있었다. 그가 평론에서 시대와 시대 정신을 강조하듯 그 역시 시대와 호흡하는 역동적인 감각과 왕성한 활동을 보여준다. 그의 평론집 『문학과 예술혼』을 막 읽고 글을 쓰려고 할 때 새로운 평론집 『디아스포라를 넘어서』(민음사, 2007)가 출간되었다. 김종회가 가진 열정과 노력에 놀랄 수밖에 없었다. 일본, 미국, 중국, 중앙아시아의 해외동포 문학을 우리 문학의 영역으로 포섭하여 우리 문학의 영역을 넓히는 것에서 멈추지 않고 디아스포라로 한계를 넘어선 더 큰 '한민족 문화권 문학'을 설정하고 그 미래를 전망하고 있는 것이다. 이렇듯 늘 역동적으로 쉬지 않고 움직이며 스스로의 영역을 넓히는 김종회의 문학적 지향과 경지가 어느 정도인지를 가늠하는 것도 쉬운 일은 아니다.

문학평론가이자, 국문학자이며, 대학 교수로서 살아오며 그가 세상에 내어놓은 저서들은 그대로 김종회의 다면적이면서도 열정적인 문학적 행로를 드러내 보이고 있다. 소설론으로 시작되었으나 그의 관심은 우리 문학의 경계와 범주를 한정하지 않고 확대한다. 시는 물론이고 또 다른 우리 문학인 북한문학과 기독교를 중심으로 우리 문학의 정신적 심층을 탐색하는 종교문학, 현재와 미래의 문학을 점검하고 전망하는 사이버문학과 해외 동포의 문학을 우리 문학으로서 적극적으로 평가하고 포섭하는 한민족 문학 등이 그것이다. 이는 문학연구자로서의 사명감과 문학에 대한 애정이 없고서는 해낼 수 없는 작업임에 틀림없다. 더욱 의미있는 것은 이렇듯 거침없이 자유롭게 확장되는 그의 문학적 경계가 나름의 방향과 갈래를 가지고 있다는 사실이다. 체험하지 못했던 과거의 문학, 과거와 같을 수 없는 현재의 문학 그리고 예측 불가능한 미래의 문학 환경 안에서 그는 우리문학의 한계를 스스로 넓히려는 시도를 했는데, 그 출발이 꾸준히 작품을 읽고 섬세하게 분석하며 예술가의 삶과 정신을 추적하는 것이었다. 그런 의미에서 유심문학상으로 선정된 평론집『문학과 예술혼』은 의미가 크다고 할 수 있다. 평론집의 제호 그대로 숱한 문학 예술가가 가진 예술혼을 드러내는 작업은 더디고도 섬세했을 것이며 이는 연구자 스스로도 예술가로서의 사명감과 예술혼을 흐트러짐 없이 가다듬지 않고서는 쉽지 않을 일이기 때문이다. 이 평론집에 만해의 뜻을 되살린 유심작품상을 주어, 시대와 역사 그리고 민족을 고민하며 한 치의 흐트러짐 없이 문학의 삶을 살았던 만해의 정신을 기리기에 부족함이 없으리라 믿는다. 이글에서 김종회가 상재한 많은 문학 평론집 중『문학과 예술혼』을 집중분석하여 김종회 평론의 특징을 살펴볼 것이다. 이는 앞선 평론집에 대한 많은 글들이 있었기 때문이기도 하지만 『문학과 예술혼』이 역사와 예술가의 관계에 집중하는 김종회 평론의 특징을 잘 드러내고 있기 때문이다.

2. 문학사와 작가, 그리고 평론가의 임무

『문학과 예술혼』은 1938년에 발표된 이광수의 『사랑』에서부터 2001년에 나온 천운영의 「바늘」에 이르기까지 100년에 가까운 우리 소설 역사를 32명의 작가를 좇아 기록한 소설사 개관이라 할 수 있다. 문학 연구의 궁극적 목적으로서 소설사란 한 작품, 한 작가, 특정 시대에만 정통해서는 시도할 수 없는 의욕적인 기획이며 다다를 수 없는 도정임이 틀림없다. "작가와 작품을 통해 우리 문학사와 그 문학의 숲 속에 한 그루 한 그루 소중한 나무처럼 임립해 있는 예술혼들을 찾아 나가는 문학적 탐색의 여행"이었다는 김종회의 표현 그대로, 숲을 보는 혜안과 나무 개개의 아름다움에 감동하는 감성이 없다면 불가능한 일이다. 또한 오랜 시간에 걸쳐 일어나는 문학의 숲과 작가와 작품의 나무가 나누는 미묘한 교감과 내밀한 변화를 긴 호흡으로 읽어내야 하고 그 역사적·시대적 의미를 진단하는 의식과 감각을 갖추어야 한다.

　　문학사가 걸작들을 징검다리로 해서 성립된다는 아나톨 프랑스의 표현을 빌려 온다면, 그 걸작들은 시대성의 제약을 넘어서는 생명력을 확보한 경우이다. 그러한 힘은 시대 현실에 대한 즉물적인 반응이 아니라 표면적인 흐름의 배면에 잠재해 있는, 시대적 전형성의 하부 구조를 이루는 삶의 진실에 초점을 맞출 수 있을 때 얻어질 터이다. - 「가족사의 수난에서 민족사의 비극으로」 중에서 문학사의 거봉들을 짚어나가며 작품이 생겨나고 작가가 살았던 시대의 거점을 설정하고 그 거점들의 의미를 분석하여 나란히 놓일 것과 아래에 놓일 것을 골라 배치하는 문학사를 시도한 것이다. 이러한 배치는 소박한 의미의 계보학이라 할 수 있다. 문학사의 거봉들이 만드는 가로의 거점에는 문학으로 시대를 표상하고 변화에 응하는 시대적 의의가 고려된다. 각 거점 아래 세로로 배치되어 가로의 거점들과 교직(交織)되는 작품들은 형식적 차원과 의식적 차원의 상동성을 중심으로 서로의 거리를 달리하며 자리잡는다. 분명히 문학사가의 의도에 의한 배치이다. 의도된 배치가 계보로서 두드러져 보이는 것은 자연스러울 수밖에 없다.

기독교라는 종교가 신과 구원의 문제에 집중하기보다는 인간주의 또는 인본주의에 닿아 있다는 점에서 김동리의 『사반의 십자가』는 새로운 종교 문학적 인식의 지평을 마련하였으며 그러한 인식적 기반 위에 이문열의 『사람의 아들』과 현의섭의 『소설 예수 그리스도』가 가능했다고 김종회는 판단한다. 또 이범선이 「살모사」에서 보여준 극악한 인간 유형이 전상국의 「썩지 아니할 씨」나 「싸이코 시대」의 극악무도한 인물들과 닮아 있으며, 이범선의 "과거와 현재의 전말을 목도하는 서술 유형"은 이문열의 「우리들의 일그러진 영웅」과 비슷하다는 것이다. 김동리와 이문열, 현의섭이 인식적 차원의 상동성을 염두에 둔 배치라면 이범선, 전상국, 이문열로 이어지는 배치는 캐릭터의 구축과 서술의 방법이라는 형식적 차원의 배치이다. 적극적으로 계보화하거나 같은 계열로 묶거나 하지는 않고 있지만 시대를 가로 지르고 내용과 형식적 차원의 여러 기준으로 모으고 흩어 논의하는 김종회의 방식은 그의 다음 시도가 계보나 계열화된 소설사가 아닐까 하는 생각을 들게 한다.

위의 인용문에서 알 수 있듯 김종회는 현실에 대한 반응으로서의 시대적 전형성을 중요하게 여길 뿐 아니라 "시대적 전형성의 하부 구조를 이루는 삶의 진실에 초점을 맞"추는 작품에 의미를 부여한다. "작품에 접근하는 근본적 시각에 있어서는 문학창작심리학의 원론을 적용하고, 작품을 검색하는 실제적 분석에 있어서는 그 내용과 형식의 현상학적 각론에 충실"하였다고 밝힌 바대로, 작가의 시대와 생애를 작품 분석의 중요한 정보로 활용하고, 그것을 핍진하게 그려냈는가와 시대를 선도하는 정신의 고도와 인식의 깊이를 문학적 성취의 핵심적 기준으로 삼고 있다. 이 책의 부제만 본다면 윤흥길의 「장마」, 양귀자의 「숨은 꽃」, 천운영의 「바늘」처럼 한 작가의 한 작품이 다루어지는 듯하지만 많은 부분이 대상 작가에 대한 연대기적 설명으로 시작하며 그 생애와 작품의 상관성을 찾아내는 가운데 작품 분석은 더욱 풍부해진다.

모든 글이 작가에 대한 기본적 설명에서 시작되지만 몇몇 작가들의 경우 생애를 추적하는 것이 곧 작가의식을 설명하는 일과 같을 정도로 문학적 연대기에 공을 들이고 있다. 대표적인 예가 황순원이다. 황순원의 생애와 문학을 면밀히 추적한 「문학의 순수성과 완결성, 또는 문학적 삶의 큰 모범」은 문학연구자와 일반 독자 모두에게 유용한 의미 있는 평론이다. 황순원의 생애를 자세하면서도 특징적으로 정리하여 그 글만으로도 황순원이 가진 인간적 향기와 품격을 짐작하게 하는 한편 예술적 지향과 작가 의식을 명확하게 설명하고 있기 때문이다. 황순원 연구자이며 황순원 문학의 열렬한 독자이며 오랜 제자로서 황순원의 생애와 문학에 대한 외경심을 작품 분석 안에서 끌어내는 유려함을 보여주고 있다.

30여 년에 걸쳐 지속적으로 변화하고 승급하면서도 순수문학과 미학주의를 지향하는 그 전열을 흩트리지 아니한 황순원 작품 세계의 본질을 구명함에 있어서, 우리는 이와 같은 황고집 가문의 기질과 음덕이 밑바탕에 잠복해 있음을 간과할 수 없는 것이다.

1919년 3·1 운동이 일어나던 해 황순원은 다섯 살이었으며 평양 숭덕학교 고등과 교사로 재직 중이던 부친이 태극기와 독립선언서 평양 시내 배포

책임자의 한 분으로 일경에 체포되었다. 부친은 이로부터 1년 6개월의 실형을 언도받고 감옥살이를 시작했다. - 「문학의 순수성과 완결성, 또는 문학적 삶의 큰 모범」 중에서

1931년 등단하여 2000년 영면하기까지 현대문학사의 격랑 속에서도 순수문학을 지켜온 황순원의 면모와 신념의 연원을 가문의 내력과 인격적 품성에서 찾고 있다. 황순원이 만강이라는 자를 두고 있으면서도 "황순원이란 이름 석 자를 바로 감당하기도 쉽지 않은데 또 다른 이름을 써 무엇하겠느냐"며 쓰지 않았다는 일화를 소개하는 한편, 작가가 부모 공경과 강직 결백한 품성으로 명망있는 가풍을 안에서 자라났고 전 생애를 통해 그를 신념으로 지켰다고 설명하는 대목이 그것이다.

황순원뿐 아니라 한승원론과 김용성론은 그 어느 작가론보다 자세하고 생생하여 시대와 생활에 고뇌하던 예술가의 숨결이 그대로 전해지는 듯하다.

3. 문학사회학과 예술혼이 드러나는 방식

김종회는 한 작가의 전 작품을 면밀히 읽고 그 세밀한 변화와 커다란 흐름을 통어하는 연구자로서의 성실함과 역량을 보여주었다. 손창섭론, 김원일론, 조정래론에서는 그는 한 작가의 전체 작품을 다루는 일이 한 시대와 이에 대한 작가의 문학적 대응을 살피는 것에 국한된 것이 아님을 스스로 드러내 보여준다. 손창섭의 「잉여인간」, 『낙서족』, 「비오는 날」을 비롯하여 「인간동물원초」, 「신의 희작」에 이르기까지 거의 모든 작품을 통찰한 후 다음과 같은 결론에 이른다.

그러면서 손창섭은 암담한 현실 속에서 반항의지가 완전히 말살된 인간 군상, 인간다움의 조건들이 헐가로 방매되는 가치 덤핑의 세계를 시대적 조건보다 더 강한 퍼스낼리티로 그리고 있다. 여기에서 '시대적 조건보다 더 강하다'는 지적은 중요하다. 삶의 고난과 질곡으로부터 오는 중압감이 너무 무거워서, 동시대 사람들의 내면적 진실이 어떤 모습으로 응결되어 있으며, 그것은 또한 어떤 방향으로 매듭이 풀려 가야 할 것인가, 그 시대적·역사적 원인이 무엇이고 책임이 어떠하며 이를 누가 감당해야 할 것인가를 가늠하는 방향감각이 자라날 여지가 없었음을 짚고 넘어가는 것이 좋겠다.

그것은 손창섭의 소설이 당대의 문학적 풍토와 동행하면서 형성한 한계점을 드러내는 동시에, 우리의 전후문학이 왜 근대문학사의 돌올한 봉우리에 설 수 있는 역작을 산출하지 못하였는가를 함께 밝혀주는 근거가 되기도 한다.

이러한 상황은 해방 후, 특히 전후의 젊은 작가들이 해방 전에 나온 작가들과 구분하여 자기들을 '신세대'라 부르면서 외형적 사건보다 내면적 심상의 묘사에 더 비중을 두기 시작한 창작태도의 연장선상에 있고, 해외에 있어서는 영국의 '앵그리 영맨', 미국의 '비트 제너레이션' 등 새로운 문예사조와도 동류의 문학적 등가물로 접맥되어 있다. - 「체험소설의 발화법, 그 특성과 한계」 중에서

사회적 역사적 조건에 의해 형성된 인간의 내면을 탐색함이 없고 또 그 원인과 전망에 대한 고민이 없고서는 문학적 성취를 이루었다고 평가하기 어렵다는 김종회의 견해가 잘 드러난다. 평론가로 문단활동을 시작한 초기부터 현재에 이르기까지 김종회 평론의 입지가 문학사회학이라는 것을 다시 한 번 확인하는 대목이라 할 수 있다. 그가 때때로 인용하는 루시엥 골드만의 입론에 기대지 않고서도 사회 그리고 문학이라는 두 개의 상호적 역할이 이루어내는

가치를 잘 설명하고 있는 것이다. 전후 우리 문학사의 '세대론'과 서구의 '앵그리 영맨', '비트 제너레이션' 등을 문학이 사회를 반영하는 방식과 개인의 퍼스낼리티를 문학으로 표현하는 태도에 대한 명명이라고 판단하는 것이다. 위의 인용문은 시대적 역사적 환경에 의해 갖게 된 개인의 체험이 단지 개인적 체험을 고통스럽게 고백하는 것에 그칠 때 부딪히는 한계를 함께 지적하고 있다.

문학사회학의 입장에서 작품을 분석하고 평가하면서도 문학의 문학성 자체에 주목하여 풍부하고 다양한 분석의 가능성을 열어놓는 것 또한 김종회 평론의 특징이라 할 수 있다. 김종회가 명명한 바 '발화법'의 의미를 살펴볼 필요가 있다. "이 책은 바로 그 예술혼의 존재양식과 발화의 유형, 그것이 당대적 삶 또는 통시적 시대사와 부딪치고 반응하는 형상을 좇"은 것이라는 머리말에서 보면 발화법이란 말 그대로 작가가 세상에 말하는 방법 혹은 작가가 구사하는 다양다기한 문학적 형식으로 유추할 수도 있다.

> 문학의 발화 방법은 역사의 기술과 달라서, 역사적 기록의 그물로 걸러낼 수 없는 삶의 진정성을 미세한 인간애의 탐지기로 포착할 수 있다. 그러므로 작가는 역사라는 성긴 그물망을 믿지 않기 십상이다. 6·25 동란이 피아 쌍방에 얼마만한 피해를 남겼는가를 기록하는 것은 역사의 책임이지만 전란의 와중에서 자식을 잃은 한 어머니가 있다고 할 때 그 통한에 찬 심경을 구체화된 사고와 행위의 모습으로 보여주는 것은 문학의 소임이다. - 「가족사의 수난에서 민족사의 비극으로」 중에서

위에서 알 수 있듯 김종회가 말하는 '문학의 발화 방법'은 역사를 문학으로 표현하는 방법이나 지향이라고 해도 틀리지 않을 것 같다. 문학은 인간의 내면을 표현하는 장르이므로 이는 또 다른 말로 인간의 내면을 표현한 방법으로서의 작가의식이나 장르의식이라 할 수도 있다. 김종회가 문학사회학에 입각

하여 문학에 사회적 역사적 임무를 부여하고 기대하고 있는 한편 개개 작가의 예술혼을 표현하는 섬세한 방법으로 주목하는 것들이 제한적이거나 특정 범주로 묶여 있지는 않다. 신화나 상상력에 주목하기도 하고 종교와 윤리 혹은 동양적 정신의 원형을 추구하기도 한다.

이청준의 「이어도」를 산문적 현실의 운문화로 분석할 때 드러난 상상력과 신화비평이론의 운용은 매우 인상적이다. 개인적 혹은 집단적 체험이 유토피아·신화적 형태로 집약되어 다시 전설과 민요로 전화되는 장면을 "사회적 언어가 운문화함으로써 문학적 공감대와 설득력을 강화한다"고 묘파하고 있다. 또 김종회 비평의 섬세함과 깊이가 빛을 발하는 장면은 인간의 중층적인 내면과 갈등이 함축되어 있는 종교와 문학이 만나는 지점을 설명할 때이다. 이광수의 『사랑』, 김동리 『사반의 십자가』, 이청준 「비화밀교」, 이승우의 소설에 대한 분석은 상당한 종교적 지식과 인식론적 논설의 역량을 보여준다. 이광수 『사랑』의 안빈에게서 여러 종교적 편린이 발견된다는 점을 지적하고 있다. 안빈은 아내에게는 하느님께 맡기라고 위로하고는 입으로는 염불을 하며 삼강오륜을 모든 도덕률의 규범으로 삼고 있다는 것이다. 김종회는 안빈의 의식 세계에 존재하는 모순의 연원을 이광수의 작가의식, 계몽의식에서 찾고 있다.

> 우리는 이광수가 왜 이처럼 한 작품 가운데서 기독교, 불교, 유학의 가르침들을 혼용하여 사용하고 있는가를 살펴볼 필요가 있다. 특히 기독교는 절대자의 존재와 경전의 절대타당성으로 말미암아 강력한 배타성을 지니고 있으며, 다른 종교와 공존할 수 없는 교리가 명백하게 확립되어 있다. 그렇다면 이 소설에서 이광수가 끌어오고 있는 종교적 교리는 그 종교의 본령에 충실한 것이 아니며, 자신이 주창하는 우주론적 사랑의 개념을 떠받치기 위하여 편의에 따라 나열한 백과사전식 자료일 따름이다.

기실 서로 다른 종교적 인자의 공통점을 한 작품 속에 통어하는 지적 응용

력도 당대에 있어서는 개화, 개명의 진취성을 밑바닥에 깔고서야 가능하다 하겠거니와, 각 단락들의 구체적 세부를 이루는 자잘하고 잡다한 이야기들도 한 선각자의 대중교화 의지라는 범주를 한 치도 넘어서지 않는다. -「개화 세대를 향한 우주론적 교범-이광수론」 중에서

이와 함께 대표적인 기독교 교리를 담은 김동리의 『사반의 십자가』가 가지고 있는 성경해석의 오류를 김종회 특유의 성경적 지식과 비평적 관점으로 해석하고 있다.

김동리는 「한국문학과 한국 인간주의」라는 산문에서 서구 문화의 두 원류인 헬레니즘과 헤브라이즘의 속성을 명료하게 구분하고 이 둘의 변증법적 지양을 통해 '한국 인간주의'라는 개념을 도출하고 있는데 이러한 논리적 지향점은 곧 그의 고뇌에 찬 세계관의 갈등이 그 나름의 출구를 찾은 것으로 설명될 수 있겠다.

김동리가 세밀히 풀어서 보여주는 십자가의 두 강도는, 성경 문면상으로는 복음서에 따라서 그 기록이 상반되게 나타난다. 이를 테면 마태복음과 마가복음에서는 함께 십자가에 못박힌 강도들이 모두 예수를 비난하는 것으로 되어 있는데, 누가 복음에서는 좌도와 우도가 정반대의 태도를 나타낸다. -「신성과 인본주의의 접점-김동리론」 중에서

표면적으로 내세운 기독교라는 종교적 교리를 통해 궁극적으로 김동리가 추구하고자 한 것은 인본주의라고 하였다. 기독교에 대한 심도 있는 지식과 이를 통해 문학적 의미를 읽어내는 감각이 없이는 "인간주 또는 인본주의 관점에서 바라보는 김동리의 기독교는 기독교 본래의 신앙적 교리에 잇대어 설명되지 않으며, 차라리 동양적 정신사의 원형에 맥이 닿아 있다고 하는 편이

옳을지 모른다"와 같은 독창적인 해석이 나오기는 어려울 것이다. 이승우의 소설들을 성과 속의 두 축으로 설명하면서 "운동의 개념으로서의 문학을 지속적인 관심으로 바라보는 그의 작품 세계, 그리고 이를 반복적으로 신앙적 관념과 결부하여 서술하고 있는 창작 태도"를 도출하고 있다. 이는 우리 소설에 꾸준히 등장하며 의식적 차원의 분석을 요하는 종교 주제 작품들에 적용될 수 있는 유용한 시사점이 될 것이다.

4. 작가에 대한 경의와 미래의 기획

이 평론집 안에서 보여준 평론가로서의 김종회의 모습은 늘 작가들에게 경의를 표하는 겸허한 독자이며 연구자의 그것이었다. 앞선 시대의 작가들에게 깊은 경의를 표하고 있으며 작품들을 면밀히 읽어내고 의미화함으로써 그 경의에 어울리는 감동을 얻고 있었다. 또 그것을 평론의 독자들에게 전달해주었다. 작가, 문학사, 독자 모두에게 의미 있는 평론을 한 것이다. 문학사에서 잘 다루어지지 않는 한용운의 소설에 주목하는 이유와 한무숙의 '여성 의식'이 후대의 여성 작가들에게 어떤 의미인지를 밝히는 부분, 전경린 · 김경욱 등의 젊은 작가들의 새로운 시도를 우리 소설의 새로운 정체성으로 기대하는 부분을 보면 김종회가 가진 문학과 작가에 대한 경의를 새삼 확인할 수 있다.

김종회가 2004년 제15회 김환태 평론문학상을 수상하며 밝힌 문학적 포부를 읽은 바 있다. 북한문학과 해외동포 문학과 더불어 사이버 문학과 디지털 문학에까지 연구 영역을 넓힐 것이며 그 길을 동학들과 함께 갈 것이라고 하였으며 "앞으로 좀 더 공부가 축적된 후에는 변화하는 시대적 성격이 반영된 한국현대소설사를 정리해 볼 계획을 갖고 있다"고 하였다. 그 후 몇 년이 되지 않아 김종회는 그 약속을 『문학과 예술혼』으로 지켰다. 이 책이 나오기까지 한국소설사 100년이라는 구도 아래 만만치 않은 양의 작품을 읽고 생각하고 쓰며 보냈을 무수한 시간을 떠올려 본다. 길고 외롭고 고통스러웠겠지만 분명 기쁜 시간이었을 것이다. 『디아스포라를 넘어서』라는 새로운 평론집으로 그간의 해외동포문학 연구를 정리해낸 그가 기획하고 있는 것이 무엇일지, 그것이 우리 문학에 대한 인식과 경계를 어떻게 넓히고 바꾸어 놓을지 궁금하다. 하지만 그는 늘 작가의 예술혼에 경의를 표할 줄 알고 성실히 읽으며 열정적으로 쓰는 평론가였으므로 그의 행보가 의미 있을 것이며 우리 문학사에 새로운 활력을 불어넣을 것이라는 믿음만은 변함없다.

한국문학의
경계에 대한 반성적 탐색

김종회 평론집『디아스포라를 넘어서』

서경석(문학평론가, 한양대 교수)

1. 평론집 출간의 전사(前史)

김종회의 평론집『디아스포라를 넘어서』는 모두 다섯 장으로 구성되어 있다. '북한문학의 새 인식', '해외 동포 문학의 재발견', '한민족 문화권의 디아스포라', '종교와 문학의 접점', '한국 문학과 근대의 경계'가 그것이다. 평론가 김종회 선생의 문학적 이력을 모르는 독자라면 이러한 관심의 폭에 당황해할 수도 있겠다. 북한문학에 해외동포문학까지, 그리고 문학에서 종교 사상까지를 작업의 대상으로 삼았으니 말이다.

궁금증을 풀기 위해 그가 그간 수행했던 작업에 대해 잠깐 살펴보자. 그는, 1990년, 첫 평론집『현실과 문학의 상상력』을 시작으로 하여 일곱 권의 평론집을 출간했다. 이번 평론집이 여덟 권째이다. 근현대 한국소설과 시를 쉼 없이 읽고 썼다. 그 사이 사이에 문학교사로서의 직분을 다하기 위해 문학교육을 위한 전문서적들, 문학의 이해, 현대문학의 이해와 감상, 문학의 이해, 사이버 문학의 이해, 문예창작 실기론, 현대문학의 이해, 글쓰기의 이해과 실제, 문학비평용어사전, 한국동화문학의 흐름과 미학 등을 혼자 쓰거나 함께 쓰거나 편집했다. 이 흔적들은 그는 평론가인 동시에 충실한 문학선생임을 증명한다.

북한문학에 대해서는 1999년 『북한문학의 이해』가 시작이다. 2002년과 2004년, 2007년에 이 책의 2권과 3권 그리고 4권을 간행했다. 2007년에는 『작품으로 읽는 북한문학의 변화와 전망』을 편저로 출간한다. 북한에 대해서는 글로만 관심을 가진 게 아니다. 그는 1983년부터 2002년까지 이산가족 재회추진위원회에서 일하며 투잡(two job)을 가진 교수였다. 남북관계가 개선된 2000년대에는 통일부 정책자문위원까지 지냈다.

최근 들어 해외동포문학은 이산 체험의 시각에서 본격적으로 조명 받고 있지만, 그는 이미 1990년에 『불우물 조선처녀-중국조선족 작가 소설선』이란 편서 출간을 시작으로 하여 근 20년간 해외동포문학에 주목해왔다. 그렇지 않고는, 디아스포라 문학을 논하는 대표적인 시각의 하나를 제공한 것으로 평가받고 있는 『한민족문화권의 문학』(2003년), 『한민족문화권의 문학』 2권(2006년)을 만들지 못했을 터이다. 이런 지속적 관심의 결실이 2006년 『해외동포 문학전집』 24권의 편찬이다. 한국 연구자들이 해외동포문학에 대해 본격적으로 연구할 수 있는 물적 토대가 선 것이다. 그는 부지런한 문학사가이다.

그의 또 다른 관심사는 종교사상의 인식론이다. 사실 문학과 종교를 교차해서 읽는 일은 문학연구자들이 대단히 불편해한다. 그것에는 신앙이나 신념이 개입되어 있기 때문인데 그럼에도 그는 이 불편함을 다른 방식으로 돌파해왔다. 그는 1998년 『기독교 문학의 발견』이란 저서를 출간한다. 2003년에는 『기독교 명저 산책』을 편저로 간행했다. 문학 속의 종교가 지닌 의미론적 함축은 후에 간략히 살피겠지만, 한민족 문화권의 재외동포 문학이나 북한문학과 더불어, 김종회가 소통하여 관계 지으려 시도하는 주요대상이다.

이렇게 살피고 나면 이 『디아스포라를 넘어서』라는 평론집의 배후가 드러난다. 그가 꾸준히 추구해왔던 지적 작업들의 중간 결산이라는 사실이 밝혀진다. 이제 이런 주제들이 어떻게 탐색되고 또한 그 탐색이 어떤 인식론 하에서 그것도 동시에 추구되는지 살펴보자.

2. 한민족 문화권 속의 북한문학

이 책의 제1장은 '북한 문학의 새 인식'이다. 여기서는 '새 인식'이 무엇인지 관건이겠다. 북한 문학은 저자의 지적대로 1980년대 후반 이래로 꾸준히 연구되어 왔다. 큰 주제로 보면 해방 후 북한 문학의 전개 양상, 북한의 문학사 서술 방식이나 관점, 현대 북한 문학의 현황, 주체문학론, 김일성 사후의 북한 문학의 특징과 그 전개양상 등이 분석 대상이 되어왔다. 이런 연구들은 북한 문학의 재인식, 말하자면 그간 가려져 왔던 북한문학의 실체에 대한 정확한 소개와 이해로서의 의의가 있다. 이것 이외에, 보다 문학사적인 차원의 연구들로는 일제 강점기에 등단한 작가들의 해방 후 작품 활동 분석이다. 작가론이나 작품론의 형태로 발표되었는데 이를 통해 현상학적 차원에서 그들의 작품 세계나 세계에 대한 인식론의 구조가 좀 더 구체화될 수 있었다거나 그들이 과거 보여준 문학적 가능성들이 해방 후 어떤 방식으로 실현되는지에 대한 점검 등이 가능해졌다. 북한학이 본격화되면서 현대 북한 문학이 독립적으로 연구되거나 북한에서 작가로 활동하기 시작한 작가들도 연구대상이 되고 있다.

그런데 그간의 이런 연구들의 의미를 살펴볼 때, 대개는 북한에 대한 정확한 이해, 그리고 통일문학사의 가능성 탐구라는 두 명분이 그 전면에 드러나 있음을 알 수 있다. 정확한 이해란 당연히 불가피하고 필수적이지만 그것만으로는 아직 남한 문학과의 관계를 설정할 수는 없다. 미시적이다. 통일 문학사의 탐구라는 차원은 너무 거시적이다. '통일'이라는 이념만이 존재할 뿐 아직 그 절차나 과정, 그리고 통일 이후의 상에 대해서 뚜렷한 그림을 지니고 있지 못하기 때문이다. 남북한 문학사 연구에서 있어서 공통적으로 문학사를 서술

할 수 있는 어떤 매개항이나 방법론을 찾아내려는 논의나, 북한문학의 변화의 징후를 포착하려는 연구가 아직 진행되고 있는 이유가 여기에 있다. 김종회의 평문 「『주체문학론』이후 북한 문학의 방향성」도 후자의 맥락에서 1990년대 북한 문학을 분석하고 있다.

이런 국면에서 김종회는 이렇게 제안한다.

> 이 한민족 문화권의 논리와 그 의미망 가운데로, 해방 이래 한국 문학과 궤를 달리해 올 수 밖에 없었던 북한 문학을 초치하는 일이다. 실제적이고 물리적인 남북 관계에 있어서 그러하거니와 더욱이 문학에 있어서, 북한 문학에 남북한 대결 구도의 인식으로 접근해서는 남북한 문학의 접점을 마련하거나 남북한 문화 통합의 전망을 마련하거나 하는 일이 거의 불가능하다는 사실이다. 우리는 지금까지 수도 없이 많은 구체적 경험을 통해 이를 보아왔다. 그렇다면 어떤 방안이 있느냐는 반문이 당장 뒤따를 것이다. 그에 대한 대답으로 지금껏 논의한 한민족 문화권의 개념을 제시할 수 있을 터이다. - 『디아스포라를 넘어서』 민음사, 2007, 98면, 이하 면수만 표기

한민족 문화권 속에 북한문학을 '초치'하자는 이런 제안은 북한문학을 해외 동포 문학의 일환으로 보자는 것이 아니다. 오히려 그는 "북한 문학을 우리 문학의 변방에 위치한 부분적 산물이라는 인식으로부터, 그것 자체가 분단의 장막 저편에 서 있는 한민족 문학의 다른 반쪽이라는 합리적 시각을 회복하는 것"(92면)이 중요함을 역설한다. 한민족 문화권이란 범주를 제기하고 북한문학을 포함한 한국문학, 동포문학을 아우르려하는 정확한 이유는 이러하다. "문화 또는 문학적 영역의 불필요한 경계를 소거하고, 유연하고 포괄적인 의미의 연대를 생산하며, 그 영역의 차별성이 오히려 상생의 기력으로 작용하는 그런 경우"(95면)를 만들어 내기 위함이다. 이를 위해서 한민족 문화권이라

는, 다양성에 기반 하는 문화 집단 개념이 필요하다고 강조한다. 한민족 문화권의 설정을 위해서는 물론 한국문학의 의식적 무의식적 전제들에 대한 재검토가 요구된다. 모국어, 한국인, 속지주의 같은, 민족을 중심으로 사유하는 민족 문학의 개념들에 대한 유연성 있는 확장 혹은 해체가 필수적이다. 어느 덧 그는 민족을 중심으로 하는 사유에 대해 문학현장 경험을 통한 문제 제기 국면에 이른 것이다.

3. 디아스포라 문학과 '나'의 경계

북한 문학을 한민족문화권 내에서 이해해 보자는 김종회의 제안이 긍정적인 이유는 해외동포문학을 비평하는 그의 안목에서 잘 드러난다. 해외 한인 작가들의 작품에 대해 그가 수행한 실제 비평들은 이 평론집 2장에 수록되어 있다. 이 평문들에서 그는 해외 한인 시인들, 배미순, 최선주, 이임성, 윤웅아, 신영철, 박경숙, 김명순 등을 읽고 있는데 이들이 공통적으로 문제적인 이유를 김종회는 이렇게 쓰고 있다. "태생적으로 익힌 모국어와, 몸을 두고 살아야 하는 이방의 땅이 서로 맞부딪치면 누구나 자기 존재의 뿌리에 대한 근원적인 질문을 던질 수밖에 없다."(102면) 이런 언급의 핵심은 모국어에 있기보다는 모국어의 '바깥'에서 모국어로 사유한다는 그 행위에 있다. 바깥에서 우리의 삶을 생각해본다는 것은 무엇인가. 그는 이렇게 질문한다. "태평양의 검고 푸른 물길 8만 리를 넘어 미국의 중부 시카고에서, 한 시인이 한국어로 시를 쓴다는 것은 대체 무엇을 말하는가?"(112면)

이 질문에 대한 대답은 이러한다.

그런 연유로 그는 곧 우리이며 그의 시는 곧 우리의 시다. 반대로 우리 또한 그의 시 속에 있는 상호 소통의 구조 가운데 함께 있다. 그가 처한 객관적 상황은 결코 '행복'한 것일 수 없겠으나, 이를 시의 문법으로 형상화해 보이는 그 언어와 사유의 길 찾기에는 우리도 행복하게 동참할 수 있다.(121면)

이 대담에서 우리는 디아스포라 문학과 북한 문학을 한민족 문화권의 문학에 연계하여 고려하는 김종회의 관점의 속내를 읽어낼 수 있다. 그것은 바깥의 '다른 나'를 통해 현재 이곳이 중심이라 생각하는 '나'의 중심에 대한 반성의 사유이며 다른 '나'-세계시민이지만 이방인이며, 모국어로 사유하지만 한국문학의 주변인을 맴돌고 있는 이들-와의 소통이며 행복에 대한 갈망이다. 이런 갈망이 바로 북한 문학에 접근하는 그의 사유의 기본성격이다.

같은 인식이 디아스포라 문학을 고민하는 글에서도 여실히 드러난다. 일반적으로 김종회가 설정한 〈한민족 문화권의 문학〉은 민족문학의 영역확장이나 확산으로 이해되기도 한다.(정미경, 『디아스포라 문학』, 이룸, 2007, 24면) 김종회에 의하면 한민족 문화권의 문학 즉 재외 동포문학이란 디아스포라 문학의 다른 이름이다. 이 디아스포라 문학의 특징을 그는 "서로 다른 문화권 내에 기식하고 있으면서도 문화의 성향을 유지하고 있는 경계의 문학"(177면)이라 설명한다. 여기서 '경계'라는 말을 두고 민족의 확산, 민족문화의 유연한 경계확장으로 이해할 수도 있겠으나 좀 더 면밀히 살펴보면 이 경계에 대한 사유가 꼭 민족 정체성의 확장을 염두에 두는 것은 아님을 알 수 있다. 가령,

1990년대 이후 재일 조선인 문학은 내면에 실재하는 욕망의 문제, 진솔한 삶의 문제에 접근함으로써, '재일'이라는 특수한 상황을 보편적인 인간의 정서와 대면하게 한다. 이제 재일 문학은 민족적 정체성과 실존적 자아확립이라는 문제에서 벗어나 인간 내면의 심연을 통찰하고 현대 사회가 안고 있는 혼돈과 병리적 현상에도 주목하기 시작했다. 이처럼 개별적 민족의 문학을

넘어서 세계 보편의 가치를 향해 나아가고 있는 재일 조선인 문학의 미래적 전망을 함께 일구어 가야 하는 책임이 우리에게도 부여되어 있음을, 적극적이고 긍정적으로 인식해야 할 것이다.(182면)

디아스포라 문학은 민족적 정체성의 문제를 벗어나 보편 가치에 대해 주목한다. 민족이라는 '특수'에 존재하면서 보편을 생각한다. 김종회가 읽기에 그 보편가치란 다르게 말하면 민족의 경계에서 그 안쪽의 가치를 바라보고 안쪽의 성격을 반성하는 응시이기도 하다. 따라서 그는 강하게 긍정한다. 그래야만 "우리 문학은 한반도라는 지형학적 한계를 벗어나 더 크고 보편적인 범주를 마련"(213면)할 수 있다고.

4. '경계'의 확대와 평론가의 역할

이 책의 3장에는 디아스포라 문학을 논하면서 중국 조선족 문학이나 중앙아시아 고려인 문학에 대한 실증적인 작업 성과와 작품들에 대한 구체적 논평을 수록하고 있다. 재중 조선족이나 중앙아시아 고려인들의 이산 체험의 형상화는 그야말로 디아스포라 문학에 값한다. 「중국 조선족 문학의 형성과 작품 세계」, 「중앙아시아 고려인 문학의 형성과 작품 세계」, 「고려인 문학의 의의와 작품의 성격」 등에서 확인할 수 있듯이 그는 정력적으로 이들 문학의 현황을 조사하고 작품을 찾아내 읽고 소개한다. 특히 그가, 사회 체제의 이질성이 완화되었고 학문적 교류의 어려움도 해소된 만큼 "160여 년에 달하는 장구한 이주 역사를 배경으로 한" 고려인 문학에 대한 연구를 호소할 때, 이산 체험에 대한 그의 학문적 열정을 새삼 느낄 수 있다.

물론 이들의 문학적 특징을 일반화시킨다거나 그 의의를 섣불리 재단할 수는 없다. 이들 작품에 주목하는 이유는 그들이 우리에게 이미 없는 것, 우리가 망각한 것들은 지니고 있으며 그 서로 다른 운명이 빚어낸 체험이 우리 문학을 비추는 거울로 작용하고 있기 때문이다. 그렇다면 다만 공간적인 절연에서 오는 경계인들의 디아스포라만이 우리의 거울일 수 있는가. 우리 문학 '내부'의 바깥 체험이란 없는 것일까. 김종회는 이 지점에서 종교를 거론한다. 그래서 이 책의 4장은 '종교와 문학의 접점'이다.

우리에게 종교는 낯설다. 아니, 아주 익숙하다. 우리 근대소설의 첫 장면『무정』의 주인공들은 대부분 기독교인이다. 김선형의 아비 김장로는 첩을 두고 선형을 낳았으나 기독교로 개종한 후 정실부인이 죽자 재혼하지 않고 첩을 아내로 맞았다. 한식집을 반서양식으로 꾸미려고 유리문을 해달았고 기독교적인 윤리를 일상생활의 윤리로 채택한다. 말하자면 우리 소설들의 서사의 동선 내부에는 기독교의 흔적이 뚜렷하게 남아 있다. 뿐만 아니라 기독교적인 수사학은 우리 근대문학의 형성에 결정적인 영향을 끼쳤다. 고전문헌들에 전통적인 종교의 흔적이 각인되어 있듯이 말이다.「개화기 천주 가사의 세계」도 이러한 영향에 대한 검토이다. 그럼에도 우리는 종교를 소재로 한 문학에 대해서는 논평을 마다하지 않았지만 이처럼 종교의 흔적을 문학에서 찾거나 가로질러 읽어내는 일은 소홀히 해왔다. 그 이유는 분명하다. 우리 문학이 그 내부의 중심 즉 근대적 미학의 중심에서 종교적 사유의 세계를 비근대로 구분하여 배제해버렸기 때문이다. 근대의 속성이 그러하지 않은가. 근대문학을 논하며 종교를 거론하는 일은 정통이 아니다. 근대문학이 설정해 놓은 이 경계를 허무는 일은 마치 수학이나 물리학으로 (인)문학을 보는 일과 동궤이다.

그런데 김종회는 글의 서문에서 이렇게 이야기하고 있다. "종교적 교리와 문학적 감응력의 경계와 그 접점에서 발생하는 미학적 성과를 추수"하겠다고. 이는 근대문학의 주변과 경계에 서서 근대문학 자체에 대해 재고하고 그 영역을 확장하겠다는 발언이다. 그는 한국문학에 있어서 사상성을 발양할 수 있는 방법으로 '종교적 인자의 조력'을 강조한다. 불교와 기독교의 교직을 통한 사상의 심화로서 김달진과 김동리의 문학을 들었고, 유재용, 김현승, 이승우 등의 문학에서 기독교 인식과 미학적 성과의 상관성을 논하고 있다. '사유의 극점에서 만난 종교성', '시와 신앙의 악수', '현대문학과 기독교 사상'이라는 수사학적 조합은 이런 상관성의 사유를 증폭시킨다.

그는 한민족 문화권의 설정으로 한국문학의 판을 반성적으로 넓히고자 했다면 종교와 문학의 연관성을 논의함으로서 우리 '근대'문학 내부의 이방인들을 호출하여 '근대'문학의 경계를 재구하려 한다. "영역의 불필요한 경계를 소거하고, 유연하고 포괄적인 의미의 연대를 생산하며, 그 영역의 차별성이 오히려 상생의 기력으로 작용하는 그런 경우"가 종교와 문학을 논하는 자리에도 그대로 적용되고 있다. 이 책의 마지막 장이 '한국 문학과 근대의 경계'라 함은 그래서 시사적이다. 황석영의 문학적 진전을 논하는 「문학과 근대성, 또는 그 극복의 서사」에서 그는 이렇게 이야기한다.

> 황석영의 이러한 창작 이력과 시도들은, 서두에서 지루하게 펼쳐 놓은 근대성의 논의들에 비추어 보면 곧 그것의 극복에 관한 소설적 발화법임을 어렵지 않게 확인할 수 있다. 근대성의 여러 제한 조건들, 그것을 넘어선 시야의 확보와 소설 장르로의 발현에 대한 관점이, 때로는 현실 공간에서 때로는 역사 공간에서 또 때로는 비사실적 순환의 공간에서 형상력을 얻는 그 구체적 증빙으로 그의 소설들은 존재한다. 그의 소설들을 동시대의 민족 모순에 대한 리얼리즘적 개선 방안의 개진인 동시에, 오랜 숙제로 우리 역사에 부하되는 근대성 극복에 대한 통시적 의미망의 제시로 받아들이는 이유가 거기에 있다.(331면)

그는 이제 근대 문학의 바깥을 생각하고 있다. 근대 이후 혹은 근대 극복의 경계선을 탐문하고 있는 것이다. 그 경계선은 외부적으로는 한민족 문화권의 문학에, 내부적으로는 종교와 근대문학의 접점에 닿아 있다. 그는 한국문학 '판'을 만들어 넓히는 데 달인이다.

제국의 수사학과 긴장하는
북한문학의 실증적 텍스트들

김종회의 『북한문학 연구자료총서』(전4권)

오창은(문학평론가, 중앙대 교수)

1. 선의의 북한문학연구, 왜곡되는 정치성

남한에서 이뤄지는 북한문학연구는 선의(善意)에서 출발했다 하더라도, 정치적 굴절의 과정을 거칠 수밖에 없다. 이는 북한문학이 지닌 강렬한 타자성(他者性) 때문이다. 동일한 근대문학의 기원을 갖고 있으면서도, 남북한 문학은 전혀 다른 경로를 거쳐 왔다. 그 간극을 연구자의 입장에서 극복하려는 선의의 노력이 '내재적 접근법'이었다. 연구자는 자신의 위치를 중시한다. 북한(문학) 연구도 남한 연구자들의 입장이 강조되다 보니, '비판적 관점'이 압도할 수밖에 없었다. 그간의 '비판적 접근법'이 이데올로기적 양상을 띠었던 것에 반발해 제기된 '내재적 접근법'이다.

'내재적 접근법'은 한 사회 체제내의 작동 메커니즘을 '내부적 관점'에서 이해해야 한다는 문제의식을 안고 있다. 이 관점을 발전시켜 송두율은 북한사회에 대한 '내재적 비판적 접근법'을 제시했고, 김재용은 이를 문학연구에 적용해 '역사적 내재적 접근법'에 입각해 『북한문학의 역사적 이해』라는 저서를 간행했다. 그런데, 내재적 접근법도 '제국의 수사학'으로부터 자유로울 수 없다는데 문제가 있다. 탈식민주의 문학을 논하면서, 이석구가 사용한 '제국주의 수사학'이라는 용어는 선의로 위장된 개입을 지칭한다. 제국의 입장에서는 '해방'의 수사를 통해 자신의 정당성을 덧입히는 방식으로 식민지 근대화를 이뤄낸다. 하지만, 식민의 입장에서 이는 침략이고 지배일 뿐이다. 내재적 접근법 또한 근대적 관점에서 이뤄지는 침략이고 지배일 수도 있다는 성찰이 필요하다.

2. 금기에 도전하는 북한 문학의 실제 텍스트들

남한 연구자의 북한문학 연구도 마찬가지다. 선의에서 출발한 연구가 북한 문학을 끊임없이 '과잉된 정치의 문학'으로 확인하는 순간 새로운 정치성이 탄생되고 만다. 이러한 복잡한 상황 속에서 간행된『북한문학 연구자료 총서』(전4권, 김종회 편, 국학자료원, 2012)는 '실제 텍스트를 통해 북한 문학'에 접근할 수 있도록 한다는 측면에서 남다른 의미를 지닌다. 북한 원전자료의 간행으로 '비판적 접근법'과 '내재적 접근법'의 새로운 긴장이 형성될 수 있는 계기가 만들어진 셈이다.

제1권인『북한문학의 심층적 이해-남한에서의 연구』는 남한 내 대표적인 북한 문학연구자들의 논문이 수록되어 있다. 문학이론, 문학사, 시 · 소설 · 비평연구, 공연예술, 북한 문화라는 다각적 측면에서 그간의 연구 성과를 일별할 수 있다. 제2권『겨울의 평양-북한의 시』는 근대시문학사에서 돋보이는 존재였던 임화 · 백석 · 박팔양 · 리찬부터 북한 시문학사에 혜성같이 등장한 시인인 김순석 · 백인준 · 오영재 등의 시가 252편 수록되어 있다. 역사적 관점에서 북한 시의 면모를 확인할 수 있는 실제 텍스트들이 풍성하다. 의도된 정치성보다는 시어적 측면에서 제2권을 읽는다면, 북한문학이 '전통에 충실한

민족어의 보고'임을 새롭게 확인할 수 있을 것이다. 제3권 『력사의 자취-북한의 소설』은 31편의 중단편이 시기별로 실렸다. 북한 초기 소설은 카프 출신의 문인에 의해 주도되었는데, 이기영 · 한설야 · 김남천 등이 대표적이다. 이후 황건 · 권정웅 · 최학수 등이 북한소설의 서사적 전통을 형성해 왔고, 근래에는 남대현 · 한웅빈 등이 맥을 잇고 있다. 이야기성과 구성을 중시하는 이들 작가들의 작품들은 일관된 정치성에도 불구하고 '근대소설의 전통'을 나름의 방식으로 펼쳐 보인다. 제4권 『문학예술의 혁명적 전환-북한의 비평』은 보다 더 과감하다. 김일성 · 김정일의 강령적인 글들을 수록하고 있을 뿐만 아니라, 동시대의 문학사적 쟁점을 류만 · 장형준의 논의를 통해 일별할 수 있다.

3. 한민족문학이라는 틀 제안하며 편집 이뤄져

지금 북한문학 연구는 소강상태에 있다. 남북 관계의 경색된 것에 영향을 받기도 했지만, 남한 내에서 북한문학연구가 축적된 데도 원인이 있다. 새로운 방법론으로 남북문학을 통합적 관점에서 사유할 수 있는 방향이 모색되어야 할 시점이다. 그렇기에 『북한문학 연구자료 총서』 간행은 다음 몇 가지 지점에서 의미가 각별하다.

첫째, 남한 연구자에 의해 편집된 북한문학 원전 판본이 만들어졌다는 점에 주목해야 한다. 총서는 북한의 시(2권) · 소설(3권) · 비평(4권)을 원문 그대로 출판했다. 남한의 독자들은 북한 문학을 원문을 그대로 접할 수 있는 기회는 의외로 많지 않았다. 1988년 즈음부터 대학가를 중심으로 펼쳐진 '북한바로 알기운동'의 일환으로 학생운동 차원에서 북한 문학이 도전적으로 간행된 적이 있었다. 이는 북한 편집본을 불법적으로 남한에 소개하는 방식이었다. 그간 남한에서 북한문학을 원문 그대로 출간하면 엄격한 제재가 가해졌다. 예를 들어, 남북이 함께 간행한《통일문학》이라는 문예지는 남한 배포를 앞두고 문제가 될 만한 구절을 지우도록 권고를 받았고, 황건의 『개마고원』은 이미 인쇄된 상태에서 배포가 금지되기도 했다. 그런데 『북한문학 연구자료 총서』는 남한 연구자의 관점에서 원문 그대로 편집한 판본이라는 측면에서 북한문학연구에 새로운 활력을 부여하고 있다.

둘째, 역사적 관점에 따라 편집이 이뤄짐으로써, 장르별로 북한문학의 변화과정을 살필 수 있도록 편집되었다는데 의미가 있다. 총서는 북한문학사의 관점에 따라 평화적 민주건설 시기(1945~1950), 조국해방전쟁 시기(1950~1953), 전후복구기(1953~1958), 천리마운동기(1958~1967), 주체시기(1967~1980), 현실주제문학 시기(1980~현재)로 구성해 각 시기의 특징을 주요 텍스트로 확인할 수 있도록 했다. 북한의 정치·사회의 변화에 문학사를 대입한 구성이기에 다소 아쉬움은 남지만, 북한 문학사의 흐름을 현재까지 확인할 수 있다는데서 위안을 삼을 수 있다.

셋째, 남한에서 이뤄진 북한문학예술 연구논문을 제1권에 배치함으로서 그간의 북한 문학연구 성과를 조망할 수 있다는 점도 주목할 만하다. 남한 연구자의 시선으로 재구성한 북한 문학의 풍경은 현재 북한 문학의 과제를 도출할 수 있는 중요한 근거가 된다. 논자에 따라서 통일문학사적 접근법으로 북한문학을 바라보기를 제안하기도 하고(김재용), 보다 넓은 의미로 보다 확장해서 '한민족 문학이라는 전체적 구도' 속에서의 접근을 제안하고 있다.(김종회) 이들 논의는 북한문학 연구가 어떤 지향점을 가져야 하는가를 성찰하게 한다는 측면에서 의미가 있다.

4. 텍스트 선정의 기준 제시 등 아쉬움 남아

『북한문학 연구자료 총서』의 편집에 아쉬움이 없는 것은 아니다. 시기 구분을 통한 역사적 구성을 했다는 장점에도 불구하고, 그 시기 구분법이 북한의 관점을 그대로 따랐다는 점은 한계이다. 이는 향후 남한 내 북한문학연구가 심화되면서 극복되어야 할 과제이다. 텍스트 선정의 기준이 정확히 제시되어 있지 않은 점도 문제다. 소설의 경우 권정웅의 작품이 두 편이나 수록되어 있는 반면 북한의 대표작가인 천세봉의 작품은 한 편도 수록되어 있지 않다. 동시대 북한 문학에서 중요한 작가인 변창률의 작품이 수록되지 않은 점도 의아하다. 그리고, 시·소설·비평이라는 구분이 남한의 장르관습에 따름으로써 북한의 특수한 문학장르인 총서형식장편소설, 서정서사시 등을 포괄할 수 없었다는 점도 문제다.

그럼에도 불구하고, 『북한문학 연구자료 총서』는 남한내 북한문학연구가 실제 작품인 시와 소설, 평론에 기반한 논의가 광범위하게 이뤄지지 못하고 있던 데 비추어 진일보한 면이 있다. 구체적 텍스트의 독해는 남한 연구자들이 북한 문학을 바라보는 나름의 안목과 식견을 확보하기 위한 기초작업이라고 할 수 있다. 북한 문학 연구라는 이름을 내걸고 있으면서도 북한의 2차 자료에 의존하는 연구가 반복될 때, 북한문학연구는 기존의 관점을 확대재생산하는 방식으로 고착화될 가능성이 높다.

문학연구는 정치적 억압에 균열을 내곤 했다. 남한 내 북한 문학도 남북관계와 같은 정치 상황과 긴장한다는 측면에서 '문화정치'의 일환일 수밖에 없다. 현실 정치에 대항하는 문화정치라는 이중의 과제를 숙명적 굴레로 인식할 수 있을 때, 북한문학연구는 앞에서 언급한 '제국의 수사학'을 넘어서는 연구방법론을 도출할 수 있을 것이다. 지금은 남북의 문화적 긴장의 한 축을 『북한문학 연구자료 총서』가 감당하고 있다. 이 총서는 날것으로 접근하는 북한 문학의 길을 제시했을 뿐만 아니라, 역사적 흐름을 따라 읽는 북한 문학연구의 가능성을 제시했다는 데 의미가 있다.

자기 삶을 짚어 보는 에세이

김종회 산문집 『황금 그물에 갇힌 예수』

박이도(시인, 전 경희대 교수)

오랜만에 읽히는 에세이집을 대할 수 있었다. 점점 더 머뭇거리는 필자의 독서습관을 깨는 단숨에 읽어낸 탐독이었다.

저자가 밝혔듯이 지식인이 범하기 쉬운 현학적 표현이나 지식일변도의 견강부회를 극도로 자제하며 평이하고 간결한 문체로 썼기에 읽는 이에게 한결 유쾌한 인상을 준다. 이 에세이집엔 신앙인으로서의 자기 삶을 짚어보고 수양에 힘을 얻기 위한 글이 많다. 고로 문학적인 독서체험을 바탕으로 기독교 신앙인으로서의 체험을 풍부한 예로 대비시키며 자신의 신앙적 감동을 고백하고 있다.

> 보라! 천지는 조용한 가운데 있다. 그러나 모든 것이 쉬지 않고 있다. 해와 달은 주야로 바뀌면서 그 빛은 천년 만년 변함이 없다.(하략)

이는 『채근담』에 나오는 귀절인데 이를 인용, 어떤 회의를 마무리 지었을 때 근무하던 부대의 부대장이 감동을 받고 저자를 인격적으로 존경하며 훌륭한 후원자로 가까이 하는 계기가 되었는데 이는 바로 하나님이 주신 특별한 인연이었다고 믿고 있었다.

이는 저자의 지식에 의한 인간의 감동을 하나님의 은사라고 인식하고 있다는 것이다. 또 「로뎀나무 아래에서」는 기독교인에게 따르는 '신앙에 대한 시험'이라는 것을 결국은 '성경적 의미에 있어서 신앙생활이란, 고난을 비켜가는 것을 말하지 아니하고 고난을 당해도 쓰러지지 않고 이기고 일어설 수 있는 힘의 섭생을 말하는 것'이라고 깨닫고 확신하는 대목이다.

이는 저자 자신이 '알기 위해 믿는다'는 신학적 명제에 걸맞게 표현한 자신의 체험적 신앙 고백일 것이다. 이 에세이집은 이성(理性)이 항상 회의하고 갈등하는 종교적 진실에 대한 지식인의 체험적 고백록이기도 하다. 학생들이 읽으면 지적인 욕구를 만족시키고 기독교 신앙의 체험적 융합을 깨달을 수 있는 좋은 에세이집이다.

소통의 인문학과 문학의 상상력

김종회 산문집 『글에서 삶을 배우다』

백지연(문학평론가)

김종회 교수의 산문집 『글에서 삶을 배우다』는 "문화의 눈으로 세상을 보고 문화를 통해 삶의 모양을 바꿀 수 있다"는 주제 속에서 사회현실과 문학, 문화가 맺는 다양한 관계의 양상을 탐색하고 있다. 책에 담긴 칼럼 형식의 글들은 문화적 시각을 통하여 삶의 다양한 세목들을 살피는 간결하고 명료한 글쓰기를 지향한다. 저자는 작가들과의 만남 속에서 이루어진 문학의 대화를 비롯하여 지역사회에서 시도되는 문화분권의 실험, 인문학이 현실과 만나는 방식, 고전을 통해서 깨닫는 삶의 지혜, 시사정치적인 문제를 포함하여 한반도의 분단현실에서 문화통합의 길은 어떻게 모색될 수 있는가라는 주제를 두루 아우르고 있다.

다양한 주제를 가로지르는 개별 글들에서 중요한 주제어로 읽히는 것은 '문화공감'이라는 말이다. '문화공감'에는 문화적인 시각에서 세상을 읽고 이를 바탕으로 한 소통적인 글쓰기를 지향한다는 뜻과 동시에 사람들에게 평등하게 공유될 수 있는 인문학적 교양의 중요성에 대한 강조가 깔려 있다. "오래되어 익숙한 자기방어적인 인문학이 아니라 사회현실과 융합하고 통섭하며 전방위적 문화 소통이 가능한 인문학으로 눈을 돌려야 할 때"라고 저자가 강조하는 대목은 이런 점에서 되새겨볼 지적이다. 창의적인 인문학이란 지식의 축적과 정보의 소통에 주목하면서도 수직적인 관계가 아니라 사람들과 함께 나누고 소통하는 공감의 관계를 핵심으로 한다는 설명도 같은 맥락에서 중요하게 다가온다.

최근 문학연구는 문화적 시각을 바탕으로 하는 다양한 관점들을 강조하고 있다. 어떤 의미에서건 문학작품은 그것이 생산되고 소비되는 다양한 사회, 문화적 환경과 밀접한 연관을 맺고 있다. 문학작품을 해석하는 흐름 역시 그것이 위치하는 문화적인 맥락을 읽어내고 고찰하는 작업으로 연결될 수밖에 없다. 문화이론의 관점에서 바라보면, 문화는 언어를 포함하는 상징체계의 다른 이름이기에 어떤 특정한 것이 아니라 작품에 스며들어 있는 모든 질서와 체계라고도 할 수 있다. 이러한 시각은 레이먼드 윌리엄스(Laymond Williams)가 말한 바 있는 '공동의 문화' 혹은 '평범한 문화(common culture)', 즉 문화의 민주화라는 기획과 연결된다. 『글에서 삶을 배우다』의 간명한 글들이 평범한 사람들이 궁금하게 여길 이슈와 상식들을 친근한 방식으로 설명한 점도 그러한 문화적 소통을 강조하는 것으로 다가온다.

주목할 지점은 이 책에서 주장하는 문화적 관점의 사유가 물질적인 시각에서의 문화의 생산과 소비만을 중시하거나 '문화의 일상성' 그 자체만을 해석하는 데 치중하는 것은 아니라는 점이다. 책에서 지향하는 '문화공감'은 무엇보다도 '인문학적인 교양'의 지반으로서의 '문학적 상상력'에 대한 주목이라는 점에서 의미가 깊다. 저자는 문학의 영역이 확대되면서 생겨나는 다양한 변화를 고려하면서도, 문학적 상상력이 환기하는 근원적인 '교양'의 문제에 대해 관심을 놓지 않는다. 다양한 시사적인 문제들을 소재로 다루면서 저자가 관심을 기울이는 것은 모든 사람들에게 평등한 의미로 공유될 수 있는 교양으로서의 문학적인 상상력이다. 책 속에서 황순원, 박완서, 이병주, 허먼 멜빌 등 동서양을 가로지르는 문학작품에 대한 인문학적 이해는 주변에서 쉽게 만나고 접할 수 있는 공간이나 소재들과 연결되어 흥미롭게 서술된다.

산문집의 형식이지만 이 책의 마지막 장은 북한 문학을 포함하여 재일 조선인 문학, 중국 조선족 문학, 중앙아시아 고려인 문학 등을 포괄하는 '코리안 디아스포라문학(Korean diaspora literature)' 혹은 '한민족 문화권 문학'의 연구에 관심을 기울여온 저자의 학문적 자취를 잘 드러내고 있다. 저자는 글로벌 시대에 민족정체성을 되찾고 남북한 문화교류의 교착 상황을 풀어나가기 위한 맥락에서도 한민족 문화권 문학의 고찰이 중요하다고 본다. 이 길은 저자의 주장대로 문화통합의 추동력으로서 문학이 할 수 있는 고유의 역할에 대한 성찰이라고 할 수 있다. "문학과 문학외적인 삶이 그 외형은 다를지라도 내포적 의미에 있어서 긴밀히 소통되는 것이기에, 문화의 길이 새 역사의 길을 예비할수 있다"는 말을 되새겨볼 수 있는 것도 이러한 맥락에서이다.

폭발적 에너지와 인간적 카리스마

내가 만난 평론가 김종회

김재홍(문학평론가, 전 경희대 교수)

1. 20여 년간 함께해 온 학자의 길

누가 '부세청연 선연선과(浮世淸緣 善緣善果)', 즉 뜬 세상살이에 좋은 인연이 있어 만났으니 서로 열심히 노력하면 좋은 꽃과 열매를 거둘 수 있으리라고 말했던가. 한 직장의 선후배로서, 또한 문단의 가까운 한 도반으로서 김종회 교수는 끊임없이 내게 삶에 관한 의욕과 문학에 관한 관심을 불러일으켜 주는 부세청연의 한 사람으로, 이 거친 세상을 함께 건너가고 있는 소중한 한 사람이다.

지난 20년 가까이, 내가 만난 김 교수는 항상 무언가를 계획하고 준비하면서 삶을 달음박질쳐 가는 비유컨대 달리기 선수의 모습으로 받아들여진다. 그만큼 그는 때로는 전속력으로 질주하는 100m 달리기 선수처럼, 또 때로는 마라톤 선수처럼 꾸준히 달리기를 멈추지 않고 있다는 뜻이다. 이따금 불쑥불쑥 한 권씩 새로 펴낸 책을 들고 소리나게 연구실 문을 열고 들어서는 그를 보면 어떻게 저렇게 열심히 살 수 있을까 하는 경이감과 함께 부러움, 그리고 때로는 위압감과 카리스마가 느껴지기도 한다는 게 솔직한 느낌이다. 그래서 그의 대학 동기이자 절친한 친구 평론가인 신덕룡 교수(광주대)도 김 교수와 청년시절 스터디 그룹을 하면서 "한때는 그가 무서워 전전긍긍할 때가 있었다"

고 술회하지 않았는가.

내가 김 교수에 대해 언급할 기회가 있을 때, 적어도 일과 관련하여 말할 경우, 나는 두세 마디 단어를 떠올리게 된다. 다름 아닌 기획력과 추진력, 그리고 폭발적 에너지라는 낱말이 그것이다. 단적으로 말해 김 교수의 조직적이면서도 치밀한 기획력과 그것을 밀어붙여 하나의 '작품'으로 만들어내는 추진력 및 폭발적 에너지는 그야말로 상당한 파워를 지닌 것이라 하겠다. 자칫 어느 면에서는 무모하다거나 저돌적이라 할 만큼 도저히 가능할 것 같지 않은 사안들도 그에게 맡겨지기만 하면 엄청난 돌파력과 에너지로 이를 성사해 내고 마는 데서 나는 가끔 외경감과 함께 그 어떤 두려움마저 느끼곤 한다. 비유컨대 평소 착하면서도 독실한 신앙인인 그를 염두에 두고 생각해 보면 비록 시작은 무모해 보일지 모르지만 끝은 성대하게 마무리되는 모습을 생각하게 되는 격이다.

사실 이 같은 창의적인 기획력과 적극적인 추진력, 그리고 이를 매개해 내는 폭발력과 리더십은 그야말로 진주 시골 소년인 김 교수를, 그가 가는 곳마다 중심인물로 떠오르게 하는 그의 장점이면서 카리스마의 힘이 아닌가 한다. 다만 그 엄청난 에너지의 분출 과정에서 혹여 마음을 베이거나 다칠 수 있는 사람도 있을 수 있다는 점을 그가 충분히 유의한다면 그는 앞으로도 더욱 성공적인 삶을 살아갈 것이 분명하리라고 믿는다.

2. 왕성한 비평 활동과 후진 양성을 위한 노력

김 교수의 인상적인 모습은 내게 먼저 그의 의욕적인 학문 · 비평 활동으로 다가온다. 그는 1988년《문학사상》에 평론가로 데뷔하고 1994년〈한국소설의 낙원의식 탐구〉로 학위를 받은 이래 참으로 열심히, 또 부단히 그의 세계를 개척해 왔다. 김 교수가 등단하던 해에 내가 경희대 국문과 교수로 전입해 오고,

또 그의 박사학위 논문을 심사하는 과정에서, 나는 그의 공부하는 사람으로서의 성실한 자세와 '진주 양반'으로서 예의 바른 삶의 태도를 느끼곤 했던 것이 사실이다. 특히 그의 비평가로서의 미덕은 그가 열심히 노력하는 자세에서도 드러나지만, 전체를 통찰해 내는 포괄성과 함께 부분까지도 섬세하게 꿰뚫어 내는 시각의 진지함과 예리함에서 드러난다. 그와 함께 균형감각도 눈여겨볼 대목이고, 또한 비평작업의 밑바탕을 관류하는 작가 · 작품, 나아가서 모국문학에 대한 애정도 유의할 만한 내용이 아닐 수 없다. 지난해《시와시학》평론상 수상작인『문학의 숲과 나무』도 그러하고, 이번 수상작인『문화 통합의 시대와 문학』도 그러한 결실이라고 생각한다. 그러면서도 김 교수는 근년에 들어 자신의 학문적 · 비평적 시야를 확대하는 데 정성과 힘을 기울임으로써 그 폭과 깊이를 심화하고자 노력하여 관심을 환기한다. 북한문학에 대한 지속적인 관심을 펼쳐보이는 것도 그러하거니와 해외 동포문학에 대한 애정, 그리고 급변하는 정보화 시대에 발맞춰 사이버 문화와 디지털 문학에도 적극적인 관심을 갖는 일이 그러한 시야 확대와 심화의 노력이 아닌가 한다. 그런가 하면 김 교수가 홍기삼 · 임헌영 교수, 그리고 조남현 · 최동호 교수 등 선배 비평가들을 잘 모시면서 젊은 비평가들과 협력하여 침체에 빠졌던 한국문학평론가협회를 활성화하고 새롭게 도약하게 하는 데 최선을 다해 온 것은 주지의 사실이다. 아울러 월간《문학사상》의 편집기획위원과 계간《문학수첩》의 편집위원으로 활동하면서 특유의 기획력과 추진력을 보여준 것은 특기할 만한 일이라고 하겠다. 무엇보다 이 과정에서 후배 신진 비평가들을 적극 계발하여 그들로 하여금 자신감을 갖고 비평 활동을 시작할 수 있게 고무 · 격려한 것은 비평계의 발전은 물론 유능한 신진 발굴의 측면에서 잘한 일이기도 하려니와 그의 내밀한 보람이자 기쁨이기도 할 것이다. 특히 김 교수가 대학원에 재학하던 시절 경희대 대학원의 현대문학 전공학생들을 결집하여 '현대문학연구회'를 조직하고 함께 공부하면서 경희대 국문과의 비평 풍토 조성에 진력한 것은 경희대뿐만 아니라 우리 비평계를 위해서도 소중한 이바지가 아닐 수 없다. 이러한 과정을 통해 하응백·강웅식·박주택·이봉일·한원균·홍용희·김수이·이성천·고인환·백지연·오태호 등 신예 비평가들이 데뷔하여 활동 중인 것은 예사로이 보아넘길 일이 아니리라. 실상 김 교수가 평론가협회상(1997), 경희문학상(2001),《시와시학》평론상(2003), 그리고 이번에《문학사상》의 김환태평론상을 수상하는 것도 그러한 그 자신의 부단한 문학적 정진과 적공, 그리고 대학과 문단에 대한 이바지를 주의 깊게 지켜본 이들의 따뜻한 격려이자 상찬에 해당함은 물론이다. 그런데 여기에서 김 교수가 깊이 유의할 점이 있다고 생각한다. 많은 비평업적을 쌓고, 의욕적으로 학계·비평계에 이바지하면서 후진들을 잘 길러내는 과정에 있어서 과도한 무리수와 의욕을 절제하는 일이 중요하다는 점을 지적하고 싶다.

지난해 그는 「문학적 자전」에서 100권의 저서 출간을 목표로 노력하고 있다고 했다. 좋은 일이고 할 수 있는 일이기도 할 것이다. 그러나 할 수 있다고 다 하는 것은 바람직한 일이 아니다. 학자로서 그러한 원대한 목표를 세우고 이를 이루기 위해 더욱 몸을 낮추고 학문적 엄격성을 견지하며 정진하는 일이 더 절실한 일이기 때문이다. 중요한 것은 자칫 그러한 목표지향성에 경사되다 보면 과정이 소홀히 되는 수가 있다는 점이다. 학문적 업적이나 비평적 성과는 양도 중요한 것이지만 무엇보다 질과 품격이 우선돼야 하는 것이기 때문이다. 그러나 이 학문·비평 방면에 있어서도 김 교수가 보여준 나름대로의 업적과 성과는 김 교수 특유의 기획·조직력과 추진·통합력, 그리고 균형감각과 성실성이 작동한 데서 비롯된 것임은 두말할 나위가 없겠다.

3. 남북 교류에 이바지한 활발한 사회 활동

이러한 김 교수의 능력이 유감없이 발휘된 또 다른 한 분야는 남북관계를 중심으로 한 사회 활동 부문이다. 특히 그가 학생시절부터 사제관계를 맺어 온 경희대 설립자 조영식 박사와의 인연은 그로 하여금 일천만이산가족재회 추진위원회의 일로 구체화되어 나타난다. 처음 과장직에서 시작하여 사무총장직에 이르기까지 그가 열과 성을 다해 진력해 온 이산가족 상봉 행사는 남북 간의 교류와 협력의 물꼬를 트는 데 나름대로 이바지해 온 것으로 평가된다. 특히 이 과정에서 그가 조영식 박사와의 인연을 지상의 그 어떤 만남보다도 소중히 하여, 20대 젊은 날부터 지천명의 오늘에 이르기까지 수십 년 세월을 한결같이 지극정성으로 모셔온 것은 신의와 일관성을 중요시하는 인간적 품성을 반영해 주는 것이 아닐 수 없다. 이러한 김 교수의 인간적 신의와 정신의 일관성은 작고하신 은사 황순원 선생을 모시는 일에서도 약여하게 드러난다. 김 교수는 생전에 그분의 훈도와 영향으로 문학을 공부하고 학문세계로 들어선 인연을 소중하게 여겨 그 문학적 품격과 인간적 향훈을 간직하고 기려 나아가는데 그 누구보다 앞장서 있다. 최근에 그가 양평군과 긴밀히 접촉하면서 '황순원문학촌 소나기마을'을 추진하여 그에 관한 세미나를 개최하고 부지를 선정하는 등 그 성사 과정에 제반 노고를 아끼지 않은 것도 이러한 스승에 대한 존경의 염(念)과 신의를 끝까지 간직하기 위한 안간힘의 한 반영이 아닐 수 없으리라.

아울러 김 교수는 최초에는 통일부 정책자문위원과 통일문화연구원장 일을 맡으면서 남북관계 전반에 관한 지식을 체계화하고 남북 교류를 활성화하기 위한 노력을 멈추지 않고 있는 것으로 알려져 있다. 그의 이러한 노력은 남북관계에 있어 정치적인 측면뿐 아니라 동시대의 문화의식을 탐구함으로써 통일문화 인프라를 구축하는 데 일조할 것으로 보여 고무적인 일이 아닌가 여겨진다. 이러한 평화통일정신을 핵으로 한 남북관계의 정립과 발전을 위한 김 교수의 일련의 작업은 학자의 사명 중 하나가 학문 연구와 제자 양성뿐만 아니라 사회 봉사에도 이바지해야 한다는 점에서 의미 있는 일이 아닐 수 없다. 교육자로서의 카리스마 그렇다고 해서 김 교수가 교수의 본분으로서 학내 활동, 특히 학생 교육과 지도에 조금이라도 등한시한다고 생각한다면 그것은 잘못된 시각이다.

김 교수는 학내에서도 맡은 직분이 많다. 국문과 학과장과 문과대학 교학과장, 그리고 교수협의회 부회장(서울교정 대표)직을 두루 맡고 있는 것이 그 단적인 예가 된다. 이러한 보직은 그가 일 욕심(?)이 많기 때문이라고도 하겠지만, 무엇보다 김 교수 특유의 활동력과 책임감 때문이 아닌가 한다. 그러면서도 김 교수는 강의와 학생 지도에도 최선을 다하는 모습을 보여준다. 그 많은 대내외의 업무와 학문 비평작업 와중에서도 시간을 쪼개어 학생들과 대화하고 학생들로 하여금 분발하게 하는 데 성심성의를 다하는 모습인 것이다. 김 교수는 학교에서도 수많은 보직과 임무를 성실히 수행하면서도 교육자로서 자신이 지닌 능력과 바람직한 의미의 카리스마를 최대한 발휘하면서 그가 속한 환경을 적극 활용하여 나아가는 성실한 학자이자 유능한 교육자로서의 면모를 유감없이 보여주고 있다. '더 큰 나'를 실현하기 위한 학자의 길·인간의 길, 그렇다! 내가 이 글을 쓰고 있는 이 시간에도 그는 태평양 건너 해외에 머물면서 끊임없이 꿈틀거리면서 무언가를 기획하고, 추진하며, 결실을 맺기 위해 고심하고 노력하고 있을 것이 분명하다.

사실 그가 이 많은 일과 업적을 이루기 위해 바친 시간과 노력을 생각해 보면 그를 아끼는 한 선배로서 진심으로 외경감이 들지 않을 수 없다는 게 솔직한 고백이다. 사실 얼마나 오랜 시간을 노심초사하며 깊이 모를 고독의 시간을 가졌을 것인가? 누가 그 끝 모를 그의 고독과 적막의 깊이를 제대로 헤아릴 수 있겠는가 말이다. 그러나 아직도 길은 멀다. 이제부터 신들메를 고쳐 매고 새로운 각오로 출발해야만 한다. 다방면의 지나친 의욕과 관심을 과감하게 절제해 내고, 보다 깊이 학문적인 세계를 천착해 들어가야만 하리라고 생각한다. 아울러 대학정신이란 여유의 정신, 깊이의 정신이 아니겠는가? 이제 무작정 앞으로 달려가기만 할 것이 아니라 뒤도 돌아보고 옆도 살펴보면서 사색하고 명상하면서 '느리게 가는 것의 소중함'을 실천해 갈 때 더욱 학문의 깊이와 인간적 향기가 무르익어 갈 것이다. 그런 의미에서 김 교수에게 지금은 주변을 돌아보면서 겸허하게 몸과 마음을 내려놓고 쉬엄쉬엄하면서 보다 큰 문학과 학문의 길, 보다 깊은 인간의 길을 걸어가기 위해 새롭게 출발해야 할 운명의 시점, 결정의 시간이 아닌가 생각한다. 몇 년간 더욱 고독하고 치열하게 본래의 '나', 근원적인 '나', '더 큰 나'의 실현을 위해 해외연구를 계획해 보는 것도 한 방법이 될 수 있겠다. 새삼 김 교수의 이번 수상을 진심으로 축하하면서 정진을 기대한다.

한 발 앞서가는 동반자

내가 만난 김종회 비평가

신덕룡(시인, 전 광주대 교수)

1.

올 여름, 문학 모임에서였다. 몇몇 시인들과 젓가락 장단에 대해 이야기하고 있었다. 막걸리 사발을 앞에 놓고 젓가락으로 술상을 두들기며, 앞사람이 선창하면 다 같이 따라 부르던 놀이문화였다. 매우 시끄러운 술좌석이었던 셈인데, 쉬지 않고 이어지는 노랫가락에 너나없이 흥겨운 자리였다. 맥주가 일반화되기 이전이었으니, 70년대 말까지는 서울이나 지역 할 것 없이 서민들의 일반적인 술집 풍경이었으리라. 우리들 중 문인수 시인이 가장 애석해 했고, 혹시라도 이런 자리가 마련되면 서로 연락해서 같이 즐겨보자고 하기에 이르렀다.

우리의 대화가 추억담에서 시작되어 아쉬움으로 끝내는 요즘의 노래방 문화에 대한 비판으로 이어지는 동안 나는 줄곧 〈진주난봉가〉를 머리에 떠올리고 있었다. 대학시절, "울도 담도 없는 집에서 / 시집살이 삼 년 만에……"로 시작되는 이 노래가 누군가의 입에서 떨어지기가 무섭게 젓가락을 두들기며, 끝도 없이 이어지는 노랫가락을 따라 우리는 진주로 향했기 때문이다. 한 번도 가본 적은 없지만, 진주가 늘 그립고 정겨운 도시였음은 말할 나위도 없다.

이 노래를 들은 것이 75년도였다. 좀 더 구체적으로 말하자면 내가 대학에 입학했고, 진주에서 올라 온 김종회라는 친구를 만났고, 그의 입을 통해 이 노래를 처음 들었던 해였다. 그는 친구들 앞에 「진주난봉가」와 변영로의 「논개」
를 들고 나타났다. 처음에는 시골사람 특유의 어눌하면서도 자신없는 태도였
으나, 「논개」를 낭송할 때의 독특한 억양과 제스처 그리고 이 노래가 우리들
사이에 선풍적인 인기를 끌면서 그는 단박에 우리들 중심에 서게 되었다. 학
교를 졸업 할 때까지 술자리에서 이 노래를 불러 댔으니, 내가 젓가락장단 이
야기를 하면서 이 노래와 함께 그를 떠올린 것은 너무나 당연했다.

2.

그렇다고 그가 지금도 과거의 투박함을 지니고 있다는 말은 아니다. 그는
많이 변했다. 30여 년 전 우리 친구들이 생각했던 촌사람이 아니다. 그럼에도
불구하고 나는 아직도 인정하지 않는 구석이 있다. 우선, 아직도 다혈질의 성
품을 다스리지 않았다는 점이다. 다혈질의 성품은 늘 손해를 보기 십상인데
지천명의 나이에 이르러서도 그는 예나 지금이나 여전하다. 특히 불의를 보면
참지 못한다. 이럴 때 그는 상대가 어떤 위치에 있건 의식하지 않는다. 어떤 식
으로든 그 잘못을 지적하고, 시정을 요구하는 그를 볼 때의 통쾌함이라니. 주
위에서 속을 끓이며 조마조마하다 맛보는 시원함도 시원함이려니와 저러다
무슨 일이 나는 것 아니냐는 걱정을 하는 경우가 있으니, 그가 여전히 촌사람
이 아니라 할 수 있겠는가. 또 하나는 의리라 할 것이다. 요즘 세상에 의리라
는 말을 입밖에 내기 껄끄러운 일이긴 하지만, 그는 친구들의 일이라면 사정
이 허락하는 한 발 벗고 나서는 사람이다. 이것은 그가 옳은 일이거나 약자 앞
에서는 한없이 자신을 낮출 수 있는 성품을 지녔기에 가능한 일이기도 하다.
다시 말해 상대의 성품이나 그가 처한 상황에 맞게 언제든 다정한 친구가 될
줄 아는 아량과 지혜를 지니고 있다는 것이다. 그의 이런 성품은 우리가 대학

원생이었던 80년대 중반, 현대문학연구회를 조직하고 운영할 때 잘 나타났다.

당시 경희대 국문과의 전통은 현대문학을 중심으로 이어지고 있었다. 대부분의 학생들이 시인이나 소설가를 목표로 열심히 습작을 했다. 당시 조병화 선생님이나 황순원 선생님 같은 분이 계셨기에 선생님과 같은 좋은 시인, 소설가가 되는 것이 꿈이었다. 대학원에 진학을 했어도 이 기간을 데뷔를 위한 준비기간으로 여길 정도였다. 이런 시기에 그는 창작만이 아니라 이론분야에서도 이런 전통이 이어져야 한다고 역설했고, 뜻이 같은 동기나 후배들과 이론 중심의 스터디 그룹을 만들었다. 늦은 감이 있기도 했지만 신선한 발상이었다. 그런데 그 운영계획이 엄청났다. 최동호 교수님을 모시고 매주 한번씩 만나 텍스트를 요약해서 발표·토론하는데, 최소한 한 달에 두 권 정도를 소화한다는 계획이었다. 이 모임에 찬성하던 사람들도 이런 강행군이 계속될 수 있을까 의심할 정도였다.

그러나 김종회 교수 특유의 추진력은 조그마한 틈도 없이 발휘되었다. 발표자는 물론 참여자 중 어느 하나라도 텍스트 이해에 문제가 있거나, 자신의 역할을 제대로 하지 못하는 경우 가차없는 비판이 이어졌다. 심지어 게으름으로 인해 모임의 분위기를 해치는 경우 스스로 이 모임을 떠나도록 만들었다. 어떠한 변명도 허용되지 않는 강압적(?)인 분위기였다. 동기생인 나 역시 그가 무서워 전전긍긍할 때가 있었으니, 후배들이야 오죽했으랴. 여하튼 매주 모임은 살얼음판 같은 긴장 속에 진행되었고 그 덕분에 "이렇게 공부하는 것이구나" 하는 새로운 경험을 하게 되었다. 물론, 이 모임에서 이론 공부만 하는 것은 아니었다. 인간적 신뢰와 우정을 쌓는 모임이기도 했다. 김종회 교수의 유연성이 나타났던 부분인데, 두 달에 한번 정도 훌륭한 작가를 초빙해서 그 분들의 문학세계를 조명하는 자리가 있었다. 덕분에 긴장감을 늦출 여유도 가질 수 있었고 이름만 듣던 시인, 소설가를 만나 작품이나 그 분들의 삶에 관한 이야기를 나눌 기회가 있었다. 여름과 겨울 두 차례에 걸쳐 행해진 세미나는 되도록 많은 시인, 소설가를 초빙해서 인간적 교류의 시간을 갖는 프로그램으로 활용했다.

당시 그를 중심으로 한 동기나 후배 중, 문영희, 하응백, 강웅식, 이봉일, 한원균, 홍용희, 김수이 등이 오늘날 활발하게 활동하고 있으니 우리 모두는 그에게 큰 빚을 지고 있는 셈이다. 그는 뿔뿔이 흩어져 공부하던 우리들의 역량을 하나로 결집시켰고, 경쟁자가 되어 비판하면서도 서로를 이끌어주는 동반자로 만들었던 것이다. 어느 누구도 생각하지 못했던 일을 시도했고, 그 시도는 창작분야와 함께 국문과의 새로운 전통으로 이어지고 있는 것이다.

3.

그의 이런 추진력과 유연성은 학문의 깊이와 폭에서 잘 나타난다. 그의 박사학위 논문은 〈한국소설에 나타난 유토피아 연구〉였다. 우리 문학 속에 깃든 화해와 공존을 향한 의지와 그 형상에 대한 연구였다. 그는 이어서 『위기의 시대와 문학』, 『문학의 숲과 나무』 등 문학과 시대의식의 관계를 천착한 주목할 만한 평론집을 상재했다. 시골에 사는 내게 책을 꼬박꼬박 보내주는데, 그의 책을 받을 때마다 나는 주눅이 들기 마련이다. 내가 알기로도 그는 신실한 종교인이면서, 남북이산가족 찾기에 앞장서서 일을 추진하고 또《문학사상》이나《문학수첩》등 몇 개의 문예지 편집위원으로 활동하고 있다. 중요한 것은 어떤 일도 빈틈없이 해낸다는 것이다. 보통 사람 같으면 몸이 몇 개라도 부족할 형편이다. 그런데 언제 차분하게 앉아서 글을 쓰는지 불가사의한 일이 아닐 수 없다. 아마도 내 추측이 맞다면 남보다 잠을 적게 잔다는 것일게다. 그렇다. 그는 다른 사람이 상상하는 것보다 훨씬 부지런한 사람이다.

내가 주목하고 또 늘 부러웠던 것은 성과 문학에 관한 본격적인 텍스트인

『문학으로 보는 성』과 북한 사회의 특수성을 인정하는 바탕 위에서 북한 문학의 실태와 한계를 지적하고 있는『북한 문학의 이해 1, 2』, 최근의 관심사인 『사이버문학의 이해』 등 중요한 쟁점을 엮어낸 그의 감각이다. 앞의 두 가지 주제는 우리의 삶 속에서 편견과 왜곡으로 인해 조화로운 삶을 저해하거나, 민족적인 차원에서 비틀린 삶을 강요했던 문제들이란 점에서 그의 문학적 지향점과 일치한다. 나아가 최근 무섭게 변화하는 우리 사회의 다양한 징후들을 정확히 짚어가면서 유토피아를 향한 꿈과 의지를 실현해가고 있다.『사이버문학의 이해』라는 편저에서 보여지듯, 섬세하고 예리한 촉수로 우리시대의 문화를 진단하는 그의 능력에 경의를 표하지 않을 수 없다. 그의 이런 탐색이 특유의 추진력과 유연성을 바탕으로 계속되기를 바랄 뿐이다.

존경할 만한 친구와 함께 같은 길을 걸을 수 있다는 것은 행복한 일이다. 나의 경우 마음까지 의지할 수 있으니 복도 많은 셈이다. 한편, 그의 부지런함과 예리한 통찰력 그리고 식을 줄 모르는 열정을 흠모하면서도 시기하고 있다는 것 또한 고백하지 않을 수 없다.

2부

인터뷰
비평

삶과 비평, 그 넓이와 깊이

김종회 교수를 찾아서

오형엽(문학평론가, 고려대 교수)

클래식 음악다방 모차르트

평일 오후의 대학로 마로니에 공원은 가을빛으로 물들고 있었다. 반짝이는 햇살이 문예대극장의 붉은 벽돌에 부딪쳐 서늘하게 가라앉고, 이 벽을 타고 담쟁이 넝쿨이 자기 몸을 끌어 앉으며 꿈틀거렸다. 클래식 음악다방 모차르트. 비평가 김종회 교수를 만나기 위해 약속 장소에 와서 차를 마신다. 클래식 음악이 배음(背音)으로 흐르는 이 공간은 벽면에 걸린 회화들이 고전미에 현대적 감각을 조화시키고 있다. 전면이 유리로 되어 있는 창 밖으로 어느새 김종회 교수가 손을 흔들며 나타나고, 우리는 마주 앉아 인사를 나눈다. 학교에서 회의가 길어져서 늦었다며 미안해하는 그에게 나는 먼저 축하 인사를 했다. 제8회 '시와시학상 평론상'을 받게 된 것을. 1997년에 한국문학평론가협회에서 제정한 '한국문학평론가협회상'을 수상하고, 2001년에 '경희문학상'을 수상했으니, 그에게 이 상은 세 번째 문학상인 셈이다. 그는 "심사위원들이 제 글을 잘 읽어주셔서 감사할 따름입니다"라는 말로 소감을 대신했다. "상을 받는 일이 쑥스러워서 무슨 이야기부터 해야 할지 모르겠군요"라고 말하는 김종회 교수에게, 나는 성장기로부터 대학 시절과 현재에 이르는 삶의 과정을 순차적으로 말씀해주시면 좋겠다고 제안했다. 시인, 작가와는 달리 비평가에게 있어서 삶의 이력과 그 내면 풍경을 엿볼 수 있는 기회는 쉽게 찾아오지 않기 때문이다. 나의 질문은 이렇게 시작되었다.

고성과 진주

<u>오형엽</u>: 고향이 경남 고성이시네요.

<u>김종회</u>: 고성에서 태어나 초등학교를 마치고 진주로 가서 진주중, 고등학교를 다녔습니다. 할아버지는 한학을 하셨고 한약방을 하셨어요. 저희 집안은 '조의제문' 사건으로 김종직과 그의 제자들이 투옥될 때 '김일손의 사초' 당사자였던 탁영자 김일손 선생의 직계 후손입니다.

<u>오</u>: 초등학교 시절에 특별히 기억나는 일은 없으세요?

<u>김</u>: 고성군 영오초등학교를 다닐 때부터 시를 쓰던 기억이 나네요. 개천예술제에 단골로 참가하여 시나 시조를 짓곤 했지요. 초등학교를 졸업하고 진주중학교에 진학했는데, 당시 진주중학교가 서부 경남 최고 명문이었기 때문에 거기 합격한 아이가 나오면 마을 어른들이 잔치를 열어주는 수준이었습니다.

중, 고등학교 시절 김종회 교수가 살아온 삶의 자취가 궁금했지만, 무엇보다도 그의 문학적 이력의 출발점이 된 경희대 국문과 시절이 궁금하지 않을 수 없었다.

경희대 국문과

<u>오</u>: 경희대 국문과에 입학하게 된 경위를 말씀해 주시면 좋겠습니다.

여기서부터 그의 대답에는 경희대 국문과에 대한 애정과 자부심이 고조된 음성을 통해 묻어나오기 시작했다.

김: 부친은 경희대 한의과 아니면 법과대학을 원하셨지만 나는 국문과를 지원했지요. 당시 황순원, 조병화, 서정범 선생님이 계셨기 때문에 고등학교 시절부터 경희대 국문과로 진학하고 싶었습니다.

오: 대학 시절 가장 직접적으로 가르침을 주신 분은 누구세요?

김: 황순원 선생님과 서정범 선생님이셨지요. 사실 대학 시절 나의 진로에 대한 목표는 언론사에 들어가 신문기자가 되는 것이었습니다. 학교 신문인 대학주보사 활동을 4년 동안 계속한 것도 그런 이유에서였죠. 스피치 연습도 열심히 했어요. 그런데 군대를 마치고 복학하여 4학년 졸업반이 되었을 때, 황순원 선생님이 부르시더니 대학원 진학을 권유하셨어요. 서정범 선생님도 그러셨고요. 이때부터 대학원 석, 박사를 마칠 때까지 6, 7년간의 시절은 나에게 가장 열정적으로 공부한 시간으로 기억됩니다. 아주 좋았던 시력이 이때 나빠졌어요.

해병대

오: 군대 시절의 경험도 궁금합니다.

김: 2학년을 마치고 해병대에 지원하여 군 생활을 시작했어요. 한 가지 에피소드가 기억나네요. 포항 해병 1사단은 해안 방어가 그 주 임무였습니다. 거기서 이석범을 만났어요. 나중에 『윈터스쿨』로 '상상문학상'을 수상한. "고원정을 아느냐"로 서로 말문을 텄는데, 이석범은 고원정의 친구였고, 나는 국문과에서 나이는 1년 아래지만 학번은 1년 선배인 고원정과 가까이 지냈거든

요. 이후 우리는 힘든 군대 생활을 함께 추억할 수 있는 공동의 기억을 갖게 되었습니다.

오: 그리고 더 특별히 기억나시는 일은요?

김: 당시 해병대에는 중학교 졸업하고 입대한 병사들이 많았고, 나처럼 대학을 다니다가 들어온 사람은 드물었지요. 그래서 내가 정훈 시간에 여러 가지 인성 교육과 정신 훈화를 담당하게 되었습니다. 한 가지 기억나는 일이 있는데, 이 날은 정훈 시간에 중국 명나라 말엽 홍자성이 지은 『채근담』의 한 대목을 인용하며 교육하고 있었습니다. 내용은 삶의 완급을 조절하는 지혜에 관한 것이었어요. 그런데 정훈 시간이 끝나자마자 부대장이 호출을 했습니다. 내심 무슨 잘못을 하지는 않았나 걱정하며 부대장실에 갔더니 자신의 지휘방침에 대한 철학적 근거를 찾았다며 아주 흡족해 했어요. 부대장실 벽에 붙어 있는 지휘방침은 "마음은 여유 있게 행동은 총알같이"라는, 매우 군문의 용어다운 것이었어요. 그는 정훈 교육시간에 한 강의 내용을 그대로 적어달라고 하더군요. 이를 계기로 나는 소총 부대에서 행정병으로 보직 변경되었지요. 지식이 힘이고, 문학이 힘이라는 사실을 깨닫는 순간이었습니다.

복학과 대학원

오: 복학하신 후의 경희대 국문과 수업은 어떠했습니까?

김: 내가 75학번인데, 복학한 후 78, 79학번 후배들과 수업을 함께 들었지요. 당시 함께 수업을 들었던 국문과 학생들의 면면은 대단했어요. 시인으로는 박주택, 이문재, 류시화, 이산하가 있었고, 소설가로는 박덕규, 김형경, 이혜경, 서하진이 있었으며, 평론가로는 하응백, 문흥술, 강웅식 등이 포진하고 있었으니까요. 물론 그때는 그들이 아직 문인이 아니었으나, 일부는 '시운동' 동인

을 결성하여 활동하며 기성 문인 수준에 육박하고 있었습니다.

과연 그 면면들이 대단하다. 지금은 모두 우리 시대의 중진급 시인, 소설가, 평론가로 활발히 활동하고 있는 그들이 함께 공부하며 어울려 다녔을 그때의 풍경이 무척 궁금해진다. 그러나 김종회 교수의 이어지는 이야기는 더 화려한 대학원 시절의 모습이다.

김: 4학년 1학기에 언론사 취업을 준비하고 있는 나에게 황순원 선생님이 이렇게 말씀하셨습니다. "나라 언론이 창녀 언론이지 않으냐. 언론사에 가서 무엇을 하겠느냐?" 당시 1980년대 초반의 사회 분위기를 염두에 둔다면, 황순원 선생님의 결연한 정신적 태도를 엿볼 수 있는 말씀이죠. 그래서 공부를 열심히 해서 대학원에 진학했는데, 대학원 시절은 한마디로 화려한 질풍노도의 시간들이었습니다. 황순원 선생님뿐만 아니라 당시 젊은 최동호 선생님이 부임하셨고, 대학원생으로 극작가 신봉승, 소설가 전상국, 김용성, 조세희, 한수산, 김용운, 박해준, 고원정, 박덕규, 서하진 등이 있었으며, 시인으로는 조태일, 정호승, 정성수, 박남철 등이, 평론가로는 신덕룡, 김용희, 하응백, 강웅식 등이 있었으니까요. 내가 대학원의 과대표를 맡았었는데, 두 번 다시 그렇게 화려한 진용의 대표를 해 볼 기회는 없을 터입니다. 황순원 선생님의 강의가 끝나면 선생님을 모시고 그야말로 밤을 밝히며 경희대 일대의 주점들을 휩쓸고 다녔지요.

오: 정말 그런 시절이 있었군요. 그 광경이 눈에 보이는 듯 합니다. 황순원 선생님과의 관계는 특별하신 것 같습니다.

김: 황순원 선생님을 대학 3학년 때부터 박사과정을 마칠 때까지 줄곧 모시고 다녔지요. 학교뿐만 아니라 외출하실 때에도 모시고 나갔는데, 선생님은 전상국, 김용성, 김원일, 유재용, 김국태, 김용운 등의 '작단' 동인들과 자주 만나셨

습니다. 대학 신입생 시절 첫 수업 시간에 황순원 선생님이 학생들에게 건강과 외국어 공부에 충실하라고 충고하시던 말씀이 지금도 생생히 기억납니다. 나의 석사논문이 〈황순원 소설의 작중인물 연구〉이고 1988년 문학사상 신춘문예 평론 당선작도 「황순원론」이었지요. 더구나 박사논문을 제출했을 때 심사위원장도 황순원 선생님이 맡으셨어요.

대외 활동

김종회 교수의 대학 및 대학원 시절은 문학 공부에 대한 열정과 사제 및 교우 관계를 중심으로 전개되었지만, 그와 동시에 사단법인 '일천만이산가족 재회추진위원회'의 사무처로부터 시작된 대외 활동의 경험도 빠뜨릴 수 없을 것이다. 지금까지 활발하게 펼치고 있는 김종회 교수의 사회적 활동에 대해 이번 기회에 자세히 듣고 싶었다.

오: 일천만이산가족재회추진위원회에서 일하게 되신 계기는 무엇입니까?

김: 경희학원 설립자이신 조영식 학원장님께서 1983년에 위원장을 맡으시면서 저를 부르셨습니다. 당시 석사 3학기 때 '과장'의 직분을 수행하면서 시작된 이산가족재회추진위원회의 업무가, 박사과정을 거쳐서 교수가 되던 시기에 '사무총장'이 된 이후까지 20년 동안 계속되었습니다. 남북문제 NGO(비정부기구)의 활동이 이런 경위로 이루어졌어요. 그 와중에 남북 인적 교류 분야에서 통일부 정책자문위원으로도 활동했는데, 이런 활동으로 말미암아 나름대로 현장 감각을 갖춘 전문가로 인정받게 된 것 같습니다. 이산가족재회추진위원회는 17개국 26개 도시에 조직을 둔, 풀타임으로 업무를 수행해야 하는 힘겨운 곳이었습니다. 그런데 20년 만에, 위원장께서 사임하면서 나도 그 직

분을 그만 두게 되었죠. 시간에 쫓기던 생활에서 벗어나 공부할 수 있는 여유를 찾게 된 것을 다행스럽게 생각합니다.

오: 남북 교류 분야에서 현장성과 전문성을 겸비한 선생님의 자질과 능력을 다른 사람들이 좀처럼 편하게 놓아주지 않는 것 같습니다. 이태 전에 통일문화연구원 원장으로 취임하신 것으로 알고 있습니다.

김: 그렇습니다. 통일문화연구원은 남북한 문화 교류를 증진하는 목적으로 설립된 연구기관입니다. 남북통일 문제를 문화의 차원에서 연구하는 목적을 가진 만큼 남북문제의 현장 감각과 문화 분야의 전문성을 동시에 갖춘 사람을 필요로 합니다. 20년 동안 현장에서 수행해 온 경험과 문화적 전문성이 함께 평가되어 원장으로 위촉받은 것 같습니다. 연구기관이기 때문에 이산가족재회 추진위원회의 업무에 비하면 공부하기에 유리하지요. 현재 통일문화연구원에서 중점적으로 추진하고 있는 분야는 남북한 언어 이질화 문제, 탈북자 의식 문제, 그리고 남북한 문화 전반에 대한 연구 등입니다.

오: 최근 경희대학교 교수협의회 대표를 맡으셨다고 들었습니다.

김: 이산가족재회추진위원회의 사무총장을 그만 두고 나서 대외적인 일은 일체 사양하고 연구실에서 공부만 하겠다고 선언했습니다. 그래서 여러 차례 대외적 직분을 맡아달라는 제안을 거절했지요. 그런데 경희대 원로교수들께서 교수협의회 임원 선거에 적극 추천하고 그분들께서 후보 접수까지 하는 바람에 어쩔 수 없이 나서게 되었습니다. 3명이 입후보했는데, 매우 치열한 경선을 거쳐서 서울캠퍼스 대표를 맡게 되었습니다. 학교 발전과 교수들의 권익을 위해 봉사해야 하는 자리입니다.

오: 경선 과정에서 에피소드가 있다면 한 가지 소개해 주십시오.

김: 3명의 후보에게 5분 동안 연설할 기회가 주어졌는데, 문학을 전공한 것이 표현력에 있어서 장점이 될 수 있다는 사실을 새삼 알게 되었습니다. 이렇게 연설을 시작했어요. "지금부터 30년 전의 일입니다. 저의 고등학교 은사선생님

께서 학생회장 선거에 출마한 저를 불러서 다음과 같이 말씀하셨습니다. "네가 학생회장 선거에서 당선되면 다른 학생들에게 좋은 일이고, 떨어지면 너에게 좋은 일이다." 저는 지금 30년 전 그 때와 꼭 같은 심정으로 이 자리에 섰습니다." 이렇게 시작한 저의 스피치는 "비판 대신 대안이 요구되는 시대, 플래카드 대신 프로그램이 요구되는 시대에, 20년간 NGO 조직운동의 경험을 바탕으로 교수 사회의 권익을 위한 시스템을 조직적으로 만들고 아마추어가 아닌 프로다운 교수협의회를 만들겠습니다"라는 말로 끝맺었습니다. 나는 현실 속에서 실제적으로 작용하는 언어의 설득력이 바로 문학의 힘이기도 하다고 생각하고 있습니다.

문학 연구

성장기와 대학 및 대학원 시절의 모습과 대외적 활동까지 압축해서 들려준 김종회 교수에게, 나는 한국 현대문학을 전공하는 국문학자로서의 학문적 활동과 비평가로서의 문학 활동에 대해 질문을 계속해 나갔다.

오: 그동안 문학 연구를 하시면서 주안점을 두고 참여하신 학회나 연구회 활동도 소개해 주시면 좋겠습니다.

김: 가장 먼저 말씀드리고 싶은 공부 모임은 경희대 대학원 국문과의 '현대문학 연구회'입니다. 1980년대 초반에 발족한 연구회인데, 당시 최동호 교수가 지도교수로 이끌어주셨고, 신덕룡, 하응백, 강웅식 등이 대학원에서 공부하던 때이지요. 내가 1993년 교수가 되어 경희대 수원캠퍼스에서 2년을 근무하고 1995년에 서울캠퍼스에 옮겨올 무렵에 좀 더 체계적이고 심층적인 문학 연구 모임으로 발전하였습니다. 지금도 이 연구회는 왕성하게 문학 연구를 진

행하고 있는데, 이 연구회 활동을 통해 작가나 평론가로 등단하여 활동하고 있는 사람으로 한원균(서울신문 평론), 홍용희(중앙일보 평론), 고봉준(대한매일 평론), 오태호(조선일보 평론), 고인환(중앙일보 평론), 이성천(중앙일보 평론), 노희준(문학사상 소설), 이봉일(문학사상 평론) 등이 있습니다.

오: 현대문학연구회에서 주로 관심을 가지고 연구하시는 분야는 무엇입니까?

김: 교수, 강사, 대학원생으로 구성된 이 연구회에서 개별 연구는 제외하더라도 공동 연구로서 첫째, 북한 문학 연구를 들 수 있습니다. 이 연구회는 아마 개인 연구가 아니라 공동 연구로서 북한 문학 연구를 수행하고 있는 유력한 연구회가 아닌가 합니다. 그동안 공동 연구의 성과물로서 『북한 문학의 이해』 1권, 2권을 간행하였고, 현재 3권을 간행하기 위해 편집 작업을 진행하고 있습니다. 평균 1년에 1권씩의 단행본을 성과물로 내고 있는 만큼 한국 현대문학 연구에 기여하는 바가 크다고 생각합니다.

둘째는, 해외 동포문학 연구입니다. 해외 지역에서 이루어져 온 문학을 연구하는 것은 우리 문학의 영역을 확장하는 것 이상의 깊은 의미를 담고 있습니다. 근자에는 이 분야의 연구가 문예진흥원의 지원 등으로 매우 활발해지고 있습니다.

오: 지금까지 말씀해주신 문학 연구의 차원과 관련해서 다른 학회의 활동으로 어떤 것을 들 수 있을까요?

김: 올해 문예진흥원의 지원으로 한국문학평론가협회에서 바로 이 문제의 프로젝트를 수행하고 있는데, 그 내용은 해외 동포문학을 체계적으로 연구하여 집대성하는 작업입니다. 또한 지금까지 경희대 대학원 국문과에서 7-8명씩 한 팀이 되어 미국, 일본, 중국, 러시아 등 4개 영역에서 세미나를 진행하고 그 성과를 축적해 왔는데 곧 국학자료원에서 『한민족문화권의 문학』이라는 저서로 출간될 예정입니다.

오: 북한 문학연구와 해외 동포문학 연구를 동시에 진행하는 대단한 학문적 열

정을 보여주고 계시네요. 선생님의 문학 연구는 현장에서 남북 문화 교류 분야의 전문가로서 일해 오신 대외 활동과 긴밀히 연결되면서 수행되고 있는 것 같습니다. 그래서 한국문학의 영역을 확장하는 작업은 문화적인 영역뿐만 아니라 정치적, 사회적으로 남북 화해와 통일을 지향하고, 더 나아가 해외 동포들의 삶과 문학까지 끌어안으면서 민족적 동질성 회복에 중요한 기여를 할 것으로 기대합니다.

김: 그렇게 평가해 주니 고맙습니다. 현대문학연구회와 한국문학평론가협회를 통해 북한문학과 해외동포 문학을 동시에 연구하는 프로젝트에 관여하는 것은, 개인적으로는 그동안의 대외 활동이나 통일문화연구원 원장으로서의 업무와도 밀접히 관련되는 것이 사실입니다. 문화 교류의 차원에서 남한과 북한의 문학, 그리고 미국·일본·중국·중앙아시아의 동포문학을 연구하는 것은 결국 민족적 화해와 동질성 회복을 통해 통일과 그 이후의 시대를 대비하는 일이라고 생각하고 있습니다. 최근 북한 핵문제를 두고 북·미 양자와 한·중·일·러가 참가하는 6자 회담이 성사된 것도, 크게 보면 이러한 구상과 병행되는 것입니다.

오: 선생님은 최근에 사이버 문학 혹은 하이퍼텍스트 이론에도 관심을 가지고 연구하시는 것 같습니다.

김: 앞에서 말한 북한문학이나 해외 동포문학 연구가 주제론적 분야의 탐구라면, 사이버 문학이나 하이퍼텍스트 이론에 대한 연구는 방법론적 탐구라고 말할 수 있겠습니다. 이 역시 대학원 강의와 현대문학연구회에서 해외 이론, 해외 작품, 국내 이론, 국내 작품 등 4개 영역의 팀이 공동 연구를 진행하고 있으며, 앞으로 학문적 축적을 계속하여 저서를 통해 그 결과를 내보일 예정입니다.

문단 활동

오: 문학 연구 이외에도 그동안 활발히 비평 활동을 해오시면서 문예지의 편집위원 역할을 담당해 오셨는데, 문단 활동에 대해서도 말씀해 주시죠.

김: 80년대까지는 이념 중심의 문학이 문단을 주도했고 90년대 이후에는 동인 활동을 넘어서 출판사 중심의 문학 활동이 우리 문학 현장을 강박하고 있는 듯 합니다. 그동안 이러한 문단의 흐름에 편승하지 않고 나름대로 비평 활동을 해 왔는데, 한국문학평론가협회에서 간행하는 《한국문학평론》의 편집위원직을 계속 수행하면서 근년에 《21세기문학》, 《문학사상》, 《문학수첩》 등의 문예지에 편집위원을 맡게 되었습니다.

오: 《문학수첩》은 창간호에서 '문학의 새로움'과 '문화의 새로움'을 기치로 내세웠는데, 디지털 문화와 다매체 시대에 있어서 문학과 문화의 관계성 및 소통을 지향한다는 점에서 기대가 큽니다. 사이버 문학이나 하이퍼텍스트 이론에 대한 최근 선생님의 관심도 이 문예지의 편집 활동에 반영되고 있는 것 같습니다. 바람직한 문예지로 성장시키기 위해 염두에 두고 계신 점이 있다면 무엇입니까?

김: 무엇보다도 좋은 필진을 확보하는 것이 중요하다고 생각합니다. 그동안 《문학수첩》은 2003년 봄호부터 가을호까지 3권을 간행했고, 지금 겨울호와 내년 봄호를 준비 중에 있습니다. 한 가지 예로 소설 창작 분야만 해도 1호에 김영하 · 윤대녕 · 박덕규, 2호에 전상국 · 서하진, 3호에 현길언 · 신경숙 · 이순원의 작품을 실었고, 곧 나올 4호에 구효서 · 전경린의 작품이 발표됩니다. 그리고 내년 봄호에 박상우 · 이혜경 · 마르시아스 심의 작품을 싣습니다. 문학과 문화 사이의 광범위하고 심층적인 소통을 지향하면서 우수한 작가, 시인, 비평가의 작품을 확보하거나 발굴하는 데 주력할 계획입니다.

비평 세계

오: 이제 선생님의 비평 세계에 대해 몇 가지 여쭈어 보겠습니다. 그동안 평론집을 비롯하여 저서를 많이 내셨는데, 평론집을 중심으로 본다면 『현실과 문학의 상상력』(교음사, 1990), 『위기의 시대와 문학』(세계사, 1996), 『문학과 전환기의 시대정신』(민음사, 1997)을 내셨고, 작년에 4번째 평론집 『문학의 숲과 나무』(민음사, 2002)를 출간하시면서 왕성한 비평 활동을 해오셨습니다. 평론집의 제목에서도 짐작할 수 있듯이, 선생님의 문학관은 당대 현실 혹은 시대정신과 관련하여 문학을 고찰하는 문학사회학적 관점에 입각해 있는 것 같습니다.

김: 그렇다고 볼 수 있지요. 앞에서 말한 북한문학 연구나 해외 동포문학 연구도 그런 관점의 확대라고 말할 수 있겠죠. 나는 4번째 평론집의 제목 『문학의 숲과 나무』가 가장 마음에 드는데, 이것은 문학의 숲 속에서 작품으로서 나무를 보는 태도, 즉 문학의 외형적 틀을 유지하는 구조와 그 구체적 세부를 형성하는 구조를 통합하고 조화시키려는 관점을 의미합니다. 박이정(博而精)의 비평을 추구해 보자는 것이죠.

오: 과연 그래서 이 평론집에는 1부에서 근대 이후 한국문학사에 대한 반성적 성찰을 통시적으로 고찰하고, 2부에서 우리 문학의 새로운 영역과 방향성을 포괄적으로 탐색하며, 3부에서 동시대 문학 작품의 성격과 의의를 분석적으로 해명하는 비평이 수록되어 있습니다. 전체적으로 한국 근대문학의 영역을 확장하는 동시에 작품의 내면적 깊이를 고찰하는 태도가 결합되어 있습니다. 또한 다른 비평가가 쉽게 접근하기 어려운 미답(未踏)의 영역을 탐구하고 계신데, 한 가지 예를 들면, 수록된 평문 「한국문학의 근대성과 근대적 문학제도의 형성」은 그동안 문학제도에 대한 연구의 필요성이 요청되어 온 데 대한 구체적인 연구의 결과라는 점에서 주목할 수 있겠습니다.

김: 이 글을 쓰게 된 계기는 2001년 경희대에서 개최된 국제학술세미나 때문입

니다. '근대적 문학제도'라는 주제로 세미나를 진행했는데, 조동일 교수가 기조 발제를 하고, 중국·일본·미국·프랑스에서 온 연구자들이 각국의 문학제도에 대한 논문을 발표했습니다. 한국의 문학제도에 대해서는 내가 발표했어요. 시대에 따라 문학제도가 어떻게 변천되고, 어떤 문학 작품을 생산했는가라는 관점은 전체적 틀 속에서 문학을 보는 관점이고, 그래서 문학의 숲에 해당한다고 볼 수 있습니다.

덧붙여 말씀드리면, 올해 2003년에 한국문학평론가협회와 경희대가 공동으로 또 하나의 국제학술세미나를 개최했는데, 그 주제는 '세계문학의 시각에서 본 한국전쟁'이었습니다. 한국측 발표자로 김윤식 선생님께서 맡아주셨고, 중국에서는 김호웅 연변대 교수, 일본에서는 오오무라 마쓰오 와세다대 교수, 미국측에서는 송상옥 미주문인협회 회장, 그리고 러시아측에서는 미하일 박 작가가 발표했지요. 해외동포 문학 관련 중요 인물들이 참가한 셈입니다.

오: 문학의 숲과 나무를 아울러 바라보는 비평적 관점은 평론집 『문학의 숲과 나무』에서 북한문학, 해외동포 문학, 사이버 문학에 대한 천착뿐만 아니라 장편소설에 대한 연구, 기독교 문학에 대한 고찰, 장애인 문학 등의 마이너리티, 즉 소수문학에 대한 연구로도 전개되는 것 같습니다. 장편소설을 중심으로 한국 근대소설을 연구해 오신 것은 선생님의 비평적 스케일과도 관련되는 듯 합니다.

김: 단편소설이 인생의 단면을 보여준다면, 장편소설은 삶의 전체성을 형상화합니다. 그런 만큼 전체를 보는 시각을 요구하기 때문에 시대 및 역사적 현실과 소설의 관련성을 고려해야 합니다. 강한 체력과 비평적 끈기가 요구되는 것이 장편 또는 대하소설에 대한 연구인 듯 싶습니다.

오: 기독교 문학에 대한 관심도 꾸준히 지속해 오셨는데, 그 연구 성과에 대해서도 말씀해 주시죠.

김: 1987년부터 교회에 나가면서 종교적 영성과 문학의 관계가 나의 중요한 관심 영역 가운데 하나가 되었지요. 그동안 기회가 있을 때마다 기독교 문학 연구를 진행하여 4권의 저서가 간행되었습니다. 『황금그물에 갇힌 예수』(1997)는 기독교 월간지에 연재한 '김종회 컬럼'을 모은 에세이집이고, 『기독교 문학의 발견』(1998)은 세계문학의 영역에서 기독교 문학을 검색한 저서이며, 『다시 부활을 기다리며』(1998)는 한국문학의 영역에서 기독교 문학을 정리한 편저입니다. 얼마 전에 출간된 『기독교 명저 산책』(2003)은 100권의 기독교 관련 명저에 대한 해설을 저자, 배경, 내용 요약, 생각할 문제 등을 중심으로 서술한 책입니다.

오: 선생님 말씀을 경청하다 보니 어느새 많은 시간이 흘렀습니다. 한 가지 색다른 질문을 드리려 합니다. 제가 처음 선생님을 뵙게 된 것은 언젠가 김달진문학상 시상식장에서 사회를 보시는 자리였던 것 같습니다. 진중하면서도 큰 울림을 가진 목소리로 좌중을 휘어잡으며 행사를 주도하시는 모습이 무척 인상적이었습니다. 그 이후로도 여러 차례 큰 문학 행사에서 사회를 맡아 진행하시는 모습을 보았습니다만, 그처럼 수준 있고 역동적으로 행사를 진행하시는 사회 솜씨는 아마 자타가 공인하는 바가 아닌가 합니다.

김: 나는 가끔 '한국의 사회주의자'로 불렸습니다. 문학 행사나 시상식에서 사회를 많이 보았지요. 출연자들에게 용기를 북돋워주고 전체의 흐름을 이끌어가며 시간과 분위기를 조절하는 사회 진행은 단지 소개가 아니라 퍼포먼스의 차원이 되어야 한다고 생각합니다. 방송국의 유명한 전문 아나운서를 초대하여 문학 행사에서 사회를 맡긴다고 해도 잘 하기는 어렵지요. 문학판의 내용과 흐름에 밝지 못하기 때문이죠. 그동안 사회를 맡아 오면서 얻은 가장 큰 소득은 문단의 원로, 중진 선생님들을 가까이 뵈면서 많은 것을 배우고 또 도움을 받은 것입니다. 지금까지의 삶을 돌아보면, 젊어서 성실히 노력하고 다른 분들과 유기적 관계를 맺는 것이 중요하고, 그래서 결국 '합력하여 선을 이룬

다'는 말씀이 옳다고 생각합니다.

오: 지금까지의 선생님 삶의 여정을 성실하게 노력하는 것과, 다른 사람들과의 유기적 관계라는, 두 가지 관점으로 함축해서 표현해 주신 것 같습니다. 마지막으로 앞으로의 계획에 대해서 말씀해 주시죠.

김: 올해 안에 다섯 번째 평론집이 문학수첩에서 『문화 통합의 시대와 문학』이라는 제목으로 나올 예정입니다. 앞으로 대학 교수로서 정년이 17년 남았습니다. 대학의 연구자로서 문단의 비평가로서 매사에 책임감을 지닌 공인임을 느낍니다. 더욱 겸손하고 성실하게 노력하며 살아야겠다는 것이 요즈음의 다짐입니다.

오: 긴 시간 좋은 말씀 감사합니다. 뒤풀이 장소에서 더 재미있는 선생님의 은밀한 이야기도 듣고 싶습니다.

마로니에 공원

동행한 사람들과 함께 저녁을 먹으며 여러 가지 즐거운 대화를 나누고 김종회 교수의 내밀한 삶과 문학에 대한 이야기도 더 들었다. 식사 후에 맥주를 마시러 호프집으로 옮기는 과정에서 그는 다른 바쁜 일이 기다리고 있는지 집으로 가는 발걸음을 재촉한다. 어느새 작별 인사를 나누고 돌아가는 그의 뒷모습을 보면서 별안간 꼭 물어보고 싶었던 질문 하나를 빠뜨렸다는 것을 깨달았다. 그의 문학이 발아하고 성장하던 시기에 그에게 다가왔을 첫사랑의 이야기와, 그리고 그가 틀림없이 그녀에게 써서 보냈을 연애편지와 시에 대하여. 그리고 그 이후의 사연에 대하여. 깊어가는 마로니에 공원은 붉게 타오르는 잎새들을 어둠 속에 감추고 있었다.

십자가에 걸린 술잔

김종회 평론가

홍기돈(문학평론가, 가톨릭대 교수)

"축하드립니다. 남들은 하나 받기도 힘든데, 어떻게 선생님께선 상을 한꺼번에 세 개나 몰아서 거둬들이십니까."

아닌 게 아니라 김종회 경희대 교수는 2008년 상반기 상복이 터졌다. 『디아스포라를 넘어서』(민음사)로 제19회 김달진문학상과 제18회 편운문학상을 받게 되었으며, 『문학과 예술혼』(문학의숲)으로는 제6회 유심작품상을 수상하였기 때문이다. 건네는 인사에 김종회 교수는 "하하하" 호방한 웃음으로 맞는다. 그러면서 "심사하신 분들이 좋게 봐 주셨고, 주위에서 많이들 도와주셨기 때문 아니겠어요?"라고 겸손을 내비친다.

"의미 있는 결과를 내셨으니 거기에 상응하는 평가가 따르는 것이겠지요. 저는 김달진문학상과 관련해서 인터뷰를 하러 왔으니 『디아스포라를 넘어서』에 대해서 몇 가지 질문을 드리겠습니다. '의미 있는 결과'라는 표현에 포함된 제 생각은 아마도 질문과 답변이 오가면서 자연스럽게 드러나지 않을까 싶습니다."

"얼마나 어렵게 가시려고 시작부터 그렇게 딱딱하실까. 그래, 홍 교수, 시작해 봅시다."

첫 번째 질문은 책의 부제 '경계에 선 문학의 운명'에 관한 내용이다. 『디아스포라를 넘어서』의 목차만 봐도 확인할 수 있는데, 이 책의 장점이라면 세계

각지에 흩어져 있는 우리 한민족(韓民族) 동포의 문학작품을 통하여 분산(分散), 이산(離散) 문제를 다룬다는 데 있다. 왜 이러한 관점이 장점일 수 있는가. '나'의 얘기를 가지고 세계사적 흐름에 다가설 수 있기 때문이다. 내가 판단하기에, 굳이 '남'이 풀어놓은 현란한 이론을 따라가면서 세계사적 흐름에 동참한다고 자부하는 태도는 지적 식민성의 발로에 가까울 따름이다. 서구이론의 복화술에 머물러서는 제대로 된 학자라고 하기 어렵다. 그러니 서구의 이론은 방법론으로 살펴보되 그를 참조하여 '나' 스스로를 성찰하고 '나'의 이야기를 할 수 있어야 한다. 덧붙이자면『디아스포라를 넘어서』의 제1부는 '북한문학의 새 인식'이며, 제2부가 '해외 동포 문학의 재발견' 그리고 제3부는 '한민족 문화권의 디아스포라'이다. 그러니까 남한 연구자의 자의식을 바탕으로 하여 제1부와 제2부, 제3부를 관통하며 범위와 개념을 차차 확장시켜 나간 형국이라 할 수 있다. 그래서 일단 가볍게 큰 틀에서 부제 '경계에 선 문학의 운명'의 의미를 물으면서 시작한 것이다.

여기에 대한 답변이 만만치 않다. 유대인의 이산 역사로부터 이와 관련된 성경의 배경 설명, 디아스포라 용어 정의까지 받아 적기가 어렵게 한순간에 쭉 진도가 나가 버린다. 하지만 이는 책에 실린 논문「한민족 문화권의 문학과 디아스포라 – 미국 · 일본 · 중국 · 중앙아시아의 해외동포문학」의 첫 번째 절에 기술된 내용의 반복이다. 정작 내가 듣고 싶은 바는 책에 나오지 않은 김종회 교수의 살아 있는 목소리인데. 잠깐 질문의 의도를 가다듬는 사이 이야기는 쭉 이어진다. 기대했던 바는 바로 이 대목이었다.

"저는 한국문학 연구자입니다. 그런데 한국문학을 연구하다 보니 남한문학과 북한문학의 경계를 의식하게 되더군요. 이 문제를 배제하고선 한국문학을 온전히 파악하기가 곤란할 듯싶었습니다. 그래서 저는 남한에 살고 있는 까닭에 그러한 상황에서 북한문학을 어떻게 바라보고 어떻게 수용할 것인가 생각할 수밖에 없습니다. 이것이 한국문학을 연구하는 데 처음 인식한 경계였다면,

그 다음으로 재외한민족문학과의 경계가 다가오더군요. 재외한민족문학을 다른 말로 해외동포문학이라 해도 괜찮을 겁니다. 이러한 틀을 경계의 개념으로 접근한 것이 바로 『디아스포라를 넘어서』입니다.

　지금에 와서 북한문학 연구를 왜 하느냐는 사람이 없으니까 재외한민족문학에 대해서만 첨언하도록 하겠습니다. 해외동포들의 이산은 파란만장한 우리의 근현대사와 함께 하는 것이지요. 우리 민족의 디아스포라가 과거 유대인의 역사나 상황과 그렇게 다르지도 않고, 현재 세계적인 맥락에서 대두한 문제에 접근할 때 고려해야 할 바가 그리 다르지 않습니다. 그러니 중요하게 연구해야 할 대상이지요. 그리고 이 부분까지 끌어안아야만 한국을 잘 볼 수 있습니다. 예를 들어 정치 얘기할 때 자주 나오는 '2＋4구조' 있잖습니까. 남한, 북한에다가 미국 · 일본 · 중국 · 러시아를 넣어서 논의하는 틀 말입니다. 이게 재외한민족문학의 구조에서도 그대로 나타납니다. 재외한민족문학권이 두드러지게 형성된 곳을 보세요. 미국이 있고, 일본이 있고, 중국 연변이 있고, 러시아에 완전히 일치하지는 않으나 카자흐스탄 · 우즈베키스탄의 중앙아시아가 그렇지요. 그러니까 여기에 나타나는 경계를 통합을 전제로 파악하는 것이 이 책의 내용입니다. 그래서 부제에 '경계'란 단어를 사용하게 된 것입니다."

　경계의 사유를 통하여 김종회 교수가 제시하는 개념은 '한민족 문화권'이다. 「북한문학과 해외동포문학의 새 인식과 범주－고정성의 경계를 넘어 문화 통합의 시대로」에는 '한민족 문화권'의 상이 다음과 같이 설명되어 있다. "이는 남북한 문학을 포함하여 재일본 조선인 문학, 재중국 조선족 문학, 재중앙아시아 고려인 문학 등 재외 한국 문학의 전체적인 구도 속에서 남북한 문학의 지위를 자리 매김해 나가는 한편 제3세계로 확산되는 동아시아론의 범박한 논리를 차입하여 남북 상호 간의 대결 구도를 희석시키자는 논리이다. 그리하여 남북한 양자의 문학이 무리 없이 만나 악수하게 하고 그것의 대외적 확산을 도모하며 통일 이후의 시대에 개화(開化)할 새로운 민족 문학의 장래를 예비하는, 다목적 기능에 유의하고 이를 실천해 볼 수 있었으면 하는 것이다."(98쪽) 그러니 『디아스포라를 넘어서』가 향하고 있는 궁극적인 도달점은 '한민족 문화권'으로 뻗어있을 터, 여기에 대해 좀 더 자세한 설명을 들어볼 필요가 있지 않을까.

"사실 '한민족 문화권'이란 용어는 제가 만들어 낸 게 아닙니다. 홍기삼 선생님의 글에서 처음 봤던 용어입니다. 자, 보세요. 연변에서는 자기들 문학을 '조선족문학'이라고 합니다. 중앙아시아에서는 '고려인문학'이라고 하지요. 미국에서는 '한인문학'이라고 부르고 있어요. 일본에서는 두 가지로 나뉩니다. '재일한인'이라고 하는 쪽은 소수이고, '재일조선인'이라고 하는 쪽이 다수입니다. 우리가 이름을 많이 들어서 익숙한 작가들은 '재일한인'이라는 쪽에 포함됩니다만, 아무래도 숫자로 봤을 때 다수는 '재일조선인' 쪽이라고 봐야지요. 사실 '재일조선인' 쪽이라고 하면 조총련 계열에 가깝기는 합니다. 어쨌든 이렇게 살펴보면 우선 필요한 작업이 이렇게 다 다른 명칭을 어떻게 하나로 묶을 것인가가 나타납니다. 이러한 고민을 하던 차에 홍기삼 선생님께서 쓰신 책을 읽다가 '한민족 문화권'이라는 용어를 발견했던 것이지요. 이 용어가 제 생각을 담아내는 데 적합하다고 생각해서 저도 쓰게 됐습니다.

용어의 내실을 기하기 위해서는 먼저 구체적인 현실에서 출발해야 한다고 생각했습니다. 각 지역에서 나온 작품들을 토대로 해서 차근차근 논리를 만들어 나가야 한다는 것이지요. 그래서 여러 지역을 돌면서 그쪽의 도움을 받아 연구의 바탕이 될 수 있도록 자료를 묶어 내는 데 노력했습니다. 한국문학평론가협회가 중심이 되어 만든 『해외동포문학』이 그러한 결실입니다. 홍 교수도 받으셨지요? 2005년 제1차분으로 '재미한인 편' 시집 3권과 소설집 3권, '재일조선인 편' 시집 3권과 소설집 3권을 펴내었고, 2006년에는 제2차분으로 '중국 조선족 편' 시집 2권과 소설집 4권, '중앙아시아 고려인 편' 시집 3권과 소설집 3권, 그러니까 도합 24권으로 두툼하게 묶어냈습니다. 이번에 나온 『

디아스포라를 넘어서』는 이러한 작업들의 성과와 무관하지 않습니다.

'한민족 문화권'을 하나의 이론으로 만들어 내려면 시간이 좀 더 필요하겠습니다. 자료 조사에서부터 시작하려니 만만치가 않네요. 홍 교수도 해 봐서 알지 않아요? 연구 결과가 그렇게 쉽게 나타나지 않는다는 거."

그러고 보니 이 책의 제2부 '해외 동포문학의 재발견'은 일곱 편의 작가론으로 구성되어 있다. 장기적인 연구를 염두에 두고 귀납적인 방식으로 호흡을 가다듬은 결과였던 것일까. 하기야 서구의 이론을 이 땅에 들여와서 이론을 펼치는 연구자들은 그 방법 적용을 연역적으로 할 수밖에 없다. 이론이 선행하는 양상이니 구체적인 현실은 그에 따라 재편되어야 하는 대상으로 전락하는 것이 당연하다. 이를 경계한다면 의도적으로 귀납적인 방식을 취할 만도 하다.

찬찬히 살펴보면 『디아스포라를 넘어서』의 견고한 체계가 드러나기도 한다. 가령 제1부 '북한 문학의 새 인식'을 보자. 다섯 편의 글이 묶여 있다. 그런데 앞의 두 작품 「북한 시에 나타난 6·25전쟁」과 「북한 시에 나타난 마산의거와 4·19혁명」은 북한문학에서 남한을 바라보는 시각에 주목한 결과물이다. 반면 다음 이어지는 두 작품 「북한 대표 작품의 계급적 관점과 탈계급적 관점」과 「『주체문학론』 이후 북한문학의 방향성」은 남한의 입장에서 분석한 북한문학의 면모에 해당한다. 그리고 마지막으로 묶인 「북한문학과 해외동포문학의 새 인식과 범주」에서는 '한민족 문화권'이라는 개념을 제시하며 끝을 맺고 있다. 남한과 북한을 하나의 짝패로 묶고 제2부 '해외 동포문학의 재발견'으로 넘어갈 단초를 만들어 놓은 셈이다. 그러니 마치 단행본 발간을 염두에 두고 각각의 글들을 써 내려갔으리라는 추측까지도 가능해진다.

저자의 면전에서 구성의 탄탄함을 운운하며 치켜 올리는 일은 낯간지럽다. 그러니 그보다는 오히려 '한민족 문화권'의 구상 이전 단계, 그러니까 북한문학에 대한 관심이 어디서부터 기원하는가를 확인하고 넘어가는 일이 나을 성싶다. 최근 십여 년 동안 경희대학교의 학풍이 북한문학 연구 부분에서 강세를 보이고 있는데, 이러한 분위기의 바탕에는 역시 김종회 교수의 영향이 있지 않겠는가. 덧붙이자면 경희대 출신 연구자들은 1999년 12월 『북한문학의 이해』(청동거울)를 출간한 이래 2002년 두 번째 권, 2004년 세 번째 권, 2007년 네 번째 권을 꾸준히 이어오고 있다. 그리고 각각의 내용은 북한문학 전반의 특징 이해, 개별 작가 · 작품론, 주체문학론, 남한문학과의 상호 소통으로 정리된다. 이러한 흐름은 어디서부터 발원하였을까.

  "제가 지금 사단법인 '일천만이산가족재회추진위원회' 사무총장을 맡고 있습니다. 석사 과정 다닐 때부터 관련을 맺어서 국장을 거쳐 지금에 이른 것입니다. 20년 정도 되나, 아니 좀 넘었나. 뭐, 그 정도 돼요. 당시 조영식 총장님께서 부르셔서 하게 되었어요. 그쪽 일을 하면서 보니까 북한문학에 관심을 가지게 된 겁니다. 통일이 되어야 할 텐데, 그렇다면 문학 연구자들도 그 때를 대비하며 이질감을 줄여가고자 노력해야 할 것 아니겠어요? 그래서 북한문학을 시작하게 되었습니다. 아, 『북한문학의 이해』 가지고 있어요? 참 다행스러운 게 제 후배들, 제자들도 북한문학 연구가 중요하다고 생각해서 같이 연구하고 있다는 사실입니다. 『북한문학의 이해』는 그렇게 해서 함께 만들어내는 연구서지요."

  먼 길을 에둘러왔다. 아무래도 이번 인터뷰의 초점은 제4부 '종교와 문학의 접점', 그중에서도 「사유의 극점에서 만난 종교성의 두 면모—김달진의 불교적 정신과 기독교적 정신」이 되겠다. '김달진문학상'을 수상하였기에 마련한 인터뷰 자리가 아닌가. 뿐만 아니라 『디아스포라를 넘어서』 전체의 기획적인 면모를 배제하고 단 한 편 완성도가 높은 글을 뽑는다면, 아마도 많은 사람들이 바로 이 글 「사유의 극점에서 만난 종교성의 두 면모」를 선정하고 나설 것이다. 김종회 교수도 이 글에 대해서 언뜻 자신감을 내비친다. "이제 김달진 쪽으로 넘어가겠습니다"라고 하니 농담을 가장해서 웃음을 터뜨린다. "그 글 읽어 봤어요? 내가 참으로 공들여 쓴 회심의 작품인데, 아무도 그 글에 대해서 말들을 안 하네. 하하하, 다른 사람들은 다르게 보는 건가." 그래서 '종교성의 두 면모'에서부터 시작하기로 했다. 그런데 여기에는 내 방식의 말장난이 들어가 있다. 김달진이 펼쳤던 '사유의 극점'에서 '종교성의 두 면모'를 읽어낼 수 있다면, 그러한 양상을 읽어내는 김종회 교수 역시 이를 따라갈 만한 나름의 이력이 있을 터, 자신이 직접 '회심(會心)의 작품'이라고 말했으니 마음이 그렇게 모이기까지의 과정을 확인하고 싶었던 것이다. 인터뷰에서 내가 붙들어야 할 상대는 김달진 시인이 아니라 김종회 교수이며, 김달진 시인을 만나더라도 김종회 교수를 매개하여야 한다. 그런 맥락에서의 '종교성의 두 면모'이다.

"제가 대학교 2학년 때까지 불경을 공부했습니다. 저희 집안이 불교를 믿기도 했고, 저 역시 고등학생 시절에는 진주 지역 원불교학생회에 출석했었지요. 유교라든지 도교 등 다른 여러 사상도 있겠지만, 불교 또한 동아시아 문화를 대표하는 사상으로 내세워도 괜찮지 않겠어요? 그러한 불교의 깊이에 매료되었던 적이 있습니다. 결혼을 한 후 5년 정도까지 교회에 나가지 않았던 까닭은 그와 관련됩니다. 뭐라고요? 예, 부인이 기독교인입니다. 부인을 따라 교회에 나가면서부터 성경을 공부하기 시작했는데, 그 세계가 또 만만치 않아서 공부할 맛이 나더란 말입니다. 성경으로 이어지는 헤브라이즘이 꽤히 서양의 문화를 대표하는 한 축이 되었겠어요? 그래서 열심히 읽고 있습니다. 홍 교수가 방금 이야기한 '회심의 작품'은 그러한 공부를 모으면서 가능해진 것입니다.

조금 더 이야기하자면, 종교의 교리를 전면에 내세우는 종교문학은 실패라고 봅니다. 가치가 떨어져요. 〈벤허〉라는 영화를 봐요. 예수의 얼굴이 등장합니까. 뒷모습만 나타납니다. 그러면서도 예수의 의미를 충분히 담아내고 있습니다. 그게 종교문학의 성패를 가늠하게 하는 하나의 상징이지요. 『의사 지바고』를 봐도 마찬가집니다. 기독교 사상에 입각해서 만들어진 작품이지만 딱딱한 교리가 툭 튀어나오지는 않습니다. 그래서 성공할 수 있었어요. 종교문학이 가치를 가지려면 교리를 평범한 해석의 수준으로 내리고 대신 이를 끌어안는 작가 나름의 사상을 담아내어야 합니다. 그게 제가 강조하는 종교문학의 가능성입니다.

저는 이러한 가능성을 김달진 선생님에게서 확인합니다. 선생님은 『시인부락』 동인을 하신 시인이셨습니다. 그러니 우리말을 다루는 데 능하셨지요. 그리고 한학자이셨습니다. 동국대학교 역경원에서 역경위원까지 하지 않으셨습니까. 고전을 자유자재로 독파하셨다는 말입니다. 『한산시집(寒山詩集)』이라는 한역시집을 내신 것은 하나의 예가 될 겁니다. 『법구경』을 번역하시기도 했습니다. 그리고 불교에 귀의한 승려였다는 사실도 알아두어야 할 점입니다. 그러니까 문장, 한문 해독력, 승려라는 바탕 위에서 쌓아올린 세계의 깊이가 종교문학의 전범으로 우뚝하게 된 배경이라는 것이지요. 여기서 말하는 깊이가 바로 제가 강조하는 종교문학의 사상 부분입니다. 기독교의 측면을 자연스럽게 끌어올 수 있었던 것도 바로 그 깊이에서 가능해졌다고 저는 보고 있습니다."

그러면 김달진에게서는 어떻게 해서 '종교성의 두 면모'가 대립하지 않고 하나로 만나, 즉 회심하여 '사유의 극점'으로 향할 수 있었을까. 이를 김종회 교수의 표현을 빌려 표현하자면, 불교와 기독교의 '그 어려운 더부살이'가 어떻게 가능하였을까 정도로 정리할 수 있다. 이러한 물음을 해결하기 위해서는 「사유의 극점에서 만난 종교성의 두 면모」의 한 대목을 먼저 읽어둘 필요가 있을 듯하다. 사실, 굳이 답변이 필요하지 않은 부분에 대해서 물으면 김종회 교수는 계속 "그만 하죠. 책 보고 정리하면 될 것을 언제까지 이러고 앉아 있겠어요. 자, 자리 옮깁시다"라는 답변을 하기도 했다. 그러니 이 부분에서 만큼은 책의 한 대목을 옮겨 두어야겠다. 그러니 이 글을 읽는 독자들은 십자가의 수직축에 주목하기 바란다.

성경에서 '너희 안에 거하시는 하나님'이라고 할 때, 그 '너희 안'은 'in your heart'가 아니라 'among you'이다. 다시 말해서 '너희 마음속에 계시는 하나님'이 아니라 '너희들 관계 속에 계시는 하나님'이라고 해석해야 옳다는 말이다. 이 사람들 사이의 관계는 기독교적 세계 인식에 있어 수직의 축과는 다른 수평의 축이 존재하다는 근거와 양식을 말하며, 그것의 기반은 서로간의 화평하고 은혜로운 교제에 있다.

엄밀한 의미에서, 또 구약 성격적 의미에서 한 개인의 신앙이 바로 서 있다는 것은 그와 하나님의 수직적 관계가 건강하다는 의미이다. 인간은 키에르케고르의 표현처럼 신 앞에 단독자로 서야 하는 실존적 존재이며, 각기 개인이 신성의 주체와 일대일의 대응 관계를 갖는다. 아브라함의 하나님, 이삭의 하나님, 야곱의 하나님은 이스라엘 열조의 하나님이면서 동시에 각자에게 유일한 하나님이다. 한 신앙인이 하나님을 '아버지'라 부를 때, 그의 자녀 역시 하나님을 '아버지'라 호칭한다.

그런데, 'among you'라는 표현은, 이 수직적 관계에 못지않게 중요한 사람들 상호간의 상관성을 지칭하며, 예수 그리스도의 십자가 희생은 이 두 축의 교차 지점을 상징한다고 할 수 있다. 예수 그리스도를 화목제의 제물이라고 한다면 그것은 신과 사람들, 사람과 사람들 사이의 관계 회복을 목표로 한다고 해야 옳다. 이 수직의 축을 '성(聖)'으로, 수평의 축을 '속(俗)'으로 호명할 수 있다면, 이는 신화문학론자 멀치아 엘리아데가 기독교적 시각에서 종교의 본질을 기술한 저서의 제목 '성과 속(The sacred and profane)'으로 그 개념을 요약할 수 있다.

김달진의 의식 세계 속, 불교적 세계관 속의 기독교적 의식은, 바로 그와 같은 수평의 축에 근거하여 그 존재의 방식을 규정짓고 있다고 할 수밖에 없다. 그것은 김달진 자신의 정서적 균형 감각을 말하는 것이기 이전에 이미 기독교적 교리의 선험적이고 배타적인 유형 및 양식에 관련되어 있는 문제이다. 이 두 종교성의 면모가 한 인간의 내면에 각기의 색깔로 어울려 있다면, 그것은 그 인간의 성정이 두 종교의 실천적 덕목에 배치되지 않도록 맑고 순

수하지 않아서는 안 될 일이다.(228~229쪽)

"그렇다고 제가 김달진 선생님께 전적으로 동의하는 것은 아닙니다. 선생님께서는 성경을 지식으로 받아들이셨어요. 기독교 계통의 중고등학교를 다니시면서 배운 바를 불교적인 세계로 파악하신 겁니다. 그러한 대목에 대해서는 제대로 지적할 필요가 있으리라고 생각합니다. 그렇지만 그러한 부분에서의 인식에 드러나는 '갭'은 이해할 수 있지 않을까요? 어떤 측면에서 보면 표현의 문제일 수도 있으니까요. 그렇다면 그 다음 이어지는 부분은 후학이 채워나가야 할 문제라고 봅니다. 현재 김달진 선생님에 대한 제 생각은 그 정도라고 얘기할 수 있습니다.

방금 후학이라는 표현을 썼는데, 제가 문학적으로 영향을 받은 선생님은 세 분입니다. 황순원 선생님께는 문학이 삶을 어떻게 보듬고 나아가는가에 대해서 배웠습니다. 삶과 문학의 긴장에 대한 깨달음이 있었지요. 그리고 조병화 선생님께는 문학이 일상과 별개의 것이 아니라는 것을 배웠습니다. 문학이 일상의 바깥에 있는 것이 아니라, 바로 일상과 하나일 수 있다는 가르침이 있었다는 얘깁니다. 마지막으로 김달진 선생님에게서는 문학을 통해 세속을 초탈할 수 있다는 사실을 배웠습니다. 쉽게 다가갈 수 없는 경지입니다. 저는 이 세 분을 마음속으로부터 문학의 스승님으로 생각하고 있습니다.

김달진 선생님의 영향에 대해 덧붙이자면, 그분의 세계는 그리 만만할 수가 없습니다. 조정권 시인 아시죠? 조정권 시인이 나름의 세계를 펼쳐 나가다가 한때 막힌 적이 있습니다. 그러다가 김달진 선생님을 만나 뵈면서 배움이 있었는데, 그러면서 새로운 길을 찾을 수 있었습니다. 그러니까 조정권 시인의 세계는 김달진을 만나기 이전과 이후로 나눌 수 있습니다. 한번 그런 입장에서 조정권 시인의 세계를 분석해 보세요. 드러날 겁니다. 그 정도예요. 그래서 제가 김달진 시인의 문학 세계를 분석하는 데 그만큼의 공을 들인 겁니다.

그런데, 홍 선생. 아직도 물을 게 많이 남았어요? 그만 하죠. 책 보고 정리하면 될 것을 언제까지 이러고 앉아 있겠어요. 자, 자리 옮깁시다."

결국 김종회 교수의 제안대로 자리를 옮겼다. 사실 나에겐 이제 준비된 물음도 없었다. 그러니 옮긴 자리에서 술잔이나 비울밖에. 그 자리엔 진작부터 안면이 익은 경희대 출신 평론가들이 함께했다. 그래서 그런가, 이런 생각이 문득 떠올랐다. 나에겐 어떤 스승님이 계시고, 어떤 제자들이 있던가. 김종회 교수의 모습이 여럿으로 나눠 보인 이유는 단지 술에 취한 탓이 아닐 게다.

한민족 문화권
문학사를 위한 도정

김종회의 『북한문학 연구자료 총서』

이상숙(문학평론가, 가천대 교수)

『북한문학 연구자료 총서』(전 4권, 국학자료원, 2012)가 출간되었다. 남한연구자들의 북한문학 연구 성과를 모으고 점검한 1권 「북한문학의 심층적 이해」와 1945년부터 현재까지 북한에서 발표된 시작품 252편을 가려 뽑은 2권 「겨울밤의 평양」, 해방 후 월북하여 북한 소설가로 활동한 월북작가의 북한 발표 작품부터 최근까지의 소설 31편의 모은 3권 「력사의 자취」, 김일성과 김정일의 문학예술에 관한 글을 포함하여 북한의 대표 평론가들의 글 26편을 모은 4권 「문학예술의 혁명적 전환」이 그것이다. 3,000여 페이지에 이르는 부피로 북한 문학작품과 논의를 집적한 것만으로도 의미가 있지만, 시, 소설, 비평에 남한 연구자들의 연구 성과를 함께 모아 북한문학 연구의 경향과 학문적 평가를 가능하게 한 점 또한 의미가 있다. 자료 총서의 이름에 걸맞는 성과라 할 수 있다. 그러나 이 총서의 발간 의의가 여기에만 그치는 것은 아니다. 단순한 자료 총서가 아니라 '북한문학'에 관한 총서라는 간명한 정체성이 이 책이 가진 풍부하고도 무거운 의의를 부여한다. '북한문학'이라는 이름 아래 연구자들이 고려하고 감당해야 할 책무와 노력은 가볍지 않은 것이기 때문이다. 총서의 기획에서 발행까지를 주관한 김종회 교수(문학평론가, 경희대 국문학과 교수)와의 대

램프를 켜고 거울을 보다

담을 통해 이를 확인하고 이해할 수 있었다.

5년의 준비 거쳐 짚어낸 북한문학과 그 연구의 흐름

『북한문학 연구자료 총서』는 2007년부터 시작되었다고 한다. 경희대 대학원 국문학과 수업에서 시작된 이 작업은 북한문학에 대한 기본 이해와 함께 방대한 자료수집, 시대구분과 장르의 구분, 자료의 선별과 가치 평가 등의 과정을 거쳐 5년의 준비 기간이 필요했다. 252편의 시와 31편의 소설, 26편의 비평은 단순히 작품을 모아 놓은 것이 아니라 연구자들의 오랜 논의와 가치평가의 시간을 거쳐서 다다른 선택과 배제의 결과이다. 북한문학이 철저히 북한 당국과 권력자의 의지에 의해 창작되는 목적문학, 정치문학이지만 북한문학의 정치적, 문학적 의미와 가치를 분별하는 것은 그들보다 더욱 첨예하게 객관화되고 세련된 시각 안에서만 가능한 일이기 때문이다. 시 편에서 '천리마 운동기'를 '전후 복구 건설과 사회주의 기초 건설을 위한 투쟁 시기'로 편입하면서 소설과 비평과 달리 5장으로 구성되어 있는 점을 제외하고는 '평화적 민주건설 시기', '조국해방전쟁 시기', '전후복구 건설기', '천리마 운동기', ' 주체 시기', '현실주제문학 시기' 등 대체로 북한의 문학사가 제시하는 시대 구분을 따라 6시기로 나누었는데, 독자들이 이를 따라 읽으며 북한문학의 흐름과 내용을 통독하고 섭렵할 수 있도록 총서는 구성되었다.

비평을 다루고 있는 총서의 4권 「문학예술의 혁명적 전환」에는 김하명, 김명수, 류만과 같은 북한대표 평론가의 평론과 함께 김일성과 김정일의 문학예술에 대한 발언을 수록하고 있다. 문학과 예술에 대한 김일성의 교시는 현지지도 및 작가와의 대화 중에 즉흥적으로 행해지기도 하고 예술적 형상화에 대한 부분적이고 방법적인 지적이 많은데 북한문예당국은 그 말을 전체 문학예술로 확대하여 적용한 것이 사실이다. 이에 북한의 문학 창작이 정치성이 강하고 작가적 개성을 제한하며 동원과 선전, 계몽에 몰두하는 한계를 지니고 있다. 이는 주체문예이론으로 이론화되어 북한문학의 도식성과 정치성은 더욱 공고해진다. 김일성과 김정일은 문학인이 아니지만 그의 말과 글이 문학계에 미치는 영향은 절대적일 수밖에 없고 때문에 북한의 비평에 그들이 글이 실려야 했을 지도 모른다. 북한문학의 한 단면을 정확히 보여주는 장면이라 할 수 있다.

2권에서 독자들은 김광섭, 오장환, 임화, 박팔양, 박세영과 같은 월북 시인과 김순석, 정문향 등 일반적인 북한시와 조금 다른 서정성 짙은 북한시를 만날 수 있다. 백인준, 김철, 오영재 등 대표적인 북한시의 모습도 볼 수 있다. 소설로 구성된 3권에는 이기영, 최명희, 한설야와 같은 월북문인이 북한에서 쓴 소설과 이태준의 「먼지」, 김남천의 「꿀」 등 북한문학사에서 논쟁이 되었던 작품들을 만날 수 있다. 남한 연구자들에게 잘 알려진 권정웅, 강복례, 한웅빈, 남대현 등의 소설을 통해 1980년대 이후 포착된 북한소설의 변화를 확인할 수도 있다. 북한 문학연구의 전개를 보여주는 1권에서는 시, 소설, 비평뿐 아니라 문예창작강령과 문예이론, 문학사, ·공연예술, 대중문화와 교류 협력의 문제까지 다루고 있다.

이 자료 총서를 읽는 것만으로 북한문학의 전모를 알 수는 없겠지만 독자로서 또 연구자로서 북한문학을 체험하고 흐름을 조망할 수 있을 것이다. 이는 일반인에게 북한문학에 대한 기본 이해를 제공하는 역할을 할 뿐 아니라 문학 연구자들에게 연구 기반이 되어 줄 것이다. 또한 북한문학연구의 당연하고 일반적인 종착점이라 할 수 있는 통일문학 지향에도 도움을 줄 것이다.

부침을 거듭하는 연구 환경 속에서 긴 안목으로 낳은 결실

남북한의 체제 경쟁 속에서, 북한문학에 대한 정치적, 관료적 이해의 필요성을 위해 몇몇 작품들이 연구되기도 하였지만, 북한문학 연구가 본격화된 것은 1988년 월북문인 작품에 대한 해금조치 이후라 할 수 있다. 북한문학 연구 초기는 그야말로 북한문학에 대한 기본적인 이해와 파악에 급급하였으므로 북한문학 연구의 초점이 형성되기 어려운 것이 사실이었다. 그러나 막연히 통일문학을 목표로 하던 그때의 열정과 학문적 사명감은 진지하였다. 이후 시기, 담론, 작가, 작품에 대한 의욕적 연구가 이루어지며 학계의 관심이 쏠리기도 했지만, 정치적 목적성과 도식성 과잉, 문학성 부족이라는 북한문학의 생래적 문제점과 남북관계와 정치 상황에 따라 도구화되고 수단화되는 문학 외적 이유로 북한문학 연구가 순조롭지 못했다. 학계의 관심을 받지 못하는 어려운 상황에서도 개별적인 연구들이 축적되고 연구 방향 점검과 제언들이 등장하여 개별 작가, 작품 연구뿐 아니라 통시적 정리가 시도되는 시점에 다다랐고 『북한문학 연구자료 총서』가 그에 응답하는 노작일 수 있다. 앞으로의 북한문학연구 앞에 놓인 과제와 도전은 여태까지와는 다른 질적 발전과 새로운 도약을 위한 시도가 될 것이다. 습관적인 수사로써 '통일문학 지향'을 벗어나 더욱 큰 기획과 그를 위한 긴 시간의 기획이 필요한 것이다.

김종회 교수가 이 총서를 내놓은 것은 우연한 일이 아니다. 그는 이미 1990년대부터 북한문학 연구의 필요성을 인식하고 대학원 수업에서의 학습과 연구 성과를 『북한문학의 이해 1, 2, 3, 4』로 묶어낸 바 있다. 수업 중 성과를 책으로 묶어내는 것이 전례 없는 일은 아니나 소위 시대적, 정치적 조류를 타고 경박한 부침을 거듭하는 것이 북한관련 연구의 성향임을 생각할 때 10여 년간 꾸준히 학생들과 공부하고 연구하여 성과를 모으는 것은 쉬운 일이 아니다. 시류적 인기과 현실적 필요를 떠나 학문적 소명 의식과 멀리 보는 안목과 기획

없이는 이어질 수 없는 일이다. 실제『북한문학의 이해』에 참여한 경희대 학생들은 현재 건실한 문학연구자인 동시에 북한문학연구자로 성장하였다. 이것이 기반이 되어 여러 어려운 연구 환경을 이겨낸 결실『북한문학연구자료 총서』로 이어졌음은 물론이다.

문화 이해의 중요성과 한민족 문화권 문학사의 필요성

북한자료는 수집 단계부터 녹록하지 않다. 북한 자료는 북한 당국과 문예 당국이 공개한 것에 한정되는 태생적 한계가 있을 뿐 아니라, 특정 소장처를 찾아가야만 하는 접근성과 자료 열람 및 복사, 소장 등의 활용성에도 제한이 많다. 이를 극복하는 것은 연구자의 성실함과 옥석을 가리고 평가하는 진지함 뿐이다. 김종회 교수를 중심으로 경희대 연구자들이 이러한 어려운 작업에 꾸준히 집중하고 연구 성과를 내는 것은 한 학교의 연구 풍토와 성과를 넘어서는 의미를 가진다. 이후의 계획에 대해서도 김종회 교수에게 들을 수 있었는데 그의 목표는 북한문학, 통일문학에 그치지 않고 더욱 큰 그림을 그리는 것에 있었다. '한민족 문화권 문학사'가 그것이다. 아직 기획 단계라 발표할 수 없다고 하지만, 필자가 언뜻 본 기획서는 이미 체계와 일정이 갖춰진 것이었다.『북한문학 연구자료 총서』,『북한문학의 이해 1, 2, 3, 4』와 함께 이미 출간한『한민족 문화권의 문학』(전 2권),『해외동포 문학 전집』(전 24권) 등이 모두 큰 그림 안에 자리한다고 할 수 있다. 남한과 북한은 물론이고 미주·한인, 중국 동북지역의 조선족 문학, 일본, 중앙아시아로 구성되는 이른바 2+4의 한민족 문화권을 망라하여 한민족 문화를 이해하는 것이 필요하다는 것이 김종회 교수의 생각이다.

그는 최근 발표한 신문 칼럼들에서 문화의 중요성을 강조한다. 한반도 주변

국가들의 격화되는 '역사 전쟁'이 역사성을 가진 문화적 충돌이라는 것을 이해해야하며, 경색된 남북관계 개선의 돌파구는 문화에서 찾아야 한다는 것이다. 문화에 대한 이해가 곧 정치, 통일, 통합의 조건이라 믿었기 때문에 그는 북한문학을 연구하고 한민족 문화권 문학사의 큰 그림을 그리고 있다고 한다. 그 도정에 『북한문학 연구자료 총서』가 자리하고 있었다.

2020년 세계아동문학대회

김종회 한국아동문학연구센터 소장, 경희미디어 대학생활 Focus

대학 부설 연구소 탐방–한국아동문학연구센터
국내 최초 아동문학 전문 연구기관
3대 목표, 아동문학의 학문화·본격문학화·세계화

경희대학교 부설 연구소는 대학의 연구 역량을 기반으로 다양한 교류 협력을 통해 신지식·신기술을 개발, 더 나은 인류사회를 건설하는 데 기여하는 것을 목적으로 설립됐다. 서울과 국제캠퍼스 곳곳에 자리 잡은 52개 부설 연구소는 창학이념 '문화세계의 창조'에 뿌리를 두고 학술과 실천을 결합하며 대학의 공적 가치를 확산하고 있다. 부설 연구소의 탁월한 성취를 구성원과 공유하고 이를 경희 학풍의 새로운 역동성으로 승화시키기 위해 연구소 탐방 시리즈를 기획했다.

아동문학 연구에 평생을 바쳐온 사계 이재철 박사가 2010년 2만여 권의 아동문학 관련 도서를 경희대에 기증했다. 경희는 중앙도서관에 사계아동문학문고를 설치하고 그해 4월 이재철 박사를 초대 센터장으로 임명, 한국아동문학연구센터를 설립했다. 사계아동문학문고를 보존·관리하는 한편, 한국 아동문학 연구의 학문적 저변을 확대하기 위해서다.

방정환문학상·이재철아동문학평론상 운영

이재철 박사는 한국 아동문학 연구를 본격화하기 위해 세 가지 목표를 정했다. 아동문학의 학문화·본격문학화·세계화다. 이를 실현하기 위해 1976년 계간《아동문학평론》을 창간하고, 1988년 한국아동문학학회, 1990년 아시아아동문학학회를 창립했다.

한국아동문학연구센터(이하 연구센터)는 이재철 박사의 정신을 계승해 학회를 운영하며 아동문학의 학문적 기반을 다지는 한편, 아동문학대회를 개최하고 있다. 아시아아동문학대회는 2년마다 한국·일본·중국·대만 등 4개국을 순회하는데 한국에서 열리는 아시아아동문학대회는 세계아동문학대회로 확대해 열린다.

2014년에는 연구센터와 한국아동문학학회, 창원시가 공동 주관해 제12차 아시아아동문학대회 및 제3차 세계아동문학대회를 개최한 바 있다. 2020년에는 연구센터가 주관·개최하는 제15차 아시아아동문학대회 및 제4차 세계아동문학대회가 열릴 예정이다.

매해 우수한 작품을 선정·시상하고 인재를 발굴하는 데에도 노력을 기울이고 있다. 소파 방정환의 문학적 업적을 기리기 위해 1990년 이재철 박사가 제정한 '방정환문학상'과 2011년 사계 이재철 박사 사후 그의 아동문학평론 정신을 계승하기 위해 이듬해 연구센터가 제정한 '이재철아동문학평론상' 운영이 대표적이다.

또 연구센터에서 발행하는 계간《아동문학평론》을 통해 신인문학상을 운영하고 있다. 이 등단 제도로 동시인 151명, 동화작가 105명, 동극작가 5명, 아동문학 평론가 41명 등 총 302명을 배출했다.

한국 아동문학을 문학사적으로 체계화

연구센터는 아동문학 연구 자료를 수집하며 아동문학 연구의 새 길을 모색하고 있다. 대표적인 성과는 서울문화재단 문예창작 활성화 지원금으로 2012년 7월 『아동문학 연구자료 총서』(국학자료원)를 발간, 해방 이전 아동문학 자료를 한곳에 모아 연구의 기틀을 마련한 것이다.

『아동문학 연구자료 총서』는 1~3권 동요·동시편 『어린이의 꿈』부터 4~7권 동화·아동소설편 『별나라를 차져간 소녀』, 그리고 8권 동극편 『달 속의 톡기』와 9권 아동문학평론편 『새로 개척되는 동요·동화에 관하여』까지 총 9권으로 펴냈다.

이 총서는 한국 아동문학 초창기인 1908년부터 해방 이전까지 발간한 아동문학지에 발표된 작품을 동요·동시·단편동화·소년소설·동극·아동문학평론 등 장르별로 분류·수록했다.

연구센터에서는 "각 편에 대한 필자·제목·발표지·년대를 밝혀 연구 자료의 가치를 최대한 살렸다"며 "단순히 목록을 작성하고 배열하는 데 그치는 것이 아니라 한국 아동문학을 문학사적으로 체계화했다는 데 그 의의가 있다"고 밝혔다.

『한국동화문학선집』 100권, 『한국동시문학선집』 100권 발간

연구센터는 2008년 한국 아동문학 100년을 기념해 의미 있는 사업을 진행했다. 100인의 동화작가편 『한국동화문학선집』(2013년)과 115인의 동시인편 『한국동시문학선집』(2015년)을 발간한 것이다. 각각 100권으로 구성됐다.

특히, 『한국동시문학선집』은 1908년 최남선의 「해에게서 소년에게」를 시작으로, 지난 100여 년간 활동한 동시 작가 111명의 대표작 9,940편을 하나의 시리즈로 선보인 것이다. 「퐁당퐁당」의 윤석중 · 「반달」의 윤극영 · 「섬집 아기」의 한인현 · 「산토끼」의 이일래 등 노래로만 알고 있던 여러 동요 작자는 물론, 정지용 · 박목월 등 유명 시인들의 동요 · 동시도 수록됐다. 이는 '한국 아동문학 100년사의 기록'이라는 문학사적 의미를 가질 뿐 아니라, 문학성 높은 명작을 엄선해 출판함으로써 미래 세대의 주역인 어린이의 정서 함양에 기여하는 기념비적 사업이다.

연구센터 김종회 소장은 "최근 아동문학이 각광 받으면서 관련 연구 역시 활기를 띠고 있다"라며 "해방 이전 아동문학 자료를 발굴하는 작업을 지속적으로 진행하는 한편, 국내 아동문학 연구 활동을 다방면으로 지원할 계획"이라고 밝혔다.

문화 공약 사라진 이상한 대선(大選)

김종회 경희대 국문과 교수

박해현 문학전문기자(조선일보, 2017. 4. 25)

대선 후보 문화 인식 검증 필요

한국문학 번역하는 외국인에게 집필실 제공하는 정책 내놨으면

논술 폐지? 오히려 강화해야…… 답안 요령만 가르치는 게 문제

김종회(62) 경희대 국문과 교수는 한국문학평론가협회장과 한국비평문학회장을 맡고 있다. 1988년 비평가로 등단해 아홉 권의 평론집을 냈고 문학관 건립에도 적극 참여해왔다. 경기도 양평의 소나기마을(황순원문학촌)과 경남 하동의 이병주 문학관 건립을 주도했다. 북한을 비롯해 재외 동포문학을 아우르는 '한민족 공동체 문학' 연구도 이끌어왔다. 기독교 신자로서 최근 산문집 '기독교 문학과 행복한 글쓰기'(바이북스)를 펴내기도 했다.

대통령 후보 토론회를 어떻게 봤나.

"후보들에게 특별히 '창의적 유머'를 보여달라고 주문하고 싶다. 유머 감각이 없는 정치인은 지도자가 될 자격이 없다. 대인(大人)의 여유를 보여달라. 후보들이 '당신의 생각도 옳다. 다만 이런 문제가 있지 않으냐'는 화법으로 토론하길 바란다. 안창호 선생은 '그대는 나라를 사랑하는가. 그러면 그대가 먼저 건전한 인격이 되라'고 말씀하시지 않았는가."

대선 후보들의 구호는 어떤가.

"문재인 후보의 '나라를 나라답게, 든든한 대통령'은 대세론을 내세우지만, '안보 불안'을 통과하지 못하고 있다. 안철수 후보의 '국민이 이긴다'는 국민을 설명할 '새 정치의 수사학'이 허약하다. 홍준표 후보의 '지키겠습니다 대한민국'은 과거의 보수적 가치와 현재의 서민을 통합할 언어가 부족하다. 유승민 후보의 '당신의 능력을 보여주세요. 보수의 새 희망'은 경제와 안보 이외엔 다른 전망을 찾기 어렵다. 심상정 후보의 '노동이 당당한 나라, 내 삶을 바꾸는 대통령'은 다른 진영의 마음을 견인할 전략이 보이지 않는다."

김종회 교수는 "이번 대선에선 문화 정책에 대한 공약이 보이지 않는다. 황당할 뿐이다"라고 했다. 김 교수는 "문화체육관광부 예산을 엉뚱한 사람들이 손대는 일이 또다시 일어나지 않으려면 대선 후보들의 문화 인식도 검증해야 한다"고 말했다.

대선 주자들에게 문화·교육정책의 아이디어를 준다면……

"한국 문학을 번역하는 외국인에게 집필실을 제공하는 '번역가 레지던스'를 세워달라. 독일과 프랑스에선 이미 운영 중이다. 한강의 소설을 영역한 데버러 스미스가 처음 서울에 왔을 때 외국인 학생의 하숙집에서 더부살이했다고 하더라. 대학 교육에선 교양과목의 90%를 시간 강사에게 맡기는 풍토부터 뒤집어야 한다. 교양과목은 인생 경험이 많은 교수가 가르치면서 인성 교육도 하는 게 옳다."

문재인·안철수 후보가 똑같이 논술 폐지를 주장한다.

"논술 제도는 고치긴 해야 하지만 폐지할 게 아니라 오히려 강화해야 한다. 미국

대학처럼 수험생의 '에세이 쓰기'를 주요한 평가 자료로 삼아야 한다. 현재 사교육은 논술 답안 쓰는 요령만 가르친다. 앞으론 공교육이 정신 교육의 차원에서 글쓰기를 제대로 가르쳐야 한다."

기독교 신자로서 최근 정치의 메시아주의를 어떻게 보나.

"기독교의 메시아주의는 가장 낮은 자리에서 출발해서 저 높은 천국을 제시한다. 대선 주자들도 국민 입장에서 합리적 상식에 기반을 둔 청사진을 내놓아야 한다."

요즘 생각나는 문학 작품이 있나.

"이병주 선생이 남긴 한국 근현대사 3부작 소설('관부 연락선' '지리산' '산하')이 떠오른다. 일제강점기부터 제1공화국까지 시대상을 고통스럽게 되돌아본다. 이 소설 속 지식인들의 실패는 격동하는 시대에 대한 준비가 없었기에 예정된 것이었다. 이병주 선생은 "정치란 백성의 눈물을 닦아주는 것"이란 격언을 자주 언급했다. 그렇기에 같은 빨치산을 다뤄도 조정래의 '태백산맥'이 계급적 시각을 반영했다면, 이병주의 '지리산'은 인간애의 관점을 보여줬다."

한국문학평론가협회
제23대 회장 연임

김종회 교수, 문학사상 인터뷰(2013.5.)

1. 한국문학평론가협회 제23대 회장으로 연임되셨습니다.

우선 소감을 말씀해주세요.

책임이 무겁습니다. 한국문학평론가협회가 우리 시대의 문학작품에 대한 성실한 비평과 근현대문학사에 대한 진행사업들을 잘 마무리하는 데 기여했으면 합니다.

2. 한국문학평론가협의 역할과 임기 중 역점을 두고 계신 사업이나

개인적인 각오 등에 대해 말씀해 주시기 바랍니다.

그동안 협회에서는『문학비평용어사전』(전2권),『납월북작가평전』(전14권),『한국근현대소설100선』(전100권),『한국근현대시100선』(전100권) 등의 여러 저술 · 편찬 · 발간 사업을 진행해 왔습니다. 이 가운데 아직 사업이 모두 끝나지 않은 것은『한국근현대시100선』발간으로, 올해 상반기 중에 마무리될 예정입니다. 이러한 일들은 한국문학사의 이론적 바탕을 공고히 하고 통시적 계보와 가치를 정립하는 뜻 있는 사업입니다. 그런 점에서 확고한 사명감을 가져야 하겠지요.

3. 한국문학평론가협회의 올해 주요 계획이 있다면 말씀해주세요.

한국 문학 속에서 한국문학평론가협회의 역할은 무엇인가요.

올해부터는 다시 『한국근현대평론50선』과 『한국근현대수필50선』 발간 사업을 새롭게 진행할 예정입니다. 그 외에도 그동안 진행해 오던 국제학술대회, 학술세미나, 농어촌희망문학상, 해외동포문학상 등의 업무를 계속성을 갖고 추진할 것입니다. 이러한 일들은 450여 명에 달하는 대학의 전공 교수와 연구자 조직으로 되어 있는 한국문학평론가협회가 아니면 수행하기 어려운 것입니다. 협회는 그 중심에 서서 이 여러 가지 과제를 완결할 책임이 있습니다.

4. 등단을 비롯하여 《문학사상》과의 각별한 인연이 있다면 말씀해 주세요.

저는 1988년 《문학사상》 신춘문예(그때는 '문학사상'에서도 신춘문예 제도를 운영했어요) 를 통해 문단에 나왔습니다. 문학사상은 제게 고향과도 같은 모지(母誌)입니다. 제가 평론부문에 당선할 때, 그 옆 소설부문 당선자가 이순원 작가였습니다.

5. 학문을 하는 일과 현역 문학평론가로서의 활동을 병행하는 것에 대한
어려움과 보람에 대해 각각 말씀해 주세요.

학문과 비평은 상호 보완적인 관계로, 문학연구 및 현장비평의 기능을 함께 살려나가야 한다고 봅니다. 둘 다 잘하기는 쉬운 일이 아니겠으나 둘 다를 목표로 정성을 다해 노력하면 그 성과 또한 더 보람되지 않을까요?

6. 근래 개인적으로 관심을 갖고 있는 분야 혹은 한국문학 장르 및 평론작업에 대해
말씀해 주세요.

저는 한국문학, 특히 분단시대의 현대소설에 큰 관심을 갖고 문학비평 활동을 시작했으나, 근자에 와서는 북한문학과 해외동포문학에 더 큰 비중을 두고 있습니다. 이 영역을 한국문학의 새로운 범주로 인정하는 데 있어 주저할 이유가 없습

니다. 글로벌 시대에 있어서 한국문학의 외연을 확장하고 세계문학사적 전망을
설정하는 데 있어서도 매우 유익하다고 봅니다.

7. 근래에 주목하고 있는 작가들이 있는지요?

근래의 젊은 시인이나 작가들은, 과거에 비해 다른 시인 및 작가들과 특별히 구
별되는 개성을 확보하기 어려운 것이 사실입니다. 그것 또한 익명성의 시대에 대
응하는 글쓰기의 결과 중 하나겠지요. 그러므로 특정한 소수를 거명하는 것은 그
다지 바람직하지 않다고 생각됩니다. 다만 시대 현실과 개인의 시각이 조화롭게
만나고 있는 젊은 시인과 작가들의 작품에 주목합니다.

8. 질문 외에 하시고 싶으신 말씀 부탁드립니다.

오랜 세월을 두고 온갖 난관 속에서도 487호에까지 이른 《문학사상》의 역할과
기여, 저력과 가능성에 박수를 보냅니다. 그리고 이를 묵묵히 감당해 오신 임홍
빈 회장님과 관계자 여러분께 경의를 표합니다.

조용호의 나마스테

'소나기마을'은 활자가 쇠락하는 시대
모범적 문학 공간

황순원문학촌 소나기마을 촌장, 김종회 경희대 교수

조용호 문학전문기자(세계일보, 2015.9.15.)

경기 양평군 서종면 수능리 황순원 테마파크 '소나기마을'에서 만난 김종회 교수. 그는 "개관 5년 만에 한국 최대 문학명소로 자리 잡은 이곳은 활자가 쇠락하는 시대의 모범적인 문학 공간"이라며 "보다 많은 대중을 문학의 별채에 끌어들이기 위한 새로운 노력이 필요한 시점"이라고 말했다. – 서상배 선임기자

1915년 평안남도 대동군 재경면 빙장리에서 태어난 소설가 황순원은 2000년 9월14일, 산책을 하고 돌아와 서울 사당동 자택에서 평소와 달리 자신의 차례인 저녁 기도를 아내 양정길 여사에게 부탁하고 잠자리에 들었다. 다음날 아침 그는 숨을 쉬지 않았다. 자는 듯이 세상을 떠나는 일이란 본인은 물론 주변 사람들에게도 지복이다. 그를 지근거리에서 모셨던 문학평론가 김종회(59) 경희대 교수는 "돌아가신 장면이 그러했듯이 다른 이에게 신세지거나 폐 끼치는 걸 싫어했고 약속은 반드시 지켰으며 자신에게 엄격하고 다른 이에게 관대했던 분"이라고 스승에 대해 말했다.

김 교수가 황순원을 처음 대면한 것은 그가 경희대 입학 면접을 보는 자리였다. 왜 국문과를 지원했느냐는 말에 그는 "영문과보다 쉬워서"라고 답했다고 했다. 문학개론 첫 수업에서야 그가 결례한 대상이 황순원이었다는 사실을 알고 난감했다는데, 선생은 그를 다시 대하는 자리에서 그냥 빙긋이 웃기만 했다고 했다.

학보사 기자 생활에 더 충실하면서 언론사 입사를 꿈꾸던 그에게 황순원의 한 마디는 결정적 역할을 했다. 대학원에 들어와 공부를 해보라는 스승의 권유에 따라 문학을 좇는 삶의 방향이 정해졌다. 김종회를 포함한 4인방이 늘 황순원 선생을 모시고 다니는 '이동비서실' 역할을 했다고 한다. 그는 "황순원 선생님은 저에게 문학의 길에서나 인생의 길에서도 아버지 같은 존재"라고 말했다.

황순원이 작고한 뒤 스승을 위한 기념사업을 구상하던 그는 2002년 월드컵 열풍이 지나가던 해 인사동 송년회 술자리에서 누군가로부터 「소나기」의 무대가 '양평'이라는 사실을 아느냐는 질문을 받았다. 명색이 황순원 연구자인데도 그는 그 사실을 그 자리에서 처음 알았고 만취해 집에 돌아가서 서둘러 책을 열어보았더니, 소설의 말미에 어른들로부터 소년이 들은 '내일 소녀네가 양평읍으로 이사간다는 것'이라는 구절이 나왔다. 양평읍으로 간다는 말은 타지에서 간다는 의미보다 양평군 안쪽 어디에서 '읍'으로 간다는 말일 가능성이 크다는 전제 아래 양평에 소나기마을을 조성할 근거를 찾게 된 계기였다.

북쪽이 고향인 황순원의 고향을 찾아갈 길은 없지만, 한국의 대표적인 소설가로 꼽는 데 누구도 쉬 부인하지 못할 그를 기리기 위한 남쪽 연고는 그렇게 만들어졌다. 2003년부터 경희대와 양평군이 자매결연을 맺어 콘텐츠를 준비하기 시작한 이래 2006년 기공해 2009년 6월 완공됐고, 이후 5년 만에 연 유료관람객 13만명을 넘어서는 기록을 세웠다. 봉평의 이름난 이효석문학관이 개관 15년째 이르러 연 8만명을 기록한 것에 비하면 괄목할 만하다. 올봄 소나기마을 촌장으로 취임한 그는 양평 황순원문학관 창가에서 말했다.

"갈수록 종이책으로만 대중에게 소구할 수 없는 상황에서 이런 공간은 의미가 큽니다. 황순원이라는 이름과 「소나기」가 지닌 명성에다 각종 콘텐츠를 충실하게 꾸린 점, 수도권과의 근접성이 이곳을 국내 최대 문학 명소로 만든 요인들일 겁니다. 이제는 제2의 도약을 기약할 때입니다. 이대로도 사람들은 여전히 이곳에 오겠지만, 국민 명소로 만들기 위해서는 새로운 노력이 필요한 시점입니다."

지자체들이 연고가 있는 유명 문인들을 매개로 경쟁적인 사업을 벌여 왔다. 대중의 호응을 얻지 못한 채 예산 낭비라는 비난을 받으면서 흐지부지 끝나는 사례가 많다. 전국적으로 문학관만 60여개가 난립하는 상황이다. 문학관 자체야 비난받을 소지가 없지만, 문제는 콘텐츠가 제대로 확보되지 않은 껍데기 조형물로 그치는 경우가 태반인 현실이 안타까운 것이다. 이런 배경에서 '소나기마을'의 성공은 각별히 들여다볼 만한 사례다.

소나기마을이 어느 한 개인의 노력만으로 이루어낼 수 없는 성과임은 자명하다. 경희대와 양평군이 자매결연을 맺었고, 많은 연구자들이 참여한 콘텐츠 생산과 지자체의 하드웨어 지원이 원만하게 이루어지는 과정이 순탄하게 진행되려면 숨은 노력 없이는 불가능하다. 이 매개 고리의 핵심 동력이 그이였던 셈이다. 김 교수는 경남 하동에 이병주문학관도 추동해 제대로 자리 잡게 만들었다. 보통 에너지로는 힘든 맥락이다.

학보사 기자 시절 경희대 조영식 이사장의 눈에 띄어 대학원 석사과정 무렵부터 통일부 관련 '일천만이산가족재회추진위원회' 사무총장에 이어 2년간 '통일문화연구원' 원장 직책을 수행했다. 이때부터 남북문제 현장에서 일한 기간이 1983년부터 2005년까지 무려 22년에 달했다. 북한 관련 자료 열람이 자유로운 처지에서 북한문학 관련 연구서를 펴냈고, 북한문학을 포용하기 위해서는 한민족문화권의 문학으로 접근해야 된다는 맥락에서 해외동포문학에 집중했다. 그 결과 '한민족 디아스포라 문학'에 대한 집중적인 성과를 이루어낼 수 있었다.

"해외 동포문학을 한국문학이냐 아니냐는 '가부(可否)'의 판단이 아니라 '정도(程度)'의 문제로 판단해야 된다고 봅니다. 김석범의 『화산도』가 일본어로 쓰여졌다고 해서 한국문학이냐 아니냐의 문제가 아니라 제주도를 무대로 한 재일교포의 글쓰기란 차원에서 어느 정도 한국문학적 요소가 있느냐를 보아야 한다는 것이지요. 글로벌시대 문학을 포괄적으로 생각하는 게 필요합니다."

경남 고성 한학자 집안 3남1녀 중 둘째로 태어난 김종회는 어린 시절부터 조부에게서 엄혹하게 한학을 배웠다. 5살 때 천자문을 떼면서 귀염을 독차지했고 초등학교와 중고등학교를 거치는 성장기 내내 글을 쓰는 일과 리더십 자질을 내보이는 차원에서 각별히 눈에 띄는 편이었다. 그는 애초 집안의 영향으로 고전문학을 좋아해 한문학과를 택하려고도 했다. 고등학교 시절 시 300여 편을 암송하는 음유시인이기도 했다. 정작 국문과에 가서는 문학보다는 학보 기자 생활을 하면서 저널리즘 쪽에 관심이 더 많았고, 이후 문학을 전공해 직업으로 삼으면서는 행정에 더 뛰어난 능력을 발휘한 편이다.

"다른 쪽으로 관심이 분산되지 않았으면 시나 소설을 썼을 겁니다. 나를 알고 있는 친구들은 너는 하고 싶은 게 많아서 못 썼을 거라고 말하긴 하지요. 지나고 보니 아쉬움도 많습니다. 너무 여러 가지를 하는 바람에 집중력이 떨어진 면이 있지요. 그러나 다시 되돌아간대도 결국 했던 대로 했을 것 같습니다."

그가 대학 내외에서 맡고 있는 직책은 10가지를 훌쩍 넘는다. 왜 이리 바쁜 것이냐고 물었을 때 그이 또한 난감한 표정으로 "이제 정년을 5년 남겨둔 시점에서 삶의 본질적인 부분을 건드리는 글만 쓰고 싶다"고 말했다. 어린 시절 그의 집에는 방물장수 같은 떠돌이 과객이 늘 끊이지 않았다고 했다. 모친은 남자들은 행랑채에서 자게 하고 여자들은 자녀들이 자는 방에서 함께 재웠다고 했다. 그것, 사람들을 소중한 마음으로 받아들이는 그 에너지야말로 사람들을 움직여 일을 조직하고 변방의 문학까지 포용하게 만드는 바탕인 셈이다. 그는 "비평이란 재단하기에 앞서 작가에 대한 애정을 바탕으로 그가 무엇 때문에 그 작품을 썼는지 따라가는 자세가 우선 필요하다"고 했다.

그의 문학을 다시 읽는 일, 한국의 발자크 나림 이병주

삼성화재 매거진 인터뷰

백년에 한 사람 날까 말까 한 작가가 있다. 이를 일러 불세출의 작가라 한다. 하동에서 태어난 나림 이병주는 감히 그와 같은 수식어를 붙여 불러도 좋을 만한 면모를 갖추었다. 『관부연락선』, 『산하』, 『지리산』, 『그해 5월』 등을 통해, 한국 현대사를 매우 사실적이고 설득력 있게 문학이라는 그릇에 담아낸 선생은, 동시에 『소설 · 알렉산드리아』, 『행복어사전』 등으로 동시대 삶의 행간에 묻힌 인간사의 진실 또한 상상력을 활용한 문학의 그물로 걷어 올렸다. 대학원 시절 선생을 처음 만나 가슴 설레던 한 청년, 선생의 생애와 문학을 연구하는 문학평론가인 오래전 그 청년이 하동 이병주문학관을 찾았다.

선생님, 역사란 무엇입니까

지난 2009년 하동은 스스로를 '문학수도'라고 선언했다. 실록대하소설의 작가 이병주의 고향, 박경리의 『토지』와 김동리의 「역마」의 무대가 된 곳. 시인 정공채와 정호승 그리고 소설가 김병총의 출생지이니 그와 같은 호명을 붙일 수 있다. 여기에 더 중요한 것은 하동이 이병주국제문학제와 토지문학제를 비롯한 다채로운 문학 행사를 해마다 창의적이고 지속적으로 열어나가고 있다는 사실이다.

"작가 이병주는 생전에 가장 많이 독자들로부터 사랑받고 가장 많이 읽혔던 베스트셀러의 주인공이었지요. 그의 작품세계를 잘 응축하여 방문자들과 작가를 조화롭게 만나게 하고, 그의 문학을 새롭게 인식하며, 더 나아가 문학이 일상의 삶 속에 힘 있는 조력자가 되도록 하자는 것이 이 문학관 설립의 취지입니다."

문학평론가 김종회 교수와 이병주 선생의 인연은 오래전으로 거슬러 올라간다. 실제로 선생 작품의 애독자였던 김종회 교수는 대학원 석사과정 초기에 학교 잡지의 원고청탁을 하며 그를 처음 만났다.

"고등학교 시절부터 이병주 소설을 열심히 읽었습니다. 다이내믹하고 드라마틱한 사건 구조, 호방하고 쾌활하면서도 치열한 주제의식 등이 어린 독자였던 저를 매혹시켰습니다. 쉽게 넘을 수 없는 큰 산처럼 인식되던 작가였지요. 선생을 만난 자리에서 저는 매우 무모한 질문을 던졌습니다."

"선생님, 역사란 무엇입니까?" 김종회 교수가 던진 질문이었다. 불세출의 역사소설 작가에게 '역사'를 물었으니, 반드시 민족·조국 등의 수식어를 동반한 거창한 답변을 기대한 것이었다. 하지만 그의 대답은 매우 짧고 간결했다. "역사란 믿을 수 없는 것일세."

"어린 나이에, 이처럼 기상천외한 답변을 듣고 더 이상 질문할 엄두를 내지 못했어요. 갑자기 무슨 배신을 당한 듯한 기분이 들었습니다. 하지만 그때는 알지 못했지요. 선생의 그 말씀이 무엇을 뜻하는지를. 나중에 박사과정에 이르러 문예이론으로서 신화문학론을 공부하면서 비로소 선생의 뜻을 알아차릴 수 있었습니다. 기록된 사실로서의 역사는, 그 시대를 살았던 사람들의 삶이 그 내면에 어떤 진실을 숨기고 있는지 모두 기록할 수 없다는 의미였습니다. 그래서 선생은 장편『산하』의 에피그램으로 "태양에 바래지면 역사가 되고 월광에 물들면 신화가 된다"고 적었어요. 그의 어록에는 "역사는 산맥을 기록하고 나의 문학은 골짜기를 기록한다"고 했는데, 이 레토릭은 문학관 측면의 문학비에 그대로 새겨져 있습니다.

장쾌한 이야기꾼, 그의 지리산

이병주를 '한국의 발자크'라고 말한다. 그는 학생시절부터 도스토예프스키에 매료되었고 발자크와 같은 작가를 꿈꾸었다고 전해진다. 빼어난 문필을 자랑하는 언론인의 길을 걷다가 필화사건으로 복역을 하고, 그 이후에 작가의 길을 걷게 된 이병주. 그런 그에게 사상가 수준의 작가 도스토예프스키, 서구 리얼리즘의 대가 발자크는 예인등대의 불빛과도 같았을 것이라 김종회 교수는 생각한다.

"이병주 선생을 다시 요약하여 말하면 '실록대하소설 작가'라 할 수 있겠지요. 이렇게 긴 호흡의 대하소설을 유장하게 풀어나가는 데 능숙하다면 타고난 이야기꾼이 아닐 수 없습니다. 그 가운데 명멸하는 수많은 인간 군상, 꼬리를 이어 연계되고 또 소멸하는 사건들, 그 구체적 세부들이 하나의 꿰미로 엮어져서 산출하는 이야기의 재미, 그 가운데서 표출되는 인생에 대한 경륜과 교훈이 장대한 파노라마를 이루는 자리, 거기가 이병주 소설의 입지점입니다."

이병주의 대표작을 들라 하면 어느 누구도『지리산』을 거론하기를 주저하지 않는다. 지명이 작품명이 되고 그 작품이 80여 권의 소설을 남긴 작가의 대표작이 된 형국이다. 그만큼 지리산은, 그리고 지리산 산자락에 둥지를 틀고 있는 하동이라는 고장은 작가 이병주와 불가분의 관계에 있다. "지리산의 정기를 받고 하동에 태를 묻으며 태어났기에, 그 지역적 환경을 바탕으로 대표작을 쓸 수 있었던 건 아닐까요. 이병주 소설에 자주 등장하는 H읍은 하동읍이요 J시는 진주시이며 P시는 부산시입니다. 이 고향과 성장지들이 그의 소설을 부양하는 배경이 됩니다. 단순한 지리적 배경을 넘어서, 삶의 목표와 세상살이의 이치를 깨우쳐 준 어머니의 땅이라 하겠지요."

김종회 교수는 『지리산』이 분량이 많은 대하장편이어서, 또 현대사 격동기의 좌익 파르티잔, 곧 지리산으로 들어간 빨치산 문제를 다루고 있다고 해서 주목받는 것은 아니라고 설명한다. 대신 그 곤고하고 핍진한 이야기의 굴곡, 소설의 골짜기에 숨어 있는 월광에 바랜 이야기들이 인간사의 숨은 진실을 드러내 주고 있기 때문이라 말했다.

"조정래의 『태백산맥』이 경제사회적 관점에서 빨치산을 조명했다면, 이병주의 『지리산』은 철저하게 인본주의요 인간중심 주의의 관점에서 그들을 그렸습니다. 좌익투쟁주의자 이전에 인간이었던 그들의 상황과 고뇌, 외로움과 아픔을 절박한 이야기의 문면에 담았습니다. 소설의 힘 있는 감동은 거기서 솟아나는 것이지요."

인생에 확고한 정답이란 없더구먼

이병주 소설에의 매혹은, 김종회 교수를 문학의 활달한 서사세계로 이끄는 힘이 되었다. "제가 초·중·고 시절에는 시와 시조를 썼는데, 나중에 본격적으로 문학공부를 하면서 서사이론과 소설론에 집중하게 된 것은 아마도 이병주 선생의 영향이 아니었을까 생각합니다." 만약 이병주 선생을 다시 만난다면, 대학원생에서 문학평론가가 된 지금 그는 어떤 질문을 던지게 될까. "선생님, 역사란 무엇입니까?"라는 그 질문을 다시 던질까. 아니면 조금 더 성장한 모습으로 다른 이야기를 듣고 싶어할까.

"맞아요. 처음 선생을 만났을 때 던졌던 우매한 질문을 다시 되풀이 할지도 모릅니다. 같은 질문이요 답변이라 할지라도 세월이 흐르고 시대가 달라지면 그 함의나 뜻의 깊이가 달라지게 마련이거든요. 그러나 정작 그런 기회가 주어진다면 한 걸음 더 앞으로 나가야겠지요. 우선 당신의 세계관이 아닌 다른 문학적 시각에 대해서는 어떻게 생각하는지를 묻겠습니다. 아마도 선생은 그에 관련된 해박한 지식을 풀어놓을 가능성이 많을 것 같습니다. 정작 자신의 작품세계는 별개로 해 둔 채 말이지요. 하나 더 묻는다면, 역사소설 이후 현대 사회의 애정 문제를 다룬 작품들을 많은 분량으로 쓰면서 미학적인 가치를 도외시한 혐의가 있지는 않은가를 말할 것 같습니다. 문학평론가로서 드릴 수 있는 질문이지요. 그런데 아마도 작가는, 거기에 뒤이어 이렇게 말할 수 있어요. "김군, 내가 세상을 살다보니 인생에 있어 온전히 확고한 정답이란 없더구면. 너무 그렇게 날을 세우지 말게." 그 포괄적 유연성을 아마도 저는 넘어서기 어려울 것입니다."

김종회 교수는 이병주의 장편소설 『산하』의 한 대목을 마지막으로 소개했다. "이렇게 기가 막힌 구절이 본문 중에 나옵니다. 정을 두고 떠날 때 산하의 그 아름다움이란! 체험적이고 과거사적인 언사이지만, 겪어보지 않고서도 그 절절한 의미의 바다를 두드려 볼 수 있을 것 같은 표현이 아닐까요." 이 땅을 떠난 지 20여 년에 이른 대작가를 추모하는 말과 글들이, 정말 그를 잘 드러내고 그의 작품이 가진 가치를 올바르게 적출할 수 있겠는지. 김종회 교수는 걱정이 되기도 한다. 하지만 이는 한 사람의 문학평론가로서 그가 문학을 대하며 늘 가지는 자의식이요 경각심이다. 그리고 이것은 분명 나림 이병주라는 거인이 그의 가슴에 건넨 소중한 선물일 테다.

3부

저서
머리말

문학적 상상력의 힘과 그 진폭

1980년대 후반은, 사회변혁의 준험한 파고가 현실의 제방을 넘어서 문학의 영역에까지 그 위력을 확장한 시기였다. 문학의 현장성이 한층 강화되었고, 운동으로서의 문학이 주류를 형성하여 당대의 시대정신을 대변하는 역할을 수행하기도 했다.

이와 같은 동시대의 문화현상을 바라보는 동안, 현실의 가장 첨예한 명제가 어떻게 문학이라는 반응형태로 나타날 것인가, 거기에 개재되는 문학적 상상력의 힘과 그 진폭은 어떻게 구명될 수 있을 것인가, 또한 이와는 다른 발화법을 가진 문학의 의미와 범주는 어떠한 논리 위에서 정초될 수 있을 것인가 하는 등의 의문이 내 사고의 중심부를 점유하고 있었다.

이 책은 주로 그러한 질문들에 대한 답변의 기록이다. 동시에 1986년에서 1989년까지 4년간에 걸친 내 정신적 줄기의 궤적을 반영하고 있다. 제1부는 시대정신과 관련된 문학의 좌표에 접근한 글들을, 제2부는 문학적 상상력의 주요한 한 형태로서 낙원의식과 우리 소설의 만남에 관한 글들을, 그리고 제3부는 문학의 다양성을 버릴 수 없는 미덕으로 인정할 때 비로소 돋보이는 우리 문학의 여러 면모에 관한 글들을 각각의 묶음으로 하였다.

아직 이렇다 할 만한 문학연구나 비평의 공간을 확보하지 못한 처지에, 부족한 글을 모아 책으로 내자니 기쁨보다 두려움이 앞선다. 한 편씩의 글을 쓸

때는 잘 보이지 않던 미비점들도 더욱 크게 눈에 들어온다. 이 두려움과 조심스러움을 보다 성실한 글쓰기에 유익한 자양분으로 전이시켜야 한다는 결의를 다지면서, 내 나름대로는 평생을 두고 계속해야 할 비평작업의 한 단계를 정리한다는 의의를 부여해 본다.

오늘에 이르기까지 끊임없이 질정하고 이끌어 주신 은사님들, 오랜 수업기간을 함께 아파하며 지켜보아 준 문우들과 현대문학연구회 회원들, 자료정리와 교정에 있어 시종일관 성의 있게 도와 준 〈이산가족〉 사무실의 안혜진 양, 이 모든 분들께 진심으로 감사드린다. 어려운 여건 속에서도 잘 나가지 않을 평론집을 선뜻 출간해 주신 교음사 강석호 사장님의 따뜻한 배려도 잊을 수 없다. 시간과 다투고 인내를 시험하는 고달픈 글쓰기를 등 뒤에서 말없이 도와 준 아내와 가족들, 그리고 이 연약한 자를 붙들어 두발로 설 수 있게 해 주신 크신 섭리의 은총 앞에 다시금 깊이 머리 숙인다.

『위기의 시대와 문학』(1996)

위태로운 시대상을 응대하는
문학의 역할

역사를 전체적이고 통시적인 시각에서 바라볼 때, 그 장강대하 같은 흐름 속에서 어느 한 시대를 짚어서 이를 '위기의 시대'라 말할 수는 없을 것이다. 현실적인 삶의 우여곡절이 위기의 상황 가운데 있느냐 그렇지 않느냐는, 대체로 그 삶의 주체가 주관적인 인식으로 판단하는 문제이다. 그러한 주관성의 잣대로 역사의 맥락을 가늠해볼 수 있는 범위 또한, 그 가운데서 우리가 점유하는 삶의 분량이 극히 미소한 바와 마찬가지로 부분적이고 한정적이다.

요컨대 우리가 가꾸어놓은 시대사적 통찰력이 도도한 역사의 유량에 미치기 어렵고, 우리가 당대적으로 규정하는 위기의 상황이라는 것도 결국에는 일과성의 파고로 그칠 가능성이 적지 않다.

그러나, 그러면서 어느 시대에도 위기의 상황은 존재한다. 우리가 현실의 핍진한 바닥에 두 발을 딛고 설 때, 우리의 삶은 언제나 위기의 상황일 수 있다. 역사적 가치판단의 규준과 논리적 엄숙주의를 부차적인 것으로 치부하고, 우리가 매일같이 끌어안고 부대껴야 하는 삶의 내용 그 자체에 무게중심을 둘 때는 언제나 그러할 터이다.

이 영역이야말로 체계적 논리로서의 역사학과 구별되는 문학의 무대이다. 여기에서 문학, 특히 소설은 삶의 진실을 구체적 실상을 통해 찾으며, 당대의 실제적인 문제들에 대응하고 이를 드러내는 효율적인 서사장르가 된다.

더 중요한 것은 작가가 어떤 상황과 마주쳤을 때, 어떻게 그 속에서 위기적이요 문제적인 요인을 발굴하고 이를 이야기 구조로 형상화하여 독자들의 관심과 경각심을 환기할 수 있느냐는 것이다. "험악한 시대를 깨어 있는 정신으로 살았다"고 한 존 밀턴의 진술은 바로 그러한 작가정신의 기초를 말하고 있다.

분단모순과 계급모순의 중첩된 민족적 질고를 숙명처럼 걸머지고, 동시대의 우리 소설은 진정 곤고한 걸음으로 오늘 여기에까지 이르렀다. 작가와 작품에 따라 상찬과 비판의 엇갈린 시각들이 교차되었겠거니와, 수용자로서 우리 독자들은 마침내 시기와 상황에 따른 삶의 진면목을 해명하고 문학적 의의를 부여해온 그 수고에 정신적 빚을 지고 있는 셈이다.

그런 점에서 이 평론집에 수록된 글들은 가능한 한 작품에 대한 애정을 허물지 않으려 애쓰는 가운데 작성되었으며, 문학이론의 적용보다는 작품 자체의 의미와 성취를 추수하는 데 더 중점을 둔 경우이다.

또한 제작된 허구로서의 소설과 실제적 현실로서의 삶이 어떠한 상관관계 아래 놓여 있으며, 그러한 상관성은 위태로운 시대상을 응대하는 문학의 역할을 어떻게 표출하고 있는가에 주목하려 했다.

이 평론집은 모두 세 부분으로 나누어져 있는데, 첫째 단락은 문학이론 및 시사성을 가진 글, 둘째 단락은 역사적 통시성을 가진 글, 셋째 단락은 사회사적 공시성을 가진 글로 구분하여 묶었다. 그리고 각기의 글은 첫 평론집 『현실과 문학의 상상력』 이후 수년간에 걸쳐 국내 월·계간 문예지들에 기고했던 것들이다.

부족하나마 이와 같은 비평문들을 써 오고 한 권의 책으로 묶을 수 있기까지 따뜻하게 가르쳐주신 은사님들과 출간을 맡아주신 ㈜도서출판 세계사에 깊이 감사드린다. 피폐한 영혼을 이처럼 풍성한 자리로 인도해주신 크신 섭리의 은총 앞에 다시금 낮은 마음으로 머리 숙인다.

『문학과 전환기의 시대정신』(1997)

다양한 굴곡을 헤쳐 나가는
문학의 내면풍경

1960년대 근동에서 어느 고고학자가 5천 년 전의 비석을 발굴한 적이 있었다. 그 비문에는 "자식은 이미 어버이에 따르지 않고 말세는 점차 다가오고 있다"는 글이 조각되어 있었다고 한다. 이 기록은 N. 프라이의 『신화문학론』에 나온다.

저 옛날 5천 년 전의 어느 기록자도 세태 풍속을 비판하면서 말세의 도래를 운위할 수밖에 없었다면, 역사 발전의 모든 단계에서 각기의 시대는 제 나름의 공시적 논리와 시대정신(Zeitgeist)을 마련하고 있는 것임에 수긍하지 않을 수 없다.

오늘날 우리가 호흡하고 있는 이 시대는 그야말로 일대 전환기이다. 1980년대에서 1990년대로 넘어오면서 우리 문학은 이념성의 시대를 마감하고 다원주의의 시대를 열었다. 그런데 이 변화의 실상은 실로 한두 마디의 언사로 요약할 수 있는 것이 아니어서, 여기서 일일이 논거 하기 어렵다. 더욱이 1990년대에서 2천 년대로 넘어가는 길목은 단순히 한 세기의 진척을 의미하는 데 그치는 것이 아니다. 시각의 운용 범주를 한껏 넓혀서 말하자면, 이는 21세기를 시발로 하여 새로운 천년의 역사 과정이 개막되는 창대한 변화의 시기이기도 하다.

이 광활한 전환기의 시대적 입지점 위에서, 세기말의 다양 다기한 굴곡들을 헤쳐 나가는 우리 문학의 내면풍경은 어떠하며 그 시대정신은 어떻게 반영되어 있는가? 그리고 그러한 문학 작품을 통하여 우리는 동시대의 사회사적 의미망을 어떻게 걷어 올릴 수 있는가?

문학은 이와 같은 원론적 질문에 허장성세로 과대 포장된 답변을 내놓지 않는다. 황차 삶의 실제적 형상을 구체성을 띤 담론 구조로 표현하는 소설에서는 더 말할 나위가 없다. 작가들은 사회 현실에 대한 스스로의 사유와 평가를 작품의 문면 위에 늘어놓지 않으며, 이를 그 행간 깊은 자리에 감추어 갈무리한다.

여기에 수록된 글들은, 이 세기말 변환의 때에 우리의 작가들이 당대 문화적 토양의 저변에 숨겨놓은, 그 '감추인 보화'를 탐색한 결과의 기록이다. 필자 나름으로는 "밭에 감추인 보화를 발견한 사람이 기뻐하여 자기 소유를 다 팔아 그 밭을 샀다"는 성경 말씀(「마태복음」 13장 44절)의 천국 비밀 비유에 기대어, 가능한 대로 다른 시간을 줄이며 작품을 통해 동시대 작가들과 만나고 대화하면서 작품 내부에 숨겨진 작가의 내밀한 세계관과 접촉의 면적을 넓혀보려 애썼던 셈이다.

이 책은 필자의 평론집으로는 『현실과 문학의 상상력』, 『위기의 시대와 문학』에 이어 세 번째에 해당된다. 제1부는 전환기의 변동하는 시대 및 사회의 모습을 소설을 통해 검증하려 한 글들을 위주로, 제2부와 제3부는 각각 사회사적 상황의 수평적 측면과 역사적 상황의 수직적 측면에 대응한 소설 비평문을 추려 실었다. 그리고 제4부와 제5부는 유사한 관점으로 씌어진 시론과 수필론을 각각의 묶음으로 하였다.

이처럼 열심을 경주한 평론집을 상재할 수 있도록 저자의 환경 조건을 축복해 주신 하나님께 감사드리며, 부족한 글이나마 지속적으로 써올 수 있도록 도와주신 분들께 감사드린다. 늦은 밤까지 혼자 책상 앞에 앉아 있어야 하는 사정을 따뜻하게 이해해 준 가족들과, 흔쾌히 출간을 허락하고 좋은 책으로 꾸며주신 민음사의 여러분께도 감사의 말씀을 전하고자 한다.

젊은 영혼들에게 건네는
작은 권유의 손길

세상에는 많은 유형의 만남이 있지만, 예수 그리스도와의 만남은 내 삶에 있어서 하나의 획기적인 분기점이었습니다. 그분과의 만남으로 인하여 세계를 보는 시각이 변하고 삶의 목표와 방향이 달라졌습니다.

젊은 시절의 나는 기독교인이 아니었습니다. 어려서부터 깊은 불교적 환경에서 자랐고 선험적으로 유학의 전통적인 가치관을 체득했으며, 거기에다가 계속해서 학문을 하면서 이성적인 자아가 형성된 다음에야 비로소 예수님을 만나게 되었습니다. 더욱이 문학평론을 전공분야로 공부해 온 터이어서 자꾸만 이성의 그물로 예수님을 포획하려 했고, 그것이 더없는 교만과 불손임을 알지 못했습니다.

요컨대 참으로 곤고한 경과과정을 통하여 예수님을 만났습니다. 어쩌면 거의 불가능한 변화요 전환이라 할 수도 있을 것입니다. 그러므로 그것이 가능했던 것은 먼저 하나님의 사랑과 은혜였습니다. 물론 이 사실을 깨닫기까지에는 많은 시간이 걸렸습니다. 사랑이 많으신 하나님은 불의한 자의 길을 지켜보시고 편 팔로 인도하시며, 쉽사리 순종하여 당신께로 돌아오지 아니하는 것을 오래 참고 기다려 주셨습니다.

오랫동안 다져진 인본주의적 발상과 인식을 하나님 중심주의로 바꾸는 것은, 껍질이 깨어지는 아픔을 동반하는 일이었습니다. 이 책 속에 포함되어 있는 '미네르바의 부엉이와 엘리야의 까마귀'는 바로 그 인본주의와 신본주의의 대립적 비교론에 관한 글입니다. 그러기에 나는 내 경우와 같이 예수님께로 돌아오기 어려운 우리 시대의 지식인들이, 어떻게 해야 그 강고한 각질을 벗어던질 수 있는가를 조금은 알 것 같습니다.

더욱이 젊은 날의 그 활력 있는 시기를 예수님을 모른 채 빌 바를 알지 못한 채 아무것도 돌려드리지 못하고 지나온 것을 생각할 때면, 안타깝고 처연한 감상을 금할 수 없습니다. 그런 점에서 이 책은 아직 예수님을 만나지 못한 젊은 영혼들에게 건네는 작은 권유의 손길이 되었으면 합니다. 일찍이 리얼리즘 문예이론가 루시앙 골드만이 '숨은 신'의 시대라 호명한 이 완악한 세상에서 살아계신 하나님을 만난 사건은, 그리고 그로 인하여 삶의 전체적인 빛깔이 바뀐 사례는, 그것이 누구의 체험이건 간에 주의 깊게 상고되어야 할 줄로 압니다.

오늘날의 신앙생활에 이르기까지, 많은 분들에게 사랑의 빚을 졌습니다. 특히 지금 섬기며 출석하고 있는 임마누엘교회의 김국도 담임목사님은 올바른 믿음의 바탕과 능력 있는 신앙생활의 실천을 가르쳐 주시고, 부평초처럼 흔들리던 나의 신앙이 굳건한 뿌리를 내리도록 해주신 분이었습니다. 감사하게도 내 주변에는 정말 훌륭한 교역자, 훌륭한 믿음의 선배·동료들이 많았습니다. 아마도 이는 이 땅에서 육신의 장막을 입고 있는 동안 내내 갚아나가야 할 빚이 될 것으로 여겨집니다.

이 책에 수록된 글들은 수년간에 걸쳐 임마누엘교회에서 발행하는 월간 《성화》에 연재되었던 것입니다. 지면을 허락하고 함께 기도해 주신 문서선교회 편집팀에 감사드립니다. 자칫 현학적으로 흐르기 쉬운 문학평론가의 기질을 누르며 가급적 쉬운 말로 쓰려 했고, 우등생의 모범답안 같은 얘기를 피하여 여러 사람들의 유익한 예화를 적극 활용해보려 했습니다.

책의 제목을 '황금그물에 갇힌 예수'로 했습니다. 이 역설적인 레토릭 속에는, 금전만능주의의 시대적 조류에 분별없이 휩쓸릴 때 우리의 신앙이 얼마나 무력해지고 마는가에 대한 경각심이 숨어 있습니다. 우리는 그 황금그물로부터 예수님을 풀어드려야 하며, 예수님이 우리를 통하여 일하실 수 있도록 도구가 되어드려야 합니다.

비단 물질적인 문제만이 아닙니다. 우리가 황금처럼 소중하게 붙들고 있는 세상적인 명예, 비판적인 지식, 가족 이기주의, 지나친 자녀사랑 등이 모두 예수님을 가두는 그물이 될 수 있습니다. 우리 스스로 그와 같은 투망질을 하지 않기보다는, 당초에 패역한 그물을 만들지 않는 것이 더 지혜로운 처사임을 낮은 목소리로 변론해보고 싶었습니다.

모두 3장으로 나누어진 이 책의 제1장은 문학을 공부하면서 그와 연관된 믿음의 이야기들을, 제2장은 하나님을 향해 기도로 간구하고 순정으로 섬기는 이야기들을, 그리고 제3장은 하나님의 능력과 사랑에 힘입어 신앙생활의 현장에서 체험한 이야기들을 추려서 실었습니다. 그래서 각기의 장마다 '문학사의 텃밭에서', '저 높은 곳을 향하여', '이 낮고 낮은 땅 위에'라는 전제를 부가한 것입니다.

막상 책으로 묶어 내자니 부끄러움과 조심스러움이 앞섭니다. 다만 이 책이 예수님이 정녕 어떤 분이신지, 얼마나 좋은 분이신지를 세상에 알리는 데 조금이라도 도움이 된다면, 더 바랄 것이 없겠습니다. 이 책의 출간과 더불어 내 스스로는 대학교수로서, 문학평론가로서, 교회의 권사로서 그야말로 예수님이 기뻐하시는 자리에 설 수 있도록 최선을 다해야겠다는 다짐을 해봅니다. 참제자의 길이 쉽지 않다 할지라도 끝까지 그 길을 가보려 합니다.

믿음이 없던 내게 예수님을 만나게 해주고 이 책에 실린 글 한편 한편을 쓸 때마다 함께 기도하며 격려해 준 아내 한선희 집사와 가족들에게 다시금 감사하며, 부족한 글을 이처럼 좋은 책으로 묶어 주신 국민일보사에도 감사의 말씀

을 전하고자 합니다. 앞으로 더 많이 기도하고 더 깊이 묵상하며 더 좋은 글을
써 나감으로써 보답하고자 합니다. 모든 영광을 하나님께 돌립니다.

『북한문학의 이해 1』(1999)

남북 간 공동체적 의식구조의 확장

　새로운 세기의 개막과 그 의미를 규정하는 수식어들이 난분분한 가운데, 이 세기의 경첩을 지나고 있는 우리 민족사의 지평 위에서 우리에게 더욱 아픈 상처로 감각되는 대목이 있다. 이는 곧 남북한의 혈맥이 단절된 분단의 상황이요 그로 인해 지금도 '현재진행형'으로 발생하는 비극적 사태들이다.

　분단 체제의 변화와 극복이라는 명제는 새 시대의 가장 중대하고 핵심적인 화두로 존속할 것이며, 민족화합과 통일이 성취되는 그날에 이르기까지 민족사의 모든 부면에 지속적인 영향력을 발휘할 것이다. 이를테면 정치, 경제, 사회, 문화 등 어느 분야를 막론하고 앞으로 남북관계의 상관성을 도외시한 어떤 논의도 그 정당성이나 완결성을 인정받기 어렵다 할 터이다.

　오늘날 우리는 겨우 중첩된 경제적 질곡을 벗어나고 있으며 북한은 아직도 심각한 국제적 고립을 모면하기 어려운 형편에 있어, 보다 역동적이고 활력 있는 남북한 대화와 교류가 전개되는 데는 난관이 적지 않다. 더욱이 북한의 경우에는 체제의 개방이 그 와해로 이어진다는 위기의식으로부터 자유롭지 못하여, 도전적이고 배타적인 자세를 허물 겨를이 없다.

　그러나 그럼에도 불구하고 민족화해의 당위론을 내세우고 전망을 제시하는 일, 더욱이 문화예술을 통하여 이의 추동력을 발양하는 일의 중요성은 아무리 강조해도 지나치지 않을 것이다. 정치나 경제 부문에서 마련되기 어려운 접촉과 결속의 마당이 여기서 쉽게 펼쳐질 수 있기 때문이기도 하거니와, 기실 이 부문의 정신적 교감과 문화통합의 시도는 남북의 미래를 하나로 묶어나가는 데 하나의 시금석이 될 수 있기 때문에 그러하다.

민족문화예술 그리고 민족통합의 꿈을 상정하는 문학은 남북 간에 공동체적 의식의 구조를 확장해 나가는 한편, 북한이 '차우세스쿠'처럼 무너지지 않고 '등소평'처럼 점진적인 개선의 길을 걸어갈 수 있도록 유도하는 예인 등대로서 기능할 수도 있을 것이다. 그것은 또한 남북이 함께 쓰라린 과거를 반복하여 역사적 퇴행의 길을 걷는 우매함을 떨쳐버려야 한다는 소망과도 관련되어 있다.

이 책은 이와 같은 커다란 부피의 인식태도를 '북한문학의 이해'라는 항목을 통해 그 한 부분에서 실천해 보자는 의욕을 포괄하고 있다.

북한문학은 우리가 지금껏 익히고 있는 문학의 일반적인 개념이나 영역과는 그 궤를 달리하고 있으며, 그것의 실상을 파악하는 데 있어서도 북한의 사회체제를 반사판으로 하는 문맥을 떠나서는 정확한 통찰이 불가능하다. 그래서 여기에서는 먼저 북한문학 자체의 맥락을 따라 문학의 성격과 작품에 대한 해석 및 평가의 논리를 세우고자 했다. 제1부 '해방 후 북한문학의 흐름과 방향'은 그러한 시각으로 시, 소설, 비평, 연극, 아동문학에 이르기까지 여러 장르에 걸친 북한문학의 전개와 그 실상을 다루었다.

북한문학에 있어서는 변하지 않는 부분과 변화하는 부분이 있다. 1960년대 중반에 확립된 주체문학, 수령형상문학의 근간은 북한의 체제가 환골탈태하지 않는 한 변화할 가능성이 없다. 그러나 1980년대 이래 사회주의 현실주제를 반영한 북한문학의 변화는 비록 전체 규모에 있어 부수적이기는 하나 구체적인 작품을 통해 다각적인 변화의 양상을 반영해 왔다. 제2부 '북한문학 주요 작품의 연구와 비평'에서는 이 두 가지 방향성에 역점을 두고 작가와 작품에 대한 연구와 비평의 실제를 통해 북한사회와 북한문학을 이해하려 했다. 여기에서는 그동안 국내에서 본격적으로 다루어지지 않았던 작품들을 심도 있게 고찰하고 있어 뜻깊은 측면이 없지 않다.

편자의 북한문학 이해와 실제적인 작품 분석을 통한 남북한 문화통합의 노력은 순차적인 계획에 따라 계속될 예정이다. 그 첫 성과로서 이 책이 발간되기까지 귀한 글을 주신 필자 여러분과 이들의 배면에서 함께 공부하며 든든한 뒷그림이 되어준 현대문학연구회에 깊이 감사한다. 아울러 이처럼 소담스러운 책으로 꾸며주신 '청동거울'에도 감사의 뜻을 표한다.

숲과 나무로서의 문학

R. 프루스트가 눈 내리는 저녁 숲가에 서서 바라보는 그 숲은 아름답고 어둡고 깊다. W. 브라이언트에게 있어 작은 숲은 신의 첫 성당이다. A. 월슨이 보기에 숲은 세상 모든 것으로 가득 차 있다. 송욱의 숲은 새색시 같이 즐겁고 박두진의 숲은 쓸쓸하여 한숨 지으며 고은의 숲은 하나인 것이 몇만 개의 숫자로 변화한다.

숲의 구성분자로서의 나무, 그 나무가 벌이는 언어의 잔치도 숲의 그것에 뒤지지 않는다. H. 헤세는 나무를 신성하다고 하고 나무는 교의(敎義)도 처방(處方)도 듣지 않으며 개개의 일에 집착하지 않고 삶의 근본법칙을 말해준다고 상찬했다. M. 키케로는 다른 세대를 위하여 나무를 심으라고, L. 라콤은 나무를 심는 자는 희망을 심는 것이라고 했다. 장자와 이색은 쓸모없는 나무(樗)가 천연(天然)의 수명을 다한다고 교훈했다. 그런가 하면 이양하의 나무는 견인(堅忍)주의자요 박목월의 나무는 떼를 지어 삼림을 이루고 평화를 꿈꾼다.

이렇게 보면 숲과 나무는 훌륭한 인생론의 자재이다. 근자에 와서 인생이 짧은 터에 황차 문학이나 예술이 길 턱이 없다는 생각을 붙들고 있는 필자로서는, 스스로의 문학을 이 숲과 나무를 관찰하는 시각에 잇대어 보는 일이 하나의 버릇으로 되었다.

우리는 흔히 '박이부정(博而不精)'이라 하여 널리 알되 정밀하지 못함을, 사람됨과 그 역량을 평가하는 데 익숙한 경계로 삼는다. 이와 관련하여 말놀이를 펼쳐보기로 하면, 단번에 '정이불박'이나 '박이정'과 같은 언사들을 만들어낼 수 있다. 이를 숲과 나무에 기대어 말한다면, 숲을 보되 나무를 보지 못한다는 '견림불견목(見林不見木)'으로부터 쉽사리 '견목불견림'이나 '견목견림' 같은 언사들이 뒤따라온다.

장구한 역사과정에 비추어 유한하기 이를 데 없는 우리 인생이나 그것을 반영하고 있는 문학을 한 묶음으로 숲과 나무의 위의(威儀) 또는 속성(屬性)에 견주어 볼 때, 거기에는 그 유한성을 넘어서는 숱한 생각과 상상력, 다양한 비유적 표현과 가치생성의 힘이 촉발될 수 있다. 그러한 인식의 방법으로, 필자에게는 문학이 울울창창한 하나의 숲이요 작가와 작품과 비평은 그 숲을 이루고 있는 다양다기한 나무들이었다.

문학의 외형적인 틀을 유지하는 구조와 그 구체적 세부를 형성하는 구조는, 각기의 영역을 가지고 존재하는 것이면서 동시에 서로 조화롭게 악수하는 기능을 통해 '문학'을 이루고 '작품'을 생산한다. 때로 우리는 문학의 숲에서 길을 잃기도 하고 그렇게 부유(浮遊)하는 과정에서 만난 나무의 표식, 곧 특징적 성격을 가진 작품을 통해 길을 찾기도 한다.

그리하여 복잡다단한 세상의 저잣거리에서 잃어버린 삶의 길을, 그 세상의 축도(縮圖)인 문학의 숲에서 찾아낼 수도 있는 터이다. 미상불 삶의 길 자체가 희미한 마당에 문학의 숲이라 한들 무슨 대단한 길을 숨겨놓고 있겠느냐는 반문이 없지 않겠다. 그러나 이 길의 효용성마저 부인한다면, 문학과 예술의 존재값을 폐기해버린 절망의 단애(斷崖)에서 대책없이 투신하는 자리에 우리 스스로를 세우는 일과 별반 다를 바 없다. 그런 연유로 문학은, 그것의 실효적 값어치가 현저히 추락한 이 가치상실의 시대에 있어서도 여전히 우리 인생의 지리책이다.

더 역설적으로는 그 소중한 가치, 그 작은 불씨를 귀하게 인식하고 애써 살려나가는 동안에, 문학은 그야말로 하나의 소망이 되고 어두운 밤바다에 반짝거리는 예인 등대의 불빛처럼 긴요한 길잡이로 나설 수 있게 될 것이다. 이 책에 실린 글들은, 문학에 대해 그와 같이 소박한 애정과 간절한 열망을 끌어안고 씌어진 비평문들이다.

그 가운데는 문학의 숲을 통털어 살펴보려는 시도도 있고 또 작품이라는 나무를 면밀히 들여다보려는 시도도 있다. 그리고 그러한 숲과 나무의 형상이, 오늘날 우리 문학의 진행 방향을 어떻게 예시(豫示)하고 있는가를 해명하는 데 주력하려 했다.

이 책은 모두 3개의 장으로 구성되어 있으며, 그중 제1장은 근대 이후 우리 문학사에 대한 반성적 성찰을 통시적인 시각으로, 제2장은 우리 문학이 열어나가고 있는 새로운 영역과 방향성을 포괄적으로 검색하는 시각으로, 그리고 제3장은 동시대 문학 작품의 성격과 의의를 해명하는 분석적인 시각으로, 여러 문학적 테마 또는 작품을 다루고 있다.

이 책은 필자의 네 번째 평론집이다. 한 편씩의 글이 작성되고 또 책이 나오기까지, 말과 치장을 더하여 필자가 가꾼 작은 나무들이 모이고 또 하나의 작은 숲을 이루기까지, 마음의 빚을 진 분들이 많다. 그 책의 작은 숲을 만드는 일에 실질적인 도움을 준 고마운 손길들도 있다. 굳이 그 명호(名號)를 여기 기록하지 않아도 필자는 내내 그분들의 고마움을 잊지 않을 것이다. 여러 가지로 어려운 때에 이처럼 아담한 책을 묶어주신 민음사의 여러분께도 깊이 감사드린다.

『한민족 문화권의 문학』(2003)

모국의 문학적 현실에 잇닿아 있는 해외 동포문학

'콜럼버스의 달걀을 넘어서' 가는 길은 외형적으로 평이해 보이지만 그 내면에 숱한 우여곡절을 끌어안고 있기 마련이다. 그동안 부분적이고 한정적인 논의로만 한국문학의 언저리를 맴돌던 해외 동포문학에 대한 본격적인 연구는, 바로 그처럼 불균형한 존재양식에 의거해 있다 할 터이다.

일제 강점기와 6·25동란과 같은 험준한 역사의 파고를 겪은 한국문학은, 훼손된 정체성과 그 가치를 회복하기 위한 다각적인 노력을 발양해 왔다. 우리말과 글은 물론 국가의 주권을 압제당한 식민지 체험과 이데올로기 대리전의 형상을 띤 분단 상황 및 남북 대립은, 한국문학이 모국어에 대한 남다른 애착과 국내외의 사회·역사적 현실에 대한 비판적 시각을 강화하는 방향으로 작용했다.

그러다 보니 자연히 문학의 인접 영역이나 그 미세한 뿌리가 뻗어나간 광범위한 지평을 보살피는 인식이 허약했던 것이 사실이었다. 이제 신문학 1백 년에 이르면서 넓이와 깊이가 더하여진 한국문학은, 그 내부를 들여다보던 시선을 들어 올려 보다 열린 정신으로 문학적 자기 체계의 파장이 미친 범주를 확인해야 할 때가 되었다.

우리는 이 책에서, 그러한 한국문학의 확장된 범주에 '한민족 문화권'이라는 큰 울타리를 둘러치고, 그 문학적 영역에 대한 각성과 더불어 모국의 문학적 또는 언어적 현실에 잇닿아 있는 해외 동포문학들을 면밀히 연구하려 시도했다. 비록 살아온 환경이 다르고 사용하는 언어가 다르다 할지라도, 한민족이라는 민족적 정체성을 자아 찾기의 근본 바탕이요 문학적 화두로 삼아온 이들에게 따뜻한 애정과 관심을 공여하는 것은 당연한 일이 아닐 수 없다.

이 책은 바로 그러한 소박하면서도 소중한 문제의식에서 출발했다. 여기에 실린 24편의 소논문들은 경희대학교 대학원의 '현대문학특강' 강의를 중심으로 대학원에 적을 두고 있는 연구자들이 공동연구의 장점을 살려가며 한 편 한 편 정성껏 작성한 것들이다. 연구대상의 성격 상 처음 시작은 미약하였으나, 그 나중은 한국문학의 영역과 범주 전체를 언급하는 수준으로 증폭될 수밖에 없는 것이었다.

그동안 소수의 연구자들에 의해 산발적으로 언급되었던 해외 동포문학의 발자취를 통시적이고 체계적으로 구명해보는 데 있어서, 국내외에 흩어져 있는 자료 확보의 어려움이 무엇보다 큰 걸림돌이었고 각기 다른 언어의 장벽 또한 만만치 않은 난관이었다.

그럼에도 불구하고 많은 여백을 남긴 채 우리 앞에 모습을 드러낸 해외 동포문학의 전체적 형상은, 한국문학의 그냥 지나칠 수 없는 텃밭이요 그 문학의 의미망을 새로이 구성하도록 재촉할 수 밖에 없는 귀한 실과들이었다.

격동의 한국 근현대사가 진행되는 동안, 그 중심의 외곽에 존재했던 우리의 동족들은 나름대로의 암중모색으로 조국의 역사적 발전과정에 합류하고자 했다. 그들 또한 분단된 조국의 현실로부터 자유롭지 못했으며, 더불어 이주(移住)라는 '탈공간'의 박탈적 경험과 '언어적 전치(轉置)과정'에서 발생하는 소외와 정체성의 혼란을 감수해야만 했다.

그럼에도 불구하고 조국과의 물리적 공간 거리 개재는 그만큼 객관적 시각의 가능성을 열어주었으며, 한국문학의 본류가 미처 발견하지 못했던 우리 역사의 새로운 의미들을 적극적으로 조망할 수 있는 심리적 여유를 마련해주었다. 이러한 해외 동포들의 삶과 의식의 음영이 문학에 반영되면서 우리는 또 하나의 훌륭한 문학적 자산을 획득할 수 있게 된 셈이다.

이 책은 크게 미국, 일본, 중국, 중앙아시아의 해외 동포문학을 대상으로 하여 우리 문학 연구 사상 처음으로 그 네 영역을 한 자리에 모았다. 재미주 한국문학, 재일본 조선인문학, 재중국 조선족문학, 재중앙아시아 고려인문학으로 불리는 서로 다른 호명법만으로도 이들이 왜 한국문학의 명백한 지류(支流)인지 알아차리기 어렵지 않다. 네 곳 모두 한국 근현대사와 밀접한 영향관계를 지닌 지역이며, 동시에 그 이주의 역사가 순탄치 않았던 지역이다.

그런 만큼 이들의 문학에는 민족적 삶의 현실에 대한 다양한 체험과 복합적 시선이 존재한다. 생소한 작가의 이름으로부터 국내에서도 대중적으로 널리 알려진 작가에 이르기까지, 우리가 아우를 수 있는 문학적 테두리는 의외로 폭넓다. 해외 거주국의 주류문학에서 인정받은 문학적 성과 또한 만만치 않다.

이러한 해외 동포 문학인들의 문학적 성과들을 한국문학의 범주 안에 포함시키는 문제는 사실상 가치 판단의 범위를 벗어나서 적극적으로 인지하고 능동적으로 대처해야 할 사안이다. 이러한 문제의식을 붙들고 한국문학의 새로운 땅을 향해 새 길을 여는 심정으로 애쓴 결과가 이 책의 미덕이라 하겠다. 더불어 이러한 문제의식이 한국문학 안에서 점진적으로 확산되어가는 데 이 책이 조그만 디딤돌의 역할을 할 수 있다면 그보다 더 바랄 바 없겠다.

이 책이 발간되기까지 강의실의 안과 밖에서, 또 밤을 밝혀 함께 수고하며 연구한 필자들에게 마음으로부터 깊은 감사의 말씀을 전하고자 한다. 그리고 이처럼 부피 있는 좋은 책으로 묶어준 국학자료원에도 깊이 감사드린다.

하나의 징후에서 이념적 실천까지, 광폭 스펙트럼

세상이 빠른 속도로 변하고 있다. 과거에는 변화하는 삶의 여러 모습이 오래도록 축적되어 '문화'를 이루는 것이었는데, 지금은 변화의 형식과 내용 자체가 그대로 동시대의 문화를 형성하는 상황에 이르렀다. '스피드의 시대'란 말은 이미 운동 경기나 과학 기술에만 적용되는 개념이 아니며, 우리 삶의 다양한 부면들이 정보화, 특히 전자 정보화하면서 '정보화 시대'란 용어와 곧바로 소통되는 형국이 되었다.

문학에 있어서도 그렇다. 그 빠른 변화의 보속은, 문학사의 시대 구분이나 문학의 장르 개념 및 서술 방식 등이 그 영역 안에서 유지하고 있던 경계의 개념을 무너뜨리는 데 강력한 촉매제가 되었다. 이 경계의 와해는, 일찍이 문화 인류학자 레비 스트로스가 '꿀과 담배'의 양분법으로 자연과 문명의 양자를 구분하여 설명하던 방식이 이제 더 이상 유효하지 않다는 사실을 뜻한다. 그 양자가 함께 얼크러지고 상호간의 접촉과 환류를 통해 새롭게 형성되는 회색 지대, 회색 공간이 오히려 가치와 생산성을 인정받는 시대가 되었다.

'문화통합의 시대와 문학'이란 이 책의 제목은, 이러한 시대적 성격을 하나의 세계관으로 설정하고 이 투시의 방식으로 우리 문학을 바라보자는 의도를 내포하고 있다. 그러나 이를 구체적으로 작품에 적용하는 데 있어서는, 규격화된 외형적 관찰보다 작품 자체의 내재적 성과와 그 의미의 구명에 더 중점을 두어야 한다는 것이 필자의 생각이다. 문학에 있어 시대성이란 하나의 징후에서 이념적 실천까지 그 스펙트럼의 폭이 넓기 때문이다.

문학 내부의 장르 유형이나 경계의 구분이 와해 또는 무화되는 사태는, 설명을 달리하면 장르와 경계가 새로운 통합의 길을 열어 나간다는 변증을 생성하는 것으로 된다. 우리는 근자에 문학 논의 현장에서 '통합 문화'나 '퓨전 문화' 등속의 어휘들이 등장하고 있음을 쉽사리 목도할 수 있다.

이 책에서는 그와 같은 변증법적 인식을 '문화통합'의 개념에 하나의 축으로 사용하는 동시에, 이 문화적 형식의 분류나 성격의 분석과는 다른, 당대적 삶의 공동체가 유발하는 집단적 의식의 문제를 또 다른 하나의 축으로 사용하고자 한다.

그것은 곧 북한문학이나 해외 동포문학과 같은, 동질적 근본에서 출발했으되 매우 이질적인 파생의 경로를 밟아간 '한민족 문화권'의 문학에 대한 접근을 뜻한다. 남북한은 물론 전 세계에 걸쳐 분산되어 있는 이들을 하나의 공감대로 묶어보려는 노력은, 그 누가 주체가 되든 실질적으로 추진되어야 하고 세대를 넘으며 지속되어야 옳다. 그것은 크게 보아 불우한 민족의 역사 앞에 선 문학의 책무이며, 작게는 이 시대 현실 가운데 올곧은 눈과 뜨거운 가슴으로 글을 쓰는 문학인들의 도덕률에 해당할 터이다.

이 책은 모두 4부로 구성되어 있으며 각기의 단락에 제1부 '문학의 프리즘과 사회사적 현실의 분광', 제2부 '문화통합의 시대, 한민족 문화권의 문학', 제3부 '문화의 세기에 대응하는 문학의 새 길', 제4부 '문학을 보는 포괄적 시각, 또는 방법론'이란 제목을 붙였다. 필자 개인으로서는 '지우학'의 문단 경력에 다섯 번째의 평론집이다.

돌이켜 보면 이 책이 나오기까지 많은 분들께 감사한 마음의 빚이 있다. 따뜻한 도움의 손길들도 모두 기억이 난다. 앞으로 더욱 겸허한 마음으로 성실히 정진함으로써 보답해야겠다는 다짐을 해 본다. 이렇게 좋은 책으로 묶어준 '문학수첩'에도 감사의 말씀을 전한다.

『한국현대문학 100년, 대표소설 100선 연구』(2006)

걸작들을 징검다리로 하여
형성되는 문학사

한국 현대문학 100년, 대표소설 100편에 관한 연구서를 계획하고 이를 실행하기 시작한 것은 2003년도부터였고 3년간의 연구 및 집필 끝에 2006년도에 모두 3권 분량의 단행본으로 출간하기로 일정을 잡았다. 굳이 2006년을 출간 시기로 작정한 것은, 이인직의 신소설 「혈의 누」가 발표된 지 꼭 100년이 되는 해이기 때문이었다.

근대문학의 기점을 따지는 데 있어 영·정시대, 동학혁명, 갑오경장, 『무정』 발표, 3·1운동 등의 역사적 사실을 중심으로 한 여러 기점론이 있으나, 전통적 고전문학으로부터 새로운 형식과 내용의 문학, 곧 신소설로의 전화가 문학사적 성격 변화의 주요한 기점이 된다는 사실 자체를 부인할 길은 없다.

물론 신소설은 그대로 일정한 한계를 끌어안고 있어서 이인직의 작품 가운데서도 「혈의 누」와 「은세계」가 근대적 경지를 개척한 작품으로 평가되는 반면, 「귀의 성」과 「치악산」 등은 가부장제를 비롯한 고대소설의 의식 수준에 머물고 있다는 비판을 받는다. 더욱이 이인직으로부터 시작된 신소설은 일제 강점기의 식민주의 담론이라는 너울을 벗어날 수 없었다. 그러나 신소설은 국문체를 사용하면서 변화하는 시대적 삶 의식을 담아낸 문학 양식의 첫걸음에 해당한다. 신소설이 언필칭 '새로운 소설'이었음은 그것이 한국 현대문학의 시발이라는 의미와 소통된다.

그 신소설의 1906년으로부터 한 세기, 꼭 100년이 흐르는 동안 한국 문학사는 숱하게 많은 작가와 작품을 배태했고, 그들이 발산한 광채와 또 그들이 명멸한 잔해는 그러한 세월의 경과와 더불어 그만큼의 문학사적 부피를 확장했다. 이 장구한 역사과정을 통하여 100편의 소설 작품을 선별한다는 것은 결코 만만한 일이 아니었다. 일찍이 아나톨 프랑스가 "걸작들을 징검다리로 하여 문학사가 형성된다"고 주장한 바 있거니와, 이 선별 방식은 통시적 문학사를 형성하는 주요 작품에 대한 평가를 병행하는 것이었다.

작품을 선정하는 데 있어서는 앞서 서술한 100년의 기간에 있어 문학사적으로 뚜렷한 성과를 남긴 작가·작품을 대상으로 하여, 작품의 미학적 완결성과 동시대적 의미를 동시에 고려하였다. 단편·중편·장편 등 소설의 분량에 따른 구분은 고려하지 않았으며, 납·월북 작가 중에서도 문학사적 중요도가 있는 경우는 모두 포함시켰다. 한 작가 당 한 작품을 선정하여 작가 100명 소설 100편이 되도록 했다. 이 연구를 통해 우리 문학사의 흐름에 비추어 보거나 오늘날의 문학적 시각에 비추어 볼 때 새로운 가치평가가 필요한지를 검토하려 했다.

연구 범위와 작업의 양이 방대한 까닭으로 공동연구의 형태로 갈 수밖에 없었고, 필자와 경희대학교 대학원을 중심으로 한 현대문학연구회 연구원들이 함께 손발을 맞추어 진행해야 했다. 작가별로 선행 연구에 대한 충분한 조사에 중점을 두고 인용 표기를 철저히 하며 연구의 충실성을 높이는 등 만전을 기하려 노력했으나, 일부 연구는 당초 계획한 수준에 이르지 못해 안타까운 대목도 없지 않다. 이는 개정증보판에서 보완할 예정이다.

이 연구서의 체제는 먼저 작품을 있는 그대로 살펴보기 위하여, '작품 보기'를 두고 중·단편의 경우는 간략한 줄거리 요약과 원문 발췌를, 그리고 장편의 경우는 줄거리 요약을 맨 앞에 실었다. 이어서 '그 시대와 작가'를 통하여 시대 · 사회사적 환경을, '작품 세계'를 통하여 그 작가의 창작 경향을 전반적으로 살펴본 다음, '이 작품'에서 해당 작품의 작품론을 집중적으로 다루었다. 그리고 '다시 생각하기'에서 작가 및 작품에 대한 반성적 성찰을 각기 3개의 항으로 제시하였고 말미에 '참고문헌'을 연대별로 수록했다.

이 연구서는 우선 문학연구에 입문 또는 정진하는 연구자가 연구 대상 작품의 전모와 연구 방향을 가늠하고 기본적인 자료를 얻는 데 용이하도록 되어 있다. 또한 문학작품이 가진 문학사적 의의와 가치를 계량하면서 작품에 근접하고자 하는 독자에게 꼭 필요할 것으로 사료된다. 뿐만 아니라 근자 대학 입시에서 논술 시험이 강화 · 확대되면서, 한국문학에 대한 포괄적 이해와 판단의 기능이 필요한 수험생들에게는 매우 효율적인 성과를 약속할 것으로 보인다.

이 연구서가 3권의 분량으로 제 모습을 찾기까지, 함께 땀 흘리며 수고한 많은 분들에게 그 공로를 모두 돌리는 바이다. 지나온 100년의 문학사적 과정을 통해 그 이름을 얻은 작가와 작품들이 이렇게 자리매김 된다면, 또 앞으로의 100년 후에는 어떤 문학사가가 어떤 문학작품을 선별해 내놓을지 알 수 없는 일이다.

그와같은 인식을 바탕으로 우리는 지금껏 그래왔고 앞으로도 그러할 그 연대기적 반복의 평가와 기록을 통하여 인간 정신의 가장 고귀한 부분을 작품으로 발화한 작가들에게 경의를 표하며, 그것이 엄정한 자기 관리와 더불어 작품에 애정을 가진 비평의 본분임을 이 자리에서 다시금 되새겨 보고자 한다.

경계에 선 문학의 운명

이 청명한 가을에 일곱 번째 평론집 상재를 준비하면서 여러 가지로 감회가 새롭다. 문학 일반론에서 출발해서 북한문학이나 해외동포문학으로 확장된 내 문학 비평과 연구의 궤적이 한꺼번에 눈에 들어오는 까닭에서이다.

'디아스포라를 넘어서'라는 제호를 선택한 것은, 문학의 범주와 그 탐색의 내용을 두고 볼 때 문학이야말로 여러 문화적 현상 또는 삶의 형상들이 서로 맞부딪치는 경계에 위치하고 있다는 생각에서였다. 분명히 그렇다. 문학에는 국경도 없고 주제와 장르의 구분도 무화될 수 있으며 시대 및 사회사의 차별도 무너질 수 있다. 그러나 그럼에도 불구하고 내포적 차원에 있어서 문학적 원인행위 또는 구성분자의 각기 다른 입지점과 의미망은 분명한 구분의 선을 긋고 있기도 하다.

지난날 동부 아프리카의 케냐와 탄자니아 국경 지역을 통과하면서, 지구상에 유일하게 20만 명이 넘는 인구를 자랑하는 원시부족 맛사이족이 양국의 경계 개념을 전혀 도외시한 채 살아가는 모습을 본 적이 있다. 이때의 국경은 실제로 존재하는 것이면서 동시에 맛사이족의 경험법칙으로는 아무런 규정력이 없는 것이었다.

마치 바닷가에 서서 수평선을 바라보면서 그 수평선의 시각적 또는 물리적 존재 양식을 '우주적 사고'와 '역사적 사고'로 양립하여 규정하는 신화문학론의 논리에 비추어보는 바와도 같다. 이를테면 문학에 있어서의 경계 개념, 문학적 디아스포라의 존재는 이러한 사유 방식에 바탕을 두고 있다. 그것은 또한 인문학의 한 중심축을 구성하는 문학의 운명이기도 할 것이다. 그 유형무형의 경계선을 사이에 두고 나누어 선 양자의 정체성과 관계성에 대한 천착은, 곧 디아스포라 문학 연구의 근본적 소임이다.

이 책은 이와 같은 문학의 경계 문제에 관한 인식을 바탕으로 북한문학, 해외동포문학, 종교와 문학, 한국문학의 근대성 등을 각 단락별 주제로 다루고 있다.

제1장에서는 북한의 시·소설·문예이론을 한국문학과 비교해 보면서 남북간 문학의 경계에 대한 글들을, 제2장에서는 미국 주요 지역에서 활동하는 기량이 뛰어난 해외동포 시인·작가들의 작품을 한국문학의 관점과 견주어 보는 글들을 실었다. 제3장은 제2장의 문학적 시각을 연장하여 미국, 일본, 중국, 중앙아시아 등 각 지역의 해외동포문학을 이론적으로 구명하는 글들이다.

제4장은 영역을 달리하여 종교성을 가진 문학의 두 가지 특성, 곧 종교적 교리와 문학적 감응력의 경계와 그 접점에서 발생하는 미학적 성과를 추수한 글들을, 그리고 제5장은 한국문학의 비중 있는 작가들이 그 작품 가운데 함축하고 있는 근대성의 경계를 추적한 글들을 가려 모았다.

이 한 권의 책에서 문학의 경계, 문학에 있어서의 디아스포라 문제를 보다 깊이 있게, 그리고 보다 폭넓게 다루지 못한 것은 필자에게 남아 있는 앞으로의 과제이다. 그런 점에서 필자 또한 이 시대 이 땅에 있어서 또 하나의 노마드, 또 하나의 원시부족인지도 모른다.

이 책이 나오기까지 연구하고 글 쓰는 자리에 함께 해준 여러 손길들과 책을 묶어준 민음사에 감사드린다.

작가를 작가이게 하는 예술혼의 탐사

한 작가가 자신의 이름 석 자를 걸고 내놓은 작품의 가장 밑바탕에 잠복해 있는 것이 무엇일까? 세상의 명리나 이해타산으로 좌우할 수 없는 근원적이며 본질적인 그 무엇, 작가를 작가이게 하는 추동력을 발양하는 그 무엇을 우리는 '예술혼'이라 호명할 수 있겠다.

현대문학 1백년에 이른 우리 작가들, 개화 세대의 교사였던 이광수에서부터 동시대의 이야기꾼 천운영에 이르기까지 우리 문학의 대표 작가들은, 모두 이 예술혼을 끌어안고 혹은 불사르며 작품을 썼다. 그로 인한 창작열의 치열함과 표현 방식의 정치함이 집적되어 한국문학사를 이룬 형국이고 보면, 작가의 가슴 속에서 발아한 예술혼이야말로 유목 생활에서 농경 정착 생활로의 변화가 가능하게 한, 그리고 인류 문명 세계의 모태가 된 '볍씨'의 지위와 다르지 않다.

이 책은 바로 그 예술혼의 존재 양식과 발화의 유형, 그것이 당대적 삶 또는 통시적 시대사와 부딪치고 반응하는 형상을 좇아, 한국 현대문학의 주요 작가 32명을 탐사한 비평적 기록이다. 작품에 접근하는 근본적 시각에 있어서는 문학적 창작심리학의 원론을 적용하고, 작품을 검색하는 실제적 분석에 있어서는 그 내용과 형식의 현상학적 각론에 충실하려 했다. 그리하여 보다 포괄적인 시각으로 우리 문학사 1백년의 주요 소설 작품을 개관하려 했던 터이다.

이 만만찮은 작품 읽기와 비평적 글쓰기는 기실 필자의 비평 활동 전반에 걸쳐져 있는 것이었으며, 한 작가나 작품에 대한 심층적 이해가 연륜을 달리하면서 새로운 감응력을 촉발한다는 사실을 일깨워주기도 했다. 32편의 작가 작품론은 모두 4개의 장으로 나뉘어 기술되었고, 필자로서는 그 하나하나가 일제히 작가에 대한 건실한 애정이야말로 작품에 대한 올곧은 해명을 가능하게 한다는 사실의 증빙이라 해야 옳겠다.

제1장은 이광수에서 이병주까지 개화 세대에서 일제강점기 세대를 포함하고 있고, 제2장은 손창섭에서 김원일까지 전후 세대와 전란기에 유년 시절을 보낸 세대를 포함하고 있다. 제3장은 윤흥길에서 복거일까지 산업화 및 탈근대적 성격의 시대를 표방하는 작가들의 세대를 포함하고 있고, 제4장은 양귀자에서 천운영까지 우리 당대에 창작을 시작한 작가군 세대를 포함하고 있다.

여기서 논거된 바와 마찬가지로 이들은 그 출생 연대에 따라 순서가 정렬되어 있으며, 이 작가 작품론을 전체적으로 통독하는 일은 곧 일찍이 아나톨 프랑스가 언표한 바와 같이 걸작들을 징검다리로 해서 한국 현대소설사를 한눈에 판독하는 유익을 가져다 줄 수도 있을 것이다. 독자 여러분의 많은 질정과 편달을 바라마지 않는다.

이 책이 독자들과 만나기까지 깊고 따뜻한 정으로 함께해준 류시화·이문재 두 시인에게 마음으로부터 고맙다는 말을 전해야겠다. 그리고 이처럼 좋은 모양으로 책을 만들어준 고세규 대표에게도 같은 심정임을 밝혀둔다. 작가와 작품을 통해 우리 문학사와 그 문학의 숲 속에 한 그루 한 그루 소중한 나무처럼 임립해 있는 예술혼들을 찾아나가는 문학적 탐색의 여행을, 앞으로도 지속적으로 수행하겠다는 약속으로 머리말을 막음하고자 한다.

남과 북에서 각기 이룩한 문학적 성취

　구보 박태원은 한국 현대문학, 더 나아가 남북한 현대문학에 있어 간과할 수 없는 중요성을 지닌 작가이다. 1930년대에 구인회를 중심으로 활동하면서 모더니즘의 문학적 의식과 동시대 세태의 작품화에 괄목할 만한 성과를 이룬 것이 그의 몫인가 하면, 월북 이후 북한 최고의 역사소설 작가로 부상한 광영 또한 그의 몫이다. 그는 남과 북의 문학사에서 공히 명백한 자기 지분을 가진 작가이다.

　그러기에 남북한 문화 및 문학의 교류를 넘어서 양자의 통합을 바라보는 다양한 시도들이 이루어지고 있는 오늘날, 박태원은 남북의 상호 개별적인 상황을 하나의 연결고리로 묶을 수 있는 매우 드문 사례에 해당한다. 이는 그가 남과 북에서 각기 이룩한 문학적 성취가, 그 서로 다른 문학사에서 모두 긍정적 평가로 기록되어 있다는 사실에 바탕을 둔다.

　이를 평전의 형식으로 기록한다는 것은, 그 문학적 실상을 창작자의 인간적 면모와 지속적으로 결부시켜 보는 행위를 말한다. 더욱이 박태원은 한반도의 남과 북이 외세에 의해 분단되고 동족상잔의 전쟁이 발발하는 격변의 시대를 살면서, 그리고 남에서 북으로 근거지를 옮기며 온갖 우여곡절을 직접 체험해야 하는 운명의 주인이었던 까닭으로, 평전의 형식을 빌어 그의 삶과 문학을 이해한다는 것은 미상불 뜻있는 일이 아닐 수 없다.

이 책은 박태원 평전의 의미를 짚어 보는 도입부에 이어 그의 문학적 출발과 환경, 구인회 시절과 '문우' 이상과의 관계, 일제강점기와 해방공간에 있어서의 작품 활동을 순차적으로 살펴보고 있다. 이어서 월북 이후의 역사소설 창작, 관련 연구로서 '구보'에 관한 다른 작가들의 세계를 함께 검토해 보았다. 그런데 그의 전반적인 생애와 작품을 모두 통할하다 보니, 순수한 평전이기보다는 작품의 분석과 가치의 구명에 더 중점을 둔 감이 없지 않다.

이 책은 한국문학평론가협회가 문화관광부의 지원을 받아 진행한 납·월북 작가 평전 총서 가운데 한 권으로 계획되었다. 모두 15명의 납·월북 작가 평전이 한꺼번에 발간되는 것은, 우리 문학 연구사에 있어서 소중한 진전이 되리라 여겨진다. 지금껏 북으로 간 작가들에 대한 연구가 1988년 '해금' 이래 활발하게 이루어져 왔지만, 이처럼 15명의 평전을 한 자리에서 출간한 것은 처음이기 때문이다.

뿐만 아니라 수년전 박태원의 작가 및 작품 연구에 중점을 두는 '구보학회'가 설립되어 활발한 활동을 보이고 있는 터이어서 더욱 의의가 있다 하겠다. 책에 실린 사진이나 연구자료 등에 있어서는 구보 선생의 아드님인 박재영 선생의 도움을 많이 받았다. 이 자리를 빌어 감사를 드리며, 이 총서를 상재해준 도서출판 한길사에도 감사드린다.

『한국문학 명비평』(2009)

100년 역사 속에 형성된
한국인의 내면과 사상

"문학의 문제는 단지 역사가 그 문제를 일으키기 때문만이 아니라, 문학이
인간 체험의 잔여분에 대한 어떠한 관계를 드러내 주는 그런 류의 것이기 때
문에 생겨난다" - Cleanth Brooks, W. K. Wimsatt(*Literary Criticism: A Short History*, Chicago:
University of Chicago Press, 1978).

문학은 인간을 떠나서, 그리고 그 인간들이 집적해놓은 역사를 떠나서 논의
될 수 없다. 고대 플라톤 시대부터 시작해 현대에 이르기까지 역사를 추체험
하는 방식으로 쓰인 〈문예비평사〉 역시 문학이 역사 속에서 끊임없이 현실과
예술 간의 비중문제에 대해 고민해왔음을 알게 한다. 그리하여 다양한 장르의
문학이 존재했음에도 불구하고 그 고민의 결론에 따라 하나의 문학 장르가 그
시대 문학 전체의 규범을 세운 것이다.

일제 강점에 이르러 서구 문학이 본격적으로 유입되면서 근대 문학의 태동
을 맞이한 한국 문학 역시 현실과 예술을 둘러싼 논의들은 비평의 쟁점을 이
룬다. 서구의 문학비평이 수십 세기에 걸쳐 끊임없는 논쟁을 거듭한 이후 이
루어진 집적물이라면 한국의 문학비평은 불과 한 세기 동안에 그것들을 반복
하며 완성한 것이라 할 수 있다. 이는 한국의 문학비평이 한 세기 동안 쉼 없이

부지런히 달려왔음을 말해준다.

　오랜 질곡의 역사를 겪어온 한국문단에 있어 작가가 혹은 비평가가 제 목소리를 낸다는 것은 무척 어려운 일이었다. 일제 강점 하에서 이루어진 비평이라는 것도 고작 작가가 자신의 작품을 그럴듯하게 서구의 이론으로 포장하는 수단에 불과했다. 그러나 1919년 일어난 3·1 운동으로 인해 한국문학은 새로운 전환을 맞이하게 된다. 러시아의 사회주의혁명이 몰고 온 사회주의 사상과 맞물려 사회운동의 일환으로 문학을 자리 잡게 한 것이다. 문학이 운동의 차원으로 끌어올려짐으로써 비평은 프로문학운동 지도지침의 임무를 맡게 되고 그로써 입지를 강화하게 된다. 그러나 일제의 대동아전쟁이 본격화되면서 극도의 정치적 억압으로 인해 카프가 공식적으로 해체됨으로써 다시 문단은 순문학 시대로 넘어가게 된다. 또한 본격적으로 문학 비평이 진행되었다고 하는 50년대조차 이념대립이라는 사회적·역사적 배경을 고려해볼 때 평단의 참된 발전은 기대하기 어려운 실정이었다.

　1950년 6월 25일에 일어난 한국전쟁으로 인해 한국의 문단은 혼란과 더불어 우리문학에 대한 자각의 태도를 보이기 시작한다. 일제에 의해 무비판적으로 해외의 문학을 받아들였던 한국의 문인들은 전쟁을 통한 분단으로 인해 우리를 돌아보게 되는 계기를 갖게 된 것이다. 그러나 이러한 전통론에 대한 논의는 주로 한국 문학의 후진성에 대한 자기반성을 전제로 하는 것으로 전통 부정론이나 고전의 현대화, 현대적 해석 이상을 넘지 못하고 다시 60년대로 전통논의를 이어가게 한다. 또한 역사가 새로운 전환기를 맞이하게 되면서 문단 역시 새로운 전환기를 맞게 되는데 바로 기성세대들에게 부정적인 태도를 갖고 있는 신세대들의 활약을 통해서이다. 해방 전과 유사한 방식으로 문학 행위를 하는 기성세대들을 부정하며 나타난 신세대들로 인해 비평은 합리화와 부정에 대한 논의들을 펼쳤다. 또한 1951년 결성된 '후반기 동인'의 활동을 통해 전개된, 모더니즘을 바탕으로 한 뉴크리티시즘 논의 및 당시 지배적이었던 시대적 분위기라 할 수 있는 허무의식을 바탕으로 전개된 실존주의 문학론이 이 시대 비평문학의 주요한 논의들이다.

사회·역사적으로 1960년대를 떠올려보았을 때 가장 먼저 생각나는 것은 4·19혁명과 5·16군사쿠테타가 아닐 수 없다. 혁명은 정치적 탄압과 사회적 갈등을 심화시키는 결과를 가져왔지만, 이를 통한 시민의식의 발전은 문학에 있어서는 긍정적으로 작용했다. 매체와 독자의 증가를 통해 신진작가 및 비평가들을 배출케 하여 문학을 활성화시킴은 물론 새로운 사조와 유파를 형성시켰다. 사회의식이 혼란할수록 이를 극복할 수 있는 하나의 방편으로써 문학의 힘이 요구됐던 것이다. 1960년대 비평문학의 주요한 쟁점이라 할 수 있는 참여문학론 역시 1950년대 논의된 실존주의 문학론에서 그 태동을 엿볼 수 있기는 하지만 4·19의 발발을 통해 본격화되었다. 1960년대는 또한 급속한 경제발전을 이룸과 동시에 그에 따른 부작용과 폐해를 경험하게 된다. 평단에서 이러한 구조적 불평등의 문제나 인간답지 못한 삶을 영위하는 소외된 자들의 문제들이 어떻게 문학적으로 형상화되는가의 문제에 관심을 갖게 되면서 다시금 문단에서는 리얼리즘 문학론에 대한 논의들이 전개된다. 그리고 여기에 문단의 관심이 사회의식 속에서 문학이 해야 할 일에 대한 논의로 집중되면서 전통문학론에 대한 논의가 또다시 제기된다.

1970년대는 유신 독재 정치 시대로 강력한 산업화가 추진되었다. 그 과정에서 국민들이 극심한 탄압을 받게 되자 여러 가지 사회적 갈등이 야기되었다. 이는 또한 문학에 큰 영향을 미치게 되어 양적인 증가는 물론 질적으로도 발전된 모습을 보여주었다.

1980년대 문학을 논하는데 있어서도 그 논의의 중심에 5·18을 놓지 않을 수가 없다. 이 시기에 이르러 드디어 정신이 물질을 압도하게 되었다. 그만큼 80년대 이후 오늘날에 이르기까지 한국문학에 대한 논의는 다양한 관점에서 행해지고 있다. 그 가운데 하나가 새로운 방향으로의 민족문학에 대한 모색을 일궈낸 북한 문학에 대한 관심이라 할 수 있다. 이 외에도 다양한 쟁점과 맞물리면서 한국의 문학은 한 발 한 발 그러나 빠른 속도로 내닫고 있다.

모든 사상과 이론은 외부세계를 통해 형성되기도, 또한 전복되기도 한다. 한국문학비평 100년을 살펴본다는 것은 문학비평 자체에 대한 고찰이라기보다는 100년의 역사 속에서 형성된 한국인의 내면과 사상을 고찰하는 것에 다름 아니라 할 수 있다. 또한 비평문학은 문학에 담겨진 인간의 다양한 측면뿐만 아니라 격동의 역사 속에서 문학이 걸어온 길을 추체험하면서 오늘날 우리가 문학을 통해 진정 해야 할 일은 무엇인가에 대한 물음을 던져준다는 점에서 깊은 의의가 있다고 할 수 있다. 2008년을 살아가고 있는 우리는 급속하게 변해가는 사회문화의 속도에 발맞추기 위해 때로 무의식적으로 그것들을 섭취하는 경향이 있다. 이러한 때일수록 과거를 뒤돌아보면서 우리가 진정 잃지 말아야 할 것은 무엇인가에 대해 생각해봐야 하지 않을까 싶다. 그리고 그에 대한 대답은 문학 안에 있을 것이라 생각한다.

『대중문화와 영웅신화』(2010)

시대의 정점에 이른
대중문화 '별'들과의 대화

자신의 분야에서 한 시대의 정점에 이른 인물에게는 많은 부가(附加) 설명이 필요하지 않다. 만일 그가 왜 최고인가를 공들여 증명해야 한다면 그는 이미 최고가 아닌 셈이다. 이름 석 자로 당대 대중의 사랑을 받고 그 권위를 인정받으며 운집하는 시선 위에 군림한 우리 시대의 문화인물 7인. 이 책은 그러한 명성과 자격을 갖춘 대중문화 걸물들의 이야기이다.

우리 삶의 여러 부면에서 대중적 민주주의가 강화되면서 위대한 것과 평범한 것, 특별한 것과 일상적인 것 사이의 경계는 날이 갈수록 약화되고 있다. 동시에 과거 집단적 삶의 선두에서 시대정신을 이끌던 영웅의 출현은 더 이상기대하기 어렵게 되어 간다. 이 영웅 부재의 시대에 대중들의 열망을 감당할 새로운 영웅 신화의 주인공이 있다면, 바로 여기 이 자리에 초치한 7인의 문화인물과 같이 대중과 함께 호흡하며 자기 영역의 천장을 치는 '별'들일 것이다.

문화의 이어령, 만화의 이현세, 가요의 조용필, 영화의 임권택, 연극의 이윤택, 소설의 이문열, 시의 류시화는 각기의 장르를 일신하는 파괴력을 갖고 우리 사회의 전면에 등장했으며, 지금도 그 '이름값'이 쟁쟁하기는 마찬가지이다. 이들이 특히 소중하게 받아들여지는 이유는, 대중들의 경의를 요구하는 한편 대중과 더불어 동시대의 문화적 향유를 함께 나눌 수 있는 세계를 보유하고 있기 때문이다.

각 문화인물과 직접 대화하면서 그 의미 있고 웅숭깊은 내면세계를 이끌어내는 인터뷰 또는 좌담은, 일찍이 계간《문학수첩》의 지면에 연재되었고 류시화의 경우만《시와시학》에 실렸다. 여기에 각 인물마다의 약력과 인물론, 그리고 그 삶과 작품세계를 새로이 작성하여 덧붙였다. 이는 모두 저자의 글이며, 류시화 좌담 부분만 시인 한명희 교수의 글을 빌렸다. 원래의 계획은 이에 뒤이어 세계적으로 활동하면서 높은 지명도를 가진 문화예술인들을 계속해서 조명해 나가는 것이었으나, 이는 시간이 부족했고 여력이 미치지 못하여 앞으로의 과제로 남겨두었다.

기실은 이들 한 사람 한 사람을 만나는 자리를 만들고 인물과 작품에 대한 논의의 주제와 자료를 마련하는 일이 결코 쉽지 않았다. 그러나 해당 분야 대중문화의 가장 전방 지점을 확인하고 그 의미를 진중하게 짚어보는 일은, 다시 또 다른 영웅 신화를 추동(推動)하는 전초 기지가 될 수도 있다는 생각이었다.

그러기에 이 ‘별’들과의 대화에서는, 무엇이 어떻게 이들을 그 자리로 이끌었으며 그 과정 속에 담긴 발자취가 어떤 것이었는가를 적출하는 데 애를 썼다. 미상불 그저 자란 나무는 없는 법이어서, 이들은 모두 저마다의 눈물겨운 노력과 인내, 말할 수 없는 아픔과 희생을 딛고 지나온 역전의 투사들이었다. 그 가운데 잠복한 불퇴전의 의지로 빛나는 재능의 발굴에 이르는 기간은 길고도 어려웠다.

따라서 이들의 이야기 한편 한편은 우리들 인생역정의 교범(敎範)과도 같아 보인다. 그러나 우리가 거기서 단순히 인간승리에 이른 교훈의 열매만 보는 것이 아니라, 우리에게 공감의 기쁨을 선사하는 대중성의 꽃송이를 찾아낼 수 있을 때, 그들과 우리가 함께 영웅 신화의 향유자가 될 수 있을 것이다. 등불은 제 스스로 빛을 발하는 사명을 가진 터이나, 그 빛으로 널리 사람들을 이롭게 하지 않고서는 쓸모 있는 존재일 수가 없다.

저자의 입지점이 작용하여 7편의 글들은 대체로 문학적 관점을 앞세운 경향이 많고, 그런 점에서 한정적인 측면도 없지 않아 보인다. 하지만 그렇게 각기 다른 장르의 대중문화와 그 대표 주자들을 하나의 일관된 꿰미로 엮어보는 일은, 그 나름의 의미를 갖는 것으로 여겨진다. 이 곤고하면서도 즐거운 작업에 동참해주신 분들과, 이처럼 보기 좋은 책으로 출간해주신 문학수첩에 진심으로 감사드린다.

『중앙아시아 고려인 디아스포라 문학』(2010)

문은 열리고 길이 사라지는 비극적 운명

한민족이 러시아 지역으로 이주하기 시작한 것은 구한말 1860년대부터이니 벌써 150년 전의 일이다. 현재 구소련 지역에 거주하고 있는 고려인의 수는 50만 명을 넘고, 특히 카자흐스탄과 우즈베키스탄 등 중앙아시아 지역에는 아직도 민족문화와 생활습성이 세대를 이어 전래되고 있다. 이들은 국적을 두고 있는 국가의 정책에 따르면서도 소수민족으로서의 문화적 전통을 고수하는 이중적 성격을 견지한다. 이는 중앙아시아 이외에도 중국, 일본, 미국 등 한민족 디아스포라가 형성되어 있는 세계 모든 지역에 공통적으로 나타나는 현상이며, 그만큼 역사적 현실의 풍화작용을 넘어서는 문화의 힘이 강고하다는 사실을 말해준다.

중앙아시아에 거주하는 고려인의 후대는 이제 5세, 6세에 이르고 있고 오랜 세월의 장벽으로 인하여 차단되어 있던 이 지역의 삶과 문화와 문학이 20여 년 전부터 연구의 문호를 개방하였으나, 우리말을 사용하지 않고 우리말 창작이 이루어지지 않는 상황이 확대되면서 창작자 및 연구대상이 급격히 감소하는 추세에 있다. 이를테면 문은 열렸으나 길이 사라지는 비극적 운명에 당착하게 된 셈이다. 그와같은 까닭으로 다른 한민족 디아스포라 문화권보다 이 지역의 문화와 문학이 그 연구 및 자료의 발굴에 있어 시급성을 다투는 과

제가 되는 형국이다.

중앙아시아 고려인 문학은 한글신문《선봉》이 창간되어 조명희를 주축으로 문예면을 통해 작품이 발표되기 시작한 1923년으로 거슬러 올라가며, 지금까지 80여 년의 역사를 이어오고 있다.《선봉》은 시대의 변혁기를 거치면서 《레닌기치》《고려일보》등으로 그 제호를 바꾸어가며 지금까지 발간되고 있다. 이 신문의 문예면은 곧 독자투고란이니 아무래도 작품의 수준과 문학적 성과가 낮을 수밖에 없었고 그러한 현상은 오늘에 이르기까지 크게 변화가 없었다. 그러나 이 문예면의 작품과 그 작품들이 계기가 되어 촉발된 문예창작의 역사성·시의성·현실성·상징성 등을 함께 고찰해 볼 때, 해외에서 발아하고 성장한 소중한 민족문화의 자산을 결코 가볍게 응대할 수 없는 것이다. 더 나아가 한민족 문화권 전반을 통할하는 시각으로 접근할 때는, 더욱 그 중요성을 힘주어 말할 만하다.

중앙아시아 고려인 사회에 선험적으로 주어진 숙명적인 굴레 같은 것이 있다면, 1937년에 시작된 연해주에서 중앙아시아로의 강제 이주이다. 모처럼 새롭게 꽃피기 시작하던 문학이 강제 이주 이후 모두 상실되고 모국어 교육마저 금지되었던 것을 반추해보면, 이제까지 시·단편소설·희곡 등의 작품이 지속적으로 명맥을 이어온 점은 참으로 주목할 일에 해당한다. 뿐만 아니라 구소련의 붕괴를 비롯한 근·현대사의 질곡을 직접적으로 체험하면서도, 여러 장르에 걸친 창작을 통해 다양한 주제의식을 드러낸 것 또한 그러하다. 사회주의 체제에 대한 예찬, 신산한 삶의 대한 한탄과 그 극복의 의지, 다른 민족과의 평화와 친선, 고향과 가족을 그리는 민족의식 등 다각적인 주제들은 고려인 사회의 꿈이요 의식이며 삶의 실상이기도 했다.

고려인 문학에 대한 연구는 그 시간과 분량과 내용이 넉넉하지 않으나 근래 여러 연구자들이 이 분야에 관심을 기울이며 점차 그 영역을 확대해가고 있다. 그동안은 주로 개별적인 작가론이나 작품론을 다루는 데 그쳤으나, 이제는 국제학술회의 등을 병행하면서 한민족 문화권의 전체적인 구도 속에서 고려인 문학의 위상과 의의를 총체적으로 구명하려는 시도들이 이루어지고 있다. 이 책의 제1부에 실린 바 국제한인문학회, 중앙아시아한국학회, 한국문학평론가협회 등이 관련된 연구논문들은 바로 그러한 연구 수행의 사례들이다. 그리고 제2부로 구성한 고려인 문학 자료 발굴의 작품들은 연구 대상을 탐색하고 연구 과정에 편입시키려는 노력의 결과이다. 이 자료 발굴에 대해서는 제2부의 서두에 따로 그 의미에 대한 평가를 기록해 두었다.

이와 같은 책의 상재는 단순히 연구 논문 몇 편과 그동안 볼 수 없었던 자료들을 일별한다는 외형적 방식을 넘어, 한민족이 중앙아시아 대륙의 평원에 온갖 역사의 간난신고를 헤치며 개간한 민족문화의 텃밭을 살펴본다는 뜻이 있다. 더 확장하여 말하자면 고려인 문학 연구가 통합적인 한민족 문학사에 있어 간과할 수 없는 중요한 한 축이 된다는 사실이다. 만일 앞으로 새롭게 한민족 문학사가 작성된다면, 남북한의 문학을 중심으로 중앙아시아 고려인 문학, 중국 조선족 문학, 일본 조선인 문학, 미주 한인 문학이 함께 조사되고 연구되어야 할 것이다.

현지 고려인들의 연령 분포나 새로운 세대의 의식 변화를 염두에 두고 보면, 아마도 이번의 자료 발굴 이후에 다시 더 다른 자료를 수집하는 것이 어려울지도 모른다. 그런 만큼 이번의 자료가 귀하고, 또 기존의 문학에 대한 연구도 그 시급성을 심각하게 인식해야 옳을 것이다. 자료의 발굴에 도움을 준 현지의 문인들, 이번 학술회의와 현지 방문 자료 발굴을 적극적으로 지원해준 재외동포재단, 실무를 맡아 수고한 경희대학교 대학원의 이정선 선생, 그리고 이처럼 보기 좋은 책으로 꾸며준 국학자료원에 깊이 감사드린다.

국제한인문학회 회장 김종회

문학, 내 오독(誤讀)의 역사

문단의 말석에 이름 석 자를 올리고 비평가로 글을 써 온 지도 벌써 20여 년이 지났다. 내게 있어 글쓰기란 처음에 만만하게 시작했다가 날이 갈수록 어려워지는 상황에 처해 있으니, 아무래도 생각과 재능이 부족함을 탓할 수밖에 없다. 좋은 글은 그 글이 있음으로 해서 널리 사람을 편안하고 즐겁게 해야 할 것인데, 내 글은 여전히 눈만 높고 손이 뒤따르지 못하는, 안고수비(眼高手卑)의 형국에 있다.

모든 글쓰기는 필연적으로 읽기에서부터 출발한다. 그런데 모든 독서는 오독(誤讀)이고 모든 번역은 오역이라 주장하는 이들이 있다. 비평의 역사는 오독의 역사라고도 한다. 이때의 오독이 단순히 텍스트를 잘못 읽은 것이라고 받아들인다면, 평면적 사고의 틀을 벗어나지 못한다. 어의(語義)를 잘못 이해하거나 논리를 제대로 파악하지 못하는 것이 아니라, 깊이 있는 천착을 통해 작자의 의도를 넘어서는 사유의 광맥을 찾아낼 때 새로운 창의력이 발양될 수 있다. '창조적 오독'이란 바로 이러한 경우를 두고 말한다.

『존재와 무』를 쓴 사르트르를 비롯하여 포스트모던 시대의 자크 데리다에 이르기까지 서구의 사상가들이, 하이데거의 대표적인 저서『존재와 시간』을 오독함으로써 오히려 독자적인 사상과 철학을 키운 사례가 예증이 될 수 있다. 물론 이러한 입체적 사고와 사상의 풍요가 작자의 본의를 무시할 수 있는 무례의 정당성을 확보하는 것은 아니다. 오독이 갖는 창조적 성격의 자유로움 또는 즐거움이, 자칫 원본의 의미를 훼파하고 넘어서 독선적 결론에 이를 가능성을 경계해야 옳다.

이 양자 간의 영역에 걸쳐져 있는 외나무다리를 건너는 독서, 곧 오독의 역사가 있었기에, 예술가들은 자기만의 세계를 구성할 수 있었고 거기에 새로운 창조의 정신을 담을 수 있었다. 필자와 같이 일생 문학 비평에 뜻을 두고 독서와 글쓰기를 수행해 온 비평가들도 마찬가지이다. 다만 우려하는 바는, 내 비평의 안목이나 기량이 창조적 오독에 이르지 못하고 그야말로 평범한 오독에 그치고 말지나 않을까 하는 데 있다.

이와 같은 논의에 비추어 볼 때, 이 산문집은 이를테면 내 문학에 있어서 오독의 과정을 있는 그대로의 화법으로 드러낸 고백록이다. 항차 문학에 국한해서만 그러할까. 지천명(知天命)의 중반을 넘어 이순(耳順)으로 이르는 세월의 고갯마루에서, 그윽이 바라보이는 내 삶의 모습 또한 그러하다. 수많은 시행착오와 경륜의 미흡이 글의 행간 곳곳에 배어 있으니, 글이 곧 그 사람(文如其人)이라는 옛 말에 어김이 없다.

필자로서는 이 책이 두 번째 산문집이다. 1997년 『황금그물에 갇힌 예수』(국민일보사)라는 신앙 에세이를 상재한 이후, 논문과 비평문을 쓰는 틈틈이 텃밭의 소출처럼 얻은 글들을 모아 두었던 터이다. 각기 글의 주제에 따라 모두 6부로 나누어 실었고, 각기의 부는 그 소제목이 지시하는 바와 같이 내 삶과 문학의 상관성, 글쓰기의 내면에 담긴 풍경, 문학의 숲에서 만난 사람들, 문명의 경계에 선 마음의 빛깔, 시대와 역사에 대한 생각, 내가 배우고 익힌 문학론 등을 내용으로 한다.

내 삶의 오류와 내 문학의 오독을 담아 새롭게 세상을 바라보려 한 이 책이 나오기까지, 곁에서 함께해 준 모든 분들께 깊이 머리 숙여 감사드린다. 특히 책이 모양을 갖추기까지 여러 가지로 보살펴준 류시화 시인과 도서출판 '문학의숲' 고세규 대표에게 고마움의 뜻을 전한다.

『북한문학 연구자료총서』(2012)

남북한 문화통합,
한민족 문화권 문학사의 조망

『북한문학 연구자료총서』 전4권을 발간하면서

격세지감이나 상전벽해란 말은, 과거 냉전 시대의 기억을 보유하고 있는 이들에게 오늘의 남북 관계를 설명할 때 어김없이 떠오르는 표현 방식이다. 이제 한반도와 관련된 모든 연구와 논의 체계에서 북한 문제를 도외시 하고서는 포괄적 설득력을 얻기 어렵게 되었다. 이를테면 북한이라고 하는 테마는 정치, 경제, 군사, 인적 교류 등 모든 분야에 있어 더 이상 '변수(變數)'가 아닌 '상수(常數)'의 지위에 이르렀다.

문학에 있어서도 마찬가지이다. 지금껏 우리 문학사는 북한문학을 별도로 설정된 하나의 장으로 다루어 오는 것이 고작이었으나, 이제는 남북한 문화통합의 전망이란 큰 그림 아래에서 시기별로 비교 대조하면서 그 공통점과 차이점을 찾아보려는 시도가 빈번해졌다. 북한문학에 있어서도 1980년대 이래 점진적인 궤도 수정이 이루어져서, 과거 그토록 비판하던 친일경력의 이광수나 최남선을 문예지에 수록하는가 하면, 남북 관계에 대해서도 이념적 색채를 강요하지 않는 작품들이 확대되는 등 다각적인 태도 변화를 이어오고 있다.

물론 남북한은 군사적 차원에서 아직도 휴전협정을 평화협정으로 변경하지 아니한 임시 휴전의 상태가 지속되고 있는 형편이며, 동해에 유람선이 오가는 동안 서해에 무력 충돌이 발생하는, 매우 불안정하고 아이러니컬한 상관관계에 있는 것이 사실이다. 우리와 유사한 사정에 있던 독일, 베트남, 예멘 등은 모두 통일을 이루었고 중국의 양안관계도 거의 무제한적인 교류와 내왕을 허용하고 있는데, 유독 우리 남북한은 여전히 이산된 가족들의 생사소식을 알 수 있는 엽서 한 장 주고받지 못한다.

이 극심한 대척적 상황, 한쪽에서는 인도적 차원에서 조건없는 경제적 지원이 이루어지고 다른 한쪽에서는 과거의 냉전적 관행을 완강한 그루터기로 끌어안고 있는 민감하고 다루기 어려운 상황을 넘어설 길은 여전히 멀고 험하기만 한 것인가? 바로 이 대목에서 우리는, 오랜 세월을 두고 축적된 민족적 삶의 원형이요 그것이 의식화된 실체로서 문학과 문화의 효용성을 내세울 수 있다.

남북간의 진정한 화해 협력, 그리고 합일된 민족의 미래를 도출하는 힘이 군사정권의 권력처럼 총구로부터 나올 것인가? 진정한 민족의 통합은 국토의 통합이 아니며, 정치나 경제와 같은 즉자적인 힘이 아니라 문학과 문화의 공통된 저변을 확보하는 일에서부터 시작하는 것이 마땅하다. 그러기에 '북한문학'인 것이다. 더욱이 북한에 있어서 문학은 인민 대중을 교양하는 수단이요 당의 정강정책을 인민의 현실 생활에 반영하는 훈련된 통로에 해당한다. 그러한 까닭으로 오늘의 북한문학은 단순히 문학으로 그치지 않으며, 남북 관계의 변화의 발전을 유도하고 측정하는 하나의 바로미터로 기능한다.

사정이 그러할 때 문학을 매개로 한 남북한 문화통합의 당위적 성격은, 귀납적으로는 그것이 양 체제의 통합이 완성되어야 한다는 사실의 징표인 동시에. 연역적으로는 여러 난관을 넘어 그 통합을 촉진하는 실제적 에너지가 된다는 사실의 예단이다. 이와같은 이유로 남북한의 문학과 문화를 비교 연구하고 문화이질화 현상의 구체적 실례를 적시(摘示)하여 구명하는 것은 매우 중요한 과제가 된다. 이러한 성격의 일, 곧 길이 없는 곳에 길을 내면서 가는 일은,

결코 말로만 하는 구두선(口頭禪)에 그쳐서는 진척이 없다.

이번에 상재하는『북한문학 연구자료총서』Ⅰ·Ⅱ·Ⅲ·Ⅳ권은, 바로 그와같은 인식의 소산이며 문학을 통한 남북한 공통의 연구와 새로운 길의 전개에 대한 소망으로부터 말미암았다. 여기서 새로운 길이란, 앞서 언급한 바와 같이 남북한 문학에 대한 전향적 인식의 연구를 포함하면서, 동시에 그 양자간의 좁은 울타리를 넘어 세계에 펼쳐져 있는 한민족 문화권의 문학을 하나의 꿰미로 엮는 전방위적이고 전민족적인 연구에까지 이르는 학술적 미래를 지향한다. 이는 미주 한인문학, 일본 조선인문학, 중국 조선족문학, 중앙아시아 고려인문학 등 한민족 문학의 전체적인 구도 속에 놓이는 남북한 문학의 좌표 모색을 뜻한다.

이 한민족 문화권의 논리와 그 의미망 가운데로, 해방 이래 한국문학과 궤(軌)를 달리해 올 수 밖에 없었던 북한문학을 초치하는 일은 여러 국면의 의미를 가진다. 실제적이고 물리적인 남북관계에 있어서도 그러하거니와, 더욱이 문학에 있어서 북한문학에 남북한 대결구도의 인식으로 접근해서는 양자간 문학의 접점이나 문화통합의 전망을 마련하는 일이 거의 불가능하다. 우리는 지금까지 수도 없이 많은 구체적 경험을 통해 이를 보아 왔다. 그렇다면 어떤 방안이 있느냐는 반문이 당장 뒤따를 것이다. 그에 대한 대답으로 지금 논거한 한민족 문화권의 개념을 제시할 수 있을 터이다.

요약하여 말하자면 이 연구자료총서는 남북한 문화통합과 한민족 문학의 정돈된 연구, 곧 한민족 문화권 문학사의 기술을 전제하고, 그 전환적 사고와 의욕을 동반하고 있는 북한문학 자료의 선별과 집약이라 할 수 있겠다. 제Ⅰ권은 남한의 연구자들이 수행한 북한문학에 대한 연구의 대표적 성과들을, 그리고 제Ⅱ·Ⅲ·Ⅳ권은 북한문학사 시기 구분에 따른 북한문학 시·소설·비평의 대표적 작품들을 한 데 모았다. 책마다 따로 선별된 작품을 통시적 흐름에 따라 잘 이해할 수 있도록 해설을 붙였다. 각기의 책에 수록될 수 있는 분량의 한계로 인하여, 더 많은 작품을 실지 못한 것은 여전히 큰 아쉬움으로 남아 있다.

이 네 권의 연구자료총서가 발간되기까지 엮은이와 함께 애쓰고 수고한 많은 손길들이 있다. 여기 일일이 그 이름을 적지 못하지만, 경희대학교 대학원의 현대문학 연구자들에게 마음으로부터 감사의 말씀을 드린다. 아울러 이처럼 좋은 모양의 책으로 꾸며준 국학자료원에도 깊이 감사드린다.

통합적 디아스포라 문학 연구의 시금석

한국문학 논의의 마당에 있어 글로벌 시대라는 말은, 자연스럽게 한민족 디아스포라 문학이라는 개념을 견인한다. 글로벌 시대의 어의(語義)가 지칭하는 바와 같이, 동시대 문학에 적용되는 시간 및 공간의 범주 구획은 점차 약화되거나 무화되어 가고 있다. 8만 리 태평양을 건너 원고를 보내는 데 1초를 넘기지 않고, 어떤 궁벽한 오지에 있다 할지라도 작품만 좋으면 문단 본류와 소통하는 데 어려움이 없다. 해외에서 한글로 창작이 이루어지는 여러 지역의 디아스포라 문학 또한, 문제없이 이 글로벌 시대의 호활한 날개에 탑승할 수 있다.

디아스포라라는 용어는, 당초 외부의 강압에 의해 본래의 삶터로부터 흩어진 유태인의 집단 거주지나 그렇게 이산(離散)된 상황을 말한다. 역사에 기록된 이스라엘의 멸망과 바벨론 포로 및 세계 곳곳으로의 유랑은, 일제 강점으로 나라를 잃고 36년 간 식민지배의 참혹한 시기를 보낸 한민족의 상황과 여러모로 흡사하다. 그런 연유로 한민족 문학에 디아스포라라는 어휘를 연계하는 일은, 논리적 심정적 양 차원에서 매우 용이한 발생론적 구조를 가지고 있다. 실제로 광복 70년이 곧 분단 70년인 비극의 현대사, 그와 같은 현실을 끌어안고 동서양 각지에서 꽃핀 우리의 해외 동포문학은 필요충분조건을 모두 갖춘 디아스포라의 모형에 해당한다.

한민족 디아스포라 문학의 출발점은 물론 한국과 북한, 그리고 이 두 체제의 문학적 측면을 공유하는 남북한 문학이다. 이와 더불어 지정학적으로 한반도와 연접해 있는 중국 조선족 문학, 중앙아시아 고려인 문학, 일본 조선인 문학, 그리고 미주 한인 문학이 모국어의 생산지로부터 방사(放射)된 각론의 지점이다. 저자는 오래 전부터 이를 두고 한민족 문화권의 '2+4시스템'이라고 불러 왔다. 6개 지역 모두의 문학이 다 자기 몫의 가치를 지니고 있는 것이지만, 소통이 어렵기로 금세기 으뜸인 남북한 문학의 접점과 교류의 방안을 마련하기 위해서 한민족 디아스포라라는 보다 큰 틀의 무대와 자리가 효율적이지 않겠는가라는 생각이다.

저자는 1983년부터 20년 간 남북 인적교류 분야에서 일한 경험이 있다. 그런가 하면 지금까지 15년여에 걸쳐 해외 각지의 디아스포라 문학 현장을 방문하며 교류와 연구의 소임을 수행해 왔다. 이 실제적 체험을 통해, 앞으로 한국문학의 새로운 방향은 남북한과 해외동포 사회를 포괄하는 글로벌 디아스포라, 그 다층적 강역(疆域)을 목표로 해야 한다는 확신을 얻었다. 창작과 연구의 두 영역이 동시에 이 방향성을 수용해야 한다고 본다. 이 책에 실린 한민족 디아스포라 문학과 북한문학을 다룬 글 한 편 한 편은 바로 그러한 인식을 바탕에 두고 작성된 것이다.

1부 '한민족 디아스포라 문학의 방향성'은, 디아스포라 문학의 가능성과 한국문학의 경계 확산, 그리고 이를 통한 문화통합의 연대와 한민족 통합문학사의 기술방법론에 대한 글들이다. 2부 '문화권 범주의 확장과 문학의 실제'는, 한민족 디아스포라 문학이 세계 각 지역, 특히 미주와 중앙아시아에서 개화(開花)한 결실을 주목했다. 3부 '북한문학의 새 이정표와 변화 양상'은, 주체문학론 이후 북한문학의 전개와 남북관계의 상관성에 대응하는 여러 방식을 다루었다. 4부 '남북한에서 함께 읽는 박태원'은, 표현 그대로 남북한에서 공히 최고의 작가로 평가받은 박태원의 작품을 통해, 남북한 문학 공동 연구의 가능성을 점쳐 보고자 했다.

이 책에 수록된 글들은, 그처럼 남북한 문학과 한민족 디아스포라 문학의 통합적 연구가 도저한 물결을 이루는 시발점에 하나의 뜻 있는 시금석이었으면 하는 소망을 안고 있다. 그 길은 멀고 험하지만, 마침내 우리 한민족 문학이 산을 넘고 물을 건너서 가야만 하는 도정(道程)이다. 올해가 광복 70년, 분단 70년인 만큼 이 대목에 대한 각성이 강하고 깊어야 한다는 인식도 있다. 책이 출간되기까지 애써주신 문학과지성사의 최지인 씨와 편집부 여러분께 감사의 말씀을 전한다.

『문학에서 세상을 만나다』(2015)

인본주의에 이르는 문학의 길

　중국 당대(唐代)의 시인 송지문이 쓴 「유소사(有所思)」란 시에 다음과 같은 대목이 있다. 년년세세화상사 세세년년인부동(年年歲歲花相似 歲歲年年人不同). 해마다 세월 따라 꽃은 한가지인데, 세월 따라 해마다 사람은 같지 않더라는 뜻이다. 언제나 변함없는 자연과, 유한한 삶의 무상함을 절묘하게 대비했다. 우리가 안중근 의사의 유묵(遺墨)을 통해서 많이 본 구절이기도 하다.

　그런가 하면 의학의 아버지라 불리는 히포크라테스는, 인생은 짧고 예술은 길다고 했다. 원래 그가 말한 예술(art)은 '의학의 기술'이었으나, 지금은 예술 일반을 일컫는 것으로 받아들여진다. 이 또한 인간의 삶이 한정적인데 비해 영원성의 가치를 추구하는 예술을 존중하는 표현이다. 문학작품을 읽고 그 가운데서 시인이나 작가의 생각을 추적해 온 필자가 오랫동안 가졌던 이해와 다르지 않다.

　그런데 인생 이순(耳順)의 언덕을 넘으며 이 고색창연한 수사(修辭)에 대한 인식이 조금씩 달라지기 시작했다. 인생이 짧은데 항차 예술이 길 턱이 있을까. 더 나아가 해마다 꽃이 다르지 않은 것처럼 처음의 마음과 모습을 그대로 유지하는 사람, 또는 사람됨의 속성이란 것이 있지 않겠는가. 이러한 상념을 보다 체계화하고 심화하면, 거기 인본주의라는 개념이 떠오를 터이다.

　인본주의 또는 인간중심주의는, 종교적 측면에서는 신본주의의 반대말이고 학문적 측면에서는 물질주의나 유물론의 반대편에 선다. 인간의 존재를 소중하게 여기고 인간이 가진 품성과 역량, 꿈과 행복을 귀하게 여기는 주의주장이다. 문학은 근본적으로 인본주의의 토양에서 개화하는 예술 장르다. 지금까지 문학사에 이름을 남긴 문인들이 모두 인간에 대한 탐구와 인간 구원에의 의지를 바탕으로 글을 썼다. 그것은 동시대 문학과 그 창작자에 대한 존중의 눈으로 비평문을 써 온 필자의 문학적 운동범주였다.

이 책은 그러한 관점과 더불어 우리 시대의 문학을 성의 있게 또 우호적으로 들여다 보려 한 노력의 소산이다. 작가에 대해 따뜻한 시각이 없는, 소통과 공감을 위해 한 걸음 먼저 다가가지 않는 문학적 인본주의는, 작가와 독자가 함께 구성하는 감동의 자리에 참예할 수 없으리라는 깨우침 때문이었다. '문학에서 세상을 만나다'라는 표제 또한, 문학이 세속적 삶의 저자거리를 벗어난 표일(飄逸)한 존재가 아니라, 그 속에 함께 숨 쉬고 살면서 소박하지만 품위 있는 문양(紋樣)을 생산해야 한다는 사유(思惟)에서 말미암았다.

부제에 '담론'이란 호명을 가져다 둔 것도, 필자의 오랜 문학관을 반영한 셈이다. 담론은 어떤 주제에 대한 체계적인 말이나 글을 의미하지만, 여기서는 언어의 형식적 차원보다는 실제적 발화행위에 더 방점을 둔다. 프랑스 현대철학의 선두에 선 미셸 푸코(Paul Michel Foucault)가 담론이란 어휘를 두고, 단순한 기호들의 집단이 아니라 사물을 체계적으로 형성하는 사회적 실천이라고 한 언표(言表)에 근접해 있다. 그 담론, 그 의미이어야 문학비평이 작품을 통해 다양하고 조화로운 세상을 만날 수 있을 것이기에 그러하다.

이 책은 모두 다섯 개의 장으로 엮어져 있다. 1장은 우리 근·현대문학의 전개에 있어 새롭게 성찰해 보아야 할 주제들을 다루었고, 2장에서는 동시대 작가들이 그 삶의 환경을 어떻게 소설의 서사로 전화(轉化)하는가를 살펴보았다. 3장도 그와 같이 동시대 시인들이 자신이 당착한 삶의 비의(秘意)를 어떻게 감성적 언어로 치환하는가를 살펴보고, 4장은 아동·청소년 문학과 이름 있는 해외의 서사작품들을 두루 통하여 한결같이 적용될 수 있는 문학에서 세상 만나기의 방식, 곧 문학의 숲에서 잃어버린 길 찾기의 서사 양식을 도출해 보려 했다.

마지막 5장은 해외, 특히 8만 리 태평양 건너 미국에서 모국어로 글을 쓴 문인들의 작품에 대한 탐색이다. 이들이 이중문화 이중 언어의 곤고함 속에서 꽃피운 시·소설·수필 등의 문학작품은, 예술적 성취를 가늠해 보기 이전에 그 소출 자체로서 하나의 미덕이다. 민족문화의 보배와 같은 텃밭이 거기 있는데, 그동안 한국문학은 이를 잘 돌보지도 거두지도 못했다. 그 삶과 의식의 기록들은 어쩌면 흙 속에 묻힌 옥돌과도 같다. 동시에 글로벌 시대 한민족 디아스포라 문학의 구체적 자산이기도 하다.

필자의 여덟 번째 평론집에 해당하는 이 책은, 어떤 의미에서는 필자가 가장 애착을 갖는 저술이 아닐까 한다. 문학에 대한, 그리고 시인·작가·작품에 대한 기본적인 시각을 여과 없이 담을 수 있었던 까닭에서다. 필자는 스스로, 그리고 이 책을 읽는 독자들이, 값있는 문학을 통해 인본주의가 살아 있는 값있는 세상을 만나는 데 유익한 길목을 발견할 수 있었으면 한다. 이것은 단순한 소망이 아니라 간곡한 기도다.

이 책의 편집과 제작을 맡아 수고해준 최정미·윤소라 씨와 문학수첩 여러분께 마음으로부터 깊은 감사의 말씀을 드린다.

문화의 눈으로 보는 세상

자연은 소중하고 자연스러움은 귀한 것이지만, 자연 상태가 모두 값있는 것은 아니다. 그 상태에서 벗어나 삶을 보다 가치 있고 보람 있게 가꾸어 가는 행위 규범이 곧 문화다. 문화에는 인위적인 노력이 결부되어 있고, 더 나아가 사회공동체의 구성원이 이를 계발·보존·계승해야 하는 당위성이 포괄되어 있다. 일반적으로 문화가 정신적 차원의 기능과 역할을 표방한다면, 물질적 차원에서 그것을 감당하는 용어는 문명이다. 인류 역사는 결국 이 문화와 문명의 연대기적 발전 과정을 기록한 것과 다르지 않다.

우주와 자연이 무한하고 인간의 삶이 유한하다는 사실을 모르는 이는 없다. 세상살이의 번민에 휩싸여 있다가도, 별빛 총총한 밤 하늘을 올려다 보거나 인공위성이 화성에 착륙하는 영상을 보면서 마음이 석연해질 때가 있다. 그렇게 광대무변한 우주 가운데서 작은 먼지와 같이 미소한 자신의 존재를 다시 발견하게 되는 까닭에서다. 경희대학교 설립자이자 나의 은사인 조영식 박사께서 우주의 생성과 변화를 담은 『하늘의 명상-우주의 대창조』란 시집을 낼 때였다. 대학원 석사과정에서 아직 약관의 나이로 문학비평을 공부하던 내게 그 시집 말미의 해설을 쓸 기회가 주어졌다.

천문학자 조경철 박사의 도움을 받아 글을 쓰는 동안에 나는 정말 새로운 시야, 새로운 개안(開眼)을 경험했다. 일찍이 파스칼이 『팡세』에서 인간이야말로 우주에서 가장 연약한 존재이지만, 그 갈대와 같이 연약한 인간이 '생각하는 갈대'이기 때문에 위대하다고 한 레토릭을 아무런 부연 설명 없이 이해할 수 있을 것 같았다. 가장 연약한 존재의 가장 강인한 생명력은 정신적 각성의 힘, 또는 그것이 노정한 문화의 바탕 위에서 형성되는 것이 아닐까 싶었다. 그로부터 30년이 넘도록 비평문을 비롯한 글을 써 오면서 이 문화의 빛나는 성좌는 내게 구원(久遠)의 꿈이 되었다.

문화의 눈으로 세상을 보고 문화를 통해 삶의 모양을 바꿀 수 있다는 생각은, 이렇게 선물처럼 내게 다가왔다. 이 책에 실린 글 가운데 남북관계도 문화 영역에서 대화와 교류를 먼저 시작해야 한다는 주장이나, 여러 문화 인물 또는 현상이 그 내면에 숨겨둔 문화적 인식을 찾아내는 탐색은, 바로 그러한 생각의 기반과 더불어 가능했다. 문화적 시각으로 세상사의 여러 절목을 검토하는 글쓰기는, 세월이 지나고 보니 궁극적으로 나 스스로의 정진을 추동하는 과정으로 작용했다. 나는 글에서 삶을 배웠다.

이 책은 모두 여섯 단락으로 구성되어 있다. 첫 단락 '꽃보다 밝은 문필'은 이순의 연륜에 이르도록 문학과 더불어 살아오는 동안 그 문학의 길에서 만난 문인들에 대한 이야기다. 두 번째 단락 '문화와 문학의 화원'은 우리 시대 문화 및 문학의 현실에 대한 인문적 사유(思惟)의 기록이다. 세 번째 단락 '우리 안의 깊은 지혜'는 직접 또는 간접 체험으로 겪고 느끼며 살아가는 여러 유형의 삶 속에서 새롭게, 또 감동적으로 발견하는 지혜로움에 관한 글이다. 네 번째 단락 '함께 나누는 손길로'는 동시대를 어울려 살아가는 우리가 서로 무엇을 아끼고 무엇을 나누어야 할 것인가에 대한 논의요 다짐이다.

이어서 다섯 번째 단락 '그대 나라 사랑함은'의 경우는 우리 사회의 일원이자 이 나라 국민으로서 국적 있는 생각과 행동을 어떻게 발양해 나갈 것인가를 궁구(窮究)한 결과다. 글쓰기가 한 개인의 중심 사상을 피력하는 것이라면, 이와 같은 실천적 고백은 문필가 누구에게나 공여되는 책임이 아닐 수 없다.

마지막 여섯 번째 단락 '해외·남북 교류의 길'은 그야말로 오늘과 같은 국제화 시대, 또 디아스포라 활성의 시대에 말과 글 그리고 그것의 주체인 사람이 어떻게 확장된 의식의 안마당을 확보할 수 있으며 그것으로 무엇을 해야 하는가를 논거했다.

이 책은 내게 세 번째 산문집이다. 여기에 실린 글은 매달 국내 일간지 지면에 실린 에세이가 거의 대부분이다. 한 달에 한 번 쓰는 그 칼럼이 날이 갈수록 왜 그렇게 어려웠는지 잘 몰랐는데, 그때가 곧 우주와 자연과 인생의 눈에 보이지 않는 질서 또는 이치 앞에서 겸손을 배우는 수업 기간이었던 셈이다. 그런 점에서 책의 상재와 더불어 고마워 할 대상이 너무도 많다. 넉넉하게 지면을 허락해 준 여러 언론사에, 글이 숙성할 수 있도록 곁에서 조언해준 분들께, 그리고 이렇게 좋은 책으로 묶어준 도서출판 비채와 이승희 팀장께 특히 깊은 감사의 뜻을 밝혀 둔다.

한인문학 전체를 하나의 문화권으로
바라보는 민족문학사

왜, 어떻게 한민족 문학사인가

문학사는 문학 연구의 총체적 결과이다. 작품론, 작가론, 주제론 등의 연구가 작은 물줄기에 해당한다면, 문학사는 그 숱한 물줄기가 모여 이루는 강물의 흐름이라고 할 수 있다. 따라서 문학사는 한 국가, 한 민족의 정신과 사상의 발전 경로를 그대로 응축하고 있는 문화사의 일부이기도 하다. 흔히 사람들은 문학사를 문학의 역사, 즉 특정한 시기에 생산된 문학 작품들을 시간의 흐름에 따라 정리한 것이라고 이해한다. 하지만 문학사는 거대한 시간의 흐름을 분절하는 시각의 특별함이 전제되지 않으면 제대로 쓸 수 없다. 왜냐하면 문학사의 궁극적인 목표가 모든 문학 작품을 포괄하는 것이 아니라, 일정한 가치 기준에 따라 중요하게 평가된 작품들의 경향을 포착하는 데 있기 때문이다. 이것은 문학사 기술이 선택과 집중의 원칙에 근거하며, 때문에 선택되는 작품보다 배제되는 작품이 훨씬 많을 수밖에 없음을 의미한다. 바로 이 원칙 때문에 문학사는 매번 다시 쓰여질 수밖에 없다.

우리 사회에는 이미 다양한 문학사가 존재하고 있다. 5천 년 한국 문학의 역사를 통괄하고 있는 한국문학사, 근대 또는 현대 시기의 문학을 집중적으로 기술한 현대문학사, '민족문학'의 관점에서 기술된 민족문학사, '분단시대'라는 문제의식 아래 집필된 남북한 문학사 등이 그것이다. 기존의 문학사들은 그 기술 방향의 차이 때문에 다양한 형태를 띠고 있음에도 불구하고 한 가지 공통점을 지니고 있다. 그것은 문학사의 공간적 대상을 한반도에 한정한다는 점이다. 여기에는 그 나름의 이유가 있다. 해외에서 한글로 출간되는 방만한 자료들이 국내에 연구·소개되기가 어려웠기 때문에 이를 문학사 기술에 직접 활용할 수 없었다. 또한 문학사 기술에 있어 작가·작품의 미학적 성취와 민족문화의 원형이 잘 드러나는 작품을 위주로 하다 보니 한반도 영역 밖의 작품은 상대적으로 주목받기 어려웠다.

문학적 성취를 논외로 할 수는 없지만 문학사는 개별 작품의 성취도보다 한 민족의 문화사와 정신사를 총괄적으로 기술한다는 관점에 의거하는 것이 보다 타당하다. 이 때문에 여기서 새롭게 선보이는 한민족 문학사는 남북한 문학은 물론 재외 한인문학 전체를 하나의 문화권으로 바라봄으로써 진정한 의미에서 민족 문학의 역사를 기술하려 한다. 물론 이러한 문제의식이 기존 문학사의 성과와 시각을 전면적으로 부정하는 것은 아니다. 하지만 문학사의 기술 대상을 한반도로 한정하는 것과 중국, 중앙아시아, 일본, 미국 등 재외 4개 지역을 포함하여 6개 지역으로 확장하는 것은 양적인 차이 이상의 중요한 의미를 갖는다. 공간적인 측면에서 살펴보면 과거의 문학사는 정주민 문학의 역사였고, 그런 점에서 외세의 침략과 영토의 보존이 갖는 의미가 상당히 컸다. 이것은 민족 국가(Nation-State) 형성에서 '영토'가 차지하는 중요성을 고스란히 반영한 결과라고 말할 수 있다.

한 민족이 가진 예술의 역사를 고찰함에 있어 영토에 특권적인 지위를 방식은 태도는 타 문화와의 자연스러운 혼종까지도 부정적인 요소로 간주하는, 배타적 동일성의 늪으로 귀결될 위험이 크다. 반면 한 민족이 오랜 세월을 두고 이루어 온 예술의 역사를 기술함에 있어 다양한 디아스포라적 경험을 포함하여, 다각적인 문화의 굴절과 교섭을 그 민족의 정신사에 포함하는 것은 이와 사뭇 다르다. 그 방향성은 포스트 민족 국가 시대가 요청하는 바람직한 문학사의 관점이라고 평가할 수 있다. 우리는 지금 유사 이래 가장 빈번하고 광범위한 지구적 이동의 시대를 맞고 있으며, 이러한 경험은 머지않아 공간적 동질성에 기초하여 문학사를 기술하는 것이 불가능한 시대가 도래할 것임을 예고한다. 디아스포라는 이주와 생존의 역사이고, 그런 점에서 그것은 한 문화가 타 문화와 접촉하여 새로운 문화를 배태하는 생산의 계기로 작용한다. 이런 까닭에 이 책은 디아스포라적 경험을 부차적인 것으로 간주하는 문학사 기술 태도에 비해 그 시발에서부터 일정한 차별성을 드러내고 있다.

한민족 문학사의 방향성과 시기 구분

다시 강조하여 언명하자면 남북한 문학과 함께 중국 조선족문학, 중앙아시아 고려인문학, 일본 조선인문학, 미주 한인문학을 하나의 문화권으로 바라보고 그 작가와 작품을 유기적으로 고찰하는 문학사를 새롭게 기술해 보자는 것이 한민족 문학사의 창의적 의도이며 도전적 의욕이다. 이는 우리 문학사가 이미 북한문학과 재외동포 문학을 포함한 한민족 전체의 문학사를 작성해야 할 시기에 이르렀다는 뜻이다. 이 시도는 남북한 문학사의 성과를 이어받으면서 지금까지 없던 문학사의 새로운 길을 내는 일이므로 향후의 후속 연구와 자료 활용에도 초석이 되어야 한다. 한민족 문학사는 크게 구분하여 남북한과 재외 4개 지역 등 모두 6개 지역이 세항을 이루는 하나의 일관된 문학사로서 통합적 기술의 성격을 가진다. 하지만 각기 세항의 실상에 있어 상이한 대목이 많기 때문에 그러한 상이점들을 어떻게 전체적인 범주 안에 조합할 것인가가 과제가 된다.

한민족 문학사는 궁극적으로 지역별로 독립적 지위와 전개양상을 보이고 있는 한민족 디아스포라 문학을 독자적으로 연구하되, 그 개별성이 수렴되고 통합되어 하나의 문학사론을 이루는 데까지 나아가야 한다. 각기 지역의 연구에 있어서는 각기의 역사성과 문학의 미학적 가치가 결부되는 문학사적 평가가 수행되어야 하고 이 개별적 가치들이 통합적 보편성을 가질 수 있는 공통분모가 한민족 전체의 문학사로 인도되어야 한다. 부분과 전체가 하나의 유기적 관계망으로 연결되어 있으면서 부분은 부분대로 의의를 갖고 전체는 그 의의들의 연합에 의해 공동체적 의미를 발양하는 문학사의 범례가 새롭게 시도되어야 할 것이다. 이는 국경과 지역적 한계를 넘어서고 디아스포라의 개념을 분산에서 통합으로 이끄는 '도전적인 문학운동'에 이르러야 제 값어치를 다할 것으로 본다.

이 문학사 기술의 기초적 설계에 있어 가장 먼저 주목한 것은, 각기 다른 지역의 문학적 성과들에 통합적으로 접근할 시기 구분의 문제였다. 너무 큰 틀로 포괄해서 세부적 특성이 허약해져서는 안 되지만 동시에 너무 분석적으로 접근해서 전체를 아우를 수 있는 구도를 상실해서도 안 되었다. 그런가 하면 선제적으로 제시된 시기 구분이 개별 문학사의 특징적 성격과 충돌하는 부분이 발생할 때, 그 문학사 자체의 논리를 우선적으로 수긍하는 방식도 염두에 두어야 했다. 공동 저자들은 이러한 사항을 유념하면서 수차례의 논의를 통하여 한민족 문학사를 관류할 네 시기의 구분을 설정했다.

① 1910년 국권상실 이전 유이민 문학이 태동하는 디아스포라 형성기, ② 1910년에서 1945년까지 국권상실기 문학의 빛과 그늘을 보여주는 일제강점 침탈기, ③ 1945년에서 1980년까지 분단시대 문학의 꽃과 열매를 볼 수 있는 민족분단 대립기, ④ 1980년 이후 다원주의 문학과 정체성의 확장에 이른 글로벌시대 확산기의 분별이 그것이다.

각 시기 문학사의 기술 방향에 있어 지속적인 주안점을 두기로는, 문학사적 가치 평가와 판단에 민족정체성의 개념과 디아스포라적 시각을 전제하는 것이었다. 그러기에 이 방대한 한민족 문학의 사료를 담은 새로운 문학사를, 광복 70주년에 이른 2015년에 발간하는 것이 특별한 의미가 있다고 여겼다. 시기 구분에서 1980년 이후를 글로벌시대 확산기로 설정한 것은, 남북한은 물론 세계사적 조류가 그 이전의 시대적 상황과 현저히 궤를 달리하고 있기 때문이다. 한국에서는 산업화 개발독재로부터 문민정치로 넘어가는 과정의 여러 사건들이 발생하고, 북한에서는 주체사상과 주체문학의 부수적 현상이기는 하나 사회주의현실주제 문학의 첫 걸음이 시작된다. 국제사회에서는 10년 내에 구체화될 동구권 사회주의 정권의 위기와 동서냉전의 종식이 새로운 물결을 형성하는 지점이다. 당연히 문학은 이러한 시대·역사적 상황에 대응하고 반응한다. 이와 같은 국내외 정황의 총체적 변화가 1980년대 초반부터 대두되었다고 보고, 그 이후의 시기를 문학에 있어 글로벌한 소통과 교류의 출발로 평가한 것이다. 이 문학사는 이런 의미들을 적극적으로 반영해서 구성했다.

한민족 문학사의 구성과 미래

총 2권으로 나누어 제1권은 남북한의 문학사, 제2권은 재외 한인 문학사와 그 성과들을 다루었다. 제1권의 제1장에서는 전체적으로 한민족 문학사의 기술방식, 기술방법론, 기술의 주안점, 기술방향 등을 제시하고 있으며, 제2장의 '한국문학: 시'에서는 개화기 이후부터 1990년대까지의 시사를, 제3장의 '한국문학: 소설'에서는 마찬가지 시기의 소설사를 디아스포라적 관점에서 통합적인 문학사를 염두에 두고 기술했다. 제4장 '북한문학: 시'와 제5장 '북한문학: 소설'은 남북 분단으로 나뉘어 버린 북한문학의 문학사적 가치를 복원하는 방향으로 기술했다. 제1권을 독립해서 보면 그대로 새로운 남북한 문학사가 된다.

이어지는 제2권의 제1장 '중국 조선족문학'에서는 항일 저항운동 시기를 비롯하여 중국의 사회역사적 흐름 속에서 조선족문학이 어떤 방향성을 보여 주었는가를 중점적으로 고찰하였으며, 제2장 '중앙아시아 고려인문학'에서는 강제 이주의 아픈 역사와 중앙아시아라는 특별한 환경 가운데서 고려인문학이 어떻게 형성 발전되어 왔는가를 강조하여 서술했다. 제3장 '일본 조선인문학'에서는 일본 사회에서 민족적 자기정체성을 모색해 온 조선인문학의 역사와 성과를 검토했으며, 제4장 '미주 한인문학'에서는 미주 이민의 역사 속에서 한인의 민족정체성에 대한 문학적 탐색과 그 형상화 과정을 주의 깊게 살펴보았다. 제2권을 독립해서 보면 이 또한 그대로 새로운 재외 한인 문학사가 된다.

제1권과 제2권을 합하여 무려 850쪽에 이르는 방대한 기술을 계획하고 진행하는 동안 여기에 참여한 공동 저자들을 포함하여 많은 분들이 노력하고 수고했다. 모두 19명에 달하는 집필진은 대표 저자와 함께 오래도록 대학에서 남북한 문학과 재외 동포문학을 연구해 온 후배요 제자들이다. 이분들은 각자의 집필 분야에서 박사학위를 받았고 그 전문성을 대학 강의와 연구에 적용하고 있다. 이분들의 참여가 없었더라면 당초 엄두를 낼 수 없는 작업이었다. 가능하다면 앞으로 각자가 담당했던 저술을 창의적으로 확대하여 지역별로 독립된 문학사를 작성해 나갈 수 있기를 바란다. 그와 같은 학문적 미래가 가능하다면, 이는 한국문학과 문학사 발전에 크게 기여하는 결과를 가져올 것이다. 한국문학사에 있어 초유의 일이 된, 이 문학사의 상재를 흔쾌히 맡아준 도서출판 역락의 이대현 대표, 그리고 편집실의 오정대 선생에게 깊은 감사의 뜻을 밝혀둔다.

『문학의 거울과 저울』(2016)

삶과 문학에
정신적 모본(模本)이 되는 비평

문학작품을 어떻게 읽어야 하는가. 비평가, 곧 전문적인 독자로서 30년 가까운 세월을 보낸 저자에게 여전히 화두처럼 남아 있는 질문이다. 길다면 길고 짧다면 짧은 그 세월의 뒤끝에서 가장 강한 힘으로 감각되는 것은 '관점(point of view)'이라는 개념이다. 이것이 없으면 문학작품에 대한 일반적인 감상을 넘어 창의적이고 전문성 있는 의견을 제시할 수 없으며, 특히 비평가의 색깔이 드러나는 독창적 읽기와 쓰기가 불가능하다.

한 사람의 비평가로서 내가 가진 비평적 관점은 과연 온당하고 객관적이며 다음 단계의 독자에 대한 설득력을 갖고 있는가. 내 비평으로 인해, 그것이 없었더라면 잘 알 수 없는 작품의 가치를 적시(摘示)할 수 있었는가. 서두의 질문은 이와 같은 근본적인 문제를 저자 자신에게 제기하는 일과 동일선상에 놓여 있다.

문학비평에서 문학을 바라보는 관점은 열거하기 어려울 만큼 많겠으나 M. H. 에이브럼스가 지금은 고전이 된 『거울과 램프』에서 네 가지로 제시한 모방론, 표현론, 효용론, 존재론이 빈번하게 원용된다. 이 네 가지 문학 이론은 각기 장황한 해명이 뒤따르기 마련이지만, 저자가 여기에서 주목하는 것은 그가 저서의 표제를 '거울과 램프'로 선택한 탁월한 상징적 의미에 관해서이다.

사물을 반사하는 거울은 모방적 반영을 수용하며, 스스로 빛을 발하는 램프는 주체적 표현을 발원한다. 좀 더 범주를 확장하면 이 논의는 수용미학과 창작심리학에도 연동되어 있다. 이렇게 서로 마주보고 서 있는 형국의 논리는 저자뿐 아니라 모든 비평과 연구의 현장에서 누구나 지속적으로 만나게 되는 문예이론의 모형이다.

이 책의 제목을 '문학의 거울과 저울'이라 명명한 것은 모방과 반영 그리고 수용미학의 문학적 논리와 함께, 문학작품에 대한 관찰·분석·비평이 어떻게 그 작품을 객관적으로 계량할 수 있는가라는 명제를 지속적으로 추구하고 있었던 까닭에서이다. 거울과 저울은 한가지로 공평무사하며 삶과 문학에 두루 걸쳐 정신적 모본(模本)이 되는 도구이다.

예컨대 한 작가가 우리 현대사의 온갖 파고와 질곡을 밟아 본 경험의 소유자라면, 우리는 그의 문학을 통하여 그 공동체적 경험의 본질적 의미를 반사하고 또 반성적으로 성찰하는 유익한 '거울'을 얻을 수 있다. 그런가 하면 다양성과 다원주의가 미덕으로 통용되는 오늘의 시대상에 있어, 후기 산업사회나 포스트모더니즘 같은 사회의 성격이 시대정신과 악수할 때 이를 표현하고 판정하는 문학을 두고 그 사회를 계측하는 효율적인 '저울'이라 할 수 있다. 문학을 거울 또는 저울로 보는 시각을 운용하면서, 이 책은 모두 세 단락으로 구성되어 있다.

1부 '동시대의 거울과 반사의 음영'은, 근·현대 한국문학의 대표적 작가들이 그 시대의 흐름을 어떻게 소설로 반영하고 있는가에 중점을 두었다. 2부 '사회사의 저울과 계량의 척도'는, 지금 활발하게 창작하는 동시대의 작가들이 어떤 공시적 인식으로 그 사회사적 사건들을 평가하며 또 소설화하고 있는가에 주목했다. 그리고 3부 '산문적 현실의 감성적 발화법'은, 당대 문학의 중심을 이룬 시인과 수필가들의 작품에서 그 비시적(非詩的) 현실이 어떻게 서정적 감성의 세계로 치환되는가를 공들여 살펴보았다.

이 책은 저자의 아홉 번째 평론집이다. 『디아스포라를 넘어서』(민음사, 2007) 이후 2008년부터 지난해까지 8년간 써 온 평론 가운데, 저자의 마음에 합한 글들을 항목에 따라 선별했다. 그동안의 글들을 다시 환기해보면, 왜 보다 깊이 작가에 대한 애정을 갖고 그 창작 심리를 추적하지 못했는가에 대한 자책과 아쉬움이 있다. 문학작품을 읽는 것은, 어떤 의미에서 작가의 내부로 되짚어 들어가는 이해와 소통의 과정이기도 할 것이다. 앞으로 저자의 글이 그와 같은 관점을 조화롭게 확보해 갈 수 있기를, 그 바람을 여기에 기록해 두고자 한다.

책이 출간되기까지 수고와 정성을 아끼지 않은 민음사 편집부의 박혜진 선생과, 지금까지 이 책에 앞서 모두 세 권의 평론집을 상재해 주어 저자를 크게 격려해 준 민음사에 마음으로부터 감사의 말씀을 드린다. 이와 같은 글을 쓰고 또 책으로 상재하기까지, 돌이켜 보면 많은 사람들의 은덕을 입었다. 앞으로 살아가면서 긴 호흡으로 갚아야 하리라 다짐해 본다.

소수민족으로서의 삶과
민족정체성에 대한 성찰

　'디아스포라'는 이제 인류사회의 보편적 삶의 양식이 되었다. 박해와 궁핍을 피해 삶의 터전을 떠난 사람들의 사회문화적 현상뿐만 아니라 다양한 이주의 양상을 포괄하게 된 이 어휘의 개념은, 지구화 시대 인류의 삶이 가진 하나의 양식을 대변하고 있다. 이미 '우리'도 디아스포라의 삶을 살고 있다. 중국뿐만 아니라 중앙아시아, 일본, 미주 등에 흩어져 살고 있는 한민족 디아스포라, 그리고 한반도에 유입되어 있는 수많은 타 민족 디아스포라는 그 자체로서 지구인의 삶이 디아스포라의 형식임을 증명한다.

　오늘에 있어 디아스포라적 삶의 일반화에는 고도의 교통 및 통신 수단의 발달로 인한 다양한 삶의 접속과 소통이라는 긍정적인 양상도 포함되어 있다. 하지만 지난해만 해도 400만 명 이상의 난민이 발생한 시리아 지역을 보면 알 수 있듯이, 전쟁과 기아로 인한 비극적 삶의 양상이 상당 부분을 차지하고 있다. 이처럼 현존하는 디아스포라의 실상은, 오랜 역사과정을 통해 한민족 디아스포라가 겪었던 곤고한 삶의 모형과 여러모로 닮아 있다.

　중국 조선족 또한 비극적 디아스포라의 역사를 걸어 왔다. 이들이 집단적으로 거주하고 있는 중국의 동북3성 지역은 한반도와 인접해 있어 한민족의 왕래가 빈번했고 한반도에 심한 기근이 있을 때마다 대규모 이주민의 발길이 닿

왔던 곳이다. 일제강점기에는 정치적 박해와 경제적 궁핍을 벗어나기 위한 방편으로 간도 지역으로의 이주를 택하는 사례가 늘어났다. 실제로 현재의 중국 조선족 대부분은 일제강점기에 이주하여 척박한 농토를 개간하며 정착한 1세대의 후손들이다. 조선족 1세대는 현지 중국인과의 갈등과 낯선 환경에 대응하며 고난을 딛고 새로운 삶의 터전을 일구었다. 그런가 하면 그로부터 한 세기가 경과한 현재에는 다시 모국으로의 역 이주라는 새로운 디아스포라의 양상을 보여주고 있다.

이러한 중국 조선족의 역사에서 주목해야 할 것은 이주 3·4세대에 이를 만큼의 시간이 흐르는 동안에도 모국의 언어와 풍습을 유지해 왔다는 점이다. 중국 당국의 소수민족 정책에 따라 50여 개의 소수민족 가운데 하나로 인정되고 이에 따라 조선족 자치구로 인정받은 것은 1952년 9월 3일이었다. 그리고 1955년 12월에 자치주로 승격을 이루어 공동체적 생활방식을 유지할 수 있었던 배경이 있긴 하지만, 이는 강한 민족의식 없이 가능한 일이 아니다. 민족어로 창작된 수많은 문학작품들이 이를 증거 한다. 거기에는 낯선 타지에서 한 민족으로서의 동질감을 통해 시련과 아픔을 이겨냈던 과정이 고스란히 담겨 있다. 이 책에는 그러한 작품들 중 한국에서 접하기 어려웠던 1980년대 이후의 시·소설을 수록했다. 또한 중국 조선족 문학 전반에 대한 이해를 돕기 위한 몇 편의 연구를 함께 실었다.

한반도 안에서 단일민족이라는 인식 아래 살아온 이들에게 이 작품들은 한민족 디아스포라의 역사에 대한 증언이 될 것이다. 한민족이라는 정체성에 대해 의심할 필요도 의심해본 적도 없었던 이들에게, 늘 이민족에 둘러싸인 채 '중심'의 정책에 긴장하며 생활해야 했던 '주변부' 소수민족의 역사는 정체성의 문제에 대한 근본적인 질문을 던진다. 중심에 동화되지 않은 채 주변부에서 정체성을 지킨다는 것은 어떤 의미인가. 시공간적 거리를 두고도 소멸되지 않는 민족정체성이란 무엇인가. 디아스포라적 삶의 양식이 점차 일반화되고 있는 지금, 어느 누구도 비껴가기 힘든 질문들이다.

특히 이 책에 실린 1980년대 이후의 시·소설은, 중국이 개혁개방정책을 실시하면서 외부의 가치가 도입되고 그로 인해 전통적 삶의 양식이 해체되는 등 큰 변화를 겪어야 했던 시기의 작품들이다. 중국의 주류 사회가 겪어야 했던 변화를, 주변부 소수민족인 조선족은 이중 삼중의 복합적인 양상으로 겪어야 했다. 전통적 농경 사회의 습속을 지키며 살았던 대다수의 조선족에게 새롭게 접하는 자본주의적 가치관은 삶의 근간을 흔드는 큰 혼란으로 다가왔으며, 한족의 유입으로 인한 주류 사회와의 갈등 및 한국으로의 역 이주로 인한 모국관의 혼돈도 점차 심화되었다. 이러한 와중에도 '고향'에 대한 기억을 공유하는 이들의 정서적 유대감, 공동의 역사를 만들어온 공동체적 연대감은 힘겨운 시기를 통과하는 원동력이 되었고 이는 이 시기 문학작품들을 관통하는 공통의 주제의식이기도 하다. 이른바 주변부 소수민족으로서의 삶과 민족정체성에 대해 최전선에서 고민한 결과요 흔적들이다.

복잡한 국제 정세와 다양하게 얽힌 이해관계 속에서도, 오늘의 우리가 분명하게 지켜야 할 것은 개별적인 삶에 대한 존중이다. 중심이 지닌 거대한 힘에 의해 개별자의 삶이 굴곡되거나 훼손되어서는 안 된다. 중국 조선족이 걸어왔던 디아스포라의 역사는 그러한 약자이자 피해자로서의 긴장 속에서도 '민족적인 것'을 통해 개별의 삶을 지켜왔음을 보여준다. 문학적 완성도나 예술적 성취를 차치하고라도 중국 조선족 문학이 지닌 가치는 그것만으로도 주목에 값할 만하다. 이 책의 발간을 통해 중국 조선족 문학의 가치가 널리 알려지고 논의의 소통이 강화되기를 바란다.

이러한 상황과 관련하여 최근에 들려오는 소식들은 그다지 희망적이지 않다. 중국의 주요 도시나 한국으로의 이주가 빈번해지면서 자치주 내의 조선족 인구가 급격하게 줄어들어 그 자치주의 존립 자체가 위협받고 있는 형편이다. 조선족 내에서도 한글을 사용하는 인구수가 급감하여 한글문학의 창작 및 공유의 기반 또한 흔들리고 있다. 그러나 조선족 문학이 과거의 형식으로 머물지 않고 현재진행형의 시대 및 사회를 반영할 때 그 가치가 더욱 풍부해질 것임은 불을 보듯 밝은 일이다. 그러한 측면에 있어서도 조선족 문학은 계속해서 기록되고 연구되고 공유되어야 한다.

제1부의 '중국 조선족 문학 연구'는 그동안 엮은이가 회장으로 있던 국제한인문학회 주최의 국제학술대회에서 한중 양국의 연구자들이 발표한 논문을 위주로 구성했다. 이 논문들을 관류하는 중심 주제는 '민족정체성'이었으며, 그 개념을 주제로 해야 조선족 문학에 대한 연구가 하나의 꿰미로 연계될 수 있다고 보았다. 뒤이어 제2부의 '민족정체성을 담은 조선족 문학'은 1980년대 이후 그와 같은 성격적 특성을 잘 수용한 시 · 소설을 선별해 실었다. 이 작품 선별에 있어 시기를 1980년대 이후로 구획했기 때문에, 국내에서는 이를 독자적으로 수행하기가 매우 어려웠다. 그런 연유로 중국 연변대학의 김경훈 · 리광일 교수, 북경 중앙민족대학의 오상순 교수 등 세 분의 전폭적인 지원을 받았다. 이 자리를 빌려 깊은 감사의 뜻을 밝혀 둔다.

이 책의 계획과 진행 단계에서 엮은이와 더불어 애쓰고 수고해준 차성연 · 장은영 교수 두 분에게 마음으로부터 감사의 말씀을 드린다. 자료 정리와 작품의 구별, 그리고 작품에 대한 비평문을 집필해준 덕분으로 이 책이 제 모습을 갖출 수 있었다. 마지막으로 이렇게 뜻 있는 책의 출간을 허락해준 국학자료원의 정구형 대표에게도 평소의 우의를 다하여 감사드린다. 시대를 거슬러 회고하면 중국으로의 이주와 조선족 디아스포라 역사가 한 세기를 훌쩍 넘겼는데, 한반도에서 민족적 삶의 햇수로는 광복과 분단시대의 역사 70년을 넘겼다. 유구한 세월의 흐름 속에 문학이란, 민족적 삶의 명암을 담은 디아스포라 문학이란 무엇인가를 생각하며 이 책을 세상에 내놓는다.

『문학의 매혹, 소설적 인간학』(2017)

인생사의 문맥과 시대적 삶의 진실

이병주는 우리 인생사에 있어서 문학이 어떻게 '매혹'이 될 수 있는가를 깊이 깨달았던 작가다. 정치·경제·사회·문화의 여러 절목 가운데서 언제나 약자요 소수자의 자리를 지키고 있는 것이 문학이다. 그러나 문학은 외형적인 한정성을 넘어서 인간의 정신과 영혼의 문제를 다룬다. 유다른 소득이나 풍요로운 내일을 약속하지 않는데도 많은 사람이 문학의 편에 손을 드는 이유다. 이병주는 이 인간사 인생사의 문맥을 기민하게 인식했고, 시대적 삶의 진실은 오직 문학적 담화를 통해 구명할 수 있다고 믿었다.

그가 장편소설 『산하』의 에피그램으로 제시한 "태양에 바래이면 역사가 되고 월광에 물들면 신화가 된다"는 언표, 그리고 그의 어록에 남아 있는 "역사는 산맥을 기록하고 나의 문학은 골짜기를 기록한다"는 진술은, 곧 이와 같은 문학적 시각을 대변한다. 바로 그 문학관(文學觀)으로 그는 한국 근·현대사와 사회를 새롭게 조망하는 장편소설들을 썼다. 『바람과 구름과 비』에 이어 『관부연락선』·『지리산』·『산하』 3부작, 『그해 오월』과 『행복어사전』 등이 여기에 해당하는 작품들이다. 작가로서 그는 문·사·철(文·史·哲)에 두루 능숙했으며, 한국문학에 있어서 작품을 통한 정치 토론이 가능한 거의 유일한 범례다.

무엇보다 그는 직접 작품 활동을 하던 현역 시절에 가장 많이 읽힌 작가였다. 그의 문학은 이야기의 재미와 체험의 역사성을 강력하게 담보한다. 곳곳에 박학다식과 박람강기(博覽强記)가 넘친다. 이러한 글쓰기의 미덕은 어쩌면 선물처럼 주어지는 축복이지 후천적 노력으로 강작하기 어려운 것이다. 더욱이 그의 문학에는 글 읽기를 통해 체득할 수 있는 인생에 대한 지혜와 경륜이 잠복해 있다. 그처럼 소중한 작가 이병주를, 한국문학은 오랫동안 잊고 지나왔다. 그 연유를 밝히는 일은 쉽기도 하고 어렵기도 하다. 중요한 사실은 근자에 이르러 경남 하동의 이병주문학관과 이병주국제문학제를 중심으로, 이 작가와의 대중적 만남이 새로운 지경을 열어가고 있다는 점이다.

이 책 또한 그러한 경향과 변화의 국면을 반영하는 사례라 할 수 있다. 그의 작품에서 추수할 수 있는, 그리고 작가의식의 심층을 관찰할 때 도출할 수 있는 휴머니즘의 세계관은 기실 한국문학에 있어서 흙 속에 숨은 옥석 같은 것이다. 돌이켜 보면 내 안고수비(眼高手卑)의 역량으로 그 수확의 길에 동참한 것이 벌써 15년 세월이다. 책의 이름을 '문학의 매혹, 소설적 인간학'이라 붙인 것은 그동안의 소회를 압축하고자 한 결과다. 부제를 '이병주를 위한 변명'이라 한 것도 그렇다. 일찍이 장 폴 사르트르가『지식인을 위한 변명』이란 책을 썼고 한국의 원로 비평가 김윤식 선생이『우리 소설을 위한 변명』이란 평론집을 내었지만, 이병주야 말로 누군가 그 문학의 의미와 가치를 '변명'해 주어야 한다는 것이 내 오랜 생각이었다.

이 책은 모두 3개의 장으로 구성되어 있다. 1장에서는 이병주 소설에 대한 작가 · 작품론을, 2장에서는 작가의 인간적 면모와 그의 기념사업에 대한 글을 묶었다. 그리고 3장에서는 가장 최근까지 정리된 작가 연보와 연구 서지를 한데 모았다. 여기에는『작가의 탄생』이란 이병주 평전을 쓴 정범준 작가와 이병주 문학 연구자인 노현주, 추선진, 강은모 박사의 글을 참고하거나 빌려 왔다. 연보에 나타나 있는 바와 같이 김윤식 선생과 함께 저자가 엮은이로 재출간한 소설 · 에세이 · 연구서(도서출판 바이북스 발행)도 모두 20여 권에 이른다. 이러한 간행사업은 앞으로도 계속될 것이다.

이병주 문학에 대한 공동의 연구서는 『역사의 그늘, 문학의 집』(김윤식·임헌영·김종회 책임편집, 한길사, 2008) 이래 『문학과 역사의 경계-낭만적 휴머니스트 이병주의 삶과 문학』(김윤식·김종회 엮음, 바이북스, 2010)과 『이병주 문학의 역사와 사회 인식』(김윤식·김종회 외, 바이북스, 2017)이 있다. 그리고 작가론총서 『이병주』(김종회 편, 국학자료원, 2017)가 상재 중이다. 이 책이 이러한 이병주 연구의 흥성과 성과에 조그마한 기여를 할 수 있다면 더 바랄 것이 없겠다. 이병주 문학에 대한 특별한 관심으로 지금까지 함께 한 도서출판 바이북스에 마음으로부터 감사드린다.

기독교 문학의 발견과 글쓰기의 현장

기독교와 문학은 조화롭게 만날 수 있는가? 이는 기독교인이자 문학평론가로서 필자가 오랫동안 반복하여 질문하고 답변해 온 명제였다. 얼핏 기독교의 배타적 교리와 신본주의는 문학의 보편적 감응력 및 인간중심주의와 상호 대립하고 갈등하는 것처럼 보인다. 그러나 그 양자의 심층적 상관관계에 있어서는 그렇지 않다. 기독교의 하나님 중심주의는 궁극적으로 인간에 대한 사랑과 구원이라는 목표를 포괄하고 있으며, 그것이 문학의 휴머니즘과 다른 바가 있다면 그 목표에 이르는 방식의 차이일 뿐이다.

성경은 그 자체로서 문학적 기술의 성격을 약여하게 갖고 있다. 그러기에 성경을 예언문학, 묵시문학, 지혜문학 등의 호칭으로 부르기도 한다. 또한 「시편」, 「잠언」, 「전도서」, 「아가」 등은 노랫말의 운율로 되어 있고 「룻기」, 「에스더」 등은 단편소설의 형식적 특성을 그대로 구비하고 있다. 다만 문학 속에서 성경에 기술된 문면에 집착하여 그 범주 자체를 신성시하는 태도가 우세하다면, 이는 '종교로서의 문학'일 뿐 '문학의 종교적 성향'이 아닐 수 있는 위험성이 있다.

찰스 그릭스버그(Charles I. Glickberg)가 『문학과 종교』에서 "교의는 진정한 시에서는 그 모습을 나타내지 말아야 한다. 혹 나타낸다 하더라도 교의로서가 아니라 순수한 환상이어야 한다"고 내세운 논리는 바로 이 위험성을 지적한 것이다. 기독교 문학이나 이의 문학적 가치 해명에 다가서려는 독자는 특히 이 점을 고려해야 할 터이다. 이와 같은 기독교와 문학의 변별성 및 상호 관련성에 유의하면서 기독교 문학을 상정할 때, 문학사의 토양 위에서 기독교의 교리 또는 정신은 문학사를 풍성하게 하고 그 토양을 북돋우는 자양분이 될 수 있다.

더욱이 우리 문학에 있어서 하나의 취약성으로 지목되는 '사상을 담은 문학'이라는 문제와 관련해서는, 기독교 문학에 걸 수 있는 기대치가 만만치 않다. 이 책의 1부는 그러한 생각으로 일관하여 우리 문학, 더 나아가 세계문학사에 맺은 기독교문학의 열매들을 추수해 본 소박한 수확의 기록이다. 곧 필자가 작품 내부의 감동과 가치 및 기독교 정신을 뒤따라가며 읽은 독서의 결과이며, 때로는 '전문적인 독자'의 시각에서 세계문학사에 기록된 주요한 작가들의 작품에 정치하게 접근해 본 소략한 비평문이기도 하다.

2부와 3부의 글은 필자 자신의 신앙고백을 담고 있기도 한데, 그 부족한 것에 문필의 옷을 입혀 내놓는 셈이어서 매우 부끄럽고 조심이 된다. 2부에서는 첫 신앙 에세이집 『황금 그물에 갇힌 예수』(국민일보사, 1997) 이래 단속적으로 써 온 글들을 묶었다. 이 가운데는 도서출판 두란노에서 청소년의 신앙 성장을 위해 간행하던 월간지《새벽나라》의 '비전심기'라는 코너에 연재한 글이 여러 편 있다. 3부는 저자의 삶 속에서 가까이 또 직접적으로 만난 믿음의 현실들과 사람들, 가족 이야기, 또 믿음의 고백들을 겸허한 마음으로 한데 꾸렸다.

일생을 두고 공부해가는 문학 속에서 거저 주어진 은혜로 기독교 신앙을 만나고 그것을 글로 쓰게 하신 분, 일상생활 속의 생각과 혼자만의 소회 또는 감동을 용기를 내어 열어 보이게 하신 하나님께 깊은 감사와 찬양을 드린다. 그리고 이를 한 권의 소담스러운 책으로 묶어주신 도서출판 바이북스에 고마움을 잊지 않고 있다. 이와 같은 실제적인 삶 속의 문학과 글쓰기와 신앙 이야기를 함께 공유해주시는 미래의 독자들께도 미리 감사드린다.

『디지털 시대의 문화 이론과 문학』(2017)

새로운 시대, 새로운 문학의 꿈

인터넷을 중심으로 한 가상세계는 이제 현실과의 조우를 넘어 우리 삶의 세부적 영역에까지 침투하는 명실상부한 사회적 공간으로 자리 잡았다. 인터넷 쇼핑과 인터넷 뱅킹을 비롯한 온갖 상거래와 금융 거래, 재택 강의와 사이버 대학을 포함하여 유아교육부터 최고 고등교육까지 가능한 인터넷 교육 시스템 등은, 오늘날 현대인의 원활한 사회활동을 위한 일상적 아이템으로 기능한다. 어디 그뿐이랴. 이웃사촌도 옛말이 되어버린 이 시대에 우리는 소셜 네트워크 서비스(Social Network Service, SNS)를 통해 전 세계에 흩어진 수많은 '친구'들과 사이버 상의 우정을 나눈다. 바야흐로 인간관계의 새로운 패러다임이 보편적 양식으로 우리 사회 안에 폭넓게 작동하고 있는 것이다.

이러한 시대적 변화의 추이는 가상공간이 이미 하나의 징조에서 일상적 구조로 탈바꿈했으며, 문학판 안에서도 인터넷상의 문학행위가 중요한 화두이면서 동시에 실질 세력으로 등장한 지 오래임을 말한다. 사이버 문학에 대한 연구 성과들을 꾸준히 축적해 온 소장 연구자들이 확대되고, 인터넷을 통해 대중의 인기를 구가해 온 아마추어 작가들의 작품이 베스트셀러가 되어 서점가에 유통되는 사실은 이제 놀랄 만한 일도 아니다. 또한 황석영, 박범신, 공지영 등 유수한 기성 작가들이 사이버 공간을 발판으로 독자들과 직접적인 소통을 시도하고 있으며, 이는 블로그나 웹진 등의 새로운 문학장을 통해 활발히 수행되고 있다.

사이버 문학의 양산이 하나의 문화 혹은 문학현상으로 정착되어 감에 따라, 그 가치 여부를 구명하는 기초적 수준의 논쟁을 넘어서 이러한 문화현상을 어떻게 규정하고 이해하며 발전시킬 것인가가 주요한 과제가 되었다. 이를 구체적이고도 객관적인 시각으로 고찰하려는 한 시도로서 지난 2005년 이 책의 초판이 발행되었다. 그 이후 10년의 세월이 흐르는 동안 급변하는 디지털 환경 속에서 새롭고 다양한 논의들이 촉발되었다. 이 책에서는 당시의 문제의식을 그대로 살리되 추가적으로 내용을 보완하고 목차를 수정·개편하여 새로운 얼굴을 선보이게 되었다.

당초의 제호는 '사이버 문화, 하이퍼텍스트 문학'이었으나 '사이버'라는 용어가 벌써 하나의 시대적 속성으로 일반화되었고 기술문명의 특성을 대변하는 '디지털'이 더 전체적 취지에 부합한다고 보아, '디지털 시대의 문화이론과 문학'으로 개명하고 '사이버-하이퍼텍스트 문학의 새 길'이라는 부제를 붙여 상재한다.

이 책은 우선적으로 그동안 논의된 사이버 문화 이론들을 철학, 기술, 사회, 문학 등의 다양한 측면에서 정리·고찰하고자 했다. 국내외의 저명한 논자들의 이론은 사이버 문화현상이 우리 시대를 규정짓는 중요한 논리적 통로임을 재확인시켜준다. 상호 참조되고 끊임없이 열려지며 비선형적 사고방식과 다방향의 소통구조를 구현하는 하이퍼텍스트의 등장은 문학에 있어 획기적인 전환점을 예고한다. 아울러 지금까지 논의된 하이퍼텍스트 이론과 더불어 이러한 하이퍼텍스트성을 구현한 국내외 작품들, 그리고 인터넷 공간을 중심으로 이루어진 사이버 문학 작품들을 살펴봄으로써 이론과 작품의 상관성을 함께 고찰해보고자 한 것이 이 책의 그 다음 의도이다.

이 책은 크게 〈이론편〉과 〈작품편〉으로 나뉜다. 또한 각각의 이론편과 작품편은 국외 및 국내의 저술과 작품으로 나뉘어 구성되었다.

〈이론편〉의 '국외이론'에서는 사이버 문화이론과 하이퍼텍스트 이론을 다루고 있다. 사이버 문화이론에서는 사이버 문화의 본질을 '획일적 전체성 없는 보편'이라고 명명하면서 이에 대한 심도 깊은 논의를 보여주고 있는 피에르 레비의 논문을 비롯하여, 가상현실에 대한 철학적 고찰, 사이버 페미니즘에 대한 논의를 다루고 있다. 하이퍼텍스트 이론에서는 하이퍼텍스트의 개념과 철학적 의미, 현대 비평이론과의 상관성, 하이퍼텍스트적 글쓰기에 대한 저술을 선별하였다. '국내이론'에서는 먼저 디지털 사회의 특징을 기술, 철학, 사회, 문화적 측면 등에서 세심하게 고찰한 논문들을 모았다. 더불어 이러한 정보화, 디지털 사회의 제반 특징들을 기반으로 현재 국내에서 산출되고 있는 사이버 문학, 혹은 하이퍼텍스트 픽션들에 대한 개념 규정과 현황 및 전개 양상, 그 특징 등을 구체적으로 고찰한 논문들을 실었다.

〈작품편〉 또한 국내외로 구별하여 각 장을 구성하였다. '국외작품'은 크게 기존의 문학작품에 드러난 하이퍼텍스트적 속성을 고찰한 부분과 실제 컴퓨터상에서 구현되고 있는 하이퍼텍스트 작품을 소개한 부분으로 나뉜다. 로렌스 스턴, 호르헤 루이스 보르헤스, 필립 K. 딕, 윌리엄 깁슨 등의 작품은 비록 인쇄문학의 형태로 쓰여졌지만 열린 결말, 이야기의 무한한 확장성, 비선형성 등 하이퍼텍스트적 요소를 다층적으로 구현하고 있다. 이러한 작품들에 나타난 하이퍼텍스트적 상상력은 이후 기술적 토대를 바탕으로 한 본격적인 하이퍼텍스트 작품의 산출로 이어진다.

일본에서 가장 인기 있었던 하이퍼텍스트 소설 중의 하나인 이노우에 유메히토(井上夢人)의 『99인의 최종전차(99人の最終電車)』, 조지 랜도우가 이끄는 비평그룹의 하이퍼텍스트 홈페이지에 링크된 소설인 데이비드 윤의 『나와 나 자신에 대한 탐구(An Exploration of Me, Myself and I)』, 그리고 로버트 캔달의 하이퍼텍스트 시 『몰아내기(Dispossession)』 등 여기에 소개된 세 편의 하이퍼텍스트 작품은 일본과 미국의 작품에 한정되어 있긴 하지만 국외 하이퍼텍스트 문학의 구체적 면모를 고찰할 수 있다는 점에서는 충분히 그 취지에 부합하리라 여겨진다.

'국내작품'은 크게 디지털 시대의 특징을 잘 보여주고 있는 기존 문학작품에 대한 고찰과 실제 컴퓨터상에서 구현된 하이퍼텍스트 작품에 대한 고찰, 그리고 주로 컴퓨터 통신상에서 이루어진 사이버 소설에 대한 장르별 고찰, 마지막으로 블로그 웹진에서 생성된 문학에 대한 고찰로 나뉜다. 먼저 국내 작품에서 하이퍼텍스트적 속성을 보이거나 디지털 시대의 특성을 구현하고 있는 문학 작품들을 선별하여 고찰했으며, 국내 최초의 하이퍼텍스트 소설이라 할 『디지털 구보 2001』의 의미를 구명했다. 컴퓨터 통신상에서 폭발적인 조회 수를 기록하며 단행본으로 출간되기까지 한 인터넷 혹은 사이버 소설은 흔히 대중문학 장르라고 일컬어지는 무협, SF, 환타지, 연애소설 등의 장르를 선호하는 경향이 있다. 이러한 각 장르별 주요 작품과 장르소설의 현황 및 특징을 중점적으로 살펴보았다. 마지막으로 블로그 웹진을 중심으로 확장되어가는 문학장의 현황을 고찰하였다.

하루가 다르게 시대적 상황이 변모하는 오늘날, 동시대의 문화이론을 체계적으로 정리하려는 시도와 더불어 이를 한 권의 책으로 포괄하기는 당초 무리한 일이 아닐 수 없다. 하지만 범박하게나마 디지털 시대에 있어서 사이버 문화와 하이퍼텍스트 문학의 이론, 그리고 작품의 실제를 일정한 계통과 질서에 따라 정리해 보는 이와 같은 접근 방식은 과거에는 없었던 것으로 그 시론적 문열이의 기능에 일말의 자긍심을 가져보려 한다. 이 책의 자료 수집과 발간에 이르기까지 수고를 아끼지 않은 윤송아·채근병·이우현 교수와 경희대 대학원의 연구자들, 그리고 어려운 여건 중에도 이처럼 좋은 책으로 묶어준 국학자료원의 정구형 대표와 관계자들께 깊은 감사의 말씀을 드린다.

문학 향유와 확장의 동시대적 형상

　'문학의 향유와 확장의 논리'란 표제가 부여되어 있는 이 책의 본문 가운데 '문학의 향유와 사회적 확장'이란 제목의 글이 있다. '문학의집 서울' 설립 15주년을 맞아 개최된 2016년 서울문학인대회 학술심포지엄에서 기조발제로 발표된 글이다. 그 글의 세 단락 가운데 첫 번째의 것이 이 책의 머리말로 합당하여 여기에 그대로 옮겨둔다.

　문학에도 일상적인 경제활동처럼 공급자와 수요자가 구분되어 있다. 공급자로서의 문학인은 '왜 쓰느냐'는 명제에 부합하는 표현욕구와 기록욕구의 원인행위를 그 창작 현장에 내포한다. 수요자로서의 문학인은 공감의 자기만족과 당대 문화현상에의 참여라는 계산법을 독서 시간에 대입한다. 이 양자 사이에 가로놓여 있는 여러 가치 규범 가운데 문학의 향유와 확장이라는 문제에 초점을 두기로 하면, 사회·역사적 가치나 윤리적 가치보다는 사적인 차원의 미적 가치에 더 무게를 둘 수밖에 없다. 그것은 동시대 문화와 문학에 대한 동질감과 연대의식의 발현에 연접되어 있다.
　21세기의 한국문학은 이미 지식인에게 핵심적 과제였던 지난 세기의 영광을 잃어버렸다. 활자매체 문자문화의 시대가 전자매체 영상문화의 시대로 이행되면서, 문학이 사회를 이끌어가던 강력한 영향력은 불귀의 객이 되었다. 시대가 변하고 사회적 상황이 달라지면서, 그나마 문학이 대중과 소통할 수 있는 구조는 주로 공유 · 향유 · 효용성 · 영향관계 등의 실용주의적 개념 속에 남아 있는 형국이다. 동시에 문화와 문학이 신분적 · 지적 상위계층의 소유물이기를 지양하고, 일반 대중 누구나와 교유하는 광범위한 접촉 면적을 갖기 위해 그 방향성을 교정하기에 이르렀다. 시대의 성격 자체가 대중이 소수지배의 헤게 모니를 손쉽게 전복하는 지점에 도달했기 때문이기도 하다.

20세기 실존주의의 대표자로 불리는 독일의 철학자 하이데거가 나치 정권에 협력하고, 저명한 미국의 시인 에즈라 파운드가 파시즘을 열렬히 옹호하는 방송으로 미국 법원으로부터 종신형을 선고받은 위악적 사례도 더 이상 출현하기 어렵다. 역설적이게도 그만큼 대중의 힘이 강화된 현실 앞에 우리가 서 있다. 문학의 대중적 향유는 이러한 시대 변화의 다층적 성격과 맞물린 문제다. 문학이 고급한 수준이나 격조 있는 취향을 대변하던 고색창연한 전통은, 이제 여름날 맥고모자처럼 흔한 일반화 또는 하향평준화의 물결에 묻혀버렸다. 이와 같은 현상이 도저한 시대정신이 되고, 문학의 대중적 향유와 확장은 이 명징한 조류와 화해롭게 악수했다. 항차 문학을 통해 지고한 정신 영역을 탐색하는 기능은 그야말로 소수자로 전락한 마당이다.

생활 속의 사례들을 찾아보면, 이 논의에 쉽게 찬동할 수 있다. 서울 시내를 종횡으로 가로지르는 전철 승강장에 부지기수로 게시된 시의 행렬을 보았을 것이다. 모두가 다 그러한 것은 아니지만, 이들 가운데 대중의 '교사'가 될 만한 시는 매우 드물다. 이제 대중은 시를 통해 교훈을 얻기보다 시와 함께 즐거워하는, 곧 시적 향유에 중점을 두는 것을 당연시한다. 앞으로의 시는 대중과 함께 호흡하는 '가수'의 지위에 만족해야 할지도 모른다. 더욱이 시인과 독자의 경계 구분도 모호해져서 SNS나 웹페이지 등에서 유행하는 시가 일종의 대세를 이룬 형편이다. 일견 안타까운 측면이 있으나 이를 반드시 나쁘다고만 말할 수 없는 것 또한 현실이다.

언어학자들이 시대적 상황에 따른 언어의 변화를 언어의 타락이라고 간주해 온 것처럼, 정통적인 문학의 시각으로는 시의 형식과 내용이 변화하는 것을 부정적으로 평가할 수 있다. 하지만 그것으로 한 시대의 문학적 분수령을 넘은 흐름을 되돌리지는 못한다. 이 불가항력적 수긍에 맞서는 여러 저항의 논의가 있을 것이나, 그중 맨 오른쪽으로 나설 하나는 그렇게 변동하는 과정을 통해서도 문학이 지켜야 할 본연의 가치를 강조하는 것이 아닐까 한다. 곧 인간의 내면을 값있게 가꾸는 문학의 근원적인 사명이 유실되어서는 안 된다는 말이다. 이는 공급자로서의 시인 · 작가나 수요자로서의 독자 모두에게 수반되어야 할 경각심이다. 그것이 없다면 시대 풍조에 부응한 문학 또한 일정한 기능과 역할을 감당하기 어렵다.

이 책은 그러한 문제의식을 바탕에 두고 그와 동일한 주제에 집중하여 작성된 논문 및 비평문으로 구성되어 있다. 1부 '한국 근현대 작가의 얼굴'은 20세기 초반 이광수로부터 한용운, 이상, 김유정, 김달진, 김동리, 이병주의 문학세계와 작가로서의 면모를 살펴보고 이어서 한국의 유배문화에 수발한 작품을 남긴 문필들을 연구하고 조명한 글이다.

2부 '한민족 디아스포라 문학'은 한민족 디아스포라 문학, 곧 남북한 문학과 해외동포문학의 현황 · 분포 · 가능성을 검토한 다음 그 각론에 해당하는 분단문학 · 통일시대의 문학 · 해외한글문학 · 세계문학의 가능성 등을 단계적으로 추적한 글이다. 1부와 2부에서는 이 작품들을 정론적인 문학연구의 형식을 벗어나 동시대 현실에의 적용 방안에 중점을 두고 고찰했다.

3부 '문학 향유와 사회적 확장'은 1부와 2부의 문학사적 인식 그리고 대외 · 국제적 관점의 연구에 뒤이어 보다 현실적인 향유와 확장의 방법론을 탐색한 글이다. 여기에는 『토지』와 같은 대작의 동시대 공간 수용, 한국 아동문학의 세계무대 진출, 문학의 진흥 · 향유 · 번역 등의 의의 및 의미 구명과 더불어 황순원·조병화 등 저명 문인의 문학 테마파크에 이르기까지 폭넓은 검증의 논리를 세워보았다.

저자는 이 책이 20세기 격동기의 한국문학이 가지고 있던 오래고도 완강한 엄숙주의의 얼굴을 허물고, 독자들과 편안하게 만나며 손쉽게 악수할 수 있는 하나의 계기로 작용할 수 있었으면 한다. 문학은 결국 인간의 근본에 대한 접근이며, 그러기에 인본주의와 인간중심주의를 구원한 목표로 한다. 어느 누군가 '인생은 짧고 예술은 길다'고 했으나, 인생이 짧은데 항차 예술이 길 턱도 없을 것이다.

그래서 지금 여기에까지 이른 우리 문학과 그 연장선상에 있는 남북한 문학 및 세계문학을 '향유'와 '확장'의 논리로 바라보자는 것이다. 이와 같은 언표는 기실 한국문학의 저변을 향한 저자의 시각이자 동시에 저자 스스로의 삶과 문학에 대한 반성적 성찰을 포함하는 것이기도 하다. 문학의 공급과 수요는 지극히 일상적인 일이지만, 그 가운데 숨은 보화를 발굴하고 즐거워하는 것은 우리가 애써 찾아야 할 소출이요 보람인 까닭에서다.

한국 현대문학과 기독교 사상

한국 현대문학에서 '사상을 담은 문학'이라는 잣대를 통해 당대에 이름을 얻은 작품들을 검증해 보는 일은 그다지 유쾌하지 않다. 현대문학사가 포괄하고 있는 작품들의 부피나 개별적인 성과에 비추어 사상성의 집적 및 심화라는 항목이 여전히 긴요한 숙제로 남아 있기 때문이다. 문학 기법은 후진하고 사상이 범람하던 괴테의 독일이나 도스토예프스키의 러시아는, 작가라기보다 사상가라고 해도 좋을 이들의 문필에 힘입어 '세계 수준의 문학'으로 세계문학의 중심부로 진입할 수 있었던 것이다.

이와 같은 경우는 우리에게 하나의 부러움이자 우리 문학이 아직도 넘어서기 어려운 주변부의 한계를 환기시킨다. 문학의 바탕 또는 뿌리로서 웅숭깊은 사상성이 확보되어 있는 작품을 전제로 할 때, 한 작가가 가진 종교적 성향이 여기에 유익한 조력자가 된다는 사실은 두말할 나위도 없다. 동서고금을 막론하고 종교적 소재를 다룬 작품이 문학사의 고전이 되어온 사례는 부지기수다. 한국 현대문학에 나타난 기독교 사상, 그리고 기독교 의식의 본질과 그것이 문학의 형상으로 치환되는 상관관계의 문맥을 살펴보는 일이 중요한 과제인 이유다.

이는 한국문학에 있어서 사상성의 문제를 살펴보는 일과 다르지 않다. 기독교 신앙 혹은 기독교 문학은, 서구 정신문명의 근원에서부터 그 시발을 찾아야 한다. 헤브라이즘과 헬레니즘의 두 줄기가 나누어 점유하고 있던 서구 정신사의 흐름이 A.D 313년 로마 콘스탄티누스 황제의 밀라노 칙령 이후 헬레니즘의 영향권 안으로 합류되었다. 우리가 2백여 년 전에 접할 수 있었던 기독교는 헬레니즘의 전통에 의해 포장된 것이었으나, 거기에는 헤브라이즘의 배타성과 헬레니즘의 합리성이 공존하고 있었다.

기독교가 특정한 사회 제도의 준거틀과 접촉할 때는 합리성의 측면이 전면에 나서지만, 그 가운데서 절대자의 존재에 대응하는 개인의 정신과 부딪칠 때는 배타성의 측면이 강화된다. 이때의 배타성이란 여하한 정황에 처하여도 후퇴할 수 없는 절대자의 지위, 또는 권위의 다른 이름이다. 그리하여 성서에는 "현자들의 사상도 허영에 불과하다"고 단정적으로 기록되어 있으며, 서구 문학의 역작들 속에 잠복해 있는 기독교 사상의 성향도 거의 공통적으로 절대자의 권능에 순복한 외양을 보인다.

우리 근대 문학의 초기에 서구로부터 전파된 기독교 사상이 단편적으로 도입된 최남선, 이광수, 주요한의 작품들을 비롯하여 그것이 더욱 직접적인 육성으로 드러난 윤동주, 박두진, 김현승의 작품들에 이르기까지 이 도저한 배타성은 한 개인의 정신적 입지로는 허물기 어려운 완강한 범주를 유지했다. 이는 때때로 동양 문명의 바탕 위에서 오랜 관습으로 굳어진 직관 및 보편성의 관점과 상충할 수밖에 없었으며, 예컨대 김현승의 시에 나타난 외형적 굴곡도 궁극적으로 서로 대립되는 두 이류를 함께 체득함으로써 발생한 갈등의 표출이었다.

기독교 사상이 문학으로 치환된 가장 기본적인 예는 성서 자체가 문학적 기술의 성격을 약여하게 갖고 있다는 데 있다. 성서를 예언 문학, 묵시 문학, 지혜 문학 같은 호칭으로 부른다든지 시편, 잠언, 전도서, 아가 등이 노랫말의 운율로 되어 있다든지 룻기, 에스더가 단편 소설의 형식적 특성을 그대로 구비하고 있다든지 하는 사실이 그에 대한 좋은 반증이 된다. 옥스퍼드 대학의 제

임스 바(James Barr) 교수는 성서의 연구에서도 신학적, 역사적, 문서적 연구 외에 미적, 문학적 연구가 수행되어야 한다는 주장을 내놓은 바 있다.

영국의 문인 루이스(C.S. Lewies)가 인간을 수륙 양서(amphibian)의 동물이라고 정의한 바 있지만, 그 정의가 내포하는 의미처럼 성서는 지상의 육신과 영적 피안을 아울러서 있을 수 있는 모든 인간 체험을 다루고 있다. 그러나 우리가 기독교 사상의 문학적 변용이라는 명제를 우리 문학에 적용할 때, 그처럼 직설적인 교의의 발화법을 모두 수긍할 수 있는 것은 아니다. 성서에 기술된 문면에 집착하여 그 범주 자체를 신성시하는 태도가 우세하다면, 그것은 '종교로서의 문학'일 뿐 '문학의 종교적 경향'이 아니기 때문이다.

따라서 비록 종교적 체험이 체질화되어 있는 경우라 할지라도 그것이 스스로의 문학성을 고양하여 문학사에 비중을 둘 수 있는 작품의 산출에까지 나아가야 한다는 요구를 수반하게 된다. 그러할 때 "교의는 진정한 시에서는 그 모습을 나타내지 말아야 한다. 혹 나타낸다 하더라도 교의로서가 아니라 순수한 환상이어야 한다"고 찰스 그릭스버그(Charles I. Glicksberg)가 『문학과 종교』에서 내세운 논리는, 기독교 문학의 존립 근거 그리고 문학과 종교의 상관성을 잘 말해 준다.

천주교 2백여 년, 개신교 1백여 년의 역사를 가진 한국의 기독교 문학은 개화기 이후 구조화된 윤리와 인습의 각질로부터 탈출하려는 계몽주의적 수단으로, 일제하의 피압박 민족으로서 저항 및 자립 운동의 정신적 버팀목으로 효율적인 수용의 경과를 보였다. 또한 그 이후의 곤고한 역사 과정을 거치면서 개인적 신앙의 고백에서부터 사회사적 관점의 표출에 이르기까지 다양한 반응 양상을 보여 왔다. 근자에 이르러서는 기독교에 대한 부정적 인식을 강력하게 드러내는 작품들도 적잖이 눈에 띄고 있다.

기독교 문학은 범박한 의미에 있어서 종교 문학이다. 종교적 인자가 문학의 예술성을 부축해 주고, 문학이 종교적 교리의 의미를 평이한 해석의 차원으로 끌어낼 수 있을 때, 우리는 탁발한 종교 소재의 문학작품을 만나게 될 것이다. 우리 문학의 기저에 자리하고 있는 기독교 의식의 본질과 그것이 작품으로 형상화되는 상관 관계를 검토하는 동안, 여기서 논거된 문학의 일상적 면모가 기독교 사상의 초월적 면모로부터 끊임없이 간섭받고 또 일정한 사상성의 자양을 섭생했다는 판단을 추출할 수 있다.

그리고 그러한 기독교적 기반이 창작의 실제에 사상성의 힘을 공여하고 그것이 확장된 문학적 성과를 수확하게 하였음을 확인할 수 있다. 물론 기독교 2천 년 역사를 뒤따라가며 그 정신적 열매를 추수하고 있는 기독교 문학을 한두 마디의 언어로 정의할 수는 없다. 한국에 기독교가 전파된 지도 어언 2백여 년의 세월이 지났다. 한국의 기독교 문학에 있어서 그 정의, 범주, 작품의 실제를 구명하는 일은, 어떤 경우에는 2백 년 아니 2천 년의 역사적 하중을 고스란히 떠안아야 할 때도 있다.

그러한 기독교 사상의 역사와 그 경과 과정에 수반되어 있는 사상성이 우리 문학의 허약한 사상적 토대를 보강하고 작품의 폭과 깊이를 더하는 데 기여할 수 있다는 사실에 주목할 필요가 있는 것이다. 인간주의 또는 인본주의의 시각으로 기독교를 바라본 『사반의 십자가』는 한국문학사에 김동리가 세운 돌올한 봉우리들 중에서도 한층 돋보이는 문학적 성과를 거양했으며, 이 소설에서 축적된 인식의 지평을 딛고서 이문열이 애써 쓴 『사람의 아들』이나 현의섭의 정론적인 작품 『소설 예수 그리스도』등 좋은 소설들이 산출될 수 있었다.

신의 실재성에 대한 질문을 세속적 삶과의 관련 아래에서 제기한 유재용의 『성자여 어디 계십니까』는, 종교적 심성과 세속의 저잣거리가 어떻게 마찰하는가를 이 작가 특유의 성실성과 사실성에 기반을 둔 차분한 필치에 기대어 읽을 수 있게 했다. 그러기에 다른 작가가 이러한 작품 계보의 후속편을 쓰게 된다면, 여기에서 유보된 신의 실재성에 대한 철학적 답변을 준비하면서 사상을 담은 문학의 깊이를 체현해 주기를 요청해 보아야 할 것이다. 성과 속의 교직을 통해 독특한 기독교적 세계관과 그 해석의 소설적 방안을 내놓은 이승우의 작품들이 특히 그렇다.

이를 현대적 문맥으로 시험한 작품들은, 어쩌면 이승우의 작품세계뿐만 아니라 기독교 문학이 나아갈 하나의 방향 탐색에 값할 터이다. 이승우가 수직의 축과 수평의 축을 거멀못처럼 함께 얽어내는 소설 문법을 보여주었던 만큼, 앞으로는 그 질긴 강박감의 각질을 깨고 새로운 세계관과 창작방법으로 나아가야 할 때인지도 모른다. 우리 문단의 지형도에 비추어 상대적으로 젊은 연륜에, 기독교 신앙의 돕는 힘으로 깊이 있는 사상성의 문학화를 시도해 온 그와 더불어, 우리는 한국 문학의 한 단처가 괄목할 만한 수준으로 메워질 수 있길 기대해 봄직하다.

이상에서 대표적으로 살펴본 작품들은 모두 종교와 문학, 또는 신성과 세속이 서로 접촉하는 그 교차 지점에 작품의 입지를 마련해 두고 있으며, 그 자리가 곧 종교 문학 또는 기독교 문학을 포괄적으로 조망하게 하는 공간이 된다 할 것이다. 이 책의 1부에서는 김동리, 유재용, 이승우 외에도 이청준, 현길언, 안영, 박경숙, 채영선 등 여러 작가들이 자신의 문학과 기독교적 세계관의 점점을 어떻게 마련하고 있는가를 정치하게 추적하려 했다. 이 작가들은 기독교 사상에 힘입어 스스로의 문학을 훨씬 더 높은 지경으로 추동할 수 있었다.

2부에서는 김현승, 서정주, 김달진, 조병화, 신영춘의 시를 통하여 한국 문단에 값있는 이름을 가진 시인들이 자신의 문학 세계와 기독교 사상의 상충, 교류, 통합을 어떻게 운용하고 있는가를 중점적으로 살펴보았다. 저마다 각기 다른 방식으로 그 사상성의 맥락을 작품에 도입하는 시작(詩作)의 성과가 어떻게 산출되는가에 관심을 두었다. 3부에서는 개화기 천주가사에서부터 오늘날 한국문학에서 확장된 한민족 디아스포라 문학의 영역에 이르기까지 기독교 문학의 형상과 분포와 그 적용의 문제를 검토했다.

맨 마지막에 덧붙인 론다 번의 『시크릿』은 기독교 사상을 실제적인 삶에 응용하는 방안이다. 이처럼 여러 모양으로 과거와 현재 그리고 미래를 관류하는 기독교 사상의 문학적 변용은 앞으로의 지속적인 연구 과제이다. 동시에 문학으로 만나는 기독교 사상이 문학 연구에 있어서 소중한 까닭이기도 하다. 이와 같은 계획성 있는 연구와 집필을 위해 이번의 연구서는 필자에게 매우 중요한 디딤돌에 해당한다. 이를 한 권의 볼품 있는 책으로 꾸며준 도서출판 문학수첩에 깊은 감사의 마음을 전한다.

『인문학용어대사전』(2018)

한국 문예비평사의 새로운 발걸음

한국문학평론가협회 엮음으로 『인문학용어대사전』을 상재하여 세상에 내놓는다. 이는 우리 협회에서 지금으로부터 꼭 10년 전인 2006년, 150여 명의 필진을 구성하여 2,000여개의 용어 해설을 실은 『문학비평용어사전』 상·하권을 출간한 이후 처음으로 수행하는 개정·증보판이다. 강산도 변한다는 10년 세월에 문학비평 용어인들 그대로일 수 없으며, 또한 시대적 상황의 변화에 따라 많은 새로운 용어들이 등장하고 있다는 차원에서 보면 이 일은 오히려 때늦은 감이 없지 않다. 이번에 신규로 추가한 100여 개의 용어는 바로 그러한 상황을 반영한 것이다.

10년 전의 『문학비평용어사전』을 발간할 때 편찬위원으로 참여한 이들은 유종호, 김윤식, 홍기삼, 임헌영, 김재홍, 조남현, 최동호, 김종회 등 여덟 분이다. 이제 이분들은 그때에 비해 학문적 영역은 물론 사회적 직함도 달라졌다. 하지만 비평용어사전에 대한 관점과 인식은 크게 다를 것이 없으며, 그때 이분들이 서문으로 쓴 글들은 동시대적 시각의 적절성 및 사료적 가치의 중요성에 비추어 마땅히 공식적인 기록으로 남겨야 할 것이다. 이번 사전에서 그 글들을 그대로 「서문」으로 수록하는 이유다.

원래 사전의 제호가 『문학비평용어사전』이었고 상·하권을 합하여 2,120쪽에 달했다. 이번에 이를 통합하고 100여 개의 신규 용어를 추가해서 한 권으로 묶었다. 그동안 사전을 사용해 온 연구자들의 요청과 사용상의 편의를 반영한 결과다. 뿐만 아니라 제호도 『인문학용어대사전』으로 변경했다. 당초 2000여 개의 수록 용어가 문학비평의 지경을 넘어 인문학 전반의 용어 해설을 포괄하고 있었고, 그 범주에 있어서도 문학의 울타리를 넘어 문화 전반의 용어적 의미와 경향을 수용하고 있었기 때문이다.

그동안 국내에서 선보인 문학비평용어사전들이 대개 단행본 한 권 분량으로 200여 항목에 그쳤던 사실과 비교해 보면, 이번의 사전에 그와 같은 명호를 부여해도 크게 무리한 것으로 여겨지지 않는다. 기실 수록 용어 분량의 확대는 본질적으로 중요한 문제가 아니다. 이 사전은 과거 사전들에서 볼 수 있는 평면적·주관적 해설의 방식을 지양하고 해설과 예문의 제시, 참조 용어와 참고문헌의 제시와 함께 용어 해설 담당 연구자의 실명을 밝히는 책임 집필의 형식을 유지하였다. 이는 곧 연구자들이 각자의 연구를 펼쳐놓고 이를 공유하는 초유의 방식이기도 하다.

이 사전은 궁극적으로 문학비평 또는 인문학의 체계적 발전과 그 실제적 기능의 확장을 목표로 한다. 한 사회나 국가, 더 나아가 인류 문화의 발전을 위한 학문의 과정에서 사전 활용의 긴요함은 두말할 필요가 없을 것이다. 하지만 최근 네트워크 기술의 발달과 그에 따른 정보량의 무한 축적이 가능해지면서, 사전의 기능과 가치가 간과될 때가 많다. 모바일 기기를 통해 언제 어디서든 필요한 것만을 손쉽게 검색하는 일이 가능해진 시대에 사전은 일견 비효율적인 매체로 여겨질 수도 있다. 우리 시대의 이러한 형편에 견주어, 여기서 사전의 상재가 갖는 문명·문화론적 의의에 대해 다시 검토해 보고자 한다.

2012년에 240여 년간 백과사전을 발행해 온 브리태니커 사가 더 이상 인쇄본 사전을 출간하지 않겠다고 한 발표는, 마치 사전으로 대표되는 종이 책에 대한 사망선고로 여겨지기도 한다. 그러나 이것은 단순히 기술과 매체의 차이에 대한 변화일 뿐, 사전을 둘러싸고 있는 본질적 의미는 여전히 변함이 없다.

사전은 단순히 떠도는 정보를 모아둔 책을 말하는 것이 아니다. 기기를 통한 '검색'의 방식은 하나의 항목을 찾기 위해 소모되는 중간 과정을 과감히 생략하고 대상 항목을 향해 곧바로 돌진하기 때문에 효율적이다.

반면에 사전을 통한 '추적'의 방식은 이와 아주 다르다. 인류사회의 문명과 문화를 추동해 온 힘은, 어쩌면 이처럼 사전을 만들고 활용하는 과정 전체에 반영되어 있는 것인지도 모른다. 아카데미 프랑세즈가 무려 59년 간의 작업을 거쳐 1694년 『프랑스어사전』을 출간한 이후, 유럽 각국은 자국어 사전의 편찬에 경쟁적으로 뛰어들었다. 이와 같은 언어와 문화의 경쟁력에 대한 집중은, 그것이 국가 경쟁력과 동궤의 맥락에 있다는 각성을 동반하고 있었다.

오늘과 같은 전자매체와 디지털 문화의 시대에 있어서도 그와 같은 집중적 언어체계를 보여주는 사전의 영향력은 여전히 효용성이 높다. 오래전부터 인류가 가꾸어 오던 '하나 된 세상'이라는 소통의 꿈이, 진보된 기술 덕분에 '집단 지성'의 형태로 구체적인 실현 가능성을 안겨준 것도 그렇다. 사전을 편찬하면서 난무하는 정보들을 수집하고 분류하고 체계화 해 온 과정이 디지털 기술을 만났을 때, 이른바 '추적'과 '검색'의 통합적 작용이 가능해지면서 그 꿈을 현실 속에 펼쳐놓을 수 있게 된 터이다.

한국문학평론가협회에서는 이와 같은 사전의 의의를 바탕으로 10년 전 『문학비평용어사전』 출간 이후 변화된 용어들의 뜻과 쓰임새를 수정·보완하고, 또 예전에는 다른 분야에 국한되어 있다가 문화·문학 영역에서 널리 쓰이게 된 용어들, 그리고 새롭게 알려진 용어들을 추가하여 이 사전을 다시 만들었다. 그 과정에서 사회 전반과 적극적으로 길항하고 있는 문학 장르의 본질적인 움직임도 포착하게 되었다. 사실 이러한 문학의 경향은 학제 간 교섭이 활발해진 최근에 이르러 재조명되고 있는 특성이다.

기술문명의 발달과 시대·사회적 성격의 분화 및 다면화가 놓쳐버린, 정서의 내밀함을 채우는 인문학적 인식의 반영이 그 한 대목이다. 거듭 강조하자면 이 사전에 수록된 기존 용어나 새롭게 수록된 용어들이 문학 장르 안에서 널리 쓰이고 있지만, 그렇다고 문학에만 국한된 것이 아니다. 그런 까닭으로 문화와 문학 일반 그리고 인문학 전반을 아우르는 확장된 범주의 운용과, 과거의 전통적 개념으로부터 오늘의 시대상을 반영하기까지 폭넓은 용례의 적용을 도모하였다. 자연히 사전의 명호를 '인문학용어대사전'으로 개명할 수밖에 없었던 것이다.

시대적 양상이 변화하는 속도를 감안하면 10년 만의 개정이 이르다고 할 수 없으나, 관련된 일의 방대함이나 통상적인 사전 제작 과정에 비교할 때 결코 늦었다고만 할 수는 없다. 『문학비평용어사전』을 출간할 당시 지속적인 개정을 다짐했는데, 그 약속을 지킬 수 있게 되어 다행스럽게 생각한다. 이 새로운 사전의 발간에 애쓰고 수고한 분들과 새로운 용어 해설을 집필해준 분들 그리고 한결같은 후원으로 이 일이 가능하도록 해준 국학자료원의 정구형 대표에게 감사의 말씀을 드린다.

『영혼의 숨겨진 보화』(2019)

좋은 비평, 작가와 작품에 대한
따뜻한 애정

　영국의 시인이자 극작가이며 20세기 시와 비평 분야에 혁명을 일으킨 T.
S.엘리엇은 1923년에 「비평의 기능」이란 짧은 비평문을 썼다. 이 글에서 그는
비평을 두고 '문학작품의 해명과 취미의 교정'이란 매우 오만한 수사를 사용했
다. 그가 스스로의 문필활동을 전개하면서 다른 비평가의 비판을 받기도 하고
또 세월의 경과에 따라 생각이 깊어지기도 하면서, 1956년에 「비평의 한계」란
역시 짧은 비평문을 썼다. 이 글에서는 '작품에 대한 이해와 향유의 증진'이란
사뭇 겸허한 표현을 내놓았다. 33년이란 시간적 상거를 가진 이 두 글 사이에
한 뛰어난 문인의 인식 변화가 비평의 역할론과 더불어 잠복해 있다. 비단 그
의 경우에만 이 글쓰기 문법이 작동할 리 없다.

　필자가 1988년《문학사상》을 통해 문학평론가로 문단에 발을 들여놓은 지
30년이 지났다. 그동안 여러 문예지의 편집위원을 맡기도 하고 한국문학평론
가협회 회장을 역임하기도 했으며, 거의 쉬는 날 없이 우리 문학작품을 읽고
이에 대한 비평 활동을 해 왔다. 지금까지 모두 9권의 평론집을 상재했고, 이
책들은 8번의 문학상 수상이라는 영예를 안겨주기도 했다. 이번의 책은 10번
째 평론집이다. 그런데 이 모든 겉치레의 모양과 그 축적이 대체 무엇이란 말
인가. 엘리엇의 문학인생에 비추어 보니, 외형적 형상은 중요할 바가 없고 오

직 의식의 내면에 숨어 있는 결곡하고 핍진한 문학정신만이 가치 있는 그루터기로 남지 않을까 여겨진다. 정말 귀하고 소중한 것은 작고 단촐하지만 단단하고 값있는 데 있는 것 같다.

그리고 또 있다. 좋은 비평이란 정연한 논리와 수발한 문장에 기대어 있는 것이 아니라, 작가와 작품에 대한 따뜻한 애정에서 말미암는 것이 아닌가. 작가의 내부로 되짚어 들어가 보려는, 곧 작가를 깊이 있게 이해하려는 노력 없이 좋은 비평이란 당초에 어려울 것이 아닌가. 정말 좋은 비평은, 그 비평이 없었더라면 잘 알 수 없는 작품의 가치를 드러내 보여주는 것이 아닐까. 30년 비평적 글쓰기 끝에 요즈음 내 의식을 채우고 있는 생각들이다. 이 책은 그와 같은 논점에 따라 우리문학의 현장을 여러 시각으로 살펴본 결과에 해당한다. 동시에 앞으로 남아 있는 필자의 문학 비평은 그와 같은 방향성을 뒤따라가게 될 것이다. 그런 점에서 이 책을 새로운 하나의 변화 기점으로 삼을 수 있었으면 한다.

이 책은 모두 4부로 구성되어 있다. 1부 '자기 성찰의 맑은 거울'은 한국 현대소설의 여러 작가들을 작품의 실제와 더불어 검증해 보았고, 2부 '문화 공감과 소통의 글'은 주로 미주 한인 작가들의 작품을 세미하고 다양하게 검색해 본 것이다. 3부 '운문호일의 시와 언어'는 우리 시인들의 작품세계를 온정어린 눈길로 살피려 애쓴 것이고, 4부 '부드러움의 더 강한 힘' 또한 동시대 국내외의 수필 작품들을 그러한 눈으로 뒤따라간 것이다. 이처럼 여러 갈래의 글이 한 권의 단행본으로 조화롭게 태어날 수 있게 해준 민음사 편집부에 마음으로부터 감사의 말씀을 드린다. 이 책에서 탐색하고 있는 작가 그리고 작품들과 이 소박하면서도 벅찬 기쁨을 함께 나누고 싶다.

저서 목록(총 182권)
저서, 평론집, 공저, 편저, 산문집, 시집

저서 및 평론집(20)

1990 현실과 문학의 상상력, 교음사

1990 한국소설의 낙원의식 연구, 문학아카데미

1996 위기의 시대와 문학, 세계사

1997 문학과 전환기의 시대정신, 민음사

1998 기독교 문학의 발견, 기독교리더쉽연구원

2002 문학의 숲과 나무, 민음사

2004 문화 통합의 시대와 문학, 문학수첩

2007 문학과 예술혼, 문학의숲

2007 문학과 디아스포라, 민음사

2010 대중문화와 영웅신화, 문학수첩

2015 한민족 디아스포라 문학, 문학과지성사

2015 김종회 평론선집, 지식을만드는지식

2015 문학에서 세상을 만나다, 문학수첩

2016 문학의 거울과 저울, 민음사

2017 황순원 문학과 소나기마을, 작가

2017 문학의 매혹, 소설적 인간학 – 이병주, 바이북스

2017 기독교 문학과 행복한 글쓰기, 바이북스

2018 문학의 향유와 확장의 논리, 작가

2018 문학으로 만나는 기독교 사상, 문학수첩

2019 영혼의 숨겨진 보화, 민음사

공저 (23)

1990 문학의 이해, 경희대학교출판국

1998 서정시가 있는 문학 강의실, 유니스타

1999 문학의 이해, 한울아카데미

2003 문예창작실기론, 시와시학사

2004 글쓰기의 이론과 실제 이론편, 경희대학교출판국

2004 글쓰기의 이론과 실제 응용편 전5권, 경희대학교출판국

2007 작품으로 읽는 북한문학의 변화와 전망, 역락

2007 생각하는 자 천하를 얻는다, 경희대학교출판국

2012 문학과 부자, 신정

2012 마음의 양식, 국방부

2012 디아스포라와 한국문학, 역락

2013 조병화의 문학세계 2, 국학자료원

2014 조병화의 문학세계 Ⅲ, 편운재

2015 한민족 문학사 1-2권, 역락

2016 한국문학과 실향·귀향·탈향의 서사, 푸른사상

2017 황순원 연구, 역락

2017 김유정의 문학산맥, 소명출판

2017 이병주 문학의 역사와 사회 인식, 바이북스

편저 (133)

1990 불우물 조선처녀 – 중국조선족작가 소설선, 판

1995 현대문학의 이해와 감상, 시와시학사

1997 문학과 사회, 집문당

1998 황순원 – 작가론 총서, 새미

1998 다시 부활을 기다리며 – 테마문학 기독교, 윤컴

1999 한 그리움과 다른 그리움 – 겨울시편 선집, 문화마당

1999 북한문학의 이해, 청동거울

2001 문학으로 보는 성 – 성과 문학 이론편, 김영사

2001 프로이드식 치료를 받는 여교사 – 성과 문학 작품편, 김영사

2001 사이버문학의 이해, 집문당

2002 북한문학의 이해 2, 청동거울

2003 기독교 명저 산책, 경희대학교출판국

2003 한민족 문화권의 문학, 국학자료원

2004 현대문학의 이해, 시학

2004 북한문학의 이해3, 청동거울

2005 사이버문화, 하이퍼텍스트문학 이론편, 국학자료원

2005 사이버문화, 하이퍼텍스트문학 작품편, 국학자료원

2005 설화가 유래된 곳을 찾아가는 우리나라 옛이야기, 두부공장

2005 광야-범우비평판 한국문학, 이육사 편, 범우사

2006 문학비평용어사전 상 · 하, 국학자료원

2006 해외동포문학전집 : 미국 · 일본 · 중국 · 중앙아시아 전24권, 해토 외

2006 한국현대문학100년 대표소설100선 연구 전3권, 문학수첩

2006 한민족문화권의 문학 2, 국학자료원

2006 설화가 유래된 곳을 찾아가는 우리나라 옛이야기 2, 두부공장

2006 꼭 읽어야 할 수필명작, 청동거울

2006 황순원 소나기마을의 OSMU와 스토리텔링, 랜덤하우스

2007 한국 동화문학의 흐름과 미학, 청동거울

2007 북한문학의 이해 4, 청동거울

2008 그들의 생애와 문학 – 납·월북 작가 평전 전14권, 한길사

2008 역사의 그늘, 문학의 길 – 이병주 문학 연구, 한길사

2008 이광수 작품집, 지식을만드는지식

2008 박태원 작품집, 지식을만드는지식

2009 한국문학 명비평, 문학의숲

2009 별이 차가운 밤이면 – 이병주 장편소설, 문학의숲

2009 소설알렉산드리아 – 이병주 소설집, 바이북스

2009 쥘부채 – 이병주 소설집, 바이북스

2009 박사상회 / 빈영출 – 이병주 소설집, 바이북스

2010 문학과 역사의 경계에 서다 – 낭만적 휴머니스트 이병주의 삶과 문학, 바이북스

2010 황순원 작품집, 지식을만드는지식

2010 이병주 작품집, 지식을만드는지식

2010 변명 – 이병주 소설집, 바이북스

2010 문학을 위한 변명 – 이병주 에세이, 바이북스

2010 중앙아시아 고려인 디아스포라 문학, 국학자료원

2011 김용성 – 작가론총서, 새미

2012 이광수 작품집, 지식을만드는지식

2012 황순원 단편집, 지식을만드는지식

2012 북한문학 연구자료총서 1-4권, 국학자료원

2012 한국아동문학 연구자료총서 1-9권, 국학자료원

2012 천변풍경 / 소설가 구보 씨의 일일, 지식을만드는지식

2012 조병화 시선, 지식을만드는지식

2012 까레이스키 공연예술의 꿈, 국학자료원

2013 배익천 동화선집, 지식을만드는지식

2013 천변풍경 – 박태원 소설집, 지식을만드는지식

2013 박태원 중편집, 지식을만드는지식

2013 이광수 소설선, 지식을만드는지식

2014 조병화 시 전집 전6권, 국학자료원

2014 황순원 연구 총서 전8권, 국학자료원

2015 강소천 – 작가론총서, 국학자료원

2015 긴 밤을 어떻게 세울까 – 이병주 에세이, 바이북스

2015 소나기 – 황순원 소설, 청동거울

2016 중국 조선족 디아스포라 문학, 국학자료원

2016 소년, 소녀를 만나다, 문학과지성사

2016 세우지 않은 비명 – 이병주 소설, 바이북스

2017 이병주 – 작가론총서, 국학자료원

2017 이병주 수필선집, 지식을만드는지식

2017 윤오영 수필선집, 지식을만드는지식

2017 신봉승 수필선집, 지식을만드는지식

2017 디지털 시대의 문화이론과 문학, 국학자료원

2017 디카시의 매혹, 서정시학

2020 소나기를 만나다, 소나기마을

2020 소설 · 알렉산드리아, 바이북스

산문집 (5)

1997 황금그물에 갇힌 예수, 국민일보사

2004 이 슬픈 세월의 강 – 남북 인적교류의 과거 · 현재 · 미래 · 경희대학교출
판국

2011 오독, 문학의숲

2015 글에서 삶을 배우다, 비채(김영사)

2019 삶과 문학의 경계를 걷다, 비채(김영사)

디카시집 (1)

2019 어떤 실루엣, 도서출판 디카시

주요 논문(한국연구재단 등재학술지 수록, 37편)

• 한국문학에 수용된 기독교사상 연구 – 기독교 문학의 의미영역과 그 반영
  방식을 중심으로
  The Study of Christian Thought Reflected in Korean Literature
  어문연구 29(1), 한국어문교육연구회, 2001. 3.

• 북한의 문예이론과 문학작품에의 반영양상
  Literary Theory of North-Korea and It's Influence to the Literature
  통일문제연구 37(1), 평화문제연구소, 2002. 6.

• 중국 조선족 문학의 어제와 오늘 – 한민족 문화권의 새로운 영역
  The New Realm of Korean Culture
  국어국문학 130, 국어국문학회, 2002. 9.

• 한무숙 소설에 나타난 근대적 여성인물의 성격 고찰
  Novelistic Portrait and Double-side Character of Modern Female Characters
  -Focusing on Han Mu-suk's Novel
  현대문학이론연구 19, 현대문학이론학회, 2003. 6.

- 수필문학의 상상력, 또는 정체성과 전문성

  Imagination in the Essay, or Identity and Speciality

  비평문학 17, 한국비평문학회, 2003. 7.

- 전란의 시대와 황순원 소설의 인본주의

  The Era of War and Humanism of Hwang Sun-won's Novel

  한국현대문학연구 14, 한국현대문학회, 2003. 12.

- 남북한 문화이질화 현상과 문화통합의 실천적 과제

  Practical Subjects of Culture Differentiation and Unification between South
  and North Korea

  한국문학논총 36, 한국문학회, 2004. 4.

- 박태원 문학의 성격과 세계관 고찰

  Characteristic and Direction of Park Tae-won's Works

  현대문학이론연구 22, 현대문학이론학회, 2004.8.

- 재외 동포문학의 어제 · 오늘 · 내일 – 재미국 · 재일본 · 재중국 동포문학의
  범주와 실상을 중심으로

  New Area and Direction of Foreign Korean Literature

  어문연구 32(4), 한국어문교육연구회, 2004. 12.

- 주체문학론 이후 북한 문학의 방향성

  The Direction of North Korean Literature Since Literature Theory Under
  the Jucheism

한국문학논총 39, 한국문학회, 2005. 4.

• 구소련지역 고려인문학의 형성과 작품세계 – 아나톨리 김과 박 미하일의
작품을 중심으로
Composing and Works of Gorye literature in the Soviet Union Area
동북아 문화연구 1(9), 동북아시아문화학회, 2005.10.

• 개화기 천주가사의 세계 – 새로운 연구 방향의모색을 위한 시론
Works of Catholic Song in the Period of Enlightenment
현대문학이론연구 26, 현대문학이론학회, 2005. 12.

• 중앙아시아 고려인 문학의 형성과 작품의 성격
Forming a Literature Group of Goryeo Literature in Central Asia
동북아문화연구 1(10), 동북아시아문화학회, 2006. 4.

• 재외 한민족문학 연구
A Study on Foreign Korean Literature
비교한국학Comparative Korean Studies 14(1), 국제비교한국학회, 2006. 6.

• 중국 조선족 문학의 형성과 작품 세계
The Formation of Korean Literature in China And its Literary World
현대문학이론연구 28, 현대문학이론학회 2006. 8.

• 북한문학에 나타난 6 · 25동란
The Korean War Shown on The North Korean Literature

한민족어문학(구 영남어문학) 30(49), 한민족어문학회, 2006. 12.

• 북한문학에 나타난 마산의거와 4월혁명
The Uprising in Masan and the April Revolution of 1960 as Shown in North-Korean Literature
현대문학이론학회 30, 2007. 4.

• 일제강점기 박태원 문학의 통속성과 친일성
Park Tae-won Literature during the Colonial Period
비교한국학Comparative Korean Studies 15(2), 국제비교한국학회, 2007. 12.

• 남북한 문학과 해외 동포문학의 디아스포라적 문화 통합
Diasporatic Literature in Korean Society and Culture - Focus on the United Recognition of South and North Korean Literature, and Literature by Koreans Abroad
한국현대문학연구 25, 한국현대문학회, 2008. 8.

• 북한문학에 반영된 한국 현대사 연구 - 주요 역사적 사건을 통한 남북한 문학의 비교론적 관점을 중심으로
A Study on Korean Modern History Reflected in North Korean Literature
한국문학논총 49, 한국문학회, 2008. 8.

• 이병주의 「소설 · 알렉산드리아」 고찰
Thought on Lee Byeng-joo's 「Fiction Alexandria」
비교한국학Comparative Korean Studies 16(2), 국제비교한국학회, 2008. 12.

- 소설에 있어서 근대정신의 수용 공간 : 개성

  'Kaeseong' : The Place for Modernism in Korean Fiction

  현대문학이론연구 36, 현대문학이론학회, 2009. 3.

- 월북후 박태원 역사 소설의 시대적 성격 고찰

  Thoughts on Park Tae-Won's Historical Fiction after Crossing Over into North Korea

  비평문학 34, 한국비평문학회, 2009. 12.

- 재외 한인 디아스포라 문학과 민족의식 – 미주지역 문학작품을 중심으로

  The Diaspora Literature of Koreans Abroad and Their National Consciousness – Focus on the Literary Works from the United States

  비교한국학Comparative Korean Studies 17(3), 국제비교한국학회, 2009. 12.

- 남한의 체제 및 정치적 사건에 대한 북한문학의 비판 양상 고찰

  A Study on Critical Aspect of North Korean Literature about South Korean Structure and It's Political Events

  현대문학이론연구 40, 현대문학이론학회, 2010. 3.

- 미주 한인 디아스포라 문학에 나타난 민족정체성 고찰 – 이창래, 수잔 최, 이민진의 작품을 중심으로

  Thoughts on National Identity Shown in Diaspora Literature Written by Koreans in the States

  현대문학이론연구 44, 현대문학이론학회 2011. 3.

• 이병주 문학의 역사의식 고찰 - 장편소설『관부연락선』을 중심으로

  The Historical Awareness in Lee Byeng-joo's Literature

  한국문학논총 57, 한국문학회, 2011. 4.

• 한민족 문학사의 통시적 연구와 기술의 방향성

  The Diachronic Study and Direction of Writing in Literary History of
  Korean Nationality

  외국문학연구 56, 외국문학연구소, 2014. 11.

•『토지』공간과 동시대 수용의 방향성

  Space for 『The Land』 and Its Direction for Contemporary Capacity

  비평문학 60, 한국비평문학회 2016. 6.

• 해외 한글문학, 그 확산과 치유의 길

  Literature Abroad in Korean, the Spread and Healing

  한국문예창작 15(2), 한국문예창작학회, 2016. 8.

• 김유정 소설의 문화산업적 활용 방안 고찰

  A Study of Cultural and Industrial Utilization of Kim Yoo-jung Literature

  비평문학 62, 한국비평문학회, 2016. 12.

• 사유의 극점에서 만난 종교성의 두 면모 - 김달진 시의 불교적 정신과 기
  독교적 정신

  Two Different Features of Religion, Encountered in the Extreme Point of
  Thought

외국문학연구 67, 외국문학연구소, 2016. 12.

- 세계문학으로서의 이청준 문학
  Yi Chong-jun's Works as World Literature
  한국현대문학연구 50, 한국현대문학회, 2016. 12.

- 이광수 문학에 나타난 근대의식의 양상 - 주요 단편과 『무정』·『사랑』을 중심으로
  The Aspect of Modern Consciousness Shown in Lee Kwang-soo Literature - Focus on Major Short Stories, 『Heartless』·『Love』
  현대소설연구 65, 한국현대소설학회, 2017. 3.

- 만해 문학의 서사성 고찰
  A Study on Narrativity in Manhae Literature
  현대문학이론연구 69, 현대문학이론학회, 2017. 6.

- 이상의 「날개」와 연구의 방향성
  Lee Sang's 「The Wing」 and Direction of the Study
  비평문학 64, 한국비평문학회, 2017. 6.

- 김동리 소설과 인본주의의 두 유형 - 『을화』와 『사반의 십자가』를 중심으로
  Kim Dong-ri's Novel and Two Types of Humanism with "Eulwha" and "Cross of Saban"
  비평문학 66, 한국비평문학회, 2017. 12.

4부

문학상
소감

진솔하게, 원론에 입각하여

먼저 여러 가지로 부족한 저에게 제16회 한국문학평론가협회상을 수상할 수 있도록 해 주신 하나님의 은혜에 감사를 드립니다. 오늘의 제가 있기까지 저를 가르쳐주시고 이끌어주신 선생님들이 계십니다. 그분들께 깊이 머리 숙여 감사를 드립니다.

저에게 수상의 영광을 안겨준 저서는 『문학과 전환기의 시대정신』(1997. 민음사)이라는 세 번째 평론집입니다. 이 책에 앞서서 저는 『현실과 문학의 상상력』(1990, 교음사), 『위기의 시대와 문학』(1996, 세계사) 등 두 권의 평론집을 상재한 바 있습니다. 첫 평론집 『현실과 문학의 상상력』의 서문에서 저는 이렇게 적었습니다.

> 1980년대 후반은, 사회변혁의 준험한 파도가 현실의 제방을 넘어서 문학의 영역에까지 그 위력을 확장한 시기였다. 문학의 현장성이 한층 강화되었고, 운동으로서의 문학이 주류를 형성하여 당대의 시대정신을 대변하는 역할을 수행하기도 했다.
>
> 이와 같은 동시대의 문화현상을 바라보는 동안, 현실의 가장 첨예한 명제가 어떻게 문학이라는 반응형태로 나타날 것인가, 거기에 게재되어 있는 문학적 상상력의 힘과 진폭은 어떻게 규명될 수 있을 것인가, 또한 이와는 다른

발화법을 가진 문학의 의미와 범주는 어떠한 논리 위에서 정초될 수 있을 것인가 하는 등의 의문이 내 사고의 중심부를 점유하고 있었다.

이 책은 주로 그러한 질문들에 대한 답변의 기록이다.

그로부터 6년이 지난 1996년에 두 번째 평론집 『위기의 시대와 문학』을 낼 무렵, 곧 세상이 너무도 많이 달라지고 문학의 이념성과 운동개념이 다양성과 다원주의의 시대정신에 중심영역을 내어줄 무렵, 그 두 번째 책에서도 저는 여전히 문학의 사회적 성격과 역할이라는 강박감에서 자유롭지 못했습니다. 거기의 서문에는 이런 기록이 있습니다.

분단모순과 계급모순의 중첩된 민족적 질고를 숙명처럼 걸머지고, 동시대의 우리 소설은 진정 곤고한 걸음으로 오늘 여기에까지 이르렀다. 작가와 작품에 따라 상찬과 비판의 엇갈린 시각들이 교차 되었겠거니와, 수용자로서 우리 독자들은 마침내 시기와 상황에 따른 삶의 진면목을 해명하고 문학적 의의를 부여해 온 그 수고에 정신적 빚을 지고 있는 셈이다.

그런 점에서 이 평론집에 수록된 글들은 가능한 한 작품에 대한 애정을 허물지 않으려 애쓰는 가운데 작성되었으며, 문학이론의 적용보다는 작품 자체의 의미와 성취를 추구하는 데 더 중점을 둔 경우이다.

또한 제작된 허구로서의 소설과 실제적 현실로서의 삶이 어떠한 상관관계 아래 놓여 있으며, 그러한 상관성은 위태로운 시대상을 응대하는 문학의 역할을 어떻게 표출하고 있는가에 주목하려 했다.

그리고 이번의 평론집 『문학과 전환기의 시대정신』에서는 세기말, 아니 21세기를 시발로 하여 새로운 천년의 역사 과정이 개막되는 창대한 변화의 시기에 초점을 맞추어, 다음과 같은 비평적 의식과 태도를 진술한 바 있습니다.

이 광활한 시대적 입지점 위에서, 세기말의 다양 다기한 굴곡을 헤쳐 나가는 우리 문학의 내면 풍경은 어떠하며 그 시대정신은 어떻게 반영되어 있는가? 그리고 그러한 문학작품을 통하여 우리는 동시대의 사회사적 의미망을 어떻게 걷어 올릴 수 있는가?

문학은 이와 같은 원론적 질문에 허장성세로 과장된 답변을 내놓지 않는다. 항차 삶의 실제적 형상을 구체성을 띤 담론 구조로 표현하는 소설에서는 더 말할 나위가 없다. 작가들은 사회현실에 대한 스스로의 사유와 평가를 작품의 문면 위에 늘어놓지 않으며, 이를 그 행간 깊은 자리에 감추어 갈무리한다.

여기에 수록된 글들은, 이 세기말 변환의 때에 우리 작가들이 당대 문화적 토양의 저변에 숨겨놓은 그 '감추인 보화'를 탐색한 결과의 기록이다.

이처럼 세 평론집의 서문 일부를 그대로 옮겨 본 것은, 아직 연천한 처지에 무슨 수상소감이라고 외람되이 평론에 대한 언사를 늘어놓는 것보다, 그동안 공부하고 글 써 온 자취를 그대로 드러내 보임으로써 그에 대한 진솔한 생각을 토로할 수 있지 않을까 해서였습니다.

작가나 시인에 대해서는 시도때도 없이 할 말이 많았었는데, 정작 제 자신의 글에 대해서는 크게 부끄럽고 아연 말문이 막힙니다. 다만 제가 문학과 역사적 삶, 또 사회사적인 삶의 상관성에 대해서는 지속적인 관심을 가지고 있었다는 사실을 확인할 수가 있을 것 같습니다. 그런 점에서《한국문학평론》 1997년 가을호 '이 계절의 문학'에서 언급된 제 비평에 관한 논평은 매우 적절하고 정확해 보입니다.

김종회는 비평의 근본주의자이다. 그의 주된 관심은 작품에서 받은 인상을 섬세하게 기술하는 데 있지 않고 문학의 시대정신과 사회사적 의미망의 상호작용을 해명하는 데 있다. 그렇다고 그가 문학사나 이론에만 관심이 있는 연구자라는 것은 아니다. 김종회 비평의 중심선은 문학과 사회와 문화가 도와 이룩한 역사적 공간을 관통하며 지나간다. 그는 이론비평과 실천비평을 겸비한 폭이 넓은 평론가이다.

제 기량에 비추어 매우 과분한 이 논평은, 그러나 저의 비평적 관심이 지향하는 바를 예리하게 짚어 주었습니다. 그러고 보면 서정성이 강하거나 실험성이 짙은 개인주의적 경향의 작품이나 문학적 자유의지는 그다지 저의 주목을 유발하지 못했습니다. 앞으로는 이 분야에 대한 관심을 좀 더 확대해 나가고자 합니다.

오늘 한국문학평론가협회에서는 '동아시아 문학에 나타난 가족해체'를 주제로 국제학술심포지엄을 열었습니다. 이 소중하고 뜻 깊은 심포지엄에 연이어 상을 받게 된 것을 매우 영광스럽게 생각합니다. 특히 한국문학평론가협회의 임원과 심사위원들께 깊이 감사드립니다.

이처럼 귀한 상을 베풀어 주시는 것은, 앞으로 더 열심히 연구하고 더 좋은 글을 쓰라는 격려의 채찍으로 알고 열심을 다할 것을 다짐해봅니다.

저는 문학이론과 비평에 관한 공부를 주로 경희대학교 대학원의 현대문학연구회에서 했습니다. 매주 금요일마다 함께 밤을 밝히며 공부해 온 연구회 회원들에게 뜨거운 애정과 감사의 뜻을 전하고 싶습니다.

지우학 문학 연륜의 새 분기점

김환태 평론문학상 수상자로 결정되었다는 소식을 들은 것은, 온 나라가 10년 만의 무더위에 허덕이고 있을 때 그에 동참하여 고통을 함께 나누지 못하고 매우 미안한 마음으로 해외에 나가 있을 때였다. 미국 서부 캘리포니아의 산호세에서 지난 한 학기 동안 쌓인 피로를 덜어내고 무디어진 머리를 식히고 있는 중에, 반가운 손님처럼 이 소식이 8만 리 태평양을 넘어왔다.

《문학사상》은 내게 언제나 멀리 두고 온, 그리고 반드시 돌아가야 하는 고향과 같은 이미지로 남아 있다. 1988년 이 문예지의 신춘문예에 「삶과 죽음의 존재양식-황순원론」으로 문단에 등단하면서, 이 문예지는 나를 문학 세상으로 내보내는 모태의 역할을 맡아주었다. 문단 생활 십수 년을 지내놓고 보니, 그 모태는 내게 많은 지면을 허락해주었고 마침내 이처럼 권위 있는 상의 수상자로 만들어주었다. 마음으로부터 감사한다.

'김환태'라는 이름의 중량이 참으로 만만치 않다. 1930년대의 우리 문학에 남다른 문학적 감성과 학문적 체계화의 가능성을 보여준, 그리고 프로문학의 이론중심주의에 대응한 작품중심주의의 비평을 보여준, 당대의 평론가였다. 그가 남겨둔 문필의 실체를 통해서도 그러하거니와, 그의 이름으로 주어지는 이 상의 수상자 면면을 일별하여 보아도 왜 '김환태 평론문학상'인가를 단정하기가 어렵지 않다.

내 개인으로는 이 상의 수상을 더없이 기쁘고 영광스럽게 생각한다. 지금까지 몇 차례 문학상을 받은 경험이 있지만, 이 상의 수상을 또 하나의 문학적 분기점으로 받아들이고자 한다. 지금까지 정말 치열한 비평정신으로 동시대의 작품을 만났으며, 그에 대한 해석과 평가를 공여하는 데 모든 성의를 다했는가를 반성하는 계기로 삼고자 한다.

세월이 유수(流水)와 같다더니, 옛말 그른 바 없어 보인다. 문단 신인으로 얼굴을 내놓은 지가 벌써 지우학(志于學)의 연륜을 넘어섰으니, 정녕 갈 길은 멀고 날은 바삐 저무는 형국이다. 문학을 학술적 논리로 확립하려는 내 면학(勉學)의 길 또한 바쁘기는 마찬가지이다. 목표와 계획은 많은데 눈은 높고 손이 낮아, 자연적으로 겸허와 사양의 덕목을 배우는 형편에 있다.

이와 같은 갈(渴)한 심경에 수상 소식은, 여러 가지를 새롭게 가다듬는 통과의례가 될 듯하다. 이성적으로 계량해 보면 미상불 살아갈 날이 살아온 날보다 짧은 터이며, 날 선 경각심으로 시간과 세월을 아껴 써야 마땅하다. 그러기에 이제는 여기저기 넓게 펼쳐놓았던 관심과 관계성의 범주를 축약하고 중점적인 부분에 집중해야 옳겠다.

아무래도 내게는 여러 작가나 작품을 세부적으로 검증하고 그에 대한 분석적 결과를 추출하는 일보다는, 포괄적인 시대 및 사회사의 흐름에 비추어서 문학이 선 자리와 그것의 성격, 그리고 그것이 우리 삶과 연관되는 측면 등을 탐색하는 일이 더 익숙하고 가치 있게 여겨진다.

그러한 접근 방식으로 그동안 그래도 열심히 들여다 보았던 북한문학, 해외 동포문학 등 '한민족 문화권의 문학'에 이론과 실제의 양면으로 더 가까이 다가가 볼 요량을 갖고 있다. 궁극적으로는 이렇게 그 영역이 확장된 한국문학, 그리고 변화하는 시대의 성격이 반영된 한국문학사를 새롭게 정리해 보려는 소망을 갖고 있다.

수상 통보를 받으면서 문득 고향의 아버님과 가족들의 얼굴이 떠올랐고, 또 이제는 유명(幽明)을 달리하신 스승 황순원 선생님의 얼굴이 생생하게 기억이 났다. 지금 이 자리에 이른 것이 아무래도 나의 공로가 아닌 증좌이다. 내 선생님 한 분 한 분, 함께 문학을 해 온 동료들, 특히 경희대 대학원 현대문학연구회에 이 상의 영예를 돌린다.

내 문학의 요람이었던 《문학사상》의 임홍빈 회장님과 여러 분들께, 그리고 부족한 글을 수상작으로 선정해주심으로써 앞으로 더욱 열심히 하라고 격려해주신 심사위원님들께, 평소의 고마움을 다하여 깊이 머리 숙인다. 아마도 곧 이 극심한 무더위가 수그러들고 좋은 날이 올 것 같다.

지금도, 그리고 언제나 편운 선생님

"얘, 종회야. 참 쓸쓸한 시대다."

1980년대 초반 늦가을, 경희대 캠퍼스 등룡문 앞길에서 저를 만난 편운 선생님은 제 얼굴과 먼 하늘을 한 번씩 바라보신 후 나직이 말씀하셨습니다. 저는 아무 말도 못하고 그냥 선생님 앞에 가만히 서 있기만 하였습니다. 새로운 군부 권력의 등장으로 대학이 초토화되고 그 반작용들이 울혈을 터뜨리고 있던 때, 시인의 눈에 비친 세상은 인간애가 실종된 황량한 풍광이었던 것입니다.

편운 조병화 선생님! 언제나 남다른 멋이 있으셨지요. 베레모와 파이프, 양복 윗주머니의 손수건과 윤나는 구두, 차근차근 찰 지게 이어가시는 음성, 따뜻하면서도 결기 분명한 품성, 그리고 누구도 흉내 내기 어려운 부지런함과 엄격한 시간 관리……. 열거하기로 하자면 선생님은 좇아가기 어려운 품격을 갖춘 초인이셨습니다.

저는 지금도 문리대 학장실 이사 하던 날 제게 주신, 빨간색 루비가 박힌 물고기 모양의 재떨이를 제 책상에 고이 간직하고 있습니다. 시골서 서울로 유학 와서, 촌닭 관청에 든 것처럼 어리바리하던 1학년 학생 저에게 장학금 추천서를 써주시던 선생님의 손길도 잊지 못하고 있습니다. 제가 할 수 있는 일이 그런 것뿐이기 때문입니다.

선생님의 이름으로 주어지는 편운문학상을 받게 되어, 저는 또 다시 선생님의 은혜를 입고 있습니다. 제가 해 드릴 것이 없는데 이렇게 받기만 해서 어떻게 해야 할지 모르겠습니다. 아마 선생님께서 들으시면 이렇게 말씀하시겠지요. 공부 열심히 하고 열심히 써라. 그리고 네 제자들을 사랑하고 네게 있는 거 나누어 주어라……. 그러나 한편 또 이렇게 꾸짖지 않으실는지요. 그런데 네가 아직 철없어서 뭘 알겠냐…….

선생님! 그렇게 부실한 제자가 벌써 지천명의 세월을 넘겼습니다. 이 무렵의 선생님께선 한국 문단의 대가이셨는데, 저는 아직 갈 길이 먼 데다 여전히 눈은 높고 손이 부족합니다. 하지만 앞으로도 열심히 읽고 쓰며 성실한 비평가의 직분을 지키겠다는 다짐을 선생님께 드립니다. 직접 보지 않으셔도 언제나 다 알고 계셨던 선생님! 제 마음으로부터 선생님께 드리는 깊은 경의와 이 작은 약속을 받아 주시리라 믿습니다.

선생님께서 상을 주신 평론집 『디아스포라를 넘어서』는 그런 뜻에서 제 문학 인생의 한 전환점이 될 것입니다. 그러나 아직 많이 두렵습니다. 선생님 문하에 있을 때는 아마추어 학생이었는데, 어느덧 제가 그 학생들을 이끌고 공부해야 하는 자리에 서 있습니다. 강의실 밖 세계의 파고는 여전히 거세고 험합니다. 선생님께서 남기신 훈도, 꿈과 멋과 사랑의 정신으로 그 어려움을 밟고 가겠습니다. 부디 이 설익은 과일 같은 제자의 삶과 문학을 내내 지켜보아 주셨으면 합니다.

제 글을 읽어 주시고 이처럼 영광된 자리에 설 수 있도록 해 주신 심사위원 여러분, 그리고 제가 여기까지 달려올 수 있도록 도와주신 많은 분들께 진심으로 감사드립니다.

제6회 유심작품상(2008)

예술혼을 찾아가는 탐색의 여행

그동안 좋은 문학 작품의 산실이자 문학 논의의 광장으로서 뜻깊은 역할을 해온 《유심》에서, 2007년 한 해를 마감하는 마당에 매우 고마운 소식을 전해주었습니다. 제가 2008년 유심작품상 평론부문 수상자로 결정되었다는 말씀이었습니다.

이 말씀을 듣고 한편으로는 기쁘고 다른 한편으로는 또 어깨가 무거워졌습니다. 그동안 여러모로 부족한 가운데 열심히 써온 비평 작업이 평가를 받았다는 사실이 기쁜 일이라면, 앞으로 더욱 열심히 깊이 있는 연구와 비평을 수행해야 한다는 중압감이 마음의 빚이 되었던 터입니다.

수상작인 비평집 『문학과 예술혼』은, 2004년에 출간하여 김환태평론문학상을 받은 비평집 『문화 통합의 시대와 문학』 이후 3년 만에 낸 책이었습니다. 그러나 그 내용에 있어서는 이광수에서 천운영에 이르는 한국 현대문학 100년의 주요 작가들을 두루 살펴본 것으로, 그 집필 시기는 저의 연천한 비평 활동 전반에 걸쳐 있었던 셈입니다. 특히 이 비평집의 출간을 독려해준 이문재, 그리고 그 제작과 장정을 보살펴준 류시화 두 분 시인에게 이 자리를 빌어 감사드립니다.

이 책의 머리말에도 썼습니다만, 한 작가가 자신의 이름 석 자를 내걸고 내놓은 작품의 가장 밑바탕에 잠복해 있는 것이 예술혼이라고 한다면, 앞으로 계속될 저의 연구와 비평이 그 예술혼들을 성실하게 찾아나가는 탐색의 여행이 될 것임을 약속드립니다. 아울러 다시금 이렇게 고맙고 기쁜 자리를 마련해준 《유심》과 심사위원님들께 감사드립니다.

항차 문학이 무엇을 위해 있는가

　글을 쓰는 문인이라면, 누구나 그 문학 인생의 역정 가운데 숨기고 있는 스승이 있을 것입니다. 참으로 감사하게도 제게는 그 어떤 가치로도 바꾸기 어려운 몇 분의 스승이 계셨습니다. 이 분들은 제가 문학을 공부하고 또 문학을 통해 세상을 보는 눈을 갖는 데 말없는 후원자가 되어 주셨습니다.

　저는 황순원 선생님에게서 올곧은 사람됨과 문학이 어떻게 조화롭게 만날 수 있는가 하는, 문학적 삶의 근본을 보았습니다. 조병화 선생님에게서 성실한 일상이 어떻게 문학에 반영되는가 하는, 문학적 형상력의 방식을 보았습니다. 그리고 김달진 선생님에게서 항차 문학이 무엇을 위해 있는가 하는, 문학적 개념 그 이상의 초월성을 보았습니다.

　월하 김달진 선생님을 가까이에서 자주 뵈었던 것은, 1980년대 초·중반 제가 대학원 석사과정에 재학 중이던 때였습니다. 그때 경희대에 계셨던 최동호 선생님 댁에서, 또 그 인근 선술집들에서, 저와 제 동료들에게 시간을 내어 주셨던 선생님은 이미 세상의 분진을 다 씻어낸 초탈한 분이셨습니다. 아무런 욕심도 꾸밈도 없는 노 시인의 청아한 모습과 말씀이 지금도 제 이목에 그대로 남아 있는 듯합니다.

　세월이 흐르는 물과 같다더니, 그때 그 꿈 많던 청년시절의 저도 어느덧 지천명을 넘어 이순을 향해가는 길의 중도에 있습니다. 앞으로의 날이 지금까지의 날보다 짧은 마당에, 이제는 정녕 문학에 있어서도 인생길에 있어서도 월하 선생님의 삶을 절실한 가르침으로 모시고 가야한다는 인식이 새롭습니다. 제 품성이나 식견이나 문학이 여전히 부족하기 이를 데 없으나, 그런 만큼 그 가르침이 지금 제게는 예인 등대의 불빛처럼 소중하게 여겨집니다.

그동안 많은 훌륭한 문인들이 수상자가 되었던 김달진문학상의 영예가 제게까지 이를 줄은 몰랐습니다. 제 글의 성과보다는 앞으로 더 많은 좋은 글을 쓰라는 훈도로 받아들이고자 합니다. 오늘 여기에 이르도록 저를 이끌어 주신 잊을 수 없는 손길들, 그리고 저에게 다시 한 번 깨우침과 다짐의 계기를 주신 심사위원들께 진심으로 감사의 말씀을 드립니다.

제15회 창조문예문학상(2019)

새 봄의 꽃소식 같은 위로와 격려

올해 겨울은 예년처럼 추위가 날카롭지는 않으나, 그래도 겨울이고 지금 우리 모두가 겨울 한 복판에 있다. 비단 계절만 그러한 것이 아니라 나라의 형편과 사람들의 세상살이가 모두 그렇다. 이러할 때 우리는 남녘 바다로부터 북상하는 따뜻한 바람과 꽃소식, 곧 봄의 얼굴을 기다린다. 일찍이 영국의 낭만주의 시인 P. B. 셸리가 「서풍부」에서 노래한, "계절의 나팔소리, 오 바람이여! 겨울이 오면 봄 또한 멀지 않으리"라는 구절이 절박한 실감으로 가슴에 와 닿는 때이다.

다른 어떤 사람의 경우보다도 우선 나의 심정이 그랬다. 이번 겨울이 여러가지 일로 너무 힘겨워서, 내내 이 계절의 언덕 너머에 와 있을 봄날을 기다리고 있었다. 연약한 인간의 힘으로 할 수 있는 것이 별로 없어서, 매일 새벽제단에서 주님께 매달렸다. 그런데 꿈결처럼 들려온 창조문예문학상 수상 소식은 새 복음을 듣는 것처럼 기쁘고 감사했다. 단순히 상을 받는다는 일에 그치지 않고, 갈급한 심령을 위로해 주시는 주님의 음성으로 들렸기 때문이다. 아! 하나님께서 내 사정과 형편을 아시고 내 기도에 귀를 기울여 주셨구나!

겨울 한 가운데서 전해진 이 봄소식은 내게 새로운 용기를 주었다. "겨울 한 복판에서 결국 나의 가슴속에 불굴의 여름이 있음을 안다"고 한 것은 알베르 까뮈의 말이던가. 하나님이 날 잊지 않고 자녀로 인정하고 계신다는 황홀한 각성과 더불어 수상작품『문학으로 만나는 기독교 사상』의 문면을 다시 훑어보았다. 이 책은 수년간에 걸쳐 내가 기독교를 소재로 한 문학작품을 읽고 연구하고 비평한 글들을 단행본으로 묶은 것이다. 기독교 문학이란 기독교의 종교적 교리를 그 바탕에 깔고 있으면서도 문학적 여과를 거쳐 일반적 논리로 치환된 형식을 갖추어야 한다. 그것은 어쩌면 신본주의와 인본주의 사이의 멀고도 가까운 거리를 말하는 것인지도 모른다.

이 글들을 쓰는 동안, 특히 이 대목을 지속적으로 붙들고 있었다. 중요한 사실은 신앙의 궁극에 있어서, 그리고 열린 마음으로 문학이라는 잣대를 운용함에 있어서, 신본주의와 인본주의가 결코 서로 다른 길을 가는 별개의 사안이 아니라는 깨우침이었다. 서둘러 결론부터 말하자면, 앞으로의 내 생애에 이 두 가지 중심 주제를 함께 안고 가는 것이 오랜 과제가 되리라는 것이다. 이제까지 분리해서 바라보던 신앙의 근본과 삶의 현장을 은혜롭게 통합해 나가려는 길목에서, 이 상은 내게 하나의 이정표요 격려요 응원의 깃발이었다. 일상생활 속의 작은 실천들을 통해, 그리고 언제나 내 곁에 있는 말과 글을 통해, 이 다짐을 수행해 보려한다.

수상의 영광을 온전히 주님께 돌리고 싶다. 그러고 보니 참으로 마음이 각박했던 지난해에도, 주신 복을 헤아리자니 그 항목들이 차고 넘쳤다. 지금처럼 궁벽한 시기에 복음을 담은 문예월간지를 발간하는 일은 참으로 어렵지만 그 자체가 중요한 문서선교가 아닐 수 없다.《창조문예》의 발행인 임만호 장로님, 주간을 맡고 계시는 은사 박이도 교수님, 그리고 심사위원 분들께 깊이 머리 숙여 감사드린다. 늘 곁에서 함께 기도해 준 아내 한선희 권사와 가족들, 늘 기도로 도와주신 여러 분들께도 다시금 감사의 말씀을 드린다.

5부

문단
사람들

주막에 들리거든 목이나 축이시오

1.

1936년 경상남도 김해 진영읍 출생이며, 서울대학교 국어교육과 및 동 대학원 국어국문학과를 나왔다. 1962년《현대문학》에 평론이 추천되어 등단했으며, 그 이후 한국 근대문학 연구에 한 획을 그은 연구자이자 현대문학 비평에 독보적 권위를 자랑하는 평론가였다. 그가 남긴 저서는 160여 권에 이르고 편저·공저 등을 모두 합하면 200권을 넘는다. 2001년까지 서울대 국어국문학과 교수로 있었고 대한민국예술원 회원 등을 지냈으며 2018년 10월 25일 타계했다. 누구의 이력일까? 누구나 금방 알 수 있는 김윤식 평론가다. 그의 생애사에는 다른 사람이 도저히 흉내 낼 수 없는 특별한 면모가 잠복해 있다. 어쩌면 그가 다시 태어나 그 길을 걸어온다 해도 어려울지 모르는 학문과 비평의 역정(歷程)이다.

한 문필가가 그의 활동기간 전반에 걸쳐 200권이 넘는 저술을 생산했다는 사실은 우선 그 외형적 업적에 경의를 표해야 마땅하다. 더욱이 그 저술들의 내용에 있어 같은 단계를 지나는 후학들이 결코 외면하고 지나갈 수 없는 성과를 담보하고 있다면, 이는 단순히 놀라움의 차원이 아니라 존경을 넘어 기가 질리는 상황에 직면할 수밖에 없는 형국이다. 우리 문학 또는 문화사에 이러한 경외감을 도출하고 견인하는 문필이 흔할 리 없다. 굳이 예를 들자면, 다산 정약용 선생이 『경세유표』, 『목민심서』, 『흠흠신서』, 『여유당전서』 등 600여 권의 저술을 남겼는데, 다산이 살던 시기와 유배생활을 비롯한 그 삶의 행적을 염두에 두고 보면 우리 시대의 김윤식 선생과 수평적인 비교를 할 수는 없다. 다산 선생이 유명(幽明)을 달리한 것이 1836년인데, 그로부터 꼭 100년이 지난 해에 저술의 분량과 수준과 가치로 그 뒤를 잇는 김윤식 선생이 고고의 울음소리와 함께 이 땅에 왔다.

필자는 그 불세출의 문필 김윤식 선생을 책으로 먼저 만났다. 대학 학부를 마치고 대학원으로 진학하여 현대 문예이론과 한국문학을 연구하는 길목에 있어, 그의 명호를 새긴 책들은 누구에게나 하나의 길잡이였고 방향을 지시하는 예인등대의 불빛과도 같았기 때문이다. 『한국근대문예비평사연구』를 비롯하여 근대문학을 응대하는 그의 논리를 거치지 않고서, 그 학문적 세례를 수용하지 않고서 연구자의 길을 가는 것이 그야말로 지난(至難)한 현실이었다. 석사 및 박사과정을 거치는 동안, 마치 리얼리즘 문예이론을 공부할 때 헝가리 태생의 문예이론가 게오르그 루카치가 그러했던 것처럼, 그는 내내 나의 책상 머리맡을 떠나지 않았다. 실제로 선생을 대면한 것은 1997년 어느 문학모임에서였다. 첫 상면에서 필자는 선생으로부터 호된 질책을 받았다. 그런데 그 인연이 20여 년이나 이어졌다.

필자의 편저 『문학과 사회』에 서면으로 허락을 받고 선생이 번역한 프랑스 문예이론가 르네 지라르의 글 한 편을 실었던 것인데, 싣고 보니 그 글이 너무 긴 것이어서 마치 선생의 실적을 제대로 대가를 치르지 않은 채 가져다 쓴 모양이 되고 말았다. 아무 답변도 못하고 죄송하다고만 말씀 드리고 말았는데, 선생은 그것이 미안했던지 편지를 써서 마음을 위로해 주셨다. 당연히 감격, 감읍! 그 다음부터는, 물론 그 전에도 그랬지만 선생은 필자와 필자의 문학에 하나의 푯대와 같은 자리를 점유했다. 선생을 더 가까이 모신 것은, 서울대를 정년퇴임 한 후 경희대 대학원의 강의에 초빙하면서였다. 당시 필자는 서울캠퍼스 교수협의회 대표를 맡고 있었고 그 사무실이 대학본관에 있었는데, 마침 대학원 강의실이 본관에 있었다. 매주 목요일 아침 그 사무실에 들러 커피 한 잔 한 다음 강의에 들어가면서, 그때의 말씀이 늘 "김형! 나는 장사하러 갑니다"였다.

한국 최고의 교수요 학자요 평론가가 강의 들어가면서 '장사하러 간다'는 표현을 사용하는 것이 그렇게 산뜻해 보일 수가 없었다. 세월이 한참 지난 다음 그 어법을 닮아보려고 필자도 같은 표현을 원용해 보았는데, 도무지 그 멋과 맛이 나지 않는 것 같고 계면쩍어서 한두 번 해 보고는 포기하고 말았다.

2.

필자가 김윤식 선생을 곁에서 직접적으로 모시게 된 것은 2007년 사단법인 이병주기념사업회가 발족하면서부터였다. 이 사업회의 출발을 위한 발기인대회에서 선생과 함께, 이병주 작가의 고향인 경남 하동 출신의 전 검찰총장 정구영 변호사가 공동대표를 맡고, 이어령 선생이 고문, 임헌영·전상국·김춘미·여상규 등의 인사들이 부대표, 이문열·김인환·안경환·김언호 등의 인사들이 운영위원, 그리고 필자가 사무총장을 맡게 되었다. 그로부터 김윤식 선생이 우리 곁을 떠난 2018년까지, 필자는 선생과 지근거리에 있었고 늘 아버지를 모시는 심정으로 모시려고 애썼다. 그 마음과 정성이 소통이 되었는지, 열두 해 동안 선생은 정말 필자를 가족처럼 아껴주었다.

김윤식 선생이 문학 단체의 수장을 맡은 것은 이병주기념사업회가 유일했다. 함께 이 조직을 구성한 사람들과의 관계도 그러했지만, 이병주라는 작가가 선생과 유다른 관계성을 가졌다는 사실을 여러 경로로 확인할 수 있었다.

한두 가지 예화를 들면, 먼저는 선생 자신이 직접 토로한 대목이다. 이병주, 김윤식 두 분이 TV 토론 프로그램에 같이 출연하여 이병주 장편소설 『비창』에 대해 토론하는데, 김 선생이 그 소설 속 주인공인 술집 마담의 행적에 당위성이 없다고 신랄히 비판하자, 그에 대한 이 작가의 응수였다. "김 선생, 나는 나이 육십이 넘었어도 아직 말과 행동이 오락가락 하는데, 30대 술집 주인이 안그러고 어떻겠소?"

'김 선생'은 아무 말도 더 못했다고 했다. 다음은 말년에 병중에 있을 때, 안경환 교수가 한국의 작가 가운데 어느 누구를 가장 뜻깊고 중요하게 생각하느냐고 질문한 데 대한 김 선생의 답변이었다. "이병주. 작가로서의 넓이와 깊이가 있고 인간에 있어서도 그렇지 않은가." 필자의 생각으로는 아마도 선생이 처음부터 이병주를 그렇게 수발(秀拔)한 작가로 생각한 것은 아닌 듯하였다. 여러 유형으로 이병주 기념사업에 참여하면서, 그 작품을 다시 공들여 읽으면서, 특히 이병주를 포함한 학병 세대의 시대의식과 소설에 주목하면서 그와 같은 인식이 형성되지 않았나 여겨진다. 선생과 이병주기념사업회 주요 임원들과의 관계는 매우 돈독해서, 수시로 통화도 하고 회의 및 식사 자리도 가졌다.

하동 행사에 참여하지 못할 때는, 오고 가는 버스길에 있는 정구영 공동대표와 통화하며 안부를 전하던 말씀을 필자는 늘 곁에서 들었다. 정 대표는 김선생을 많이 아끼고 존중해서, "저만한 국보급 학자는 다시 보기 어렵거니와, 그 학문적 연구를 높이 사자면 다른 부분에 대한 아쉬움은 모두 접고 생각하는 것이 마땅하다"고 논평하곤 했다. 기념사업회의 정구영, 이문열 같은 보수적 인사나 임헌영, 안경환 같은 진보적 인사가 모두 선생과 즐겁고 격의 없는 대화로 소통이 자유로웠다. 이병주의 문학이 남북한 또는 자유와 공산 양 진영의 이념을 자유롭게 수용하고 그 이데올로기의 본질에 대한 토의를 자유롭게 전개했던 것처럼. 이병주 기념사업회 사업의 일환으로, 필자는 선생과 공동명의로 20여 권의 이병주 문학 소책자와 그에 대한 연구서를 상재했다. 선생은 저작권은 유족에게, 출판권은 출판사에, 그리고 편집권은 우리에게 있다고 즐겨 말했다.

선생은 필자가 10년간 회장을 맡아 일한 한국문학평론가협회의 세 분 고문 중 한 분이었다. 이어령·유종호 선생과 함께 고문으로 모셨는데, 그냥 이름만 걸어놓고 있지 않고 여러 역할을 감당해 주었으니, 처처에서 선생의 은혜를 입은 셈이다. '평협'에서 선생을 모시고 한 차례 중국과 바이칼 학술여행을, 그리고 '이병주'에서 또 선생을 모시고 한 차례 이병주 작가가 학병으로 머물렀던 중국 소주(蘇州) 지역의 답사여행을 다녀온 것이 지금도 어제처럼 기억에 생생하다. 귀국 편 상해공항에서, 선생과 홍기삼 평론가 등이 대합실 바닥에 앉아 벽에 등을 기댄 채 발을 뻗고 있던 장면이 눈앞에 떠오른다. 필자의 기억으로는 선생에게 '형님'이라는 호칭을 사용한 분으로 홍기삼 선생이 유일하다. 함께 노래방을 가자고 권유한 이도 그분이 유일하다. 당연히 선생은 노래방을 가지 않았다.

필자가 김윤식 선생을 가까이 모신 또 하나의 지경(地境)은 계간 문예지《21세기문학》의 편집위원이었다. 경제부총리를 지낸 관료이자 소설가인 김준성 이수그룹 회장이 발행인이었던 이 잡지의 편집위원은 김윤식, 이청준, 김성곤, 그리고 말석의 필자였다. 동시에 지금은 '김준성문학상'으로 이름이 바뀐 '21세기문학상'의 심사를 편집위원들이 맡고 있었다. 1년에 서너 번 김준성 회장과 함께 식사를 하는 자리에서 김윤식 선생은 김 회장을 '회장님'이라는 호칭으로 불렀다. 선생이 누군가를 그렇게 부르는 것은 전혀 처음인 새로운 발견이기도 했다. 김 회장과 선생의 세월이 16년 차이가 나니 대 선배요 원로인 셈이긴 했다. 이 모임은 특히 작가 이청준 선생에 대해 깊은 경의를 갖고 있었고 이분이 아깝게도 가장 먼저 세상을 떠났을 때, 모두 너무나 안타까워 했다.

이청준 선생이 그 소설 「천년학」을 원작으로 임권택 감독과 영화 〈천년학〉을 찍을 때였다. 전남 장흥의 촬영 현지에 있다가 이청준 선생이 늦게야 회의에 왔다. 임 감독은 원래부터 시나리오 대본 없이 작가를 곁에 두고 촬영을 진행하는 독특한 분이다. 그 영화 〈천년학〉은 그의 100번째 작품. 도착해서 숨을 고르기도 전에 우리는 여러 가지 질문을 쏟아 부었다. 〈서편제〉와 〈천년학〉은 어떻게 다른가, 임 감독하고는 오래 일했는데 계속할 만 한가 등등. 김윤식 선생은 '청준씨!'라는 호칭을 사용하며 많이 묻고 많이 대화하는 편이었다. 그 이 선생이 떠나고 난 자리를 윤후명 작가가 채웠는데, 특히 김윤식 선생은 모일 때마다 절절하게 이 선생을 회고하곤 했다. 이 선생이 암 투병 중일 때, 정말 아무렇지도 않은 표정으로 '이번에는 정말 모진 놈을 만났다'고 술회할 때, 필자는 이런 생각을 했다. '소설에 있어 일가를 이룬 분은, 인생의 절체절명 상황에서도 저렇게 초연한 모습을 보일 수 있는 것이로구나!'

3.

김윤식 선생을 회고하면서 필자의 문학 인생을 되돌아보니, 참으로 여러 부면에서 선생과의 접점을 발견하게 된다. 문학평론가로서 지금까지 10권의 평론집을 내고 8개 문학상의 수상자가 되는 동안, 선생은 두 문학상의 심사위원이었다. 선생은 학문과 비평이 부족한 필자를 두고 항상 한국문학, 북한문학, 해외동포문학에 두루 걸친 연구자요 비평가라는 상찬(賞讚)을 아끼지 않았다하니 그 또한 지울 수 없는 고마움이요 마음의 빚이다. 필자는 40대 중반부터 해외 한인문학, 한민족 디아스포라 문학에 대한 연구에 집중하여 참 많이도 미주 한인문학, 일본 조선인문학, 중국 조선족문학, 중앙아시아 고려인문학의 현장을 찾아다녔다. 그럴 때마다 선생은 눈에 보일 때나 안 보일 때나 그 작업이 뜻이 깊다고 격려하고 의욕과 용기를 더하게 해주었다.
그러던 어느 해 여름, 벌써 10여 년 전의 일이다. 미국 로스앤젤레스의 미주

한국문인협회 강연 차 출국한다고 말씀드렸더니 조교 편에 편지를 하나 보내
왔다. 봉함을 열어 보니, 거기에는 왕유의 오언고시 이별시 「송별(送別)」이 얇
은 편지지에 자필로 적혀 있고, 말미에 '가는 도중 주막에 들르거든 목이나 축
이시오'란 전언이 적혀 있었다. 그리고 그와 함께 '노잣돈' 100달러 지폐 한 장
이 들어 있었다. 선생이 어디 이런 데 세세히 신경을 쓰는 분이던가. 필자는 감
격으로 목이 메었고, 돌아오는 길에 선생이 드시지도 않는 양주 한 병을 사 들
고 왔다. 참 모자라고 바보 같은 응대가 아닐 수 없었다.

> 下馬飮君酒
> 問君何所之
> 君言不得意
> 歸臥南山陲
> 但去莫復問
> 白雲無盡時

> 말에서 내려 술을 권하며
> 어디로 가려는가 그대에게 묻자
> 세상 일 모두 뜻 같지 않아
> 남산에 돌아가 누우려 한다 하네
> 그렇다면 여러 말 말고 그저 떠나게나
> 거기는 언제나 흰 구름 일으려니

선생은 서신에 "가족 있는 그 양간도(洋間島)가 그대에겐 바로 남산이 아니
겠소"라고 적었다. 왕유의 시에 나타난 흰 구름(白雲)은 산중의 생활을 상징하
는 것으로 자주 쓰인다. 시의 화자는 벗이 은둔처로 떠나는 것을 못내 아쉬워

하면서도, 벗이 그곳에서 흰구름과 함께 생활하기를 원한다. 유유자적한 풍류의 정신이 그대로 드러나 있어 「송원이사안서(宋元二使安西)」와 비슷한 주제의식을 보이고 있다. 이처럼 은자의 세계를 노래하면서도 관조적이고 낙천적인 풍류의 정신이 잘 집약되어 있는 점이 왕유 시의 특징이기도 하다. 김윤식 선생의 소중한 추억이 결부되어 있는 시, 내게는 실로 명편의 시가 아닐 수 없다.

선생은 그냥 한 줄 이별시를 보낸 것이겠으되, 이제 선생이 떠나고 없는 이 땅에서 필자는 온갖 아쉬움과 애절함을 담아 이 시를 다시 되새겨 보고 있는 터이다. 떠나는 이는 세상의 분진을 훌훌 털어버리고 유유자적한 뒷모습을 보이면 그만이련만, 남은 이는 그 모두가 절박하기 이를 데 없어 홀로 눈물 흘리는 일밖에 할 수 있는 것이 없는 정황이다. 그러고 보면 생전의 선생은 맺고 끊는 것이 너무도 명료하여 어떤 때는 찬 서릿발 같은 때도 많았다. 전화 통화에서 용건이 끝나면 급히 송수화기 내려놓기로는 선생이 최단 시간의 기록 보유자일 터이다. 군더더기를 싫어하는 결벽의 성품! 행사가 내용 없이 길어지면, 당신의 인사말 차례에서 '여러분 반갑습니다'라는 단 한 마디의 언사만 남긴 채 단상을 내려오는 경우도 있었다.

그러나 하나의 연구 주제를 두고 이를 천착할 때는 집중하고 집요하고 지속적인 방식이 선생의 것이었다. 선생의 이와 같은 품성이 아니었으면 『이광수와 그의 시대』나 『이상 연구』와 같은 명저는 그 형용을 드러내지 않았을 지도 모른다. 동양문화권에 연접한 종교로서 불교가 끊임없는 의문과 해답의 추구를 통해 도를 완성해 간다면, 서양문화권에 연접한 종교로서 기독교는 의심하지 않고 믿음으로서 베드로의 고백처럼 '믿고 알았사옵나이다'가 가능한 교리의 형식을 가졌다. 선생이 기독교의 구교, 곧 천주교의 영세교인임을 아는 이는 많지 않다. 카톨릭 신도인 어부인 가정혜 여사와의 혼인을 위한 절차이기도 했겠으나, 중요한 것은 선생이 세례명을 '토마스'로 선택했다는 사실이다.

성경의 복음서에 등장하는 '도마'의 영문명. 도마는 부활한 예수 허리의 창

자국에 손가락을 넣어보고 비로소 부활을 믿은 의심 많은 제자였다. 신앙에 있어서 이는 이른바 '정금(正金) 같은 믿음'과 거리가 멀지만, 학문 연구의 세계에 있어서는 어쩌면 하나의 금과옥조일 수 있다.그렇게 그 이름을 선택한 선생의 심사를 미루어 짐작해 보는 것이다. 그 강고하고 치열한 탐색의 정신과 논리적 실험, 분방하고 자유로운 상상력과 모험주의로 선생은 한 시대를 종횡무진으로 누비면서 살았다. 한국 근·현대 문학 연구에 선생의 심득과 현현에 비길 만한 다른 범례가 없으며, 현대 문학비평에 선생의 열정과 감식에 견줄 만한 다른 예화가 없는 것은 어쩌면 선생의 비의(秘義)를 담은 행복이었는지도 모른다. 선생은 일생을 두고 읽고 쓰고 가르치는 일의 규준을 지켰고 이를 일상의 삶에 적용한 것으로 알고 있다.

오전에는 서재에서 글을 쓰고, 오후에는 학교에 나와 강의하고, 저녁에는 동서고금을 왕래하며 책을 읽는 시간의 황금분할. 이는 마치 한 수도자가 도의 궁극을 찾기 위하여 수도하는 자세와 같아 그 분할을 듣는 마음까지 경건해진다. 그래서 미망인 가 여사는 선생의 영결식에서 윤시내의 노래 〈열애〉를 함께 듣자고 했던 것이다. 사랑의 궁극을 추구하는 그 노래의 내포적 의미가 한평생 문학을 통해 도를 추구한 선생의 행로와 너무도 유사한 까닭으로. 미망인의 말에 의하면 지금도 서재의 책상에는 갓 도착한 신간 문예지와 원고지와 펜이 놓여 있다고 한다. 이는 그야말로 선생을 사랑하고 존경하는 이들의 가슴을 저미는 말이다. 선생이 떠난 빈자리를 온전히 메울 문필은 백년래에 목도하기 어려울 것이다. 불세출의 문학 위인! 김윤식 선생을 이제 정말 여기에서 면대할 수가 없으니 탄식과 눈물로 이 글을 마감할 뿐이다.

선생님께 세월의 소중함을 배웁니다

소설가 김용성 선생님께

김종회

'세월이 흐르는 물과 같다(歲月如流水)'고 하더니, 김용성 선생님, 선생님을 가까이 뵌 지가 꼭 30년이 되었습니다. 제가 군문(軍門)을 나와 경희대 국문과에 복학한 것이 1980년 봄이었습니다. 그때 우리의 은사 황순원 선생님을 모시고 '작단(作壇)'이라는 이름으로 모인 소설가 동인 모임에 따라 갔다가 선생님을 비롯하여 전상국, 김원일, 유재용 등 당대의 작가들을 한꺼번에 만나는 복을 누렸었지요.

당시의 선생님은 막 불혹(不惑)의 고개를 넘는, 청춘이요 동안인 열혈 전업 작가셨고, 예나 지금이나 어리고 미숙하기 이를 데 없는 저는 20대 중반의 풋사과 같은 제대 복학생 대학생 시절이었습니다. 선생님은 이미 '리빠똥' 시리즈로 이름 높았던 장편소설 『리빠똥 사장』과 작품집 『리빠똥 장군』을 출간하고, 또 장편소설 『내일 또 내일』과 작품집 『홰나무 소리』 등 여러 단행본들을 출간함으로써 한국 문단에 성명(盛名)이 쟁쟁하던 시기였으니, 그 무렵 아직 문학의 길을 걷기를 망설이고 있던 저였으나 그와 같은 자리와 만남이 감동적이지 않을 수 없었습니다.

며칠 전 신문에 중앙일보 사장을 지낸 권영빈 씨가 「'리빠똥'은 가라」라는 시평을 썼더군요. 선생님께서 30여 년 전에 당대 사회를 예리하게 비판하고 풍자하기 위해 창안하셨던 그 이름 '리빠똥'(똥파리를 거꾸로 쓴 말)을 원용하여 동시대의 권력자들을 질타하는 글이었고 저는 속이 다 시원했습니다. 이렇게 올곧은 작가의 정신은 세상이 바뀌어도 여전히 효력 있는 대사회적 경고의 메시지가 될 수 있는 것이었습니다.

1982년 선생님은 늦깎이 학생으로 경희대학교 대학원에 입학하셨고, 저는 선생님과 입학 동기생이었습니다. 돌이켜 보면 경희문학의 역사상 그때와 같은 문학의 르네상스요, 경향으로는 질풍노도의 시대가 다시 있기는 어려울 것으로 생각됩니다. 참 대단한 상황이 벌어졌었지요. 신봉승 · 전상국 · 조태일 · 조세희 · 정호승 · 박남철 · 신덕룡 · 박덕규 · 하응백 · 서하진 등의 문인들이 강의실을 채우고, 황순원 선생님의 강의가 끝난 날이면 밤이 늦도록 회기동 바닥의 주점을 휩쓸며 호연지기와 고성방가를 함께 자랑했었지요.

그러나 모두가 그러한 대책 없는 겉멋에 길들여지고 있을 때에도 선생님은 성실하고 관록 있는 학생으로서 모범이 되셨습니다. 한 번의 지각도 결석도 없이 충실한 발표와 리포트 제출로 후배 학생들에게는 원망의 표적(標的)이 되신 것을 아셨는지요? 실은 그와 같은 성실성이 오랜 세월을 전업 작가로 버티게 했고, 곧바로 박사과정을 거쳐 인하대 교수로 걸어 나간 추동력이었다고 저는 믿습니다. 콩 심은 자리에 콩 난다는 저 고색창연한 옛말은, 선생님에 이르러서도 불변의 진리였던 것 같습니다.

하지만 선생님은 결코 책상 앞의 일만 바라보는 고리타분한 글쟁이가 아니셨습니다. 당시의 우리 후배들은 모두가 선생님과 함께 한 곳에서는 늘 밥과 술을 얻어먹었습니다. 한 사람 한 사람을 성의 있게 대하시고 마음에 맞지 않을 때는 쓴 소리를 사양하지 않으셨습니다. 그래서 저는 세상 위로 날 수 있는 날개가 생긴 이후로 내내 선생님을 모신 곳이면 어디서든 밥값 술값을 내겠다고 스스로 다짐하기가 여러 번이었습니다.

선생님.

저는 지금도 제가 한 학기 동안 연구원으로 일하던 중앙도서관의 밝은사회문제연구소 출입문을 열고 중편집 『밀항』을 건네주시던 선생님의 모습이 눈앞에 생생합니다. 그 일은 저로 하여금 본격적으로 김용성 문학 연구자가 되게 하는 서곡이었습니다. 모든 선생님의 작품을 읽고, 비평의 글을 쓰고, 역작 『도둑일기』의 해설을 쓰고, 김용성 문학적 연대기를 쓸 수 있었던 것은, 좋은 작가와 작품을 만난 평론가로서의 제 복이었습니다. 저는 선생님의 작품을 통하여 삶과 문학 속에 숨어 있는 많은 세상살이 이치를 배웠습니다.

우리에게 어떤 사람이 소중한 것은 기실은 그와 더불어 보낸 시간의 소중함이라는 것이 변함없는 제 지론입니다. 우리는 크고 대단한 것에 감동하지 않습니다. 작지만 진실한 것, 조촐하지만 품격 있는 것들이 심금(心琴)을 울립니다. 한국문학의 20세기 후반을 화려하게 장식한 선생님의 명성보다도 더 중요한 많은 소박한 작은 일들이, 선생님과 부족한 후배인 저 사이에 쌓여 있습니다. 제가 이렇게 용감하게 선생님께 글을 드리는 배경에는 이 상관성의 구조에 대한 저의 믿음이 잠복해 있습니다.

선생님을 모시고 여러 가지 일을 해 온 세월도 이제는 짧은 시간의 단위를 훨씬 넘어섰습니다. 선생님은 지금 경희문인회 회장으로서 4백 명이 넘는 경희 문인들을 이끌고 계십니다. 많은 후배들이 선생님의 문학세계와 작가로서의 품성을 존경하고 따릅니다. 좋은 어른이 계신 것이 어느 공동체이든 축복이 아니겠습니까마는, 오늘의 경희문인회가 해마다 《경희문학》을 단행본으로 내고 2천만 원 상금의 경희문학상을 시상하며 다른 대학 출신 문인들의 부러움을 받는 것은 선생님 같은 어른들이 계시기 때문입니다. 저는 선생님을 대학의 선배로, 문단의 선배로, 해병대의 선배로 모시는 세 겹의 은혜를 입었습니다.

선생님을 좌장으로 하여 다수의 경희 문인들이 황순원 선생님의 말년을 모신 것은 참 아름다운 추억으로 남아 있습니다. 그와 같은 심정적 유대를 바탕으로 경기도 양평군 서종면에 황순원문학촌 소나기마을이 조성되었고, 선생님은 그 마을의 촌장을 맡고 계십니다. 개장 2년째 되는 올해에 내방객이 많을 때는 하루 1천 명을 넘어서는 성공적인 문학 테마파크가 되었습니다. 촌장을 맡고 계시는 선생님과 사무국장을 맡고 있는 김기택 시인의 맑고 깨끗한 이름은 소나기마을을 한결 값있는 처소가 되게 합니다.

선생님.

시대를 한참 거슬러 올라가 보면, 선생님께서는 대학 4학년이시던 1963년 한국일보 장편소설 공모에 『잃은 자와 찾은 자』로 당선하셔서 문단의 큰 화제가 되었습니다. 그 상금이 그때 화폐로 6백만 환이었고 서울 시내에 좋은 기와집 두 채 정도를 살 수 있는 금액이었다고 알고 있습니다. 그렇게 출발한 작가의 길이라고 해서 절대로 장미꽃이 뿌려진 탄탄대로는 아니었을 것입니다. 그러나 선생님은 한국문학이 포용하고 있는 문학의 넓은 전시장에, 선생님의 명호가 선명한 뜻 깊은 기념비를 세우셨습니다. 얼마나 귀한 일입니까. 제가 쓴 김용성론의 한 부분은 다음과 같이 선생님의 작품세계를 평가하고 있습니다.

김용성의 소설은 대체로 간결하고 평이한 문체로 객관적인 서술의 행보를 유지한다. 그의 작품들은 멀리로는 역사성을 가진 통시적인 문제, 가까이로는 당대의 공시적인 문제들에 대해서 강렬한 사회사적 관심을 함축하고 있으며, 타락해가는 사회 속에서 타락해서는 안 될 인간의 정신적 순수성을 끈질기게 추구해 왔다. 그것을 표현하는 소설의 제재는 세속적인 저잣거리에서 폐쇄적인 군문에 이르기까지 우리 사회의 여러 면모에 폭넓게 이르고 있으며, 그동안의 그 다각적인 성과만으로도 우리 문학이 끌어안고 있는 소중한 작가의 한 사람으로 기록되고 있다.

한 작가가 지속적인 작품 활동과 함께 연륜을 더해갈 때, 우리는 거기서 역사 과정의 한 시기에 중점을 둔 작가가 담보할 수 있는바 중후하고 원숙한 분위기의 문학을 만나게 된다. 서구의 괴테나 우리 문학의 황순원이 이미 그와 같은 사실을 작품을 통해 웅변으로 증명했다. 더욱이 그가 우리 현대사의 온갖 파고와 질곡을 모두 밟아본 경험의 소유자라면, 우리는 그의 문학을 통하여 그 공동체적 경험의 본질적 의미를 반사하고 또 반성적으로 성찰하게 하는, 유익한 '거울'을 얻게 될 터이다. 이는 자신의 문학이 그 자신의 삶을 인도하는 '램프'가 되는 자격 못지않게 중요하고 뜻 깊은 역할일 것이다.

김용성 선생님.

선생님은 소설 이외에도 『한국현대문학사탐방』과 같은 발품이 드는 저술을 통하여 한 신실한 작가의 궤적과 행동반경을 증거해 보이셨습니다. 마치 우리의 스승 황순원 선생님의 세계가 그러하듯이, 우리는 선생님에게서 한 작가의 인품이 작품 속에 투영되어 그 문학성을 확장하는 사례를 목도합니다. 많이 모자라고 여전히 부실한 제게 아드님 결혼의 주례를 맡기셨던 것은, 오히려 저더러 더 반성하며 더 열심히 살라는 격려로 이해하고 있습니다.

선생님.

부디 더욱 노익장(老益壯)하시고 역부강(力富強)하셔서, 저희들로 하여금 계속해서 좋은 작품을 만날 수 있는 기쁨을 누리게 해주시기를 바랍니다. 마음으로부터 존경해 마지않는 선생님께, 평소의 정을 다하여 삼가 이 글을 드립니다.

후생가외(後生可畏), 존경하는 후배여

문학평론가 김종회 교수에게

고(故) 김용성(소설가, 전 인하대 교수 · 황순원문학촌 소나기마을 촌장)

김종회 교수의 과찬 넘치는 글월을 받고, 매우 당황스러웠소. 과연 내가 그런 칭찬을 들을 만한 자격이 있는지 새삼 옛일을 돌이켜 보게 되오. 그리고 막상 답장을 쓰자니 호칭을 뭐라 해야 할는지 궁리하지 않을 수 없었소. 생전에 황순원 선생님께서 우리를 부를 때 '아무개 작가' '아무개 시인' 하셨듯이 '김종회 문학평론가'라고 할까, 아니면 황 선생님이 내게 당신의 소설 한 권을 주시며 '김용성 님'이라고 쓰신 적이 있는데 그처럼 '김종회 님'이라고 부를까, 아니면 김종회 박사라 할까 이 궁리 저 궁리 하다가 아무래도 모두 어색한 듯해서 흔히 남들이 그러하듯 편하게 '김종회 교수'라 부르기로 했소.

김종회 교수, 김 교수가 회고했듯이 우리가 처음 만나서부터 꼭 30년이 지났소. 강산도 세 번이나 변한 것이오. 지내놓고 보면, "세월이 흐르는 물과 같다(歲月如流水)"고 하지만, 젊은 시절 무엇인가 이루고자 하는 열망에 차서 고대하고 있을 때에는 "일각이 여삼추와 같다(一刻如三秋)"고도 말하니 어마어마하게 길게 느껴지는 세월이기도 하오. 아마 그때가 1980년 좀 추웠던 것으로 기억하는 걸로 봐서 겨울이 아니었던가. '작단' 동인 몇 사람이 황순원 선생님을 모시고 송년회를 하는데 이왕이면 선생님이 좋아하시는 학부생 제자들도 함께 만나자고 한 자리였던 것 같소.

그때 우리들이 하는 말을 경청하고 있다가도 말을 시키면 맺고 끊는 신념에 찬 어조를 구사하는 해병대 군복무를 마친 당당한 기백의 김종회 복학생을 보면서 나는 《논어》의 말씀 '후생가외(後生可畏)'를 떠올리지 않을 수 없었소. 이 젊은이는 두렵다, 근면과 노력에 따라 장차 큰 인물이 되리라 생각했던 거요.

그 생각은 지금도 변함이 없소. 그동안 맡아온 직함만 보아도 김종회 교수의 그릇과 근면성을 읽을 수 있소. (사)일천만이산가족추진위원회 사무총장과 통일문화연구원장, 경희대 개교60주년위원회 사무총장을 역임하고 현재는 한국문학평론가협회장으로 있으면서 (사)이병주기념사업회 사무총장, (사)조병화시인기념사업회 이사, (사)황순원기념사업회 집행위원장 등 고인이 된 유명 문인들을 기리는 일에 중책을 짊어지고 헌신하고 있는 것을 보면 문학을 사랑하는 김 교수의 열정에 그만 머리가 숙여지오.

더욱이 황순원 선생님이 돌아가신 뒤 선생님을 기릴 공간을 확보하기 위해 백방으로 발 벗고 나선 끝에 경희대학교가 양평군과 자매결연을 하여 '양평군 황순원문학촌 소나기마을'을 건립토록 하는 데 공헌한 일등공신이 김 교수가 아닌가 하오. 작년 6월 황순원문학촌 소나기마을을 개장한 이후에도 여러 가지 어려움이 있을 때마다 양평군과 진지한 논의를 하여 좋은 결실을 거둔 것도 김 교수의 덕분이오.

그런가 하면, 김 교수는 일찍이 문학평론에 뜻을 두어 1988년 《문학사상》을 통해 문학평론가로서 등단한 후 왕성한 비평 활동을 하는 한편, 《문학사상》《문학수첩》《21세기문학》《한국문학평론》 등 권위 있는 여러 문예지에서 편집위원 또는 주간을 맡아왔소. 뿐만 아니라 학생들을 가르치는 틈틈이 학문연구에도 심혈을 기울여 『위기의 시대와 문학』『문학과 전환기의 시대정신』『문학의 숲과 나무』『문화 통합의 시대와 문학』『문학과 예술혼』 등 일련의 역사학적이고 사회학적인 관점에 입각한 저서들을 집필하여 이 방면에 특출한 업적을 거두기도 하였소. 특히 근래의 내놓은 평론집 『디아스포라를 넘어서』는 오랜 동안 북한문학과 해외동포문학에 바친 지대한 관심과 천착의 성과물로서 비평계의 지평을 한결 넓힌 것이 아닌가 하오.

돌이켜보면, 경희대 대학원 석사과정에서 입학동기생으로 서로 다시 만나 공부할 때가 행복한 시절이었던 것 같소. 그때가 1982년이었지요. 내 아이들이 중학교에 진학하던 그 무렵, 신문연재소설도 끊어지고 수입도 없어서 생활이 무척 힘들었지만 공부에 임해서는 고생스러운 것을 몰랐소.

김종회 교수, 김 교수의 회억처럼 그때 1, 2년을 전후해서는 신봉승 선배님을 비롯하여 경희대 출신의 기라성 같은 문인들이 강의실 뒷자리를 메웠었소. 그래서 경희대에 부임한 지 1년밖에 되지 않았던 초년병 최동호 교수님(현재 고려대 교수)은 강의실에 들어와서 강의를 할 때 뒷자리 쪽으로 눈을 던지기가 어려웠다고 훗날 내게 말했지요. 왜냐하면 다들 뭔가 저의를 가지고 노려보는 것 같았기 때문이라 했소. 그중에서도 흰자위가 많이 보이던 내 눈이 가장 무서웠다던가요. 이에 비해 앞자리에는 장차 교수가 될 재목들, 김종회, 김용희, 신덕룡, 박덕규 등 쟁쟁한 멤버들이 목을 빼고 경청하고 있었소. 나는 그런 젊은 사람들과 한자리에서 공부하는 것이 행복하여 돈이 좀 생기면 가난한 술자리를 만들고는 했었던 것이오.

사실을 말해서 당시 최동호 교수님이 경희대에 바친 공로를 높이 평가하고 싶소. 김 교수도 알다시피 경희대에서는 시인과 소설가는 많이 배출되었으나 초창기의 신봉승 선배님을 제외하고는 그때까지 문학평론가가 없는 평론의 불모지나 다름없었소. 그러던 것을 최 교수님이 이 분야에 심혈을 기울여 씨를 뿌린 결과, 많은 문학평론가가 우후죽순처럼 속속 나타났던 것이오. 물론 그 후 김재홍 교수님이 그 역할을 이어받아 가꾸었지만. 나는 그렇게 등장한 문학평론가들 중에서 김종회 교수가 등단한 시기나 이룬 업적이나 좌장 격이 아닌가 생각하고 있소.

이 기회를 빌려 4백 명 경희문인회의 발전을 위해 애쓴 김 교수의 노고를 치하해야만 할 것 같소. 경희문인회는 돌아가신 서정범 교수님이 만들고 경희문학상을 제정하고 시상하는 등 운영을 해왔소. 서 교수님의 공로를 왜 모르겠나마는 물심양면으로 너무 오랜 기간 거의 홀로 이끌어 오시다보니 매너리즘에 빠졌던 것도 인정하지 않을 수 없었소. 특히 매년 발간하는 《경희문학》의 편집을 쇄신하고 경희문학상의 운영을 선명히 해야 한다는 젊은 회원들의 요청을 서 교수님이 받아들여 전상국 회장 체제로 바뀌었음은 당시 회원들은 다 알고 있는 것이오. 이 쇄신운동에 앞장섰던 사람이 김 교수였고 《경희문학》의 쇄신은 물론, 총장에게 어렵게 건의하여 매년 경희문학상의 상금을 끌어올려 현재 2천만 원으로 만든 것, 작년 10월 경희문인회의 이름으로 '개교 60주년, 경희문인 글모음' 《내 사랑 목련화》를 발간한 것도 김 교수였소. 김종회 교수, 그대는 참으로 경희를 빛내고 있는 보배로운 존재요.

김종회 교수를 만나고 처음 가졌던 '후생가외'의 느낌을 지금까지도 품고 있는 것은 내가 김 교수를 존경한다는 뜻이오. 둘째 아들의 결혼에 주례를 부탁했던 것도 그런 이유에서요. 김종회 교수, 웃어도 좋소. 김 교수가 다짐했듯이 그리고 실천하고 있듯이 금후에도 우리 모임이 있을 때에는 밥값 술값을 꼭 내주기요.

사람을 새로 사귀기보다는 헤어지기 연습을 하고 있는 요즘의 나이요. 이런 나에 비하면 아직 창창한 나이시니 더욱 분발하여 아무쪼록 대성하기 바라오.

우리가 황순원 선생님의 함자를 거명하며 글 주고받기를 시작했으니 '양평군 황순원문학촌 소나기마을'이 영원무궁토록 한국의 문학명소로 남게 되기를 기원하며 끝을 맺도록 하겠소.

작품 속에 숨겨진
작가의 숨결까지 감지하는 평론가

김종회 경희대 국문과 교수님께

김선주(소설가)

김종회 교수님!

　제가 이렇게 공개적인 편지를 보내게 되어 몹시 놀라셨지요? 저 역시 정말 쑥스럽고 망설여지는 일이었어요. '문학인이 띄우는 편지'라는 제목이 너무나 부담스러워서 수차례 거절했지만, 그래도 거듭되는 같은 제목만의 청탁에 끝까지 외면할 수 없었던 것은 제가 좋아하는 '문학의집' 편집인님 때문이었어요. 목구멍 속으로 기어들어가는 대답을 마지못해 하고 나서 저는 막다른 골목에서 뒤돌아보듯이 문득 교수님을 떠올렸어요.

　교수님과는 사적인 만남은 없었지만, 그동안 작품으로는 많이 만났으니까요. 저는 사실 늦은 나이에 아무런 준비도 없이 작가의 길에 들어섰지요. 그래서 문학 동네에서 일어나는 일들은 전혀 모르고 소설쓰기에만 급급했어요. 그런데 제가 소설을 발표하면 꼭 문예지에 논리적으로 분석하는 평이 실리곤 했어요. 그때마다 제 작품을 거론해주신 평론가 선생님들께 무척 고마워하고 많은 용기를 얻었으면서도, 소설가는 소설을 쓰고 평론가는 평론을 하는 것이 각자 맡은 일이려니 하는 생각만 했어요. 언젠가 현대문학에 실린 「하늘은 검고 땅은 누렇더라」라는 작품에 대한 선생님의 평을 읽고, 이 평론가님은 작품을 냉철하게 분석하면서 작가의 내면세계까지 들여다보는 분이구나 하고 생각하면서도 감사 인사조차 드리지 못하고 지냈어요. 그때는 낯선 분에게 전화한다는 것을 감히 엄두도 내지 못했으니까요.

그런데 두 번째 창작집 『길 위에 서면 나그네가 된다』를 발간할 때, 출판사에서 서평을 부탁한 분이 바로 교수님이셨어요.

출판사에서 처음으로 선생님을 뵙고 비로소 인사를 드리게 되었지요.

그때, 선생님은 저의 첫 번째 창작집 『유리벽 저쪽』까지 달라면서 두 권을 모두 읽고 서평을 써주셨어요. 저는 이렇게 성실한 분이 어디 있을까 하고 놀라기도 하고 행복해 하기도 했지만, 또 덤덤하게 지나고 말았어요. 등단하여 막상 소설가라는 이름은 달았지만, 저는 아이들이 커나가는 가정생활에서 좀처럼 헤어나지 못했어요. 그래도 밤늦은 시간이면 책상에 앉아서 무엇에 쫓기듯 잠시도 쉴 새 없이 신문연재며 중단편소설, 장편소설, 꽁트, 수필 등을 쓰면서 옆도 돌아보지 못하고 지냈어요.

저는 제 가슴 속에 그토록 많은 이야기가 잠재해 있었다는 것에 스스로 놀라면서 밤을 하얗게 새우곤 했어요.

세월이 지나 제가 『그대 뒤에서 꽃 지다』라는 네 번째 창작집을 낼 때, 출판사에서 부탁한 평론가가 공교롭게도 또 교수님이셨어요. 그 창작집에 실린 9편의 중단편소설들은 모두 벚꽃을 주제로 한 작품들이었지요. '벚꽃 언어들의 비감한 축제'라는 제목 아래 실린 선생님의 평론은 저에게 놀라운 감동을 주어서 김종회 평론가의 진면목을 완전히 감지하게 되었어요.

어떻게 평론가의 글이 이토록 감각적이고 화려할 수가 있단 말인가. 어떻게 한 평론가가 작가의 가슴을 이토록 적나라하게 들여다 볼 수가 있단 말인가. 아! 평론이 이토록 가슴을 설레게 할 수도 있는 거구나⋯⋯ 그 다음부터 저는 선생님 평론의 애독자가 되어버렸어요.

　이대문인회에서 심사위원으로 모셨을 때나, 문학단체에서 선생님의 강의를 들을 때마다 평론 못지않게 더할 수 없이 해박한 문학 강연에 매번 감탄하며 경청을 하곤 하지요.

　선생님은 문학을 전공하는 사람이 갖추어야할 풍부하고 따뜻한 감성과 넓고 깊은 지식을 함께 지닌 이 시대의 진정한 문인이십니다.

　내내 건강하시고 건필하시기를 기원합니다.

삶의 경륜과 문학의 원숙성에 이른 길

김선주 선생님께

김종회

김선주 선생님! 세월이 유수(流水)와 같다더니, 선생님을 처음 뵌 지도 벌써 20년이 넘는 오랜 시간이 지났습니다. 그때만 해도 저는 막 불혹의 고개를 넘고 있던 젊은(?) 평론가였지요. 선생님의 함자와 작품을 처음 만난 것은,《현대문학》에 월평을 쓰면서 단편「하늘은 검고 땅은 누렇더라」를 읽었을 때였습니다. 천자문의 첫머리에서 개념을 가져온 이 작품은, 그러나 미국 이민사회를 배경으로 현실적인 삶의 깊이를 체현하는 이야기였어요. 그리고 그 미국의 정황을 손에 잡힐 듯 사실적으로 그리고 있었습니다.

그 다음에 선생님을 뵈었을 때 제가 여쭈었지요. 미국에서 오래 사셨느냐고. 선생님은 손사래를 치며 전혀 그렇지 않다고 하셨습니다. 그 손사래 뒤에 '작가'가 숨어 있었습니다. 전해들은 이야기나 자료의 숙독으로도 작가는 이렇게 쓸 수가 있는 것이로구나. 저는 책이나 강의실에서 배우지 못한 소설의 한 단면을 그때 새롭게 익혔습니다. 작가와 작품이 평론가에게 좋은 교사가 된다는 말의 실증이었지요. 이후 제가 계속해서 읽고 또 비평을 해 온 선생님의 작품들은, 그렇게 좋고 또 친숙했습니다. 그리고 보니 선생님 말씀처럼 제가 선생님 작품집 두 권의 해설을 썼네요.

『길 위에 서면 나그네가 된다』는, 사실적인 글쓰기의 방식으로 우리 주변 삶의 속살을 매우 민첩하고 설득력 있게 드러내고 있었습니다. 그런데 정작 제가 탄복한 것은 『그대 뒤에서 꽃지다』였습니다. 9편의 소설이 모두 벚꽃을 주제로 하면서, 소재의 식상함에 침윤하지 않고 각기 저마다의 꽃빛을 환하게 밝히고 있었기 때문입니다. '벚꽃 광'의 그 적층된 언술을 자연스럽게 소설로 풀어냄으로써, 작가의 삶과 문학이 동시에 화해로울 수 있었을 것이라고 짐작했습니다. 미상불 그로부터 선생님의 작품세계는 보다 자유롭고 유장(悠長)해져서, 소설 읽기의 재미와 더불어 세상살이의 여유를 한껏 다양하게 감각할 수 있도록 했습니다.

제가 《문학수첩》 편집위원으로 있을 때 선생님과 친구 분 일행이 김종철 · 김재홍 선생님 그리고 저와 함께 일본 혼슈(本州) 남부를 여행한 적이 있었습니다. 여행지에서 선생님은 언제나 깔끔하고 빈틈이 없으셨어요. 봄이 오고 있는 저 먼 남녘 바닷가에서도 선생님은 삶과 문학이 모두 정갈하게 정돈되어 있는 작가라는 느낌을 받게 했습니다. 그런데 그 느낌은 지금까지 전혀 변함이 없어요. 선생님께서 회장을 맡고 계시던 이대동창문인회 문학상 심사나 시상식에 초청 받아 갔을 때도, 또 지금 선생님께서 소설분과회장을 맡고 계시는 문인협회 행사에서 뵈었을 때도, 늘 한결같이 결이 고운 품성과 단단하고 수준 있는 문학의 주인이셨습니다.

기실 선생님은 다른 문인들에 비해 작가로서는 늦깎이시지요. 그러나 시작이 늦은 만큼 일찍 시작한 이들이 가지고 있는 못한 삶의 경륜과 문학의 원숙성이 선생님의 세계를 부양하는 장점이 있습니다. 이것은 길게 보면 작가로서 큰 자산이 아닐 수 없습니다. 많은 이들이 깊은 분별없이 부박(浮薄)하게, 세상의 저자거리를 향해 달려가는 문학에 스스로 침윤하는 시대입니다. 부디 선생님의 문학적 금도(襟度)와 오랜 세월 쌓아온 역량으로, 경박한 시대를 훈도(訓導)하는 뿌리 깊은 나무가 되어주시기를 소망해 봅니다.

돌이켜 보니 제가 이 귀한 지면 '문학인이 띄우는 편지'에 글을 쓰는 것이 두 번째입니다. 처음은 저의 대학 선배이자 그때 황순원문학촌 소나기마을의 촌장으로 계시던 김용성 선생님께 드린, '선생님께 세월의 소중함을 배웁니다'라는 글이었습니다. 두 분 모두 제가 마음으로부터 존경하고 사랑하는 문단 선배들이십니다. 세상에 저 홀로 서는 자 없어서, 함께 믿고 의지하며 사는 것이 옳고 또 아름다운 일이라 생각됩니다. 선생님, 부디 역부강(力富强)하셔서 많은 이들이 지속적으로 좋은 작품을 만나는 행복을 누릴 수 있게 해주시기를 부탁드립니다.

문학을 꿈꾸는 삶의 여정

1. 문학으로 건너온 세월의 강

세월이 흐르는 물과 같다는 옛말이 조석으로 실감나는 지경이니, 어느덧 나의 세월도 이순(耳順)을 몇 해 넘겼다. 지금까지 문학과 더불어 살아 온 내 삶은 무엇이었으며, 다시 문학을 짊어지고 갈 저 세월의 강 건너에는 무엇이 기다리고 있을까? 그와 같은 반성적 성찰의 시각으로 들여다보니, 이 시대의 풍광을 닮은 씁쓸한 감회 또한 만만치 않다.

경희대 국어국문학과의 학과 책임을 맡고 있던 2000년대 초반, 나는 내 은사이신 황순원 선생님을 기리는 '황순원문학촌 소나기마을' 건립에 몰두했었다. 문단 일각에서 '국민단편'으로까지 불리는 「소나기」의 무대 경기도 양평군과 이 사업을 공동으로 추진했다. 경희대와 양평군이 자매결연을 맺고 공동 추진위원회를 구성하여 컨텐츠를 만들고 부지를 물색하고……

마침내 2009년 6월 개관식을 마치고 문을 연 이 최대 규모의 문학공원은, 채 1년이 지나지 않아서 여름방학에 하루 1천 명 이상의 관람객이 찾는 명소가 되었다. 지금은 전국에서 유료 입장객이 가장 많은 문학관으로, 성수기에는 하루 2천 명이 넘는다. 국민적 사표가 될 만했던 선생님을 기리는 일을, 한 대학의 차원이 아니라 범국민적 차원에서 추진할 이유가 약여했던 것이다.

소나기마을과 더불어 나는 내 고향 인근의 경남 하동에 이병주문학관을 건립하고 이병주국제문학제를 개최하는 문학의 사회적 실천사업을 추진했다. 이 사업도 경희대와 하동군이 자매결연을 맺고 세계 각국의 작가들과 국내의 이름 있는 문인들이 참여하면서 대표적인 지역 문학 축제로 자리를 잡았다. 소나기마을과 이병주문학관 건립은 내게 문학을 공부한 실질적 보람을 느끼게 해준 소중한 경험이었다.

대외적으로는 통일부 관련 '일천만이산가족재회추진위원회'의 사무총장에 이어 2년간 '통일문화연구원'의 원장 직책을 수행했다. 그러고 보니 남북 문제의 현장에서 일한 기간이 1983년부터 2005년까지 무려 22년에 달했다. 남북 관계는 정치적 측면이 아니라 정치의식의 측면, 경제적 측면이 아니라 경제의식의 측면, 곧 모든 분야에 있어서 그 의식의 측면에서 접근하는 것이 관건이다. 이와 같은 하부구조 곧 의식의 인프라를 집적하면, 그것을 남북 관계에 관한 동시대의 문화의식으로 통칭할 수 있다.

기실 이러한 기반 작업에 해당하는 일의 연구와 사회적 확산은, 남북 관계의 벽두부터 시작했어야 할 일인데 그때까지 누구도 돌보지 않는 형편에 있었다. 나는 이에 대해 학문적 접근과 사회운동의 계발을 함께 검토했다. 예컨대 남북한 언어 이질화 현상과 그 통합 방안, 탈북자의 남한사회 적응 유형과 의식 문제 등이 그 과제에 속했다.

남북 관계 NGO 활동에 매진하다가 대학으로 돌아온 귀환의 모습은 영광스러운 것이었을까. 그다지 그렇지 않을 것이다. 한 방향의 학문적 관심에 집중하고 거기에 몰두하는 연구자의 행복을 많이 놓쳤기 때문이다. 그러나 대학과 사회의 양면에 함께 발을 두고 있음으로서, 시야를 확대하고 방법론을 찾아내는 기능이 강화된 것은 사실이었다. 모든 일에는 동전의 양면처럼 두 측면이 공존하는 터이어서, 섣불리 기꺼워할 일도 아니거니와 지나치게 낙담할 일도 아니라 여겨진다.

대학으로 돌아온 후 나는 2년간 교수협의회 서울캠퍼스 대표를 지냈고, 다시 2년간 '한국대학교육협의회'의 대학평가 업무를 총괄하는 직책으로 파견 근무를 했다. 그리고 2009년 모교 경희대학교가 개교 60주년을 맞으면서, 60주년위원회의 사무총장과 문화홍보처장의 보직을 맡아 6년을 대학본부에 있었다. 대학 내에 국제한인문학연구센터와 한국아동문학연구센터를 설립하는 한편, 문단과 학계에서는 한국문학평론가협회 회장과 국제한인문학회의 회장 등을 맡아 일했다.

오늘 여기에 이르러 이 글을 쓰기까지, 나의 나 된 것은 많은 분들의 인도와 조력으로 인해서였다. 그 감사한 마음을 잃지 않는 것이 인생에 대한 겸허한 태도임을 다시금 되새겨 본다. 문학이라는 나누일 수 없는 벗과 함께 내 앞에 펼쳐진 길을 달려가는 동안, 나는 또 문학이 내게 무엇이었으며 문학을 통해 무엇을 할 것인가를 끊임없이 질문하고 그 답변을 탐색할 것이다.

아, 그러고 보니 알겠다. 일찍이 《대학주보》의 황순원 선생님 정년퇴임 특집란의 기사에 제목으로 붙여드렸던 '문학과 더불어 한 평생'이 꼭 그분만의 것이 아니었구나. 문학과 손잡고 걷는 삶의 언덕길을 넘으며 이 작은 깨우침이 소중한 예감으로 다가온다. 그러기에 보다 더 낮은 자리에서 소박한 마음으로, 문학을 중심축으로 한 내 삶의 모양과 빛깔들을 다시금 고요하게 되돌아보기로 한다.

2. 고향과 근본과 어린 시절

가락국의 후손들의 여기저기 집성촌을 이루고 살아가는 서부 경남의 한적한 시골 마을, 고성군 영오면이 내 고향이다. 인근으로 진주시(晉州市)에 연하고 이웃인 개천면에는 이름 있는 사찰 옥천사(玉泉寺)가 있어, 그 이름들을 빌

때가 외려 지리적 위치를 설명하기 용이한 때가 많다.

조선조 유림의 거목이었던 점필재 김종직의 제자 탁영자 김일손 선생이 내 직계 선조이다. 더 거슬러 올라가면 삼국시대의 김유신 장군이나 가락국 시조 김수로왕에까지 이를 터이지만, 점필재를 여기 호명한 까닭은 탁영자 선생의 비운과 점액(粘液)을 환기하기 위해서이다. 올곧고 맑았던 유학의 이상주의자 탁영자 선생을 기리는 비석은, 지금도 내 고향 한 복판 재실(齋室) 마당에 의연히 서 있다.

나는 어렸을 때 한학에 능하셨던 조부 앞에 무릎을 꿇고 천자문을 익히는 것으로 공부를 시작했고, 명절 때마다 차례 후에 온 가솔이 족보 책 앞에 모여 앉아 조상의 이력과 교훈을 훈시 받는 또 다른 '차례'를 지냈다. 차례 음복 술의 주법(酒法)과 함께 어른 앞에 공손해야 한다는 장엄한(?) 이치를 배운 것도 그때부터였던 것 같다.

초등학교는 10리 길을 걸어 다녔다. 겨울에 언 손을 호호 불며 들판을 가로질러 다니던 기억과, 장마철에 냇물이 불어 학교 선생님이 업어 건네주던 기억이 아직 남아 있다. 이 초등학교에서 나는 전교 어린이회 회장을 지냈고, 고학년부터는 군내외의 거의 모든 백일장에 '선수'로 출전했다.

진주중학교로 진학하면서, 부모님과 떨어져서 진주로 나와 살았다. 열네 살짜리 어린 중학생의 타향살이는 만만치 않았는데, 그래도 경남 일원 제일의 명문을 다닌다는 자부심이 꽤 컸던 편이다. 중학교 때 교내 '자유교양 경시대회'에서 1등을 했던 일, 그리고 웅변반과 문예반에서 활동하던 일들도 생생한 기억으로 남아 있다. 중·고등학교 때 진주의 개천예술제에 나가 시와 시조로 입상을 하곤 했는데, 그때 본 문인들은 내게는 그다지 감동이 없었다.

고등학교 2학년 때 하나 있던 누나를 잃었다. 한창 예민하던 시기에, 그 슬픔을 견디기 힘들어 학교도 나가지 않고 혼자 저 먼 광주까지 다녀오기도 했다. 내게는 너무도 좋은 누나였었다. 덕분에 공부가 주저앉았다. 그러나 이 슬

폰 사건은, 나중에 깨닫자니 내게 예각적인 감수성의 단련을 선사하는 반대급
부를 숨기고 있었다.

3. 대학과 군문의 젊은 시절

경희대학은 내가 입학시험을 치르던 그때까지가 후기였다. 황순원, 조병화,
서정범 선생이 있는 경희대 국문과를 꼭 가고 싶었다. 그러기에 보다 높은 점
수가 필요했던 다른 대학에 1차 낙방을 한 것은, 나로서는 다행이었다. 학과
사무실에서 면접시험을 치를 때, '왜 여기 지원했느냐'고 물으시던 그 체수 자
그마한 분이 나중에 알고 보니, 세상에, 황순원 선생님이셨다.

그런데 입학한 이후에는 문학의 길을 좇아가지 못했다. 꿈 많은 대학 신입
생이었던 내 앞에 유다른 신천지가 나타났기 때문이었다. 학교 신문인《대학
주보》의 기자로 입사를 하고 곧바로 거기에 흠뻑 빠졌다. 저 학년 저 나이에
내가 저렇게 될 수 있을까 싶은 수발(秀拔)한 선배들이 즐비했고(그들은 지금 한
국 언론계와 출판·문화계의 '인물'이 되었다), 그들을 뒤따라 다니는 동안 언론의 존재
양식과 사명감을 들먹이며 투지를 불태웠다.

내 시골 사투리를 억누르며 스스로 표준말을 훈련했다. 이 다음에 대통령
인터뷰도 잘하는 기자가 되어 보려고……. 이 열병과도 같은 의식은 군대를
마치고 돌아와서 4학년 1학기까지 계속되었다. 아마도 그 학기말 황순원 선
생님께서 짚어주신 전환의 계기가 없었더라면, 나는 틀림없이 언론사로 길을
잡았을 것이다.

대학 2학년을 마치고 군대를 갔다. 혼자 사는 서울에서의 삶도 그렇거니와,
운동권 선배들과 연관된 일 등으로 조속히 '국방부 취직'을 해야 할 형편이었
다. 이리저리 알아보니, 가장 빠른 것이 지원한 지 2주 만에 입대하는 해병대

였다. 4월 초 진해의 맵고 추운 바닷바람을 안고, 나는 해군교육단 해병훈련소의 관문을 거쳐 '한번 해병은 영원한 해병'이 되었다.

그 입대 직전에 어머니를 잃었다. 어머니의 49재를 지낸 다음 날이 입대 날이었다. 때마침 추적추적 비가 내리는 날이라, 나는 그 빗물 가운데 내 눈물을 감추고 군문으로 떠났다. 강제적으로 참는 연습을 당하는 그 처연한 상황 가운데, 해병대의 힘겨운 훈련이 오히려 약이 되었다. 해병대 생활 2년 2개월은 내게 어떤 상황도 극복할 수 있다는, 최소한 극복하려 시도할 수 있다는 강한 자기 확신을 공여해 주었다.

1980년 다시 대학 교정으로 돌아왔다. 시절은 바야흐로 서슬이 시퍼래서, 신군부의 폭압적 권력이 천정부지였다. 여전히 학보사에 몸담고 있으면서, 나는 3~4년 후배인 '학생 문인'들(그 면면은 시인으로 박주택, 이문재, 류시화, 이산하가 있었고 소설가로 박덕규, 김형경, 이혜경, 서하진이 있었으며 평론가로 하웅백, 문흥술, 강웅식 등이 있었다)의 문학적 방종(?)을 매우 시니컬한 시각으로 바라보면서 신문 기자가 될 준비를 했다.

4. 대학원 시기와 NGO 활동

앞서 언급한 그 1학기 말에 황순원 선생님께서 말씀하셨다.
"김군은 대학원으로 진학하는 것이 어떻겠어?"
"선생님, 저는 신문사로 갈 작정입니다."
"신문사가 뭐야! 80년대 언론이 온통 창녀 언론인데……."
말씀이 단호하실 땐 한 마디도 물러서시는 법이 없는 선생님 앞에서 나는 아무 말도 못했다. 저 유서 깊은 문리과대학 교수 휴게실에서의 일이었다. 각별히 아껴주시던 서정범 선생님께서도 대학원 진학을 권하셨다.

4학년 2학기에 인생의 큰 방향을 바꾼 터라, 길은 멀고 마음은 급했다. 그때부터 문학이론을 공부하면서 참으로 열심을 다했다. 잠을 줄여 활동 시간을 늘렸고 식사 시간도 아꼈다. 흔들리는 차 안에서, 심지어는 예비군 비상소집을 나간 어두운 거리의 희미한 가로등 아래에서도 책을 읽었다. 아마 내 일생을 두고 그 몇 년간처럼 열심히 공부한 적은 없었을 터이다. 좋았던 시력이 갑자기 나빠져, 뒤늦게 안경을 써야했다.

석사과정을 다니는 동안, 지금은 고려대학으로 가신 최동호 선생님의 지도 아래 '현대문학연구회'를 만들었다. 내가 초대 회장이었고 그 뒤로 신덕룡, 하응백, 한원균, 홍용희, 이봉일, 고인환, 이성천, 강정구, 오태호 등으로 그 순서가 이어졌다. 공동연구의 효력이 확대되면서 경희대학에 문학이론 연구의 터가 닦였고, 그 주요 인물들은 모두 평론가요 교수가 되었다.

석사과정 재학 중에 내 인생에는 또 다른 하나의 분기점이 있었다. 학부 시절부터 여러모로 부족한 나를 격려해 주시던 경희학원 설립자 조영식 총장님께서, 통일부 산하의 '일천만이산가족재회추진위원회' 위원장을 맡으시면서 나를 부르셨다. 사무국에 자리를 마련해 주셨는데, 그 직위는 과장이었다. 1983년 KBS의 〈이산가족을 찾습니다〉라는 프로그램에 이 위원회와 대한적십자사가 공동으로 참여했다.

학교에서는 석사과정을 거쳐 박사과정을 마치고 모교의 교수가 되는 과정을 밟는 동안, 이 위원회에서는 과장에서 국장을 거쳐 사무총장에 이르기까지 실무 책임을 맡으면서 무려 20년의 세월을 보냈다. 그 기간 내내 조 총장님을 가까이 모시고 있으면서, 나는 큰 인물의 풍모와 금도(襟渡), 그리고 큰 살림의 경륜과 미래지향적 비전을 배웠다. 이 어른은 내게는 은사(恩師)를 넘어 부모님 같은 분이다.

이 위원회에서 일하면서 습득한 남북 관계 전반에 관한 지식과 남북 인적 교류에 관한 체험은, 통일부 정책자문위원이나 통일문화연구원 원장 등 여러 직책을 감당할 수 있도록 해 주었다. 동시에 내가 주력한 분야 가운데 하나인 북한문학과 디아스포라문학, 더 나아가 한민족 문화권의 문학을 연구하고 이를 저술화해 나가는 데 든든한 밑바탕이 되어 주었다.

5. 평론가의 눈으로 본 문학

석·박사과정 재학 중에 많은 저명 문인들이 경희대 대학원에 들어와서, 강의실이 문단 축소판의 형상이 되었던 것은 이미 널리 알려졌던 사실이다. (그 문인들의 면면으로 극작가 신봉승, 소설가 전상국, 김용성, 조세희, 한수산, 김용운, 박해준, 고원정, 박덕규, 서하진 등이 있었으며, 시인으로는 조태일, 정호승, 정성수, 박남철 등이, 평론가로는 신덕룡, 김용희, 하응백, 강웅식 등이 있었다.)

내가 대학원의 과대표를 맡았었는데, 두 번 다시 그렇게 화려한 진용의 대표를 해 볼 기회는 없을 것 같다. 그 시절은 경희문학의 새 르네상스요, 형용으로 말하자면 질풍노도의 시대였다. 그 때 그 사람들은, 지금도 한 문학 집단의 흥왕한 모임과 잔칫날처럼 어우러지던 분위기와 모임의 중심에 계시던 황순원 선생님의 반듯한 품성을 잊지 못하고 있다.

박사과정 재학 중인 1988년에 나는 《문학사상》 신춘문예(그때는 《문학사상》에서도 신춘문예란 이름으로 등단의 관문을 운영했다)를 통해 문단에 이름 석자를 신고했다. 내가 평론 부문이고 그 옆 소설 부문의 당선자가 이순원이었다. 등단 작품은 「삶과 죽음의 존재양식 – 황순원 단편집 '탈'을 중심으로」였고, 심사위원은 권영민·정현기 교수였다. 그러고 보면 나도 참 끈질기게 '황순원'이란 큰 이름 곁에 머물고 있었던 셈이다.

평론가 초년병 시절, 그때도 참 열심히 읽고 썼다. 누가 나를 문학평론가로 알아주고 인정해 줄 것인가. 한 해에도 수십 명의 평론가가 생산되고 또 존재도 없이 사라져 가는데, 그 와중에 제 이름을 가진 평론가가 되기 위해서 열심을 다하는 것은 당연지사였다. 그렇게 수년을 지내고 보니, 어떤 때는 같은 달에 거의 모든 문예지에 내 글이 발표되는 시기가 있었다.

또 그로부터 십 수 년을 지내고 보니, 한꺼번에 네 문예지의 편집위원을 맡고 있는 영광된(?) 상황에 이른 때도 있었다. 《문학사상》은 내 출신지였고, 《문학수첩》 또한 그 창간에 관여했으니 그렇다고 할 수 있다. 《21세기문학》은 집중적으로 그 지면에 많은 글을 쓴 인연 때문이었고, 《한국문학평론》은 한국문학평론가협회의 상임이사와 부회장을 맡고 있기 때문이었다.

나는 지금까지 아홉 권의 평론집을 냈다. 첫 평론집은 1990년 교음사에서 낸 『현실과 문학의 상상력』이었다. 이어 1996년 세계사에서 『위기의 시대와 문학』, 1997년 민음사에서 『문학과 전환기의 시대정신』, 2002년 민음사에서 『문학의 숲과 나무』를 내었다. 그리고 2004년 문학수첩에서 『문화통합의 시대와 문학』, 2007년 문학의숲에서 『문학과 예술혼』, 같은 해 민음사에서 『문학과 디아스포라―경계에 선 문학의 운명』, 2015년 문학수첩에서 『문학에서 세상을 만나다』, 2016년 민음사에서 『문학의 저울과 거울』이란 평론집을 내었다.

앞서 열거한 평론집들로 인하여 나는 지금까지 모두 7개의 문학상을 수상했다. 1997년 한국문학평론가협회상, 2001년 경희문학상, 2003년 시와시학상, 2004년 김환태평론문학상을 받았고 2008년에는 유심작품상·편운문학상·김달진문학상을 한꺼번에 받아 평론 문학상 사상 전례가 없는 한해 3관왕 수상의 영예를 얻기도 했다. 눈은 높고 손은 낮은데(眼高手卑), 다시 생각해 보아도 감사할 뿐이다.

그런가 하면 근래에 이르러 2015년 문학과지성사에서 『한민족 디아스포라 문학』이란 저서를, 같은 해 김영사의 비채에서 『글에서 삶을 배우다』란 산문집을 내기도 했다. 이제껏 내가 낸 저서, 공저, 편저의 숫자를 헤어보니 그 권수가 100권을 넘는다. 매우 외람된 목표로 100권을 채워볼 요량을 했던 것은, 이미 오래 전에 자신의 저서만으로 그 분량을 훨씬 넘었던 김윤식 선생님을 대학원 강의에 모시면서 그분을 뵐 때마다 속으로 다짐했던 내 은밀한 의욕이었다.

6. 비평적 관심과 학문적 방향

지금껏 낸 평론집의 제목 가운데 가장 내 마음에 합한 것은 '문학의 숲과 나무'이다. 나는 이 책의 '책머리에'에 이런 언사를 올려놓았다.

> 장구한 역사 과정에 비추어 유한하기 이를 데 없는 우리 인생이나 그것을 반영하는 문학을 한 묶음으로 숲과 나무의 위의(威儀) 또는 속성에 견주어 볼 때, 거기에는 그 유한성을 넘어서는 숱한 생각과 상상력, 다양한 비유적 표현과 가치 생성의 힘이 촉발될 수 있다. 그러한 인식의 방법으로, 필자에게는 문학이 울울창창한 하나의 숲이요 작가와 작품과 비평은 그 숲을 이루고 있는 다양다기한 나무들이었다.
> 때로 우리는 문학의 숲에서 길을 잃기도 하고 그렇게 부유(浮遊)하는 과정에서 만난 나무의 표식, 곧 특징적 성격을 가진 작품을 통해 길을 찾기도 한다. 그런 연유로 문학은 그 실효적 값어치가 현저히 추락한 이 가치상실의 시대에 있어서도 여전히 우리 인생의 지리책이다.

이 머리말은 문학과 문학비평에 대한 내 생각을 압축해 둔 것으로, 문학이 역사적이고 시대적인 큰 그림과 개별적이고 개성적인 작은 그림을 동시에 바라보고 함께 끌어안을 수 있어야 한다는 인식에 근거한다. 지금껏 내가 써 온 비평문은 대체로 이 포괄성과 균형성의 원리를 충족시키려 애쓴 것들이었다.

이러한 시각과 남북 및 해외 문제 관련 체험들이 접촉점을 형성하면서, 나는 그동안 북한문학과 해외동포문학에 많은 관심을 가졌다. 그러나 이 주제에 대한 연구는 연구자 개인의 능력으로 감당하기에는 우선 그 부피가 너무 방대했다. 경희대 대학원 강의와 현대문학연구회를 통하여 공동 연구의 풍토를 조성하면서, 이를 몇 권의 책으로 묶어나갈 수 있었던 것은 참으로 고마운 일이었다. 북한문학 연구를 포괄적으로 집적한『북한문학의 이해』1, 2, 3, 4권이나 각기 600면이 넘는『한민족 문화권의 문학』1, 2권은 그렇게 해서 세상에 나왔다.

이 방향의 연구를 계속하면서, 한편으로는 사이버 문화와 디지털 문학에 관한 조사 연구로 관심의 영역을 확대해 가기도 했다.『사이버 문화, 하이퍼텍스트 문학』의 이론편과 작품편 두 권이 그 소산이다. 모두가 동학(同學)의 연구자들과 함께 걸어온 길이다. 이제 몇 년이 남은 정년퇴임 때까지, 보다 구체적인 연구계획을 상정해 보는 일은 미상불 즐겁기도 하고 때로는 가슴이 두근거리기도 한다.

정작 내 학문적 여정의 궁극적 목표는 한민족 통합문학사를 기술하는 것이었다. 한국문학평론가협회를 통해『해외동포문학전집』24권을 펴낸 것은 그에 대한 준비작업에 해당했다. 남북한 문학사와 더불어 오래 관심을 갖고 공부해온 미주 한인문학, 일본 조선인문학, 중국 조선족문학, 중앙아시아 고려인문학을 망라하여 한민족 문화권으로 통칭되는 전체적이고 포괄적인 문학사를 작성하는 꿈이 내게 있었다.

나는 이 목표를 광복 70년이 되던 2015년에 마무리했다. 자료수집과 집필이 너무 방대해서 당초의 혼자 하겠다는 욕심을 버렸다. 그리고 18명의 후배 제자들과『한민족 문학사 - 1 남북한 문학사』와『한민족 문학사 2 - 재외 한인 문학사』를 도서출판 역락에서 상재했다. 이제 공부를 마치고 대학교수가 된 딸, 아직 미국에 유학 중인 아들이 이 책의 출판기념회를 마련해주었다. 나는 그 모임으로 회갑잔치를 대신했다. 앞으로 더 시간이 자유로워지면 변화하는 시대적 성격이 반영된 한국현대소설사를 정리해 볼 계획을 갖고 있으나 장담할 수는 없는 일이다.

근자의 나는 아직 한국문학평론가협회 회장 직을 벗어나지 못했다. 그동안이 협회는 국학자료원에서 『문학비평용어사전』 2권, 한길사에서 『납·월북작가평전』 14권, 지만지(지식을만드는지식)출판사에서 『한국근·현대소설』 100권, 『한국근·현대시』 100권, 『한국근·현대평론』 50권을 출간했고, 다시 지만지에서 『한국근·현대수필』 50권 출간을 진행 중에 있다. 상권 900면, 하권 1,200면에 이르는 『문학비평용어사전』은, 곧 한 권으로 통합되어 『인문학용어대사전』이란 제호로 재출간될 예정이다.

학회로는 한국비평문학회와 박경리 문학 및 『토지』를 연구하는 토지학회 회장을 맡고 있다. 대학에서는 한국아동문학연구센터의 소장 직을 수행하고 있는데 이 센터에서는 그동안 국학자료원에서 『한국아동문학연구자료총서』 9권, 지만지출판사에서 『한국근·현대동화전집』 100권과 『한국근·현대동시전집』 100권을 출간했다.

나는 요즘 주말이면 늘 풍광이 좋고 공기 맑은 경기도 양평 소나기마을에 가 있다. 2015년 황순원 선생님 탄생 100주년부터 황순원문학촌 소나기마을의 촌장을 맡고 있는 연유에서다. 하나님께서 내게 허락하실 역량의 한도가 어디까지일지는 모르나, 그렇게 문학과 문학 비평, 또 사회적 실천을 꿈꾸고 그 꿈을 확장하기 위해 노력하는 데서 보람을 얻기로 미리 스스로에게 다짐해 두기로 한다.

김종회 주요 이력사항

경력

경희대학교 교수(1993~2018)

문학사상으로 등단, 문학평론가(1988~현재)

일천만이산가족재회추진위원회 과장, 국장, 사무총장(1983~2002)

남북이산가족교류협의회 실행위원(1998. 6.)

남북적십자교류실행위원회 위원(1998. 11.)

민족화해협력범국민협의회 정책위원(1999. 5.)

제2의건국범국민추진위원회 중앙위원(1999. 9.)

통일부 정책자문위원(2000. 7.~2002. 6.)

통일문화연구원 원장(2003. 1.~2004. 12.)

한국문학평론가협회 상임이사, 제21~25대 회장(1994. 1.~2018)

국제한인문학회 제4~6대 회장(2009. 7~2015. 6.)

시사랑문화인협의회 상임이사, 부회장(1999. 4~현재)

한국대학교육협의회 정책연구팀장, 평가지원부장(2005. 9.~2007. 8.)

한국문학평론 주간 및 발행인(1994~2018)

문학사상 편집위원(2002~2003)

21세기문학 편집위원(2002~2007)

문학수첩 편집위원(2003~2006)

경희대학교 문과대학 교학과장, 국어국문학과장(2002~2004)

경희대학교 교양학부 사고와표현 영역 지도교수(2004~2008)

경희대학교 교수협의회 서울캠퍼스 대표(2003. 3.~2005. 2.)

경희대학교 국제한인문학연구센터장(2005~2018)

경희대학교 60주년위원회 사무총장 겸 문화홍보처장(2009. 1.~2013. 9.)

한국대학교육협의회 편집자문위원회 위원장(2008~2010)

여성가족부 정책자문위원(2010~2012)

경희대학교 한국아동문학연구센터 소장(2013. 3.~2018)

이병주기념사업회 사무총장, 공동대표(2007. 1.~현재)

황순원기념사업회 집행위원장(2008~현재)

황순원문학촌 소나기마을 촌장(2015. 2.~현재)

한국디카시연구소 상임고문(2015. 1.~현재)

김달진문학관 운영위원장(2016~현재)

한국비평문학회 회장(2016. 3.~2017. 2.)

국제펜한국본부 세계한글작가대회 집행위원, 조직위원(2016~현재)

박경리 토지학회 회장(2016. 8.~2020. 7.)

조병화시인기념사업회 회장(2017~2019)

한국디카시인협회 회장(2019~현재)

편운문학상 운영위원회 위원장(2020~현재)

문화컨텐츠 활동

일천만이산가족재회추진위원회 기본개념 및 의미생성 활동(1983~2002)

통일문화연구원 개념정립 및 활동방향 개발(2003~2004)

경기도 양평군 황순원문학촌 소나기마을 발의, 기본계획, 건립·운영 책임
(2003~현재)

경상남도 하동군 이병주문학관, 국제문학제 발의, 기본계획, 건립·운영 책임

(2007~현재)

경상남도 고성군 디카시 축제 공동기획 및 추진(2009~현재)

경희사이버대학교 미디어문예창작학과 강의컨텐츠 개발 및 강의 수행(2001~현재)

경희해외동포문학상(미주지역) 운영(2007~2013)

김종회해외동포문학상(미국 샌프란시스코지역, 현지문인 및 언론사 발의) 운영(2014~현재)

경희대학교 개교60주년 기념식 및 기념행사 추진 및 진행 책임(2008~2010)

경희대학교 고황문화동산 발의, 기본계획, 건립 책임(2009)

세계아동문학대회 개최 책임(2016)

세계한글작가대회 집행 책임(2015~2019)

서울문학인대회 기획 진행(2016~2019)

디카시국제페스티벌 집행 책임(2014~현재)

이병주국제문학제 집행 책임(2007~현재)

황순원문학제 집행 책임(2004~현재)

문광부, 소나기마을 실감콘텐츠 영상체험관(10억원) 건립 책임(2020~2021)

문광부, 소나기마을 디지털 문학서랍(2억원) 구축 책임(2021)

포 상 (총 15건)

경희대학교 졸업식 총장 표창(1982)

제16회 한국문학평론가협회상 수상(1997)

제14회 경희문학상 수상(2001)

제8회 시와시학상 평론상 수상(2003)

제15회 김환태평론문학상 수상(2004)

제18회 편운문학상 수상(2008)

제6회 유심문학상 수상(2008)

제19회 김달진문학상(2008)

제15회 창조문예문학상(2019)

통일부 장관 표창 3회(1987, 1999, 2008)

체육청소년부 장관 표창(1992)

민족평화통일자문회의 사무처장 표창(1999)

국무총리 표창(2019)

보건복지부 장관 표창(2021)

김종회해외동포문학상 운영규정 및 수상자

운영규정

1. 이 상은 김종회 문학평론가의 해외동포문학에 대한 열정과 노고를 기리기
   위해 제정된 상으로, 뛰어난 문학 활동을 한 해외동포 문인에게 시상한다.

2. 이 상은 한국일보 샌프란시스코 지사가 주관하며, 따라서 운영위원회도 주
   관사를 중심으로 구성하고 운영한다.

3. 수상자의 자격 및 대상 작품은 다음과 같이 정한다.
   가. 수상 부문은 본상과 특별상으로 나눈다.
   나. 본상은 작품의 예술성을, 특별상은 해외동포 문단에의 기여를 위주로 한다.
   다. 본상 수상 대상 작품은 수상 연도를 기준으로 지난 3년 간의 작품집을 대상으로 하
   고, 특별상은 지난 시기의 기여를 총괄적으로 고려한다.
   라. 시상 연도의 상황에 따라 본상은 복수의 문인에게 시상할 수 있으며, 특별상은 수
   상자를 내지 않을 수도 있다.
   마. 수상 지역은 미국을 비롯하여 한민족 해외동포문학이 있는 곳이면 모두 대상이
   될 수 있다.

4. 시상은 김종회해외동포문학상 운영위원회가 정하는 소정의 상금과 상패를 수여한다.

5. 심사위원과 심사방법은 다음과 같다.

  가. 심사위원은 5인 이상으로 하되 운영위원회가 위촉한다.

  나. 심사위원은 수상 후보작을 추천하고 심사위원회에서 수상작을 결정한다.

  다. 수상작은 심사위원 과반수의 찬성으로 정한다.

6. 시상식은 매년 6월 중에 하는 것을 원칙으로 한다.

7. 이 이외의 규정은 운영위원회에서 필요에 따라 정할 수 있다.

2014년 5월 제정

수상자(2014-2019)

2014 대상 현원영 시조집『낙랑 하늘 그리며』, 특별상 신예선

2015 최정 에세이『그림이 있는 산문』

2016 김종수 산문집『물 위를 걸은 어부』

2017 이임성 시집『황혼의 늦봄』

2018 최현술 산문집『축복의 노래로 그대 보내오리라』

2019 정청광 에세이『시의 문장론』